rororo

Als ihre Freundin Eva abends wie so oft noch laufen geht, macht sich die Ärztin Laura Windmüller zunächst keine Gedanken. Doch dann bekommt sie eine Nachricht, abgesetzt von Evas Handy: «Ihr läuft die Zeit davon.» Wenig später wird die junge Frau brutal stranguliert in Hafennähe gefunden. Hauptkommissar Jens Kerner war einer der letzten Menschen, der mit Eva gesprochen hatte – denn vor ihrem Haus wurde am gleichen Tag ein Mann niedergestochen. Wie hängen die Taten zusammen? Als weitere junge Läuferinnen ermordet werden, suchen Kerner und seine Kollegin Rebecca Oswald fieberhaft nach einer Verbindung zwischen den Opfern. Aber es scheint keine zu geben – außer dass alle ihre Laufstrecken öffentlich posteten ...

Andreas Winkelmann, geboren 1968 in Niedersachsen, ist verheiratet und hat eine Tochter. Er lebt mit seiner Familie in einem einsamen Haus am Waldrand nahe Bremen. Wenn er nicht gerade in menschliche Abgründe abtaucht, überquert er zu Fuß die Alpen, steigt dort auf die höchsten Berge oder fischt und jagt mit Pfeil und Bogen in der Wildnis Kanadas.

Sie möchten regelmäßig über Neuerscheinungen, Veranstaltungen und aktuelle Gewinnspiele von Andreas Winkelmann informiert werden? Dann abonnieren Sie den Newsletter unter www.rowohlt.de/andreas, besuchen die Website www.andreaswinkelmann.com oder folgen dem Autor auf www.facebook.com/andreas.winkelmann.schriftsteller oder www.instagram.com/winkelmann.andreas.autor.

ANDREAS
WINKELMANN

DIE KARTE

THRILLER

ROWOHLT
TASCHENBUCH
VERLAG

Originalausgabe
Veröffentlicht im Rowohlt Taschenbuch Verlag, Hamburg, Juli 2021

Covergestaltung Hafen Werbeagentur, Hamburg
Coverabbildung Maxger/iStock
Satz aus der Kepler Std.
bei Dörlemann Satz, Lemförde
Druck und Bindung CPI books GmbH, Leck, Germany
ISBN 978-3-499-00040-9

Die Rowohlt Verlage haben sich zu einer nachhaltigen Buchproduktion verpflichtet. Gemeinsam mit unseren Partnern und Lieferanten setzen wir uns für eine klimaneutrale Buchproduktion ein, die den Erwerb von Klimazertifikaten zur Kompensation des CO_2-Ausstoßes einschließt.
www.klimaneutralerverlag.de

MIX
Papier aus verantwortungsvollen Quellen
FSC® C083411

«O Zeit, du gehst dahin
und eilst mit solcher Macht
gradaus durch Tag und Nacht,
dass ich voll Grausen bin.

Ob ich vermein zu stehn,
du reißest mich hinweg:
Wo ich kaum war, den Fleck
kann ich schon nicht mehr sehn.

Und bist dabei so still:
Es wäre mir wahrhaft Not,
woran ich dich vom Tod
noch unterscheiden will.»

(Richard von Schaukal)

PROLOG

Sie nimmt mir die Luft zum Atmen.

Sie alle tun das – aber bei ihr ist es besonders schlimm. Seit sie in meinem Leben auftauchte, schnürt es mir jeden Tag mehr die Kehle zu, aber niemand bemerkt es, niemand nimmt Notiz davon. Vollkommen allein stehe ich da mit meiner Not und meinen Sorgen, mit meinen Albträumen und Angstattacken, die mich nachts aus dem Schlaf schrecken lassen. Schweißgebadet wache ich auf und ringe um Luft, meine Lungen fühlen sich an wie trockene Schwämme, tot und hart warten sie auf einen Tropfen Feuchtigkeit, doch wenn er dann kommt, ist es immer zu wenig, niemals genug.

Ich kann das nicht mehr ertragen.

Und ich weiß, es gibt nur einen Ausweg.

Sie ist die Klammer um meinen Hals, also muss sie weg.

Solange sie da ist, werde ich niemals ein freies Leben führen können, werde ich niemals die Aufmerksamkeit und den Respekt bekommen, der mir zusteht, sondern auf immer und ewig in ihrem Schatten dahinvegetieren.

Das kann ich nicht zulassen.

Ich brauche Sonne und Wärme, ich brauche das Lob und den Applaus, das ist es, was mir Kraft und Zuversicht gibt. Bekomme ich nichts davon, setzt sich das Böse durch. Ich kann spüren, wie es sich in meinem Inneren entfaltet. Dieses feine Kitzeln an einer Stelle, die unerreichbar erscheint, macht mich verrückt, und ich weiß, es gibt nur diese eine einzige Möglichkeit, mich dort zu kratzen.

Gezögert und gezaudert habe ich lange genug, heute ist der Tag gekommen, um zu handeln.

Natürlich ahnt sie nichts. Ich bin immer nett zu ihr gewesen, so wie die Gesellschaft es von mir erwartet, und so denkt sie, ich bin ein guter Junge, ein bisschen verschlossen und mitunter merkwürdig vielleicht, aber im Grunde doch eine freundliche Seele, die nichts Böses im Schilde führt.

Schon früh habe ich gelernt, welche Macht in einem Lächeln steckt. Wenn es ehrlich und warm ist, wenn die Augen mitlächeln, vertrauen die Menschen dir und tun beinahe alles für dich. Sie können nicht begreifen, dass ich dieses Lächeln als Schild einsetze, um mich gegen die Ungerechtigkeit zu schützen, können nicht sehen, wie es mein anderes Ich überdeckt. Dieses andere Ich war schon immer da, nur besänftigt durch das, was ich aus anderen Menschen gewinne: Liebe, Aufmerksamkeit, Lob, Anerkennung.

Sie hat mir all das genommen.

Dafür werde ich sie töten.

Wie sie lacht und sich freut, als ich die Griffe des Rollstuhls fester packe und sie schwungvoll die Steigung hinaufschiebe. Dort oben ist ihr Lieblingsplatz, und wahrscheinlich erwartet sie ein großes Abenteuer, einen besonderen Moment. Auf dem unbefestigten Weg muss ich mit aller Kraft gegen ihr Körpergewicht ankämpfen, zusätzlich versinken die dünnen Räder im weichen Sand. Aber allein der Blick auf ihren Hinterkopf, auf dieses wunderschöne Haar, um das sie so oft beneidet wird, wohingegen niemand über mein Aussehen spricht, stachelt die Wut in mir an, und das verleiht mir zusätzliche Kraft.

Wie sehr ich sie doch hasse!

Die Temperatur liegt bei knapp fünfzehn Grad, und es geht ein schwacher Wind, ideale Bedingungen für einen Spaziergang also. Trotzdem bin ich am Rücken und unter den Armen verschwitzt, als wir die Kuppe des Hügels erreichen. Ich verabscheue Schweiß, bei mir ebenso wie bei anderen Menschen, und ich weiß, in diesem Fall ist es Angstschweiß, das macht es nur noch schlimmer. Es ist natürlich ihre Schuld, aber ich lache mit ihr, damit sie keinen Verdacht schöpft.

Ich schiebe den Rollstuhl neben die Holzbank und arretiere die Bremsen. Bevor ich mich setzen kann, muss ich die Vogelkacke von der Bank entfernen. Dazu nehme ich den langen Baumwollschal, der in der Tasche an der Rückenlehne des Rollstuhls steckt – und behalte ihn gleich in der Hand. Es ist ihr Lieblingsschal, sie hat ihn zum Geburtstag geschenkt bekommen.

Meine Finger verkrampfen sich im weichen Stoff. Plötzlich fühle ich mich schwach und hilflos und weiß, ich benötige noch einen Moment, um mich auf das Unausweichliche vorzubereiten.

Mit einem tiefen inneren Seufzer sinke ich gegen die Rückenlehne der Bank und lasse den Blick gleiten. Ich mag diesen Ort genauso wie sie. Obwohl der Hügel kaum mehr als fünfzig Meter hoch ist, kommt es mir vor, als thronte ich über allem anderen. In einiger Entfernung kann ich die Ladekräne des Containerhafens sehen, doch der Lärm der Stadt kommt hier nicht an. Einige Greifvögel ziehen hoch oben ihre Kreise.

Ihre Hände liegen ruhig auf den schwarzen Kunststoffarmlehnen des Rollstuhls, auch sie genießt den Ausblick. Der leichte Wind hier lässt mich frieren, weil ich verschwitzt bin, und nach kurzer Zeit beginnt auch sie zu zittern.

Damit habe ich gerechnet.

«Warte, ich habe einen Schal für dich mitgebracht.»

Ich lege ihn ihr um den Hals, um diesen schmalen, grazilen Hals, und sie hebt sogar das Kinn dafür, lächelt, freut sich über diese Aufmerksamkeit des Menschen, den sie liebt. Zumindest glaube ich, dass sie mich liebt.

Mit einem schnellen Blick in die Runde überzeuge ich mich davon, dass wir nach wie vor allein sind.

Dann ziehe ich den Schal mit einem kräftigen Ruck straff.

Sofort bäumt sie sich auf, reißt die Hände an den Hals, um sich von der Schlinge zu befreien, doch es gelingt ihr nicht.

«So fühlt sich das an!», schreie ich in ihr Ohr. «So fühlt es sich an, wenn man keine Luft bekommt. Das ist es, was du mir antust. Warum tust du mir das immer wieder an!»

Mit meinen Worten stachele ich meine Wut an, und sie verleiht mir zusätzliche Kraft. Derart stark ziehe ich an dem Schal, dass ich befürchte, ihn zu zerreißen. Tief gräbt er sich in ihren Hals, schnürt Atmung und Leben ab.

Sie kämpft.

Ich zähle die Sekunden, wie man es bei einem Gewitter tut.

«Einundzwanzig, zweiundzwanzig, dreiundzwanzig …»

Die Zeit ist gegen mich. Im Angesicht des Todes will sie einfach nicht vergehen. Endlos ziehen sich die Sekunden dahin, selbst der Himmel scheint eingefroren zu sein, die Wolken ziehen nicht weiter, die Greifvögel verharren.

Schließlich sinken ihre Arme hinab.

Bei einhundertvierzig ist es endlich zu Ende.

Und ihr letzter Atemzug ist mein erster.

KAPITEL 1

1

Wohin nur mit der Wut?

Dieser heiß brennenden Wut, unter deren Diktatur Lennart Wolff einfach nicht mehr funktionierte wie ein normaler Mensch. Das war schon immer so gewesen. Wenn die Wut ihn packte, fusionierten in der Kernschmelze in seinem Inneren Gedanken und Gefühle und verklumpten sein Blut. Mit Wucht presste sein Herz die breiige Masse weiterhin durch die Adern, aber er spürte, wie die Blutbahnen von innen gegen die Haut drückten, als wollten sie sie sprengen. Und auch er selbst wollte dann einfach nur noch raus aus dieser Haut, die nicht mehr länger seine zu sein schien, sondern die eines Wahnsinnigen.

Lennart Wolff schnappte sich den vollen Plastikbeutel aus dem Mülleimer, der in der Küche zwischen Kühlschrank und Wand stand. Der Müll musste ohnehin noch raus, sonst würde bei dem schwülwarmen Wetter bald die ganze Wohnung danach stinken, und dann wäre der nächste Streit vorprogrammiert.

Dabei hatte er schon jetzt mehr als genug von dieser dauernden Streiterei! Mittlerweile verging keine Woche, in der sie nicht mindestens einmal aneinandergerieten, und auch wenn es nicht jedes Mal so heftig war wie heute, fühlte Lennart sich am Tag danach ausgelaugt und müde und war unkonzentriert.

Sie raubte ihm seine Kraft, diese Wut.

Er litt darunter.

Sogar seine Arbeit litt darunter.

Wie hatte es nur so weit kommen können?

Mit dem nackten Fuß stieß Lennart die Fliegengittertür zur Terrasse auf. Die Rückholfeder quietschte erbärmlich. Das war auch so etwas, was ihm seine Frau seit Wochen vorwarf – noch war er nicht dazu gekommen, sie zu erneuern.

«Wohin gehst du jetzt noch? Haust mal wieder ab, was? Typisch!», keifte Agnes von oben.

Vor ein paar Minuten hatte sie sich ins Schlafzimmer im Obergeschoss zurückgezogen, was ein kluger Schachzug war, denn während des Streits hatte Lennart einen Punkt erreicht, an dem er für nichts mehr die Garantie übernehmen konnte. Vielleicht wäre ihm die Hand ausgerutscht, vielleicht hätte er mit irgendeinem Gegenstand nach ihr geworfen. Es wäre das erste Mal gewesen in den acht Jahren, die sie verheiratet waren.

«Den Scheiß-Müll rausbringen!», brüllte er, bevor die Fliegengittertür mit lautem Scheppern gegen den Türrahmen krachte.

Draußen wie drinnen hatte es in der vergangenen halben Stunde gewittert, und die abziehenden Wolken hinterließen tiefe Schwärze. Der Regen verdampfte auf den von der Hitze des Tages aufgeheizten Straßen und Gehwegen, brütend-dumpfe Regenwaldluft schlug Lennart Wolff entgegen. Sie fühlte sich an wie eine feste Masse, in der all die negative menschliche Energie des vergangenen Tages kumulierte.

Hätte er ohne dieses belastende Wetter gelassener auf Agnes' Sticheleien reagiert? Wahrscheinlich nicht. Denn wenn seine Frau eines wirklich gut konnte, dann dieses Herumreiten auf Kleinigkeiten. Unablässig stieß sie ihm die Sporen in die Seiten, bis er blutete, ließ nicht locker, trieb ihn vor sich her …

Lennart Wolff trat mit dem Müllbeutel in der Hand in die dampfende Sommernacht hinaus und atmete tief ein und aus. Obwohl sie es nicht war, kam ihm diese Luft klar und rein vor, wie geschaffen, um einen klaren Kopf zu bekommen – und der war bitter nötig. Er musste sich unbedingt wieder in den Griff bekommen und herunterfahren, sonst würde er noch jemanden umbringen.

Da morgen der Abfuhrtermin war, stand die Mülltonne bereits vorn an der Zufahrt zu ihrem Grundstück. Barfuß lief Lennart über die gepflasterte Hofeinfahrt des neuen Hauses, das sie vor vier Jahren bezogen hatten. Ihr Heim, ihr Nest, auf das sie sich so gefreut hatten. Irre teuer war das alles gewesen, und sie hatten die Hypothek in dieser Größenordnung nur bekommen, weil er als Systemadministrator bei der Bank arbeitete.

Was, wenn sie sich trennten?

Das wäre eine finanzielle Katastrophe, gar nicht auszudenken!

Lennart öffnete die Fußgängerpforte, ging zu der Mülltonne hinüber und stopfte den Plastikbeutel in die ohnehin schon volle Tonne. Dazu musste er kräftig drücken und pressen. Der Beutel platzte auf, und eine Mischung aus Ketchup und Gorgonzola-Soße vom gestrigen Abendessen spritzte ihm gegen den Bauch und kleckerte auf die graue Jogginghose hinunter. «Verdammt noch mal, so eine Sch…»

Lennart unterbrach sich selbst, weil er spürte, dass er nahe dran war, vollends die Kontrolle zu verlieren.

Er sah sich um.

Einundzwanzig Uhr.

Niemand war in diesem ruhigen, fast schon gediegenen Wohnviertel um diese Zeit noch unterwegs. Es spielte keine Rolle, ob er bekleckert war oder sauber, ob er Schuhe trug oder nicht. Die Nachbarn würden ihn nicht sehen.

Lennart entspannte sich etwas, klaubte die Zigarette und das Feuerzeug aus der linken Tasche seiner Jogginghose – beides hatte er auf der Flucht aus dem Haus rasch eingesteckt – und zündete sich die Zigarette an.

Wie herrlich, den Geschmack von Tabak einzuatmen! Wie schön, damit etwas zu tun, was Agnes missfiel! Im Haus durfte er natürlich nicht rauchen, und sie küsste ihn auch nicht, wenn er es gerade getan hatte, aber verbieten lassen wollte Lennart es sich nicht.

Nach dem ersten tiefen Zug ging er nach rechts die Straße hinunter. Einfach nur ein bisschen umhergehen, den Kopf freibekommen, die Wut loswerden und hoffen, dass Agnes schon schlief, wenn er zurückkehrte. Heute wollte er ihr auf keinen Fall mehr über den Weg laufen. Wahrscheinlich würde er ohnehin auf der Couch schlafen. Wäre ja nicht das erste Mal.

Hundert Meter weiter, in Nummer 14, brannte noch Licht.

Sein Blick fiel immer dorthin, sobald Lennart das Grundstück verließ. Die beiden Lesben hatten wirklich ein cooles Haus, sehr stylisch und reduziert, mit vielen großen Glasflächen, aber das war nicht der wahre Grund für seine Neugier.

Lennart ging langsamer und versuchte, einen Blick ins Innere des Hauses zu erhaschen. Vielleicht lief eine seiner

Nachbarinnen in Unterwäsche herum. Beide hatten echte Traumkörper und scheuten sich nicht, sich zu zeigen. Schon oft hatte Lennart sich vorgestellt, wie es wohl wäre, aufs Grundstück zu schleichen, ganz aus der Nähe durch eines der Fenster zu schauen und die beiden dabei zu beobachten, wie sie es sich besorgten.

Allein der Gedanke erregte ihn.

An einer dunklen Stelle nahe einer hohen Buchenhecke blieb er stehen, beobachtete das Haus und gab sich seiner Phantasie hin. Stellte sich die nackten Lesben ineinander verschlungen im Bett vor. Seine Wut war noch nicht wirklich verschwunden, es strömte noch genügend Adrenalin durch seine Adern, um sich heute näher heranzutrauen. Dann wäre dieser Abend wenigstens nicht komplett für den Arsch!

Die Bewegung in der Dunkelheit hielt er im ersten Moment für eine Täuschung. Doch dann wiederholte sie sich, und Lennart erkannte, dass da drüben unter den Bäumen noch jemand stand und das Haus beobachtete.

Was für ein perverser Spanner!

Augenblicklich kochte die Wut in Lennart wieder hoch. Er musste an die Einbrüche denken, die es in diesem Wohngebiet immer wieder gegeben hatte. Ertappte er gerade einen dieser Typen beim Ausspionieren des nächsten Tatorts? Immer wenn in der Presse von einem Einbruch berichtet worden war, hatte Lennart zu Agnes gesagt, dass er sich wünsche, zu Hause zu sein, wenn bei ihnen jemand einstieg. Agnes glaubte ja nicht, dass er mit so einem Typen fertig werden würde, aber Lennart hatte in seiner Jugend geboxt und war immer noch fit genug, lief dreimal die Woche und ging am Wochenende ins Gym.

Lennart zog ein letztes Mal an der Zigarette, warf sie auf den nassen Asphalt und betrat die Straße.

«Hey du, was machst du da!»

Die Gestalt erschrak und fuhr herum. Sie war in ein feucht glänzendes, schwarzes Regencape gehüllt. Mit der Kapuze über dem Kopf und einer dieser Corona-Masken, die man hin und wieder noch sah, ebenfalls in Schwarz, war das Gesicht nicht zu erkennen. Einen Moment verharrte die Gestalt noch, dann lief sie in die entgegengesetzte Richtung die Straße hinunter. So wie ein Hund auf einen flüchtenden Hasen reagierte, reagiert auch Lennart: Er dachte nicht, wägte nicht ab, folgte einfach nur seinem durch massenhaft ausgeschüttetes Adrenalin aufgeputschten Instinkt.

Rannte hinterher.

Seine nackten Füße klatschten auf den nassen Asphalt.

«Bleib stehen!», rief er dem Flüchtenden hinterher.

Doch der dachte gar nicht daran, rannte weiter. Er war schnell, und sein Laufstil verriet Lennart, dass er es mit einem geübten Läufer zu tun hatte. Auf schnurgeradem Weg sprintete der Spanner die Straße hinunter und zog das Tempo sogar noch an. Lennart wusste, diese Geschwindigkeit würde er nicht allzu lange durchhalten können, und nach fünfzig Metern rechnete er schon nicht mehr damit, den Flüchtenden wirklich einholen zu können.

Vielleicht war es auch besser so. Man wusste ja nie. Nachher war es ein Verrückter, dem er da hinterherlief.

Lennart fiel auf, dass der Mann beim Laufen merkwürdige Geräusche machte. Es klackte irgendwie bei jedem Schritt.

Als sie sich der T-Kreuzung Malerstraße und Langenstraße näherten, knickte der Mann an der Kante eines Schlaglochs um und begann zu humpeln.

Lennart holte auf, als etwas Unvorhergesehenes geschah. Der Mann blieb plötzlich stehen und drehte sich um. Lennart konnte nicht schnell genug stoppen und auch nicht einfach ausweichen, ohne Gefahr zu laufen, auszurutschen und hinzufallen. Er ahnte, er würde den Mann umrennen und unter sich begraben.

Doch dazu kam es nicht. In einer fließenden Bewegung hob der schwarz gekleidete Fremde den rechten Arm, und noch ehe Lennart begriff, was passierte, spürte er einen kurzen, heftigen Druck auf seinem linken Auge, dann einen grell aufzuckenden Schmerz im Schädel. Sofort lief warme Flüssigkeit an seinem Gesicht herab.

Der Fremde wich geschickt aus, und Lennart Wolff ging mitten auf der Straße zu Boden. Dabei rutschte er ein Stück über den Asphalt, schürfte sich Handflächen und Knie auf, spürte davon aber nichts, weil der Schmerz in seinem Gesicht alles andere überdeckte.

Auf den Knien hockend hob Lennart eine Hand, um vorsichtig sein Gesicht zu betasten. Seine Finger berührten einen harten Gegenstand, der aus seinem linken Auge ragte. Diese sanfte Berührung reichte, um den Schmerz noch einmal zu steigern, und Lennart Wolff schrie sich die Seele aus dem Leib.

2

Es gab sie immer mal wieder, diese Tage, an denen Rebecca Oswald sich wünschte, ihre Beine benutzen zu können, laufen zu können. Mehr als fünfzehn Jahre lag der Unfall zurück, der zu einem Leben im Rollstuhl geführt hatte, das war mehr als genug Zeit, um sich daran zu gewöhnen, aber Rebecca wartete immer noch auf diese Gewöhnung.

Besonders in Momenten wie diesem.

Was sie gerade beobachtet hatte, konnte nicht sein!

Sie musste sich bei der Entfernung und dem schlechten Licht getäuscht haben.

Rebecca hatte das reinigende Gewitter abgewartet, um danach noch einmal hinauszufahren und nach diesem drückend warmen Tag die frischere Luft zu genießen. Außerdem mochte sie es, wie die Straßen im Sommer nach einem Gewitterschauer rochen, wenn der Wasserdampf vom warmen Asphalt aufstieg.

Von ihrer Wohnung waren es nur zehn Minuten bis in den nächsten Park, aber es war eindeutig nicht die beste Entscheidung gewesen, dorthin zu fahren. Die Wege waren nicht gepflastert, sondern lediglich geschottert, und überall standen tiefe Pfützen, zwischen denen sie Slalom fahren musste. Immer wieder sanken die Reifen ein, zudem spritzten Feuchtigkeit und Dreck an die Greifringe, weil sie versuchte, so schnell wie möglich vorwärtszukommen.

Im Park gab es ein paar Straßenlaternen, die aber weit auseinanderstanden, sodass sich helle und dunkle Bereiche abwechselten, und als die Erscheinung zum ersten Mal durch den hellen Bereich einer Laterne huschte, glaubte Becca noch an eine Täuschung.

Im Laufe des Abends hatte sie zwei Gläser Rotwein getrunken, was normalerweise keine großen Auswirkungen auf sie hatte, aber vielleicht trug ja das Wetter dazu bei, dass sie doch ein bisschen angetüddelt war. Anders war eigentlich nicht zu erklären, was sie gerade zu sehen geglaubt hatte.

Ein Mann auf einem Fahrrad mit einer Rolle aus Zeitungspapier auf dem Gepäckträger, aus der ein menschlicher Fuß herausragte?

Becca war sich absolut sicher, einen nackten Fuß gesehen zu haben, bevor die Erscheinung wieder in der Dunkelheit verschwand.

Aus einem ersten Reflex heraus versuchte sie, den Fahrradfahrer zu verfolgen, was ihr vielleicht sogar gelungen wäre, wenn die Wege nicht so aufgeweicht gewesen wären. Ihre Behinderung behinderte sie wieder einmal spürbar, und das ärgerte sie, die sie ihr Leben lang eine Sportlerin gewesen war.

Schwer atmend stoppte Becca ihren Rolli, den sie nach einem billigen Ikea-Stuhl Ivar nannte. Sie befand sich jetzt in einem der dunklen Bereiche des Parks. Dichtes Buschwerk schirmte sie von der Stadt ab – und von anderen Menschen. Hier war niemand außer ihr, und als Becca das bewusst wurde, lief ihr ein Schauer den Rücken hinab.

Aufmerksam sah sie sich um.

Büsche, gebeugt von der schweren Last des Regenwassers, wirkten wie verwunschene Gestalten, umhüllt von einer glitzernden, perlend nassen Dunkelheit. Die Stille war auf eindringliche Art unheimlich. Wo waren die pulsierenden Geräusche der Stadt, die ihr sonst immer das Gefühl der Sicherheit gaben? Becca hatte das Gefühl, in einem postapokalyptischen Film gelandet zu sein; die einzige Überlebende eines unheimlichen Virus vielleicht.

Sie lauschte in die nasse Dunkelheit. Beklommenheit ergriff Besitz von ihr, und Becca bereute es, allein in die Nacht hinausgefahren zu sein. Sie arbeitete bei der Polizei und sollte es eigentlich besser wissen. Wenn tatsächlich einer von fünfundzwanzig Menschen per definitionem ein Psychopath war, war die Chance, in dieser Stadt einem zu begegnen, groß genug.

Von irgendwoher schob sich ein leises Quietschen in die Stille. Zunächst noch verhalten, wurde es schnell lauter und lauter.

Er kommt zurück, schoss es Becca durch den Kopf.

Sie griff zum Handy – es steckte in der schwarzen Bauchtasche, die sie um den Körper trug –, zögerte aber noch, Jens Kerner anzurufen. Sie wusste, er hatte Dienst an diesem Abend, aber was sollte sie ihm sagen? Dass sie glaubte, einen Mann auf einem Fahrrad gesehen zu haben, der mit einem menschlichen Fuß auf den Gepäckträger geklemmt durch den Park fuhr?

Jens würde sie zuallererst fragen, ob sie etwas getrunken hatte. Was ja auch stimmte.

Unterdessen kam das Quietschen immer näher.

Ein hohes, langgezogenes Geräusch, ein gleichmäßig wiederkehrender Rhythmus. Suchend wandte Becca den Kopf hin und her – und dann sah sie ihn plötzlich wieder.

Gegenüber, auf der anderen Seite der runden Rasenfläche, fuhr er durch das Licht der Laterne, in dem er für einen Moment sichtbar wurde, bevor er wieder in der Dunkelheit verschwand und nur dieses jämmerlich quietschende Geräusch von seiner Existenz zeugte.

Keine Täuschung aufgrund ihres Alkoholkonsums.

Da fuhr jemand durch den Park, einen menschlichen Fuß auf den Gepäckträger geklemmt – und wie es aussah, war er in ihre Richtung unterwegs.

Hastig wählte Becca Jens' Nummer.

3

Jens Kerner rannte.

Dabei hatte er es gar nicht so mit dem Rennen. Mit Sport im Allgemeinen nicht. Daher rührte auch sein leichtes Übergewicht, das er einfach nicht loswurde. Seine Schritte waren nicht gerade federnd, ganz im Gegenteil, er kam mit jedem Schritt hart mit der Ferse auf und spürte die Erschütterung im ganzen Körper. Das war alles andere als angenehm, aber wenn er den vermeintlichen Mörder nicht aus den Augen verlieren wollte, blieb ihm nichts anderes übrig, als Gas zu geben.

Jens nahm sich fest vor, an seiner körperlichen Verfassung etwas zu ändern. Ein Ziel, das er schon häufiger anvisiert, aber bisher nicht erreicht hatte.

Diesmal würde er Ernst machen!

Der Mann auf dem Fahrrad hatte einen Vorsprung von drei- bis vierhundert Metern, fuhr aber nicht besonders schnell. Er wusste ja auch nicht, dass er verfolgt wurde, ebenso, wie er nicht wusste, dass er von Becca dabei beobachtet worden war, wie er den abgetrennten Fuß eines

Menschen auf dem Gepäckträger seines Fahrrads durch den Park spazieren fuhr.

Beccas Anruf hatte Jens während der Spätschicht im 33. Kommissariat am Wiesendamm in Hamburg aus dem Halbschlaf gerissen. Nicht, dass er nichts zu tun gehabt hätte! Berichte mussten verfasst, Recherchen eingeholt, Zeugenaussagen gelesen werden. Aber für diesen Schreibkram hatte Jens seit jeher nicht viel übrig, noch weniger als für Sport, und er überließ ihn gern Becca, die darin viel besser war als er.

Darin, und in den meisten anderen Dingen auch.

Es hatte stark geregnet. Ein Gewitterschauer, kurz, aber heftig, und überall auf den Straßen staute sich das Wasser an den überfluteten Gullys. Als Jens durch einen dieser flachen Teiche lief, spritzte ihm das Wasser bis ins Gesicht. Becca, die sich noch immer im Park aufhielt, versteckt zwischen irgendwelchen Büschen, hatte ihm per Handy durchgegeben, dass der Radfahrer nach einigen Rundfahrten um die zentrale Rasenfläche den Park in Richtung Westen verlassen wollte. Als Jens den Ausgang erreicht hatte, bog der Radler gerade auf die Straße ab.

Er bot ein merkwürdiges Bild.

Der Mann trug eine graue Regenjacke mit der Kapuze über dem Kopf, ansonsten aber nichts. Seine Beine waren nackt, er war barfüßig, und es war nicht zu erkennen, ob er überhaupt eine Hose unter der Jacke trug. Er fuhr ein altes Damenrad im Stil eines Hollandrads mit Weidenkorb am Lenkrad und einem ausladenden Gepäckträger. Irgendwas an dem Rad quietschte bei jeder Umdrehung der Pedale jämmerlich, und das Geräusch hallte in der stillen Nacht zwischen den Häusern wider. Das Rücklicht flackerte wie ein sterbendes Auge, und der Mann war nicht in der Lage, eine gerade Spur zu halten. Immer wieder taumelte er in Richtung Bordsteinkante, und es war wohl nur eine Frage der Zeit, bis er dagegenfahren und umkippen würde.

Wahrscheinlich war er betrunken oder stand unter Drogen. Oder beides zugleich. Warum sonst sollte jemand spätabends einen menschlichen Fuß auf seinem Gepäckträger herumkutschieren? Kurioser ging es kaum noch, dachte Jens, der schon einiges an Kuriositäten erlebt hatte.

Der Radfahrer näherte sich einer Kreuzung und drosselte das Tempo. Schließlich holte Jens weit genug auf, um das mit Zeitungspapier umwickelte Stück Fleisch auf dem Gepäckträger genauer erkennen zu können. Bis zu diesem Moment hatte er noch gehofft, es handele sich um einen Scherzartikel, aber diese Hoffnung erfüllte sich nicht.

Die schmutzige Fußsohle mit den einzelnen Zehen daran war überaus real.

«Polizei!», rief Jens. «Halten Sie an. Polizei!»

Er war höchstens drei Minuten gerannt, pfiff aber schon auf dem letzten Loch und spürte allzu deutlich, wie wenig fit er war.

Der Radfahrer wurde wieder schneller und schaffte es jetzt sogar, die Spur zu halten. Der Rhythmus des Quietschens wurde im gleichen Maße schneller, wie er in die Pedale trat.

Verdammt!

Jens hätte sich nicht so früh zu erkennen geben sollen.

Den Versuch, ebenfalls das Tempo anzuziehen, quittierte sein Körper mit einem netten kleinen Krampf in der rechten Wade.

Laut fluchend fiel Jens Kerner zurück.

Als er sich schon damit abfinden wollte, dass der Flüchtende ihm entkommen würde, schoss plötzlich von links ein Streifenwagen auf die Kreuzung und schnitt dem Radler den Weg ab. Um Haaresbreite gab es keinen Zusammenstoß, aber der Radler musste hart bremsen, verlor die Kontrolle über sein quietschendes Hollandrad, kippte um und blieb auf der nassen Straße liegen.

Voller hanseatischer Gelassenheit stieg Rolf Hagenah aus dem Streifenwagen, zog gemächlich seinen Hosenbund hoch, richtete den Gürtel mit Waffenholster und Pfefferspray, umrundete die Motorhaube und baute sich in seiner ganzen imposanten Größe vor dem am Boden liegenden Mann auf.

«Hier ist Endstation für dich», sagte er.

Jens Kerner humpelte auf einer Wade heran, die sich wie ein Metallimplantat anfühlte. Der Schmerz war nicht ohne, aber Jens verzog keine Miene, weil er sich vor Hagenah keine Blöße geben wollte. Sein alter Freund und Kollege ging bald in den Ruhestand, war also mehr als zehn Jahre älter als Jens. Und doch machte er immer noch einen fitten Eindruck.

«Das Rad hat nicht einmal Gangschaltung», bemerkte Hagenah. «Hast du dich zwischendrin auf eine Bank gesetzt, oder was?»

Jens überging die Bemerkung und kümmerte sich um den Fahrradfahrer. Er packte ihn am Schlafittchen, drehte ihn auf den Rücken – und erschrak.

Vor sich hatte er einen Mann von mindestens siebzig Jahren, wahrscheinlich war er sogar noch älter. Ängstlich schaute der alte Mann zu Jens auf, schnappte mit offenem

Mund nach Luft und gab sich den Anschein, als würde er gleich sterben.

«Brauchen Sie einen Arzt?», fragte Jens.

Der Oldie schien ihn nicht zu verstehen.

«Ruf mal die Rettung», wies Jens seinen Kollegen Hagenah an, der rasch in den Streifenwagen abtauchte und das Funkgerät zur Hand nahm.

Jens wollte sich zu dem Oldie hinunterbeugen, doch die versteinerte Wade machte ihm einen Strich durch die Rechnung. Er musste sich auf die Knie sacken lassen. Dabei fiel sein Blick auf das Fahrrad, das dicht neben ihm auf der Straße lag. Zwischen den Metallstreben des Gepäckträgers klemmte der Fuß. Wenn er die Länge der Zeitungsrolle richtig einschätzte, handelte es sich um einen kompletten Unterschenkel, der unter dem Kniegelenk abgetrennt worden war.

«Was machen Sie für einen Scheiß?», fragte er den alten Mann.

Doch der befand sich in einer ganz anderen Welt. Seine Augen irrlichterten umher, Speichel lief ihm aus dem Mund, seine Hände zitterten stark. Jens erkannte, dass er aus dem Mann nichts herausbekommen würde, es sogar fahrlässig wäre, ihn in diesem Zustand zu verhören. Es blieb ihnen nichts anderes übrig, als auf den Rettungswagen zu warten.

Hagenah trat neben ihn. «Da kam gerade noch eine merkwürdige Meldung rein», sagte er.

«Sag nicht, noch ein Fahrradfahrer, der das andere Bein auf dem Gepäckträger hat.»

«Nee. Jemandem wurde auf offener Straße ins Auge gestochen. Der Tatort ist keine fünf Minuten von hier entfernt. Malerstraße, Ecke Langenstraße. Die Zentrale hat angefragt, ob einer von uns das übernehmen kann. Alle anderen sind im Einsatz. Was für eine verrückte Nacht!»

Jens kam auf die Beine und vermied es, vor Schmerzen aufzustöhnen.

«Ich fahr rüber», sagte er gepresst. «Bleib du hier und fahr mit dem Rettungswagen mit. Ich hole dich dann später aus dem Krankenhaus ab.»

4

«Na, Frau Doktor, wie sieht es mit einem kleinen Abendlauf aus?»

Eva Probst schlang ihrer großen Liebe Laura Windmüller, die mal wieder noch vor dem PC hockte, von hinten die Arme um den Hals und flüsterte ihr die Worte leise ins Ohr.

Laura hatte noch nicht geduscht, seit sie vor einer Stunde nach ihrer Schicht im Krankenhaus nach Hause gekommen war. Sie wusste, nach diesem schwülwarmen Tag roch sie nicht besonders gut, wahrscheinlich nach einer Mischung aus Desinfektion und Schweiß, aber das schien Eva nicht zu stören.

«Es gewittert», sagte Laura ebenso leise.

«Seit einer halben Stunde nicht mehr, und es fängt auch nicht wieder an. Ich habe gerade die Lauf-App gecheckt.»

«Ja, aber es ist fast zweiundzwanzig Uhr und längst dunkel.»

«Im Winter laufen wir dauernd im Dunkeln.»

Auf dieses Argument erwiderte Laura Windmüller nichts mehr, legte stattdessen ihren Kopf sanft gegen den ihrer Freundin, schloss die Augen und atmete tief ein und aus. Sie konnte spüren, wie mit der Atemluft die Anspannung des Tages ihren Körper verließ. Aber leider nicht genug. Es war immer zu viel, und jeden Tag kam neuer Ballast dazu.

«Komm schon, es wird dich entspannen», redete ihre Freundin ihr gut zu.

Laura seufzte und streichelte Evas Unterarme. Die makellos glatte Haut, die feinen blonden Härchen, die feingliedrigen, sensiblen Hände, das Tattoo in Form eines Paragraphenzeichens auf der Innenseite des linken Arms.

«Ich muss diese drei Seiten noch durchsehen. Das dauert sicher noch eine halbe Stunde. Magst du nicht allein laufen gehen, und wir entspannen uns später, wenn wir beide geduscht sind, auf andere Weise?»

«Auf welche Weise?»

«Du weißt schon.»

«Ja, aber ich will es aus deinem Mund hören. Nur wenn du es sagst, musst du nicht mit mir laufen gehen.»

«Lass uns beim Sex entspannen», flüsterte Laura ihr ins Ohr, und ihr selbst lief ein Schauer der Erregung den Rücken hinab. Bevor sie Eva kennengelernt hatte, hatte sie solche Worte nie in den Mund genommen und nicht gewusst, welche Wirkung sie auf sie selbst haben konnten.

«Okay», sagte Eva. «Du darfst weiter hier hocken bleiben, während ich die tolle Abendluft nach einem reinigenden Gewitter genieße. Und wenn ich wiederkomme, will ich dich geduscht und nackt in unserem Bett vorfinden.»

«Ich werde auf dich warten.»

«Aber nicht wieder einschlafen, hörst du!»

«Versprochen.»

Es war Laura unangenehm, darauf angesprochen zu werden. In den letzten Monaten war es einfach zu häufig passiert, was natürlich viel mit der erhöhten Arbeitsbelastung durch die Corona-Pandemie zu tun hatte. Trotzdem sollte sie als erst fünfunddreißigjährige Frau nicht jeden Abend wie eine Leiche ins Bett fallen. Eva hatte in der Kanzlei, in der sie als angestellte Rechtsanwältin arbeitete, auch stressige Tage, war abends aber meistens noch fit für ihr Lauftraining – und andere Dinge.

«Was machst du da eigentlich?», fragte Eva und löste sich von ihr.

«Das Übliche. Doktorarbeiten überprüfen.»

«Immer auf der Suche nach jemandem, der nur abgeschrieben hat, was?»

«Schon, aber die hier ist richtig gut. Sonst hätte ich sie nach diesem anstrengenden Tag auch längst in die Ecke geworfen.»

«Warum macht dein Prof das nicht selbst?»

«Weil er Professor ist und dafür seine Sklavin hat. Ich hasse den Typen, aber noch ist er mein Chef.»

«Ich hoffe, ich lerne ihn nie kennen», sagte Eva und lief zwei Stufen auf einmal die freitragende Betontreppe ins Obergeschoss hinauf. Es dauerte nur wenige Minuten, bis sie in kurzen, engen Laufshorts wieder herunterkam, dazu trug sie ein pinkfarbenes Trägerhemd und Laufschuhe in der passenden Farbe. Eva gab Unsummen für ihre Sportkleidung aus und war beim Sport immer perfekt gestylt.

Ihr langes blondes Haar hatte sie zu einem Pferdeschwanz zusammengebunden, der keck hin und her schwang, und machte auf dem glatten weißen Fliesenboden ihre Dehnübungen. Sie sah dabei einfach zum Anbeißen aus.

«Machst du das extra?», fragte Laura.

«Nein, mit Absicht. Du sollst dich schließlich auf später freuen.»

Sie kam zu Laura an den Esstisch, an dem sie ihre Arbeit zu erledigen pflegte, und küsste sie. Auf eine Art und Weise, die keinen Zweifel daran ließ, wie sehr sie sich auf später freute.

Dann ging sie zur Tür.

Die Klinke schon in der Hand, drehte sie sich noch einmal um und verharrte.

«Was ist?», fragte Laura.

«Weißt du eigentlich, wie sehr ich dich liebe?»

«Ich denke schon. Und das beruht auf Gegenseitigkeit.»

Eva lächelte versonnen und wollte das Haus verlassen, als Laura noch etwas einfiel.

«Hast du die Begleit-App aktiviert?»

Ihre Freundin trug beim Laufen ihr Handy in einer durchsichtigen Tasche am Oberarm, was etwas merkwürdig aussah, wie Laura fand, dazu eine Fitness-Uhr, die ihre Vitalfunktionen sekündlich überwachte – überflüssig, weil sie fit war wie der sprichwörtliche Turnschuh.

Eva nahm das Handy hervor und aktivierte die App.

«Bis gleich», rief sie und verschwand.

Plötzlich hatte Laura das überwältigende Verlangen, ihr hinterherzulaufen und sie darum zu bitten, daheim zu bleiben. Nicht allein hinaus in die Nacht zu gehen, weil sie sie sonst nie wiedersehen würde. Woher auch immer dieses irrationale Gefühl kam.

«Sei nicht so verdammt besitzergreifend», sagte sie zu sich selbst, denn sie wusste, diese hässliche Seite hatte sie von ihrer Mutter geerbt.

5

Die Fahrt zu der Adresse, die Hagenah ihm genannt hatte, dauerte vier Minuten, und als Jens in die Langenstraße einbog, sah er den Menschenauflauf schon von weitem. Ein Rettungswagen war allerdings noch nicht da. Keine Überraschung! Auch die Jungs und Mädels von der Rettung hatten in dieser ungewöhnlichen Nacht alle Hände voll zu tun und kamen gar nicht hinterher. Es schien, als machte die schwüle Luft, die seit gestern wie eine Glocke über der Stadt lag, die Menschen verrückt.

Vielleicht hatte aber auch einfach niemand aus dem Menschenpulk daran gedacht, die 112 zu wählen. Wäre ja nicht das erste Mal. Da standen sie, hielten ihre Handys hoch für sensationelle Fotos und Videos, mit denen sie die Leere der Menschen füllen konnten, die auf Social Media unterwegs waren, kamen aber nicht auf die Idee, das Telefon für den Zweck zu benutzen, für den es ursprünglich einmal erfunden worden war.

Jens parkte den Wagen schräg auf der Straße, schaltete das Blaulicht ein, rief in der Zentrale an und erfuhr, dass sehr wohl schon ein Rettungswagen unterwegs war. Dann stieg er aus und ging zu der Menschenansammlung. Aufgeregtes Getuschel drang ihm entgegen. Leiber in kurzen Hosen, Flip-Flops und Trägershirts drängten sich eng aneinander, als hätte es nie eine Corona-Pandemie gegeben.

«Polizei, machen Sie bitte Platz», stieß Jens aus, ohne sich die Mühe zu machen, freundlich zu klingen. Gaffer reagierten nicht auf Freundlichkeit, sondern nur auf klare Ansagen oder schmerzhafte Geldstrafen.

Der äußere Ring der Neugierigen drehte sich zu ihm um, und er konnte in ihren Gesichtern sehen, wie sie überlegten, ob es sich lohnte, sich für den guten Platz mit ihm anzulegen.

Lohnt sich nicht, ließ Jens sie mit seinem Blick wissen, und sie wichen zur Seite.

Er schob sich durch den mittleren und inneren Ring und erreichte schließlich die Ringmitte. Dort lag ein Mann rücklings auf der Straße. Er trug eine graue, blutbefleckte Jogginghose, ein weißes, ebenfalls besudeltes Shirt und war barfuß. Über ihn beugte sich ein weiterer Mann, der beruhigend auf den Liegenden einredete.

Erst als Jens sich einen anderen Blickwinkel verschaffte, sah er, dass aus dem linken Auge des Liegenden ein hölzerner Griff herausragte – wahrscheinlich von einem Messer. Um diesen Griff herum hatte jemand Mullverband gewickelt, sodass das verletzte Auge nicht zu sehen war. Der Mullverband war vom Blut des Mannes und einer gelblichen Flüssigkeit getränkt.

«Hauptkommissar Kerner», stellte Jens sich vor. «Was ist hier passiert?»

Der Mann, der die Arme des Verletzten an den Handgelenken festhielt, zuckte mit den Schultern. «Ich weiß es nicht. Ich kam zufällig vorbei. Ich bin Arzt ...»

«Sie haben den Verband angelegt?»

Der Mann nickte. «Damit kein Schmutz in die Wunde gelangt. Mehr kann ich hier nicht machen, aber der Rettungswagen müsste gleich eintreffen, ich hab angerufen.»

«Ist das ein Messer?», fragte Jens und deutete mit dem Kinn auf den Holzgriff.

Der Mann nickte. «Das darf erst im Krankenhaus entfernt werden. Steckt ziemlich tief drin.»

«Ist der Angreifer flüchtig?»

«Nehme ich an», antwortete der Mann.

«Haben Sie den Messergriff angefasst?»

«Nein, auf keinen Fall, das wäre viel zu gefährlich. Aber ich befürchte, der Verletzte selbst hat ihn angefasst. Er wollte versuchen, das Messer herauszuziehen ... würde es auch wieder versuchen, deshalb halte ich seine Arme fest.»

Jens nickte und wandte sich an den Verletzten.

«Können Sie mich hören? Wie ist Ihr Name?»

Der Brustkorb des Mannes hob und senkte sich in schnellem Rhythmus. «Wolff ... Lennart Wolff», stieß er mühsam hervor.

«Mein Name ist Jens Kerner, ich bin Polizist im 33. Kommissariat. Können Sie mir sagen, was passiert ist?»

Das unverletzte Auge des Mannes zuckte nervös hin und her, die Pupille war geweitet.

«Verfolgt ... ich habe ihn verfolgt ... ein Einbrecher ...»

«Sie haben jemanden verfolgt, und der hat Ihnen das angetan?»

Der Verletzte wollte nicken, beließ es aber bei dem Versuch und verzog vor Schmerz das Gesicht.

«Nicht bewegen!», mahnte der Mann.

«Haben Sie ihn gesehen? Können Sie ihn später beschreiben?», fragte Jens.

«… meine Frau … wo ist meine Frau?»

«Hat jemand seine Frau informiert?», fragte Jens den Mann, doch der zuckte nur mit den Schultern.

«Hat jemand seine Frau informiert?», wiederholte Jens seine Frage in die Runde, erntete aber nur verständnislose Blicke.

«Wohnen Sie in der Nähe?», fragte Jens den Verletzten. So, wie er angezogen war, lag das eigentlich auf der Hand.

«Malerstraße … 21 … meine Frau …», antwortete er.

«Ich hole Ihre Frau her, keine Angst, das wird schon wieder.»

«Passen Sie auf ihn auf», sagte Jens zu dem Mann, klopfte ihm anerkennend auf die Schulter und meinte das auch ehrlich. Es gab nicht mehr viele Menschen, die so umsichtig handelten wie dieser Mann.

Ein Handy blitzte auf. Jemand schoss ein Foto. Gleichzeitig bog der Rettungswagen um die Ecke. Jens drehte sich zu demjenigen um, der das Foto geschossen hatte, doch der verdrückte sich schnell durch die Menge hinweg nach hinten und verschwand. Jens konnte nur noch erkennen, dass er dunkle Regenkleidung trug.

«Wenn hier noch einer fotografiert, nehme ich ihm das Handy weg», schnauzte Jens die Leute an.

In seinem Rücken blitzte es wieder auf. Jens fuhr in dem Moment herum, als der Mann, der fotografiert hatte, sein Handy gerade wegstecken wollte. So ein asoziales Verhalten! In Jens kochte die Wut hoch. Er packte zu, bekam das Handgelenk des Mannes zu fassen und knickte es nach hinten ab.

Der Mann schrie vor Schmerzen auf.

Ein anderer brüllte etwas von Polizeigewalt.

Jens schnappte sich das Handy.

«Ey, gib das sofort wieder her!», schnauzte der Mann und rieb sich das Handgelenk.

«Nach Paragraph 201a Strafgesetzbuch steht das Fotografieren von lebenden Unfallopfern unter Strafe. Ich darf in diesem Fall das Handy beschlagnahmen, um die Persönlichkeitsrechte des Opfers zu schützen und die Fotos löschen zu lassen.»

«Ich will mein Handy zurück!»

«Können Sie sich auf dem 33. abholen, dauert aber eine Weile, bis die Fotos gelöscht sind.»

«Ich mach's gleich hier, vor Ihren Augen», bot der Mann an.

«No way», sagte Jens und steckte das Handy in seine Tasche.

Der Mann, viel kleiner als Jens und dickbäuchig, kam Jens gefährlich nahe. Wut blitzte in seinen Augen auf. «Sind wir hier in einem Polizeistaat, oder was!»

«Du landest gleich auch auf dem 33., wenn du jetzt nicht die Fresse hältst», sagte Jens gefährlich leise. Er wusste, dass die anderen Gaffer ihn wahrscheinlich gerade filmten, aber das war ihm egal. Er wandte sich ab und rief laut und deutlich: «Okay, ich brauche von allen Anwesenden Namen, Adresse und Telefonnummer.»

Wie erwartet, begann sich die Menge zu zerstreuen.

Der Notarzt kam mit seiner Tasche herbeigelaufen und ging neben dem Verletzten auf die Knie.

«Wohin bringen Sie ihn?», fragte Jens.

«UKE.»

Während der Notarzt sich um den Verletzten kümmerte, ging Jens die Malerstraße hinunter, sah sich nach den Hausnummern um und suchte nach Nummer 21. Dabei telefonierte er mit der Einsatzzentrale des 33., erklärte die Situation und bat um Unterstützung, die sich nach einem flüchtigen Täter umschauen sollte. Das ergab zwar nicht viel Sinn, da der Angreifer sicher längst über alle Berge oder in einem Versteck verschwunden war. Es nicht zu tun, wäre aber fahrlässig gewesen.

Er fand das Haus schnell, da es tatsächlich keine drei Minuten vom Tatort entfernt lag. Jens wunderte sich, warum die Ehefrau des Verletzten nicht von allein gekommen war. Sie musste doch bemerkt haben, dass ihr Mann einen vermeintlichen Einbrecher verfolgen wollte.

Jens schob die Pforte auf, ging die Auffahrt hinauf bis zur Haustür und drückte auf den Klingelknopf. Um die Dringlichkeit zu unterstreichen, tat er es viermal kurz hintereinander.

Im Flur flammte Licht auf. Jemand kam die Treppe hinunter, das konnte Jens durch die Milchglasscheibe der Tür sehen.

«Nimm gefälligst deinen Scheiß-Schlüssel mit, wenn du rauchen willst, sonst kannst du das nächste Mal die Nacht draußen verbringen», keifte hinter der Tür eine weibliche Stimme.

«Polizei. Ihr Mann hatte einen Unfall, können Sie bitte öffnen!»

«Moment … was … Lenn … Lenn, bist du da?»

Die Frau rief nach ihrem Mann. Vernünftig, dachte Jens. Sofort die Tür zu öffnen, nur weil jemand behauptete, er sei von der Polizei, wäre leichtsinnig gewesen. Einem Einbrecher hinterherzulaufen war es im Übrigen auch.

Die Frau öffnete schließlich doch die Tür. Sie trug kurze blaue Shorts zu einem weißen Shirt und sah Jens aus großen, ängstlichen Augen an.

Was ihr gerade passierte, war die Horrorvorstellung schlechthin: Spätabends klingelte die Polizei, um eine Nachricht zu überbringen. Diese Szene kannte man aus unzähligen Krimis im Fernsehen, und die Polizisten waren niemals Überbringer guter Nachrichten.

Jens erklärte der Frau in kurzen Sätzen, was vorgefallen war und dass es ihrem Mann zwar nicht gutgehe, er aber wohl nicht in Lebensgefahr schwebe.

«Ziehen Sie sich etwas an, beeilen Sie sich, dann können Sie vielleicht noch im Rettungswagen mitfahren.»

Sie zog sich nicht um, schnappte sich lediglich einen Hausschlüssel, schloss ab und verließ zusammen mit Jens das Grundstück. Kaum hatten sie die Straße betreten, konnten sie den Widerschein der Blaulichter am Himmel sehen.

«Oh Gott!», stieß Agnes Wolff aus. «Was ist denn nur passiert? Lennart wollte doch nur den Müll rausbringen.»

«Es sieht so aus, als hätte ihr Mann einen Einbrecher überrascht und ihn verfolgt. Haben Sie das nicht mitbekommen?»

«Einen Einbrecher? Bei uns? Nein, ich ... wir ... wir hatten einen Streit.»

Das erklärte so einiges, zumindest für Jens, der nach zwei gescheiterten Ehen ein großer Kenner ehelichen Streits war.

Sie erreichten den Tatort. Mittlerweile waren zwei weitere Streifenwagen eingetroffen. Um den immer noch am Boden liegenden Lennart Wolff hatte sich mittlerweile eine dichte Mauer aus Rettungssanitätern und Polizisten gebildet. Während die Sanitäter den Mann behandelten, schirmten die Polizisten ihn ab. Andere waren damit beschäftigt, auch noch die allerletzten, hartnäckigen Gaffer zu vertreiben.

Jens übergab die Ehefrau an einen der Rettungssanitäter. Der führte sie zu ihrem Mann, und das Letzte, was Jens von Agnes Wolff hörte, war ein entsetzlicher Aufschrei. Jens hielt sich nicht für zartbesaitet oder besonders emotional, aber dieser Schrei fuhr ihm durch Mark und Bein.

Einmal mehr fragte er sich, wohin es ging mit dieser Gesellschaft, in der Brutalität keine Ausnahme mehr war, sondern Alltag – zumindest für ihn und seine Kollegen. Was würde das auf Dauer mit ihm machen?

Wie hart musste man sein, um heutzutage noch durchzukommen, und wie abgestumpft durfte man höchstens werden, um sich noch ein wenig Menschlichkeit zu bewahren?

Warum stach jemand einem anderen ein Auge aus, statt ihn einfach nur niederzuschlagen?

Warum transportierte man einen abgetrennten menschlichen Unterschenkel auf dem Fahrradgepäckträger durch die Stadt?

Jens winkte einen der uniformierten Kollegen zu sich heran. Er bat ihn darum, sich bei den Anwohnern der Straße umzuhören, ob jemand etwas gesehen hatte. Außerdem sollten er und seine Kollegen herausfinden, ob es in dieser Siedlung andere auffällige Aktivitäten gegeben hatte. Einen Einbruchsversuch zum Beispiel oder verdächtige Personen, die sich hier herumgetrieben hatten.

Jens ging den Weg zurück, den Lennart Wolff von seinem Haus aus gekommen sein musste. Eben, als er die Ehefrau geholt hatte, war er mit ihr beschäftigt gewesen und hatte keine Zeit gehabt, sich genauer umzuschauen. Das holte er jetzt nach. Er sah sich nach den Häusern rechts und links der Straße um. Alles neue, teuer aussehende Einfamilienhäuser auf kleinen Grundstücken, auf den ersten Blick ein gefundenes Fressen für professionelle Einbrecherbanden. Die Häuser standen zwar dicht beieinander, aber man hatte sich abgeschirmt gegen allzu neugierige Blicke der Nachbarn. Zäune, Mauern, Büsche, Bäume, Bambushecken. Viele Möglichkeiten, sich zu verstecken.

In einigen Häusern brannte Licht. Jens sah Gesichter hinter Scheiben, besonders neugierige Anwohner standen im Garten und schauten zu den Blaulichtern hinüber.

Eine Joggerin trat von links aus einem Grundstück und kam Jens entgegen.

Sie trug enge Shorts, dazu ein Träger-Oberteil in Pink und Laufschuhe in der passenden Farbe. Am nackten linken Oberarm war an einem Gurt ein Handy befestigt, in ihren Ohren steckten Ohrhörer. Von ihrer Stirn strahlten ihm die blendend hellen Leuchtdioden einer Stirnlampe entgegen.

Als sie Jens erreichte, stoppte die junge Frau und zog die Stöpsel aus ihren Ohren.

«Was ist da denn passiert?», fragte sie.

Jens nutzte die Gelegenheit, zeigte seine Dienstmarke und fragte, ob sie etwas Ungewöhnliches bemerkt habe.

Ohne den Blick von den Blaulichtern zu nehmen, die ein Stück die Straße hinunter den nachtschwarzen Himmel erleuchteten, schüttelte sie den Kopf.

«Nein, nichts … aber was ist denn passiert?»

«Ein verhinderter Einbruch mit einem Verletzten. Wollen Sie jetzt wirklich noch laufen gehen?»

Die Frau nickte. «Ich weiß, es ist eigentlich schon zu spät, aber ich musste das Gewitter abwarten, und ohne meine tägliche Laufeinheit schlafe ich nicht gut.»

Jens betrachtete die Frau genauer. Sie war dünn und drahtig, in ihrem ebenmäßigen Gesicht traten Wangenknochen und Kinn deutlich hervor. Sie schien sich jedes Gramm Fett wegtrainiert zu haben. Ihre Beine schienen nur aus Muskeln und Bändern zu bestehen, glatt, braun gebrannt und mit Waden, die wie Reliefs aus der Haut hervortraten und sich sicher niemals verkrampfen würden.

Schmerzhaft erinnerte Jens sich an seine Wade, die sich noch immer wie ein Brett anfühlte.

«Ich würde es begrüßen, wenn Sie wieder ins Haus gingen und das Laufen für heute sein ließen», bemerkte Jens.

Die Frau sah ihn an.

«Warum?»

«Weil der oder die Einbrecher wahrscheinlich noch in dieser Gegend unterwegs sind.»

«Ach, und die schwenken jetzt schnell um auf Vergewaltigung, oder wie?» Das klang jetzt ein wenig bissig. Jens wusste nicht, was er falsch gemacht hatte.

«Das vielleicht nicht, aber …»

«Oder haben Sie sich noch nicht daran gewöhnt, dass die Corona-Ausgangssperren Geschichte sind?», fuhr die Frau fort, schenkte Jens ein Lächeln, das ein wenig überheblich wirkte, steckte sich die Stöpsel in die Ohren und lief davon.

Jens sah ihr nach. Sah den blonden Pferdeschwanz dynamisch von einer Seite zur anderen schwingen und die Beine arbeiten wie die Kolben einer Maschine.

Mit ein wenig Neid im Herzen wandte Jens sich ab.

6

Mein Atem rast. Mein Herz dehnt sich in hoher Geschwindigkeit aus, zieht sich wieder zusammen, dehnt sich noch machtvoller aus, als wollte es explodieren. Ich spüre mein Blut durch den Körper schießen und Adrenalin in großen Mengen bis in die letzten Nervenzellen transportieren, genieße dieses hellwache, aufputschende Gefühl. Beinahe ist es, als würde ich schweben. Nur ein bisschen mehr Nervenkitzel noch, und ich könnte fliegen. Eines Tages wird es so weit sein, ich stehe ja erst am Anfang meiner Geschichte, am Anfang meiner Kunst, die ich zwar nicht erfunden habe, aber in neue Sphären führen und der ganzen Welt zeigen werde. Kunst, wie sie größer und realistischer nicht sein kann. Kunst, die zugleich ihren stärksten Ausdruck in der digitalen Welt findet.

Niemand vor mir ist je auf diese Idee gekommen.

Heutzutage in irgendwas führend zu sein, ist schon eine Kunst an sich. Schon immer habe ich das gewollt. Dass es anders gekommen ist, ist nicht meine Schuld.

Immer wieder wirft mir jemand Hindernisse in den Weg.

So wie dieser neugierige Nachbar.

Ihm das Auge auszustechen, war nicht vorgesehen und hat Zeit gekostet. Dass ich meinem Opfer nun trotzdem noch auflauern kann, habe ich einzig und allein meiner akribischen Vorarbeit zu verdanken. Ich weiß ganz genau, welche Wege sie einschlägt, und auch wenn sie sie hin und wieder wechselt, sind es doch nur vier verschiedene Routen. Nur eine davon ist kurz, eine Strecke, die sie meist spätabends läuft, wenn die Zeit knapp ist.

Ich steige die Treppenstufen empor, die von den Landungsbrücken zum Hotel Hafen Hamburg hinaufführen. Um diese Zeit ist hier nicht mehr viel los, und auch wenn im Hotelrestaurant noch Betrieb ist, ist diese Stelle auf halber Höhe der Treppe bestens geeignet. Sie könnte ebenso gut in einem Park oder Wald liegen.

Ein Abschnitt Einsamkeit mitten in der Stadt, der als solcher nicht wahrgenommen wird.

Ich drücke mich an der metallenen Absperrung vorbei und verschwinde nach zwei Schritten im dicht belaubten Dickicht des Hanges. Nach dem starken Regen muss ich aufpassen, auf dem nassen Gras nicht abzurutschen. Meine speziellen Schuhe haben nicht die richtigen Sohlen für diesen Untergrund, darüber sollte ich mir beim nächsten Mal vorher Gedanken machen. Schräg gegen den steilen Hang gelehnt und mit einer Hand an einem Baumstamm abgestützt, geht es aber.

Mitten in Hamburg, an einem der touristischen Hotspots, bin ich plötzlich unsichtbar.

Wenn man sie später hier findet, wird das Entsetzen riesig sein und der Aufschrei lange nachhallen. Lange genug, um dann vom nächsten Aufschrei abgelöst zu werden. Und vom nächsten und nächsten und nächsten …

Aus der Dunkelheit heraus kann ich den Fuß der Treppe sehr gut einsehen. Ich weiß, dass sie von unten kommen wird, denn sie kommt immer von dort.

Geduld, nur Geduld. Mein Atem beruhigt sich, mein Herz schlägt wieder normal, das Adrenalin zieht sich aus den Blutbahnen zurück. Ich werde ruhiger und ruhiger.

Vor meinem geistigen Auge sehe ich Greifvögel am Himmel, erstarrt, so als legte die Zeit eine Pause ein.

Nach wenigen Minuten höre ich Stimmen.

Ein Pärchen kommt von oben die Treppen hinunter. Noch kann ich es nicht sehen, nur hören. Der Mann spricht laut und selbstbewusst.

«... ist mir vollkommen egal, was er davon hält. Wenn er den Preis nicht bezahlen will, ziehen wir eben weiter.»

«Ich dachte, er wäre dein Freund.»

«Beim Geld hört die Freundschaft auf.»

Jetzt erreicht das Pärchen meine Höhe. Beide sind schick gekleidet, er trägt einen dunklen Anzug mit weißem Hemd, sie ein Kleid, dazu hochhackige Schuhe, auf denen sie so schlecht laufen kann, dass sie sich an ihrem Begleiter festhalten muss.

In kaum zwei Metern Entfernung gehen sie an mir vorbei und steigen die Treppe zu den Landungsbrücken hinunter. Ich kann ihr Parfum und seinen Schweiß riechen. Bald verhallen ihre Stimmen, und es wird wieder still – bis unten auf der Straße ein Rettungswagen mit Blaulicht und Einsatzhorn entlangrast.

Ob darin der Mann liegt, dem ich mein Messer ins Auge gerammt habe? Ich hätte das Messer gern behalten, es ist schön und war ein Geschenk. Irgendwie habe ich wohl den Knochen der Augenhöhle erwischt, und es ist leider stecken geblieben.

Habe ich Mitleid mit dem Mann? Nein, ich denke nicht. Ich kenne ihn überhaupt nicht und finde, er ist selbst schuld. Es war unnötig, mir hinterherzulaufen. Zur Strafe wird er nun für den Rest seines Lebens ein Glasauge oder eine Piratenklappe tragen müssen, und damit ist er noch gut davongekommen, denn eigentlich habe ich gar nicht auf das Auge gezielt. Ich hatte gehofft, ihn am Hals zu erwischen, aber der Mann war kleiner als gedacht.

In diesem Moment taucht sie drüben auf der anderen Straßenseite auf.

Sie läuft auf der Stelle, wartet den Verkehr ab. Erst als die Lücke groß genug ist, spurtet sie über die Straße und hält auf die Treppen zu.

Ich bin aufgeregt, beginne zu schwitzen.

Es geht los!

7

Als Jens später im Krankenhaus eintraf, hockte Rolf Hagenah zusammengesunken auf einem orangefarbenen Plastikstuhl, der unter seinem massiven Körper viel zu klein und instabil aussah. Hagenahs Kinn ruhte auf seiner Brust, vor der er die Arme verschränkt hatte. Mit geöffnetem Mund schnarchte er leise vor sich hin. Die Zungenspitze hing ein wenig heraus.

Jens zog sein Handy hervor und schoss ein Foto von dem Schlafenden. Er erinnerte sich gerade an den Fall mit dem Pizza-Lieferdienst, da hatte Hagenah seinerseits Jens fotografiert, nachdem er sich ein Stück von der Zunge abgebissen hatte und mit blutverschmiertem Gesicht und Shirt herumgelaufen war. Dieses peinliche Foto geisterte bis heute durch die Fotogalerien der Kollegen und Kolleginnen vom 33.

Ein bisschen Rache unter Freunden konnte nicht schaden, dachte Jens, machte kehrt und ging zurück zu dem Getränkeautomaten, an dem er eben vorbeigekommen war. Er warf Kleingeld ein und zog zwei Becher Kaffee heraus. Bevor er damit zu seinem Freund ging, nahm er noch einmal sein Handy, schickte Hagenah das unvorteilhafte Foto, rief ihn an und beobachtete ihn aus der Entfernung.

Dessen Handy meldete sich unfassbar laut mit dem dunklen Horn eines Container- oder Kreuzfahrtschiffes. Hagenah schreckte aus dem Schlaf. Verwirrt und desorientiert sah er sich um und tastete sich selbst nach dem Handy ab, bevor er es auf dem Sitz neben sich fand.

«Hagenah», meldete er sich.

«Du siehst scheiße aus, wenn du schläfst», begrüßte Jens ihn.

«Häh!»

Jens legte auf und trug die beiden Kaffeebecher zu Hagenah hinüber, der ihn jetzt erst bemerkte.

«Was sollen die Menschen von unserem Präsidium denken», sagte Jens und überreichte seinem Freund einen Kaffeebecher. «Du siehst nicht gerade aus wie ein motivierter Polizeibeamter.»

Hagenah richtete sich auf und nahm den Becher entgegen.

«Was juckt's mich, ich bin sowieso bald in Rente.»

Das war ein Thema, über das Jens lieber nicht nachdenken wollte. Hagenah war zehn Jahre älter als er, und bald würde er nicht mehr im Dienst sein. Ein Verlust, den Jens, wenn überhaupt, nur unter Schmerzen verkraften würde.

Hagenah entdeckte das Foto in seinen SMS.

«Wehe, du schickst das herum», drohte er mit düsterer Stimme.

«Ist längst bei Instagram gelandet.»

«Wenn ich nicht wüsste, dass du gar nicht weißt, wie man dort ein Foto postet, würde ich mich jetzt aufregen.»

Mittlerweile wusste Jens schon, wie das funktionierte, aber er hätte niemals etwas derart Privates dort eingestellt – und sonst auch nichts.

Sie prosteten sich mit ihren Kaffeebechern zu, tranken und blickten auf eine Tafel, die sich wie ein Wegweiser zur Hölle las.

Chirurgie. Notfallambulanz. Traumatologie. Urologie.

Jens lief es kalt den Rücken hinab. Lieber starrte er in seinen Kaffeebecher, als sich diese Themen ins Hirn pflanzen zu lassen, denen er mit seinen 54 Jahren näher stand als seinen Ex-Frauen.

«Was war los?», fragte Hagenah.

Jens berichtete ihm vom schwerverletzten Lennart Wolff.

«Diese Einbrecherbanden werden auch immer brutaler. Früher hat man nie einen von denen gesehen, die waren wie Geister, heute nehmen sie es schulterzuckend in Kauf, in Aktion jemanden umzubringen. Ist Lennart Wolff auch in diesem Krankenhaus gelandet?»

«Ja. Er ist noch im OP, aber ich hoffe, heute noch ein paar Worte mit ihm wechseln zu können. Und der Oldie? Weißt du da Näheres?»

Hagenah schüttelte den Kopf. «Ich hab nichts aus ihm herausbekommen. Weder, wo er den Unterschenkel herhat, noch, wer er ist. Ausweispapiere hatte er nicht bei sich, wir wissen also nicht einmal, wo er wohnt. Der Arzt weiß, dass ich warte, hat sich aber noch nicht blicken lassen. Sind alle total im Stress.»

«Als ob die ganze Welt durchdrehen würde.»

Hagenah und Jens tranken, und für ein paar Minuten war ihr Schlürfen das einzige Geräusch. Jens empfand es als äußerst wohltuend, in all diesem Chaos mit seinem ältesten Freund in aller Ruhe einen Kaffee zu trinken.

«Was machst du eigentlich, wenn du in Rente bist?», fragte Jens schließlich.

«Angeln», sagte Hagenah.

«Sonst nichts?»

Die Antwort ließ lange auf sich warten. Jens befürchtete schon, sein Freund sei eingeschlafen, als der sich schließlich doch räusperte und zu einer Erklärung ansetzte.

«Ich nehm mir Zeit und fahr runter nach Frankfurt, und dann werde ich das Schwierigste tun, was ich mir vorstellen kann. Ich werde mich mit meiner Tochter versöhnen, bevor ich so ein alter verwirrter Zausel werde wie der, den ich vorhin vom Fahrrad geholt habe.»

Jens ließ einen Moment verstreichen. «Finde ich gut», sagte er schließlich. «Mach das. Unbedingt.»

Jens wusste, wie sehr Hagenah darunter litt, keinen Kontakt mehr zu seinem einzigen Kind zu haben. Vielleicht war er nicht allein schuld an der Situation, aber wo hatte es jemals Versöhnung und Verzeihen gegeben, wenn Schuld oder Nichtschuld die entscheidende Rolle spielten.

Die doppelflügelige, grüne Tür am Ende des Gangs öffnete sich, und eine Schwester in weißer Hose und weißer Bluse trat auf Jens und Hagenah zu.

«Ist einer von Ihnen Herr Kerner?», fragte sie.

Jens erhob sich.

«Das bin ich. Ich hatte angerufen und um ein Gespräch mit Lennart Wolff gebeten.»

«Das wird aber heute nichts mehr. Herr Wolff braucht jetzt dringend Ruhe. Seine Frau hat sich bereiterklärt, mit Ihnen zu sprechen. Sie kommt gleich ...»

«Was ist mit dem alten Mann?», fragte Hagenah. «Ich warte hier seit Stunden!»

«Er war und ist nicht ansprechbar und schläft längst. Kommen Sie morgen wieder!», beschied die Schwester ihm kurz und knapp und eilte davon.

Lennart Wolffs Frau trat durch die Tür.

Über ihren Schlafklamotten trug sie einen Bademantel des Krankenhauses und sah fix und fertig aus.

«Wie geht es Ihrem Mann?», fragte Jens.

«Wie es jemandem geht, der sein Auge verloren hat», antwortete Agnes Wolff matt. «Sie haben ihm Schmerz- und Beruhigungsmittel gegeben, er schläft jetzt.»

«Geht es Ihnen gut genug, um mir ein paar Fragen zu beantworten?»

Agnes Wolff nickte kaum merklich.

«Haben Sie den Täter auch bemerkt, der in Ihr Haus einbrechen wollte?»

«Nicht in unser Haus ...», sagte Agnes Wolff so leise, dass Jens sie kaum verstehen konnte.

«Wie bitte?»

«Nicht unser Haus ... Lenn sagt, er hat den Mann gegenüber beobachtet, bei Nummer 14, wie er im Dunkeln unter den Bäumen stand und unsere Nachbarinnen ausspähte.»

8

In Haus Nummer 14 hatte sich Laura Windmüller geduscht, abgetrocknet und das Handtuch zu einem Turban geflochten um ihren Kopf gewickelt. Barfuß und im Slip lief sie durch die offene Küche in den Wohnbereich. Zum ersten Mal an diesem schwülwarmen Tag fühlte sie sich herrlich erfrischt, sauber und duftend.

Die Klimaanlage hatte das Haus auf angenehme 22 Grad heruntergekühlt. Laura schaltete sie ab und zog die schwere, gläserne Terrassentür auf, die nach hinten in den kleinen Garten führte. Die hereindringende Luft war immer noch warm, aber jetzt, nach dem Gewitter, längst nicht mehr so heiß wie tagsüber. Außerdem roch es angenehm nach Sommer, wozu die Kiefern hinter dem Haus ihren Teil beitrugen. Laura mochte den harzigen, trockenen Geruch, irgendetwas daran verband sie mit dem schönen Teil ihrer Kindheit.

Sie kehrte in die Küche zurück und tippte auf das Display ihres Handys, um nachzuschauen, ob mit Eva alles in Ordnung war. Sie hatten sich beide diese spezielle Begleit-App heruntergeladen. Vivatar hieß sie. Damit konnte Laura sehen, wo ihre Freundin gerade entlanglief, denn der Echtzeit-Tracker zeichnete ihren Laufweg nach.

Lauras Herz setzte einen Schlag aus, als sie sah, dass ihre Freundin vor sechzig Sekunden etwas in den Vivatar-Chat geschrieben hatte. Das tat sie sonst nie. Wenn sie lief, lief sie. Ihre Disziplin war beneidenswert.

«Hab ein komisches Gefühl», stand dort.

«Was ist los?», schrieb Laura zurück. Ihre Finger flogen hastig über die virtuelle Tastatur. Sofort kam die Antwort.

«Eigentlich nichts. Nur so ein Gefühl. Als beobachtete mich jemand.»

«Du bist an den Landungsbrücken, oder?»

«Ja. Noch über die Straße und die Treppen rauf, dann rüber zum Park.»

«Bleib doch lieber auf der Straße. Nicht in den Park.»

«Mach ich.»

«Meld dich, ich behalte das Handy jetzt in der Hand.»

«Okay. Liebe dich. Bis gleich.»

«Dito.»

Laura starrte das Display an. Tausend Gedanken schossen ihr durch den Kopf. Wirklich recht war es ihr nicht, wenn ihre Freundin spätabends noch allein laufen ging, aber es ließ sich nicht vermeiden. Ihre Arbeitszeiten waren zu unterschiedlich, als dass sie regelmäßig zusammen trainieren konnten, zudem war ihre Freundin viel schneller, und sie fühlte sich mitunter wie ein Klotz an ihrem Bein. Bisher war nie etwas passiert, nicht einmal ansatzweise, und sie waren beide weder ängstlich noch typische Opfer, aber sie waren eben Frauen, und ein bisschen lief die Sorge doch immer mit.

Als eine Minute lang keine weitere Nachricht von Eva kam, legte Laura das Handy auf der Arbeitsplatte aus Marmor ab und öffnete den Kühlschrank. Sie nahm eine Dose St. Pelegrino mit Zitronengeschmack heraus und presste sie sich gegen die Stirn.

Herrlich kalt fühlte sich das an und linderte augenblicklich die leichten Kopfschmerzen, die sie seit dem Nachmittag mit sich herumschleppte. Sie waren in der Konferenz mit der Krankenhausverwaltung entstanden, in der es um die zukünftig zu besetzenden Posten ging. Wieder einmal sollten deutlich mehr Männer als Frauen in die wichtigsten Positionen beordert werden – immer dasselbe. Laura war der Kragen geplatzt, und dann hatte sie sich auch noch von ihrem Chef, Professor Weitbrecht, zurückpfeifen lassen müssen. Weitbrecht hatte überhaupt kein Rückgrat und gehörte nicht auf den Posten, den er innehatte. Sie selbst gehörte dorthin!

Stattdessen ließ er sie die Doktorarbeiten überprüfen, eine Arbeit, die er eigentlich selbst zu erledigen hätte, auf die er aber keine Lust hatte.

Pling.

Eine Push-Benachrichtigung war auf dem Handy eingegangen.

Sie stammte von der Vivatar-App, und Laura sah, dass ihre Freundin jetzt den zwei-minütigen Gefahren-Countdown ausgelöst hatte.

Sofort loggte sie sich wieder in den Chat ein. Sie erkannte anhand des Trackings, dass ihre Freundin sich immer noch in der Nähe der Treppen aufhielt, die von den Landungsbrücken hinauf zum Hotel Hafen Hamburg führten.

«Was ist?», schrieb sie.

Keine Antwort.

«Eva, melde dich, oder ich rufe sofort die Polizei.»

Keine Antwort.

Laura wählte die Handynummer ihrer Freundin. Es klingelte, aber niemand nahm ab. Ratlos stand sie da, starrte ihr Telefon an, als wüsste es etwas, das sie nicht wusste, und weigerte sich, es ihr mitzuteilen. In diesem Moment wurde Laura bewusst, wie nutzlos diese Begleit-App war, denn wirklich helfen konnte sie Eva nicht.

Nur eines konnte sie tun: die Polizei anrufen.

Laura zögerte nicht länger. Sie wählte den Notruf, erklärte die Situation und gab die Handynummer sowie den Standort ihrer Freundin durch.

«Wenn Ihre Freundin sich in fünf Minuten nicht ...», begann der Mann am anderen Ende der Leitung, doch Laura ließ ihn nicht aussprechen.

«Nein!», fuhr sie den Mann an. «Wir warten auf keinen Fall fünf Minuten. Ich überziehe Sie mit Klagen, dass Sie Ihres Lebens nicht mehr froh werden, wenn Sie nicht sofort handeln. Auf der Stelle!»

Der Mann versprach ihr, umgehend eine Streife loszuschicken. Als Laura fragte, was sie tun solle, riet er ihr, zu Hause und in der Nähe des Telefons zu bleiben.

Doch das konnte sie nicht.

Laura hatte ohnehin einen unruhigen Geist, still zu sitzen und nichts zu tun fiel ihr schwer, zumal in einer unklaren Situation wie dieser. Nein, sie würde nicht zu Hause bleiben, sondern sich stattdessen selbst auf den Weg machen, um nach Eva zu sehen. Wenn sie den Wagen nahm, würde sie in zehn Minuten dort sein.

Pling.

Wieder eine Benachrichtigung der Begleit-App.

«Ihr läuft die Zeit davon.»

Laura spürte, wie ihr Körper erstarrte. Das Herz hörte zu schlagen auf, das Blut stockte in den Adern, die Muskeln versteiften. In diesem Augenblick hätte sie sich weder bewegen noch sprechen können, und als ihr Herz dann plötzlich von Adrenalin gepeitscht losgaloppierte, schossen ihr

Blut und Hitze in den Kopf, während ihr gleichzeitig ein kalter Schauer den Rücken hinablief.

Ihr läuft die Zeit davon.

Wer hatte das geschrieben?

Was ging da vor?

Von Panik und Angst getrieben, zog Laura sich rasch Jeans und Shirt an, schlüpfte in ihre Sandaletten und merkte erst draußen in der Auffahrt, als sie in ihren Wagen steigen wollte und an den Holm stieß, dass sie noch den Handtuchturban trug. Sie wickelte das Handtuch ab, warf es zu Boden, startete den Motor und setzte rückwärts vom Grundstück. Kieselsteine spritzten auf. Auf der Straße rutschte ihr Fuß in den zum Fahren ungeeigneten Sandaletten vom Kupplungspedal, und der Wagen soff ab. Sie versuchte, ihn erneut zu starten, doch der Anlasser jaulte nur auf, ohne dass der Motor sich rührte.

«Komm schon, komm schon, komm schon!», schrie Laura und schlug mit der Hand aufs Lenkrad.

Der Motor sprang an, sie knüppelte den Gang hinein und gab Gas. Auf dem nassen Asphalt drehten die Reifen durch, fassten dann, der Wagen schoss nach vorn, und Laura wurde in den Sitz gepresst.

«Bitte nicht, bitte nicht», flehte sie, während sie versuchte, sich auf die Straße und den Verkehr zu konzentrieren. Viel war nicht mehr los, sie konnte es sogar riskieren, bei Dunkelgelb über die nächste Ampel zu fahren.

Ihr Bauch verkrampfte sich schmerzhaft, in ihrem Kopf entstanden angsteinflößende Horrorszenarien.

Das durfte nicht passieren. Nicht mit Eva. Dem ersten Menschen, den sie aus tiefster Seele liebte. Es war noch gar nicht so lange her, da hatte Laura geglaubt, beziehungsunfähig zu sein und niemals mit jemandem zusammenleben zu können. Und dann war Eva aufgetaucht und hatte alles verändert. Endlich hatte Laura zu leben begonnen und nicht nur existiert. Nicht immer weiter nur all ihre Energie in die Arbeit gesteckt, um den bösen Dämonen der Vergangenheit zu entkommen. Eva hatte Freiheit und Spaß in ihr Leben gebracht, Dinge, von denen Laura vorher zwar gehört, sie aber nur Menschen zugestanden hatte, denen beruflicher Erfolg nicht so wichtig war, die gern mal chillten, in den Urlaub fuhren oder einfach so zum Spaß ein Buch lasen. Und so ein Mensch war Laura bis dahin einfach nicht gewesen.

Sie hatte sich auf Lieben und Leben eingelassen – und wie es sich jetzt zeigte, gehörte auch die Angst dazu.

Als Laura am Heiligengeistfeld entlangfuhr – und sie fuhr schnell –, wurde sie von einem Streifenwagen mit Blaulicht und Martinshorn überholt. Am Ende der Straße bog er Richtung Landungsbrücken ab, und da wusste Laura, dass ihr schönes Leben gerade zerstört worden war. Dass nichts mehr so sein würde wie früher.

Angst und Panik trieben ihr die Tränen in die Augen. Sie drängte sie zurück.

Rechts von ihr tauchten die Treppen auf.

Alles war hier voller Polizei, die Nacht in zuckendes blaues Licht getaucht.

9

Jens Kerner spürte die Müdigkeit bleischwer hinter seinen Lidern. Er hatte noch zwei Stunden Dienst vor sich, aber bereits jetzt keine Lust mehr. Hagenah saß neben ihm auf dem Beifahrersitz des Streifenwagens und wirkte auch nicht gerade wie das blühende Leben.

«Fahren wir da noch mal hin?», fragte Hagenah und ließ das Fenster herunter, um frische Luft in den Wagen zu lassen.

«Zu Haus Nummer 14?»

Jens seufzte.

«Eigentlich habe ich keine Lust mehr, aber es kann ja nicht schaden, ein Wörtchen mit den Bewohnern zu sprechen. Ich kann dich aber vorher gern im Präsidium absetzen.»

«Nee, schon gut. Kommen zu den dreihundert Überstunden eben noch ein paar hinzu.»

Hagenah klemmte sich ans Telefon und besprach sich mit dem Kollegen, der die undankbare Aufgabe zugewiesen bekommen hatte, etwas zu dem Oldie und seinem Opfer herauszufinden.

Die Suche nach der Nadel im Heuhaufen, dachte Jens. Diese Stadt war Millionenmetropole und Moloch zugleich, hier verschwanden dauernd Menschen, und nicht alle tauchten jemals wieder auf.

«Nichts», sagte Hagenah, nachdem er aufgelegt hatte. «Sie haben ein bisschen aufs Geratewohl herumgefragt, aber niemand scheint den Mann zu kennen. Es sind auch keine Meldungen über eine verletzte oder tote Person hereingekommen. Der Rechtsmediziner meint, es sei definitiv der Unterschenkel eines Mannes. Die Amputation liegt wohl schon ein paar Tage zurück. Wir suchen also nicht nach einem akut verletzten Opfer, aber es kann trotzdem sein, dass in irgendeiner Wohnung jemand herumliegt und mit dem Tode ringt. Die Kollegen mussten die Befragung gerade abbrechen, weil eine weitere aktuelle Meldung hereingekommen ist. An den Landungsbrücken wurde wohl eine Joggerin angegriffen, der Täter ist flüchtig, es wird großräumig nach ihm gefahndet, angeblich kann er noch nicht weit sein. Es scheint, als drehte die Stadt heute Nacht vollkommen durch.»

«Eine Joggerin?», fragte Jens und musste an die durchtrainierte junge Frau denken, die nicht auf seinen Rat hatte hören wollen.

«Hat er gesagt», bestätigte Hagenah.

«Mir kommt da gerade ein ganz blöder Gedanke», sagte Jens und drückte das Gaspedal durch.

Fünf Minuten später stoppte er den Streifenwagen vor Haus Nummer 14 in der Langenstraße.

«Scheiße!», stieß Jens aus.

«Klärst du mich auf, oder muss ich raten?»

Jens erzählte seinem Kollegen von der Joggerin, die er vor diesem Haus getroffen hatte. Er erklärte, dass Lennart Wolff einen Mann beim Beobachten genau dieses Hauses gestört hatte.

«Es ging gar nicht um einen Einbruch», mutmaßte Jens. «Der Typ hat die Bewohnerin beobachtet.»

«Die Joggerin an den Landungsbrücken?»

«Wäre möglich. Ruf da an. Wir brauchen einen Namen. Ich schau nach, ob jemand zu Hause ist.»

Jens sprang aus dem Wagen, lief die Einfahrt zum Haus hinauf und klingelte Sturm an der Tür. Ein Bewegungsmelder tauchte ihn in helles Licht, sodass er den Namen auf dem Briefkasten lesen konnte.

L. Windmüller / E. Probst

Jens klingelte noch einmal, schlug sogar mit der Faust gegen die Tür, doch im Haus rührte sich nichts.

Auf halbem Weg zurück zum Wagen kam ihm Rolf Hagenah entgegen. «Die Kollegen melden, da ist eine Laura Windmüller vor Ort, die behauptet, ihre Freundin sei beim Joggen angegriffen worden.»

«Das ist sie. Die wohnt hier. Wir fahren hin.»

Keine fünf Minuten später stoppte Jens den Streifenwagen vor der Absperrung an den Landungsbrücken. Zum zweiten Mal an diesem Abend sah er sich einer Menschenmenge gegenüber, doch diese war noch um einiges größer als vorhin bei Lennart Wolff. Polizisten aus mehreren Dienststellen waren bereits vor Ort und riegelten den Bereich ab, die Straße war komplett gesperrt. Jens sah zwei Rettungswagen, die Einsatzlichter eingeschaltet, die Hecktüren weit geöffnet, kaltes, grelles Licht fiel auf den Asphalt hinaus.

Jens wies sich aus und fragte nach dem Verantwortlichen. Der uniformierte Beamte nannte ihm den Namen eines alten Bekannten: Walter Knüfken.

Vor dem Treppenaufgang, der zum Hotel Hafen Hamburg hinaufführte, standen zwei bullige Polizisten Wache. Sie nahmen ihren Auftrag ernst und ließen Jens und Hagenah erst durch, nachdem sie mit Kommissar Knüfken per Funk Rücksprache gehalten hatten.

Der kam ihnen auf der Treppe entgegen. Asketisch

schlank federte er die Stufen hinunter, während Jens sich ein wenig mühsam hochschleppte, da seine Wade noch immer schmerzte.

Bei der Begrüßung verzichtete man auf den Handschlag, ein Überbleibsel aus Corona-Zeiten, das sich irgendwie festgesetzt hatte – leider, wie Jens fand.

Jens klärte seinen Kollegen in kurzen Sätzen darüber auf, warum er überhaupt hier war.

Knüfken nickte. «Stimmt, diese Laura Windmüller ist hier. Sie sitzt da unten im Vernehmungsbus. Sie hat ausgesagt, ihre Partnerin sei zu später Stunde noch joggen gewesen und habe von unterwegs per Begleitapp einen Alarm ausgelöst. Kurz darauf ging über die Chatfunktion der App eine merkwürdige Meldung ein, und Frau Windmüller informierte sofort die Polizei. Ihr Notruf landete in unserem Präsidium – bei euch war wohl alles dicht.»

Jens, der keine Ahnung von einer Begleitapp mit Chat- und Alarmfunktion hatte, vermied es, sich darüber von seinem Kollegen aufklären zu lassen. Etwas anderes interessierte ihn viel mehr. «Wie lautete denn diese merkwürdige Meldung?», fragte er.

«Ich zitiere: Ihr läuft die Zeit davon.»

«Ihr läuft die Zeit davon?», wiederholte Jens.

Walter Knüfken nickte. «Und jetzt ist sie abgelaufen. Sie liegt da oben. Wollt ihr sie sehen?»

Die Frage war rhetorisch, und Walter Knüfken wartete auch keine Antwort ab. Er stieg die Treppen hinauf, Jens und Hagenah folgten ihm.

An der zweiten Wendeplattform der Treppe war es möglich, an einer metallenen Absperrung vorbei das dichte Buschwerk am Uferhang zu betreten. Diese Möglichkeit schienen schon einige genutzt zu haben, denn es war dort bereits ein schmaler Trampelpfad zu sehen. Jens konnte sich vorstellen, wozu die Menschen dieses versteckte Plätzchen nutzten, und dementsprechend roch es auch unter dem schützenden Blätterdach. Überall lagen benutzte Tempotaschentücher herum, die ganz sicher nicht nur Nasen abgewischt hatten.

Die Leiche war an einen Baum gebunden, keine vier Meter von der vielbegangenen Treppe entfernt. Wären die Büsche und Bäume nicht belaubt gewesen, man hätte sie von dort aus sehen können.

Was für ein dreister Scheißkerl suchte sich einen solchen Ort für ein solches Verbrechen aus?, schoss es Jens durch den Kopf.

Weil ihre Muskeln erschlafft waren, war die Leiche ein Stück den steilen Uferhang heruntergerutscht, bis die hinter dem Baum zusammengebundenen Hände sie gestoppt hatten. Sie hing in verkrümmter Haltung da, der Kopf war tief auf die Brust gesunken, das blonde Haar verdeckte ihr Gesicht.

Jens war sich sicher, die Frau vor sich zu haben, mit der er kurz auf der Straße in der Nähe von Lennart Wolffs Haus gesprochen hatte, auch wenn ihr Haar dort noch zu einem Pferdeschwanz gebunden gewesen war. Sie trug dieselbe Kleidung: die enge Shorts, das Trägershirt in Pink mit den dazu passenden Laufschuhen.

Jens stützte sich an einem jungen Baum ab und ging vor der Leiche in die Knie. Diesmal ignorierte er seine verkürzte Wade einfach und zwang sie, sich zu dehnen. Am Hals der Leiche entdeckte er einen olivfarbenen Nylongürtel, der aussah wie ein Hundehalsband.

«Damit hat er sie erstickt», sagte Knüfken in seinem Rücken.

«Ganz sicher? Keine andere Todesursache? Ich sehe da eine Wunde am Kopf.»

«Ziemlich sicher», sagte Knüfken. Es klang deprimiert. «Sagt mir meine Erfahrung, die ich lieber nicht hätte.»

«Da liegt ein Handy zwischen ihren Beinen», bemerkte Jens.

«Ich weiß. Bislang hat es niemand angefasst. Wenn der Täter es getan und dabei keine Handschuhe getragen hat, haben wir seine Prints.»

«So viel Glück werden wir wohl nicht haben», sagte Jens. «Das ist ein iPhone der neuesten Generation mit Gesichtserkennung. Wenn es dich nicht stört, lassen wir unseren neuen digitalen Forensiker dran. Der hat's echt drauf.»

Walter Knüfken zuckte mit den Schultern. «Von mir aus gern.»

Jens schaute der Toten von unten ins Gesicht. Ihre Augen waren entsetzlich weit aufgerissen und hervorgequollen. Ihr Todeskampf war sicher lang und qualvoll gewesen. Knüfken konnte recht haben mit dem Erstickungstod. Das Hundehalsband schnürte den Hals extrem stark zusammen, keine Chance, dabei noch Luft zu bekommen.

Erinnerungsbilder an das kurze Gespräch mit Eva Probst flammten auf. Bilder einer bildhübschen, energiegeladenen jungen Frau, die sich ihre Trainingseinheit nicht hatte verbieten lassen wollen.

Jens fragte sich, ob er energischer hätte sein sollen.

So, wie es aussah, war er der Letzte, der mit Eva Probst gesprochen hatte. Nach ihm war sie nur noch ihrem Mörder begegnet, einem Mann, der kurz zuvor noch ihr Haus beobachtet hatte und von ihrem Nachbarn Lennart Wolff aufgeschreckt worden war.

Er hatte Lennart Wolff auf offener Straße niedergestochen und danach trotzdem noch seinen mörderischen Plan verwirklicht.

«Eiskalt», entfuhr es Jens.

«Was?», fragte Walter Knüfken.

«Wer auch immer das getan hat, ist eiskalt und berechnend», sagte Jens. «Und er hatte ein klares Ziel. Kann ich mit Laura Windmüller sprechen?»

«Von mir aus gern», sagte Knüfken. «Wir können dann ja morgen entscheiden, wer in der Sache weiterermittelt.»

Jens klopfte seinem Kollegen zum Dank auf die Schulter und verließ den Tatort. Hagenah folgte ihm.

«Wenn ich so etwas sehe, bin ich froh, bald aussteigen zu können», sagte das Urgestein von einem Hamburger Streifenpolizisten. «Das ist keine Welt mehr für alte Männer.»

Laura Windmüller saß in einem schwarzen VW Bus der Polizei. Bei ihr war eine Polizistin, die Jens nicht kannte. Sie nickten sich zu, und Jens bat darum, allein mit der Frau sprechen zu dürfen. Die Polizistin verließ das Fahrzeug, Jens stieg ein und zog die Schiebetür zu.

Laura Windmüller mochte um die vierzig Jahre alt sein. Sie hatte einen dunklen Teint, dunkles, schulterlanges Haar und große braune Augen. Traurige Augen, in denen Schock und Entsetzen lagen. Dennoch war ihr Blick fest.

«Es tut mir sehr leid», begann Jens.

Noch nie hatte er «Ich möchte Ihnen mein Beileid aussprechen» gesagt, weil er diesen Satz so furchtbar gestelzt und unnahbar fand.

Laura Windmüller nickte nur.

«Mein Name ist Jens Kerner. Ich habe zuletzt mit Ihrer ...», er stockte, weil er nicht wusste, was er an dieser Stelle sagen sollte. «Sie sind nicht verheiratet, oder?»

«Nein, sind wir nicht. Wir hatten es geplant, aber keine Zeit dafür gefunden. Wir sind ... wir waren ein Paar.»

«Ich habe mit Ihrer Partnerin gesprochen, vorhin, vor Ihrem Haus.»

«Was! Warum?»

Jens erklärte der Frau den Zusammenhang und erwähnte auch, dass er versucht hatte, Eva von ihrem Training abzuhalten.

Laura Windmüller nickte.

«Eva ... sie war sehr diszipliniert, was ihr Training anging ...»

Sie wollte noch etwas sagen. Jens konnte sehen, wir eine Erinnerung in ihr aufstieg und sie mit Gefühlen überflutete. Laura Windmüller schien eine starke Frau zu sein, aber jetzt wurde es auch für sie zu viel. Tränen quollen aus ihren Augen, die Lippen begannen zu zittern, die Nasenflügel bebten, sie drehte sich weg, schlug die Hände vors Gesicht und schüttelte den Kopf.

«'tschuldigung ...»

«Das macht nichts ... wir können auch morgen reden, wenn es Ihnen jetzt zu viel wird.»

«Nur ... einen Moment, bitte ...»

«Soll ich Sie allein lassen?»

«Nein ...»

Jens gestand sich ein, dass ihm eine andere Antwort ebenso recht gewesen wäre. Gern wäre er jetzt aus dem Bus gestiegen, um sich eine Zigarette anzuzünden und beim Paffen seine Gedanken zu ordnen. Vor allem aber, um dieser bedrückenden Situation zu entkommen. Aber das ging nicht, und es wäre auch feige gewesen. So hart und abgebrüht durfte er einfach nicht sein, egal wie das Leben und der Dienst mit ihm umgingen.

«Kann ich irgendwas für Sie tun?», fragte Jens.

Mit der Antwort ließ Laura Windmüller sich einen Moment Zeit.

Plötzlich wandte sie Jens ihr Gesicht zu. Tränennasse Wangen und vom Weinen gerötete Augen konnten nicht über die Wut hinwegtäuschen, die sie empfand.

«Sie können das Schwein erledigen, das Eva das angetan hat», sagte sie mit zitternder Stimme.

An dieser Stelle hätte Jens ein Versprechen abgeben und sich damit selbst in Teufels Küche bringen können. Diesen Fehler hatte er während seiner Dienstzeit das eine oder andere Mal begangen, und wenn es nicht gut ausging, wenn er das Versprechen nicht einhalten konnte, dann machte vor allem er sich selbst Vorwürfe. Das kannte er schon.

«Wir werden alles dafür tun», sagte er deshalb.

Plötzlich wurde die Tür des Busses aufgerissen.

«Wir haben eine verdächtige Person!», rief Hagenah.

10

Jens betrachtete den blauen Rucksack vor sich auf dem Schreibtisch.

Vorne standen der Name des Herstellers sowie die Typbezeichnung und die Litermenge des Inhalts. Ein Rucksack, speziell für Fahrradfahrer hergestellt, kompakt, eng anliegend, mit Regenhülle und Rückenbelüftung.

«Ein Rucksack für Radler», bemerkte Jens.

«Und der Mann wurde auf einem Fahrrad aufgegriffen», antwortete Hagenah. «Ich habe das schon überprüft. Für die Strecke von den Landungsbrücken bis zu dem Ort, an dem er aufgegriffen wurde, hätte er mit dem Fahrrad in etwa die Zeit gebraucht, die vergangen ist, seit Eva Probst ermordet wurde.»

«Warum wurde er denn angehalten?»

«Er fiel einer Zivilstreife auf, als er verkehrt herum durch eine Einbahnstraße fuhr ... in einem Höllentempo, haben die Jungs gesagt.»

Jens, der inzwischen die dünnen Einmalhandschuhe übergestreift hatte, die er hasste wie die Pest, weil seine Hände danach immer so übel rochen, griff in den Rucksack und holte die Gegenstände heraus, die zur vorläufigen Verhaftung des Mannes geführt hatten.

Als Erstes beförderte er eine schwarze Herrensocke zutage, gefüllt mit kleinen runden Kugeln, die leise klirrten. Murmeln, mit denen Kinder spielten.

«Ein Totschläger», sagte Jens und legte das Ding auf dem Tisch ab. So etwas sah er nicht zum ersten Mal. Dann holte er eine schlanke Plastikhülle heraus, in der etwa ein Dutzend weiße Kabelbinder steckten, wie man sie in jedem Baumarkt kaufen konnte.

«Die Hände des Opfers waren mit Kabelbindern gefesselt», sagte Walter Knüfken, der neben Rolf Hagenah auf der anderen Seite des Tisches stand.

Jeden anderen hätte Jens darauf hingewiesen, dass es sich nicht um «das Opfer» handelte, sondern um Eva

Probst, eine junge Rechtsanwältin mit Träumen und Zielen und dem Wunsch, ihr Leben zu leben. Er wusste jedoch, dass er Walter nicht mehr ändern würde, deshalb ließ er es bleiben.

«Und in der Seitentasche steckt das Geld», fügte Walter Knüfken hinzu.

Jens holte auch das hervor.

Zweihundert Euro in kleinen Scheinen. Ein Fünfziger, der Rest Zehner, Zwanziger und Fünfer.

«Er sagt, nur wegen des Geldes habe er den Rucksack überhaupt mitgenommen», erklärte Knüfken. «Wollte ihn mitsamt Inhalt gerade zur Polizei bringen.»

Den letzten Satz sprach Knüfken mit der Betonung aus, die der Glaubwürdigkeit der Aussage angemessen war.

«Das ist Blut da an der Socke, oder?», sagte Jens und wies auf den dunklen Fleck an dem schwarzen Stoff.

«Sieht so aus», bestätigte Knüfken.

«Okay, das geht sofort ins Labor, und wir unterhalten uns erst mal mit dem Typen.»

Der «Typ» hieß Maximilian Grafe. Er war 31 Jahre alt, etwa eins achtzig groß, hatte kurzgeschorenes dunkles Haar und ein hageres Gesicht, aus dem Wangenknochen und Kinn hervortraten. Da er in einem eng anliegenden blauen Muskelshirt am Tisch in Vernehmungsraum 2 saß, fielen seine dünnen, aber sehnigen und trainierten Arme auf, die voller Tattoos waren. Aus dicht beieinanderliegenden Augen starrte er Jens Kerner und Walter Knüfken an, als sie den Raum betraten.

Jens fiel auf, dass der Mann enge Radler-Shorts und Sportschuhe trug, außerdem auffällig bunte Socken, die bis unters Knie reichten.

«Wie lange muss ich noch hierbleiben?», fragte Grafe und setzte sich aufrecht hin.

«Sie entspannen sich besser, wir haben nämlich noch überhaupt nicht angefangen», schnauzte Jens ihn an, zog einen Stuhl zurück, setzte sich, stellte die Ellenbogen auf die Tischplatte und presste eine Faust in die hohle Handfläche. «Wir haben nämlich einige Fragen an Sie, und von Ihren Antworten hängt es ab, wann Sie gehen dürfen.»

«Ich weiß gar nicht, was dieser ganze Mist soll! Ich habe doch bereits gesagt, dass ich diesen Rucksack gefunden und nur des Geldes wegen mitgenommen habe. Deshalb wollte ich ihn ja auch gleich zur nächsten Polizeidienststelle bringen.»

Jens legte sein Kinn auf seine Hände und schaute ihn aus schmalen Augen an. «Und wo haben Sie den Rucksack gefunden?»

«Im alten Elbpark ... beim Bismarck-Denkmal ... lag da auf einer Bank herum.»

«Aufgegriffen hat man Sie am Barmbeker Markt, damit hätten Sie die Chance gehabt, den Rucksack am 14. und am 31. Kommissariat abzugeben ... erzählen Sie uns also keine Scheiße.» Jens' Faust donnerte auf den Tisch, und Maximilian Grafe zuckte zusammen. «Das ist eine ganz beschissene Sache, in der Sie da stecken, und wenn Sie nicht mit der Lügerei aufhören, besorge ich Ihnen für die nächsten Nächte ein Zimmer in dieser staatlichen Unterkunft.»

«Und in was für einer Sache stecke ich denn? Werde ich festgenommen, weil ich einen Rucksack gefunden und nicht sofort abgegeben habe? Scheiße, ich kenne nicht jede Polizeidienststelle in der Stadt und hab vielleicht eine übersehen im Verkehr ... keine Ahnung.»

Je härter Jens in seiner Ansprache, Mimik und Gestik wurde, desto sicherer wurde Maximilian Grafe in seinem Verhalten. Vielleicht hatte er einfach nur ein Problem mit Autoritäten im Allgemeinen oder der Polizei im Speziellen, vielleicht war er sich aber auch sicher, nichts getan zu haben, weil er eben tatsächlich nichts getan hatte, was eine Inhaftierung rechtfertigte.

Oder er wusste, dass man ihm nichts beweisen konnte.

«Was machen Sie beruflich?», fragte Jens.

«Ich repariere Bikes.»

«Sie reparieren Fahrräder?»

«Ja. Ist auch ein Beruf.»

«Haben Sie eine eigene Werkstatt?»

«Nein, ich arbeite freiberuflich in der Bikersworld in der Jenfelder Allee.»

«Freiberuflich? Was bedeutet das?»

«Dass ich selbst bestimme, wann ich arbeite und wann nicht.»

«Und davon können Sie leben?»

«Sehe ich etwa tot aus?»

«Haben Sie den Beruf gelernt?», überging Jens die freche Antwort.

«Ja, ich bin ausgebildeter Zweiradmechaniker. Und Sie?»

«Wie bitte?»

«Haben Sie Ihren Beruf gelernt?»

«Was wollen Sie damit sagen?»

«Gleiches Recht für alle, oder?»

Jens rückte ein Stück näher an den Verdächtigen heran. «Nein, nicht in diesem Fall. Weil nämlich heute Nacht eine Frau ermordet wurde und Sie mit einem Rucksack voller verdächtiger Gegenstände durch die Stadt gefahren sind, die eventuell mit diesem Verbrechen in Verbindung stehen. Und deswegen verbringen Sie die nächsten Stunden bei uns, bis unsere Spurentechniker mit Ihrer Kleidung und Ihrer Haut, Ihren Nägeln und Ihren Haaren fertig sind. Und dann sehen wir weiter.»

Bei diesen Worten beobachtete Jens den Mann vor sich sehr genau, vor allem dessen Augen. Darin veränderte sich aber nichts, sie wurden nur schmaler. Kein Schock, keine Angst, keine Panik.

Entweder beruhte sein sicheres Auftreten auf seiner Unschuld, oder aber er wollte genau dieses Spiel spielen. Wenn Grafe Eva Probst getötet hatte, warum fuhr er dann mit einem Rucksack voller belastender Gegenstände durch die Stadt? Er wirkte nicht so dumm, als dächte er darüber nicht nach. Er wirkte eher wie jemand, der sogar sehr genau darüber nachdachte.

Im Laufe seiner Dienstjahre hatte Jens schmerzhaft lernen müssen, dass Menschen nur schwer zu durchschauen waren. Alle Täter machten Fehler, die am Ende zur Festnahme führten, aber eben erst am Ende und niemals dadurch, dass man ihnen in die Augen schaute und Schuld darin fand. Manche Täter suchten geradezu die Auseinandersetzung mit der Polizei, für sie war es ein Wettstreit mit dem Ziel, ihn zu gewinnen. Es entsprach der Wesensart von Psychopathen, jedes Spiel gewinnen zu wollen, aber dafür musste es einen Gegner geben. Sie hatten keinen Spaß daran, im Verborgenen zu agieren, das widersprach ihrem Wesen. Ihr Untergang lag also in ihnen selbst verborgen, da konnten sie noch so intelligent und manipulativ sein.

Bis es so weit war, fanden sie leider zu viele Opfer.

«Sie haben den Falschen, Herr Kommissar», sagte Maximilian Grafe ruhig.

«Das werden wir ja sehen», antwortete Jens.

KAPITEL 2

1

Vor dem Fenster lauerte die frühe Dunkelheit des beginnenden Winters. In der Ferne schimmerte das Licht der Straßenlaterne an der Kreuzung, über die nur selten ein Wagen fuhr. Obwohl das Mädchen die Dunkelheit nicht mochte, fragte es sich, ob es da draußen nicht schöner wäre. Unter freiem Himmel staute sich die Angst nicht so an wie hier drinnen.

Das Mädchen konnte die Angst riechen. Die Luft in dem kleinen Raum war nur vordergründig gefüllt vom Geruch des Essens, das wieder einmal aus Kartoffeln, Rotkohl und Schweinefleisch bestand. Darunter aber lag ein anderer Geruch, den nur darauf trainierte Nasen wahrnehmen konnten. Die des Mädchens war trainiert, sie war das menschliche Pendant zu einem Fährtenhund, und schon lange bevor der Vater von der Arbeit nach Hause gekommen war, hatte sie die Angst gerochen.

Sie wäre gern aufgesprungen, um das Fenster über der Spüle aufzureißen. Wie schön wäre es jetzt, die Lungen mit kühler Abendluft füllen zu können, und vielleicht würde ein erfrischender Windhauch ja die bedrückende Stimmung aus dem Raum vertreiben.

Aber das Fenster blieb zu. Wegen der Heizkosten. Das Öl wurde immer teurer, und der Vater verdiente nicht genug. Und so blieb die Stimmung, wie sie seit einiger Zeit immer war, wenn sie zusammen zu Abend aßen. Irgendwann einmal war es anders gewesen, das wusste das Mädchen, doch wollte es ihm nicht gelingen, die Erinnerung daran heraufzubeschwören.

Das Mädchen häufte Rotkohl auf die Gabel, füllte ihren Mund und kaute. Sie mochte ihn nicht, hatte ihn noch nie gemocht, der Geschmack widerte sie geradezu an, und sie hatte deshalb eine spezielle Technik entwickelt. Wenn man beim Kauen und Schlucken die Luft anhielt, blieb der Würgereflex einigermaßen erträglich. Allerdings musste sie dafür sehr schnell kauen und schlucken, denn so furchtbar lange konnte sie die Luft nicht anhalten.

«Schling nicht so, iss vernünftig», sagte der Vater.

Sie schaffte es gerade noch herunterzuschlucken, bevor sie einatmen musste. Ein einziges Mal nur hatte sie zu sagen gewagt, dass sie Rotkohl nicht mochte. Daraufhin hatte es das Gericht vier Tage in Folge gegeben. «Wirst dich schon dran gewöhnen», waren die Worte ihrer Mutter gewesen.

«Ich habe eine Zwei plus in Mathe bekommen», verkündete das Mädchen und strahlte ihren Vater dabei an. Seit sie aus der Schule gekommen war, hatte sie darauf gewartet, ihm das zu erzählen. Wie ein Ballon hatten sich Freude und Stolz in ihr immer weiter ausgedehnt und mussten nun unbedingt hinaus. «Als Einzige! Die Arbeit war richtig schwer. Niemand hat eine bessere Note, auch Paul nicht, der sonst immer der Beste in Mathe ist.»

«Schön. Gib mir mal die Kartoffeln.»

Es war nicht klar, wem die Anweisung galt, aber da Mama nicht reagierte, schnappte sich das Mädchen die weiße Porzellanschale mit dem rosa Blumenmuster, stand auf und brachte sie ihrem Papa.

«Darf ich dir auftun?», fragte sie.

Der Vater lehnte sich zurück und nickte.

«Kartoffeln machen stark, nicht wahr», sagte das Mädchen und tat ihm drei Stück auf den Teller. Sie wusste, Papa mochte es, bedient zu werden, gerade abends, wenn er müde war von der harten Arbeit auf dem Bau, und das Mädchen freute sich, wenn sie ihn ein kleines bisschen glücklich machen konnte. Er war so selten glücklich. Immer war da dieser tiefe Schatten in seinem Gesicht, der Kummer in den Augen, die Traurigkeit in der Stimme.

Allerdings spürte das Mädchen dabei die Blicke ihrer Mama. Böse Blicke waren das, denn Mama mochte es nicht, wenn sie das tat. «Um Papa herumscharwenzeln», nannte sie es abfällig.

«Deine Tochter weiß eben, was sich gehört», sagte der Papa, strich dem Mädchen übers Haar und warf der Mutter einen Blick zu, den das Mädchen nicht deuten konnte. War es ein Lächeln? Oder doch etwas anderes? Ganz egal, sie freute sich über diese seltene Berührung. Mutter umarmte und liebkoste sie nie, wenn überhaupt, dann tat das Papa, aber da er so selten zu Hause war, herrschte immer Mangel daran.

«Sie ist acht und will dir gefallen, das ist alles», sagte die Mutter.

«Und du bist vierzig und willst es auf keinen Fall.»

Ein kurzer Moment absoluter Stille, in dem dem Mädchen der Atem gefror.

Dann ließ Mama die Gabel auf den Teller fallen. Unter dem lauten Geräusch zuckte das Mädchen zusammen. Ihr Blick glitt von Mama zu Papa und wieder zurück, sie spürte das kommende Unheil wie Prügel auf ihren Körper eindreschen und hätte am liebsten laut aufgeschrien, doch das traute sie sich nicht. Sie wollte es nicht noch schlimmer machen.

«Setz dich», sagte Papa und nahm ihr die Schale mit den Kartoffeln ab. «Bist ein braves Mädchen.»

«Oh Gott!», stöhnte Mama auf. «Hör doch mit diesem patriarchalischen Mist auf! Wenn sie dich bedient, ist sie ein braves Kind, aber wenn sie gute Zensuren bekommt, interessiert es dich einen Scheiß. Merkst du eigentlich noch, wie du dich verhältst?»

Das Mädchen glitt vorsichtig und geräuschlos auf den Stuhl zurück und senkte den Kopf. Sie wollte sich unsichtbar machen, einfach verschwinden, so wie die Figur in dem Kinderbuch, das sie gerade las. Denn wieder einmal war es ihre Schuld, dass Mama und Papa sich stritten. Sie hätte nicht aufstehen und Papa die Kartoffeln reichen dürfen, hätte den Mund halten und nicht von der Zwei in Mathe erzählen dürfen. Warum konnte sie nicht einfach still dasitzen und die ganze Zeit die Luft anhalten, damit niemand sie bemerkte.

Als sie unter ihrem Pony hinweg aufsah, steckte Papa sich gerade ein Stück vom Schweinebraten in den Mund und kaute kräftig darauf herum. Die Kiefermuskeln zeichneten sich deutlich in seinem gebräunten Gesicht ab. Auf den Wangen und am Kinn lag der Schatten des Bartes, der so furchtbar kratzte. Er blickte stur geradeaus, hielt Messer und Gabel fest mit den Fäusten umklammert, die Spitzen bedrohlich nach oben gerichtet.

Mama sah ihn an.

Mit diesem bösen Blick, mit dem sie manchmal auch das Mädchen ansah – so wie eben, als sie Papa die Kartoffeln aufgetan hatte. Wenn Mama so schaute, sagte man am besten gar nichts mehr, und das versuchte Papa ja auch, aber Mama wollte ihn nicht in Ruhe lassen.

«Abends nach Hause kommen, sich an den gedeckten Tisch setzen, Bier saufen, die Füße hochlegen und die Glotze anmachen, das ist alles, was du noch hinbekommst. Der Rest interessiert dich doch einen Dreck. Ich ertrag das nicht mehr», sagte sie.

Papa hob beide Fäuste mit dem Besteck darin und ließ sie zugleich auf die Tischplatte donnern, dass das Geschirr nur so tanzte.

«Ich auch nicht!», schrie er. «Ich ertrag *dich* nicht mehr.»

«Dann hau doch ab!», keifte Mama zurück. «Hier hält dich gewiss niemand auf.»

Papas Besteck flog klirrend auf den Teller. Mit einem Ruck stieß er sich vom Tisch ab und stand auf. Seinen ausgestreckten Zeigefinger drohend gegen die Mutter erhoben, stand er vor Wut bebend da. «Das wirst du noch bereuen.»

«Gar nichts werde ich. Oder glaubst du wirklich, dass du ein so toller Mann bist? Wenn ja, dann wirf doch mal am Monatsende einen Blick auf die Kontoauszüge.» Das Mädchen wunderte sich darüber, mit welch ruhiger Stimme Mama jetzt sprach. So ruhig hatte sie sie selten sprechen hören.

Papa setzte erneut an, wollte etwas sagen, das Mädchen konnte es an seinen Lippen erkennen, sie öffneten sich, zitterten, doch er brachte keine Worte hervor.

Dafür ballte sich die Hand zur Faust, mit der er zuvor auf Mama gezeigt hatte. Drohend erhob er sich.

«Was jetzt? Willst du mich schlagen?», fragte Mama

mit dieser immer noch ruhigen, irgendwie seelenlosen Stimme. «Mach doch!», forderte sie ihn auf. «Am besten vor unserem Kind, damit sie gleich lernt, was dabei herauskommt, wenn man sich Männern anbiedert und sie bedient. Komm, mach doch, dann kann ich wenigstens die Polizei rufen und dich aus dem Haus entfernen lassen.»

Das Mädchen konnte die Tränen nicht länger zurückhalten. Mit einem lauten Schluchzen brachen sich Angst und Verzweiflung Bahn. Sturzbäche liefen ihre Wangen hinab, ihr Körper begann unkontrolliert zu zittern. «Bitte, hört doch auf», flüsterte sie.

Und dann machte sie den vielleicht größten Fehler ihres Lebens, doch das konnte sie ja nicht wissen. Sie griff nach der Hand ihres Papas, wollte ihn beruhigen, ihm zeigen, dass sie in liebhatte.

In seiner Wut schüttelte er sie ab.

Und Mutters Blick war voller Hass.

2

Als Jens Kerner morgens um sieben nach einer kurzen Nacht im Präsidium am Wiesendamm erschien, wartete schon der digitale Forensiker Tony Hillmann auf ihn. Hillmann sah aus, als wäre ihm der Teufel persönlich begegnet, und Jens ahnte, dass er schlimme Nachrichten für ihn hatte.

Hillmann-Tony, wie Jens den neuen Kollegen nach wie vor nannte, war noch in der Nacht damit beauftragt worden, die Gesichtserkennung des Handys von Eva Probst zu überwinden und die Daten für die Ermittler bereitzustellen. Jens wusste nicht viel über seinen IT-Kollegen, ein Privatleben schien er aber nicht zu haben, denn obwohl er in der Nacht nicht im Dienst gewesen war, hatte er den Auftrag sofort entgegengenommen.

«Was ist los?», fragte Jens.

«Das ist ... unfassbar grausam», antwortete Hillmann-Tony und wischte sich die lästige Haarsträhne aus der Stirn. Während des Höhepunkts der Corona-Krise war Hillmann wie alle anderen auch nicht zum Friseur gegangen, hatte das aber bisher nicht nachgeholt, und mittlerweile machte seine Frisur jede Frau neidisch. Diese blonden Locken waren für einen Mann außergewöhnlich, ebenso wie seine gesamte Erscheinung. Hillmann war höchstens eins siebzig groß, etwas füllig um die Hüften, seine Beine waren kurz und stämmig, die Arme dafür umso länger. Sein Kopf hatte die Form eines Fußballs, und was darin vorging, konnte niemand auch nur erahnen. Jens wusste mittlerweile, dass dieser Mann ihm in puncto Intelligenz meilenweit voraus war, und wenn Hillmann einen ansah mit diesem intensiven Blick, wusste man sofort, das man gescannt und auf Herz und Nieren geprüft wurde.

«Geht's vielleicht ein bisschen genauer?» Jens drängte sich an seinem Kollegen vorbei zur Kaffeemaschine. Die Warmhalteplatte war in Betrieb, und ein Rest schwarze Brühe befand sich noch in der Glaskanne. Jens goss sie in einen Becher und stellte schon am Geruch fest, dass nicht jeder dieses Gift vertragen konnte. Er schon. Es schmeckte zwar scheiße, brachte ihn aber auf Touren.

«Wie er sie umgebracht hat ...», führte Hillmann-Tony aus. «... so etwas Grausames habe ich noch nie gesehen.»

Zum Ende des Satzes wurde seine Stimme ganz weinerlich, und Jens befürchtete schon, an diesem frühen Morgen den Seelentröster für einen erwachsenen Mann spielen zu müssen. Dazu hatte er überhaupt keine Lust, ganz egal, wie lang oder kurz die Nacht auch gewesen sein mochte.

Weil Hillmann nicht weitersprach, warf Jens ihm einen Blick zu und erschrak. Der digitale Forensiker schien wirklich geschockt zu sein.

«Wann haben Sie das Handy denn geknackt?», fragte Jens.

«Vor einer halben Stunde.»

«Und Sie haben sich allein angesehen, was drauf ist?»

Hillmann nickte.

«Musste ich ja, um das Relevante von dem Nichtrelevanten zu trennen.»

«Geht's Ihnen denn gut?», fragte Jens.

Hillmann schüttelte den Kopf und senkte den Blick. «Wie kann man nur ...», begann er, brach seinen Satz aber ab.

Jens trat auf ihn zu und legte ihm eine Hand auf die Schulter. Es war erst das zweite Mal, dass er das bei Hillmann-Tony tat. Beim ersten Mal war es ein Zeichen der Anerkennung gewesen, da Hillmann wesentlich dazu beigetragen hatte, im Falle des mörderischen Fahrers die Kollegin Carina Reinicke zu retten. Jetzt tat er es, um Hillmann zu beruhigen. Was auch immer er auf dem Handy gesehen hatte, er kam damit nicht zurecht.

«Was der Mensch tun kann, tut er auch», sagte Jens. «Und sei es noch so grausam. Wirklich, Hillmann ... Sie sollten sich so etwas besser nicht allein anschauen ... oder vielleicht überhaupt nicht.»

«Haben Sie die Leiche gesehen?», fragte Hillmann.

«Habe ich, ja.»

«Wie kommen Sie damit zurecht?»

Jens wollte wie aus der Pistole geschossen darauf antworten, hielt aber inne und suchte in seinem Kaffeebecher nach einer klügeren Antwort als dem standardmäßigen «Ist halt mein Job».

Damit kam man immer durch. Kaum jemand fragte nach, bohrte tiefer. Aber es war nicht die Wahrheit.

Die Wahrheit war: Er hasste diesen Teil des Jobs, und sein Hass mehrte sich, ließ sich nicht mehr so leicht abbauen, wie es am Anfang seiner Karriere möglich gewesen war. Schon eine ganze Weile spürte Jens diese Härte in sich, die er gar nicht mochte. Es war, als legte sich Kalkschicht um Kalkschicht um sein Herz und seine Seele, und auch wenn er hin und wieder bewusst entkalkte, blieben die unteren Schichten dennoch unangetastet. «Ich will ganz ehrlich sein, Hillmann», begann Jens. «Es wird immer schwieriger, weil die Verbrechen in dem Maße monströser werden, wie unsere Gesellschaft mehr und mehr verroht, und ich kann Ihnen nur raten, sich ein dickes Fell zuzulegen, wenn Sie diesen Job länger machen wollen.»

Erst nachdem die Worte heraus waren, fiel Jens auf, dass er seinem Kollegen gerade dazu riet, sich ebenfalls einen Panzer aus Kalkschichten anzulegen. Wie schnell man doch mit Ratschlägen bei der Hand war, selbst wenn man wusste, dass sie nichts taugten. «Dann zeigen Sie mir mal, was Sie gefunden haben.»

Hillmann ging mit schleppendem Gang und hängenden Schultern voraus. Jens folgte ihm in sein Büro – wobei es sich dabei eher um eine Werkstatt handelte. Alle Ablagen und Arbeitsplatten waren mit Dingen vollgestellt, die aus der Computerwelt stammten. Das waren natürlich keine Asservate. Die bekam Hillmann nur von der Asservatenkammer gegen Unterschrift ausgehändigt und musste sie nach getaner Arbeit unverzüglich dort wieder abgeben. Nein, was hier herumlag, das war sein Spielzeug, an dem er übte und trainierte, um Lücken zu finden in den Schutzmauern, die andere hochgezogen hatten, um dahinter ihre krummen Dinger zu drehen.

«Möchten Sie es auf dem Handy oder dem großen Bildschirm sehen?», fragte Hillmann-Tony.

«Bildschirm», sagte Jens, wohl wissend, dass er dort mehr Details in besserer Qualität zu sehen bekommen würde. Das Smartphone von Eva Probst war bereits mit dem Rechner verbunden, Hillmann musste nur ein paar Tasten drücken, um das Video ablaufen zu lassen. Der digitale Forensiker drehte sich auf seinem Schreibtischstuhl weg und schaute aus dem Fenster. Das ging auf den Kanal hinaus und bot immerhin einen netten Ausblick.

Im Stehen, die Hände in die vorderen Taschen der Jeans gesteckt, betrachtete Jens das Video.

Schon das erste Bild war Gift für Verstand und Seele.

Dieser kranke Kerl hatte das Handy seines Opfers dazu benutzt, dessen Todeskampf zu filmen. Er hatte voll draufgehalten, wie man so schön sagte, wie ein Gaffer, der auf der Autobahn einen Unfall filmte. Seine Hand hatte nicht gezittert, das Bild war ruhig und trotz der Dunkelheit von guter Qualität.

Anfangs wehrte sich Eva Probst. Hilflose Versuche waren das, wie sie sich gegen die Fesseln stemmte, die Füße in den Boden rammte, Erde beiseitetrat und doch nicht von der Stelle kam.

Dort, wo das Hundehalsband befestigt war, war ihr Hals abstrus schmal, so als trüge sie ein zu fest geschnürtes Korsett. Über die Ränder des Bandes quoll Fleisch, das sich rötlich verfärbte.

Schließlich wurden ihre Bewegungen immer langsamer. Verzweifelt rang sie um Luft, ihre Nasenflügel blähten sich auf, die Augen traten aus den Höhlen. Sie stieß die Beine von sich, zog sie wieder an, stieß sie von sich, warf den Kopf von einer Seite zur anderen.

So schmal und schwach sie auch wirkte, kämpfte sie doch wie eine Löwin gegen das Unvermeidliche an, wollte es nicht akzeptieren. Ihr Körper war in diesen Minuten ein System im Ausnahmezustand, das alle noch zur Verfügung stehenden Ressourcen hochfuhr, um dem Untergang zu entgehen. Ihre Bewegungen waren keine bewussten Handlungen, sondern automatisierte Notfallmaßnahmen.

Bis kurz vor dem Ende.

In den letzten Sekunden übernahm wieder ihr Bewusstsein. Jens konnte es deutlich in ihren Augen erkennen. Der Täter musste das auch erkannt haben, denn er hatte die Zoomfunktion des Handys genutzt und Evas Gesicht so nah herangeholt, bis beinahe nur noch ihre Augen den Bildschirm ausfüllten. Hellblaue Augen mit gelben Sprenkeln darin, die das Licht der Handylampe zu absorbieren schienen. Jens sah winzige Einblutungen im Weiß der Bindehaut, die ihren Todeskampf farbig untermalten.

Dann starb sie unter zwei letzten, kraftlosen Zuckungen.

Der Täter zoomte wieder heraus, das Bild zeigte den ganzen Körper, der nun schlaff in den Fesseln hing.

Am unteren Bildrand war der Timer eingeblendet.

5:33
Eva Probsts Todeskampf hatte genau 5 Minuten und 33 Sekunden angedauert.

Mit Jens passierte etwas, was schon lange nicht mehr passiert war: Sein Magen stülpte sich um. Hätte er an diesem Morgen bereits gefrühstückt, die Nahrung wäre ihm hier in der Werkstatt des digitalen Profilers wieder hochgekommen. Das bisschen Kaffee konnte er unter Kontrolle halten, aber er musste seinen Blick vom Bildschirm nehmen und Hillmanns Beispiel folgend aus dem Fenster auf den Kanal hinausschauen.

Hillmann schaltete das Video ab. Für einen Moment herrschte Stille in der Werkstatt. Dann räusperte sich Jens. «Wie war das mit dieser Begleit-App?», fragte er mit gepresster Stimme.

Hillmann schien froh zu sein, sich auf etwas anderes stürzen zu können. Er spiegelte die App auf den Bildschirm.

«Eva Probst hat die Vivatar-App verwendet, damit können Freunde oder Familienmitglieder per GPS sehen, wo man sich gerade aufhält. Die Daten werden in Echtzeit getrackt und in digitale Karten übertragen. Diese App hat eine Chat-Funktion, über die man mit seinen Freunden kommunizieren kann. Genau das hat Eva Probst kurz vor ihrem Tod getan. Sie fühlte sich beobachtet.»

«Und dann gab es ja noch diese andere Nachricht, von der Knüfken erzählt hat.»

«Ja, der Täter hat die Chatfunktion der App ebenfalls genutzt. Die Handysperre zu überwinden war für ihn kein Problem, er musste es ja nur vor das Gesicht von Eva Probst halten. Bevor er den Timer gestartet hat, hat er an ihre Partnerin eine Botschaft geschickt ...»

«Ihr läuft die Zeit davon», wiederholte Jens aus seiner Erinnerung.

Mit was für einem kranken Kerl hatten sie es hier zu tun? Er stoppte den Todeskampf mit dem Timer des Handys und schickte zuvor eine solche Nachricht an die Partnerin in dem Wissen, dass niemand ihr mehr helfen konnte.

«Sonst noch etwas auf dem Handy?», fragte Jens.

«Weiter bin ich noch nicht gekommen. Aber ich werde mich gleich an den Mailaccount und die sozialen Netzwerke machen.»

«Okay ... gut ... wenn was ist, anrufen.»

«Ach so», rief Hillmann-Tony, als Jens den Raum schon fast verlassen hatte.

«Da hat jemand angerufen, der sein Handy wiederhaben will. Ist es dieses hier?»

Jens nickte. «Damit hat der Mann Lennart Wolff fotografiert, die Fotos müssen gelöscht werden. Ich will aber, dass das möglichst lange dauert.»

Jens trat auf den Gang hinaus und atmete erst einmal tief durch. Nicht weil die Luft dort besser gewesen wäre, sondern um seinen Magen zu beruhigen.

«Hey», erklang es hinter ihm.

Rebecca.

Es tat so gut, sie zu sehen.

3

«Er hat sie dabei gefilmt, verstehst du. Wie sie qualvoll erstickt ist ... hat voll draufgehalten, und seine Hand hat nicht einmal gezittert ...»

Jens Kerner schüttelte den Kopf, als hoffte er, dadurch eine Sperre zu aktivieren, die verhinderte, dass die Bilder, die er auf dem Handy von Eva Probst gesehen hatte, zu tief in sein Gedächtnis eindrangen. Dort wollte er sie nicht haben, denn sie würden Schaden anrichten, dessen war sich Jens sicher.

Rebecca schüttelte den Kopf.

«Mir tut die Frau so unendlich leid ...»

«Ich hab kurz vorher noch mit ihr gesprochen», sagte Jens. Rebecca wusste davon noch nichts und reagierte entsprechend geschockt. Jens klärte sie über die Zusammenhänge auf. «Wäre ich vehementer gewesen, würde sie noch leben», schloss er.

Becca schüttelte den Kopf.

«Quatsch. Wir leben doch nicht in einem Polizeistaat. Wenn sie unbedingt laufen will, kannst du sie nicht davon abhalten. Bitte, mach dir keine Vorwürfe.»

Becca berührte ihn an der Hand und lenkte Jens' Blick auf ihr Gesicht. Jens war verwirrt und auf eine Art und Weise müde, gegen die Schlaf nichts ausrichten konnte. Er fuhr sich mit beiden Händen übers Gesicht. «Ich brauche mehr Kaffee», sagte er hinter seiner Deckung.

«Das auch, aber vielleicht noch etwas anderes viel dringender», sagte Becca.

Jens nahm die Hände herunter und sah sie an.

«Was meinst du?»

«Du siehst abgekämpft aus, bist in der letzten Zeit empfindlicher als sonst.»

«Echt?»

Sie nickte. «Merkt man selbst meist zuletzt. Aber ich habe ein Mittel dagegen.»

«Welches?»

«Fahr mit mir in den Urlaub.»

«Mit dir?»

Bevor Jens darüber nachdenken konnte, waren die Worte schon heraus, und das in einer Betonung, die Becca kränkte. Er konnte es deutlich in ihrem Blick sehen.

«Sorry ... ich bin nur ... überrascht», schob er nach.

Becca schüttelte den Kopf und rollte von ihm fort hinter ihren Schreibtisch. «Pass auf, dass der Job dich nicht zu sehr verändert», sagte sie.

Jens wollte zu ihr gehen, sie noch einmal um Entschuldigung bitten, doch in dem Moment ging die Tür auf, und Hagenah erschien auf der Bildfläche.

«Grafe wartet im Vernehmungsraum auf dich», sagte er.

Sein Blick wechselte zwischen Jens und Becca, er schien die Spannung zwischen ihnen zu spüren, sagte aber nichts.

Für einen Moment fühlte Jens sich hin und her gerissen zwischen seiner Arbeit und Becca, und dann tat er, was er in solchen Situationen schon immer getan hatte. «Bis später», sagte er und folgte Hagenah auf den Gang.

Er floh vor zwischenmenschlichen Problemen, immer und immer wieder. Das war das Muster seines Lebens, dem er nicht entrinnen konnte.

In seinem Kopf hallten Beccas Worte wider.

Pass auf, dass der Job dich nicht zu sehr verändert.

«Alles klar bei dir?», fragte Hagenah.

Jens nickte.

«Habt ihr Beef?»

«Häh?»

«Beef? Du und Becca?»

«Was ist das für eine blöde Frage, ob wir Fleisch haben?»

Hagenah verdrehte die Augen.

«Ach ja, ich vergaß, die Chatsprache beherrschst du ja nicht. Beef steht für Streit.»

«Wer kommt denn auf so einen Scheiß!»

«Die Rapperszene.»

«Na, das erklärt so einiges. Und nein, wir haben keinen Streit.»

Mareike Baumgärtner kam ihnen auf dem Gang entgegen. Ihre Chefin trug einen Bleistiftrock und eine eng sitzende weiße Bluse, dazu wie eigentlich immer hochhackige Schuhe. Die wandelnde Perfektion in Erscheinung und Verhalten. Seit dem Fall des Fahrers wusste Jens allerdings, dass sie nicht der auf Hochglanz polierte Kühlschrank war, für den er sie lange gehalten hatte. Der Fall hatte die Baumgärtner an ihre Grenzen gebracht, endlich hatte sie Emotionen gezeigt, Fehler eingestanden und war Jens damit um einiges sympathischer geworden.

Sie trug einen Stoß zusammengeheftete Papiere in der Hand. «Der Bericht der Kriminaltechnik», rief sie und wedelte damit herum. «Wir müssen Grafe freilassen.»

«Was? Warum?», fragte Jens überrascht.

«Weder an Grafes Kleidung noch an seinem Körper hat man irgendwelche Spuren gefunden, die ihn mit der Tat in Verbindung bringen. An dem Rucksack aber schon. Zwar nicht vom Opfer, aber von dem Boden an dem Hang, an dem sie gefunden wurde. Der Rucksack war definitiv am Tatort.»

Jens sah die Baumgärtner an und versuchte, die Informationen einzuordnen.

«Hat Grafe eventuell Handschuhe getragen?»

«Möglich. Wenn er der Täter ist, sogar wahrscheinlich, aber diese Handschuhe müssten wir dann erst einmal finden.»

«Keine Spuren von irgendwelchen Einmalhandschuhen an seinen Händen?»

Baumgärtner schüttelte den Kopf.

«Was aber nichts bedeuten muss. Er könnte seine Hände im Hafenbecken gereinigt haben oder unter einem der Trinkwasserspender, die überall herumstehen.»

«Wie sieht es mit dem Totschläger aus?»

«Am Stoff der Socke klebt Blut von Eva Probst – sie wurde also damit niedergeschlagen.»

«Dann handelt es sich bei dem Rucksack ohne jeden Zweifel um den Rucksack des Täters mit den Utensilien, die er für seine Tat brauchte. Warum lässt er ihn zurück?», fragte Jens sich selbst.

«Und vor allem mit einer größeren Menge Bargeld darin», fügte Hagenah an.

«Vielleicht, um genau das zu erreichen, was passiert ist», wandte die Baumgärtner ein. «Jemand soll den Rucksack finden, das Geld in der Seitentasche entdecken und ihn mitnehmen. Der Täter könnte darauf spekuliert haben, dass die Polizei den Finder aufgreift, immerhin waren wir schnell vor Ort. Vielleicht hat er uns schlicht und einfach auf eine falsche Fährte gelockt.»

«Das würde zu der Kaltschnäuzigkeit passen, die er

gestern Nacht gezeigt hat. Nach dem Vorfall mit Lennart Wolff seinen Plan noch weiter durchzuziehen, das zeugt doch von einer gut strukturierten Persönlichkeit, die nicht in Panik gerät und dazu in der Lage ist, auf unvorhergesehene Vorfälle ruhig und besonnen zu reagieren.»

«Wer ist denn Lennart Wolff?», fragte die Baumgärtner, und Jens fiel ein, dass sie nicht wirklich im Bilde war. Er hatte noch keinen Bericht verfasst, dazu war es gestern viel zu spät gewesen.

Jens erklärte seiner Chefin die Zusammenhänge.

«Moment!» Die Baumgärtner hob die Hand mit ausgestrecktem Zeigefinger, was ein bisschen oberlehrerhaft wirkte. «Er hat das Opfer ...»

«Eva Probst», unterbrach Jens sie und erntete einen verstimmten Blick.

«Er hat Eva Probst beobachtet, wurde dabei gestört, hat einen jungen Mann beinahe getötet und ist vom Tatort geflüchtet. Woher wusste er dann, wo er Frau Probst wiederfindet?»

«Die Frage habe ich mir auch gestellt», sagte Jens. «Vielleicht hat er sie schon länger ausgespäht und wusste genau, wo sie entlanglaufen würde. Wir müssen uns dringend mit der Lebensgefährtin unterhalten, mit Laura Windmüller. Sie muss uns ja etwas zum Laufverhalten ihrer Partnerin erzählen können.»

«Und zu dem Grund, warum der Täter es auf Frau Probst abgesehen hat», ergänzte die Baumgärtner. «Halten Sie mich auf dem Laufenden», fügte sie noch an, übergab den Bericht an Jens, stolzierte auf ihren hochhackigen Schuhen davon, drehte sich aber noch einmal um. «Und bitte nicht erst mit einem Tag Verzögerung!»

«Wäre ja auch zu einfach gewesen», sagte Hagenah.

«Sorg bitte dafür, dass Grafe entlassen wird», erwiderte Jens.

«Soll ich ihn trotzdem beschatten? Irgendwie mag ich den Typen nicht.»

«Dann müsstest du die halbe Stadt beschatten. Nein, lass ihn einfach laufen. Und dann kümmere dich bitte um den Oldie im Krankenhaus. Wir müssen wissen, woher er das Bein hat. Müsste die Untersuchung nicht längst abgeschlossen sein?»

«Mach ich», sagte Hagenah, wandte sich ab, hielt aber noch einmal inne:

«Nicht vergessen, Mozartkugeln zu besorgen. Die helfen bei Beef!»

4

«Das ist ein altes Bein.»

Die Ärztin am Institut für Rechtsmedizin am UKE Hamburg-Eppendorf, Dr. Pellmann, gefiel sich in der Rolle der lustigen Leichenöffnerin.

Hagenah hatte schon häufig mit ihr zu tun gehabt und mochte die dunkelhaarige Frau mit dem strahlenden Lächeln. Sie hatte einen derben Humor, mit dem sicher nicht jeder umgehen konnte, Hagenah aber schon.

«Inwiefern?», fragte er und folgte Dr. Pellmann zu der Leichenwanne aus Metall. Da die Wanne Platz für einen ganzen Körper bot, wirkte der Unterschenkel klein und verloren darin.

«Auf zweierlei Weise. Erstens gehört der Unterschenkel zu einem Körper, der sicher mehr als fünfzig Jahre auf den Beinen hat ...»

Was Hagenah an Pellmanns Humor besonders mochte, war, dass es ihr egal war, ob jedermann ihn begriff oder teilte. Es reichte ihr, sich selbst zu belustigen.

«... und zweitens liegt die Amputation mehr als drei Tage zurück. Ich tippe auf drei bis fünf Tage. Es finden sich überall Kalkreste, da hat also jemand mit geringem Sachverstand versucht, den Verwesungsprozess aufzuhalten. Außerdem wurde die Amputation mit zwei verschiedenen Instrumenten vorgenommen. Haut, Fleisch und Sehnen wurden mit einem nicht dafür geeigneten Instrument durchtrennt, der Knochen mit einem dafür geeigneten. Sehen Sie sich die Wundränder und den Knochen an.»

Hagenah tat so, als sähe er genau hin und profitierte in diesem Moment von seiner geringen Sehstärke im Nahbereich.

«Womit wurde das Fleisch durchtrennt?», fragte er.

«Ich tippe auf eine Fingernagelschere.»

Für einen Augenblick glaubte er Dr. Pellmann und sah sie entsetzt an, bemerkte dann aber das listige Blitzen in ihren Augen.

«Neu oder gebraucht?», fragte Hagenah.

«Macht keinen Unterschied.»

«Und im Ernst?»

Dr. Pellmann zuckte mit den Schultern. Sie trug einen der hier unten üblichen grünen Kittel und wirkte irgendwie verloren darin.

«Küchenmesser, stumpf. Der Knochen aber wie gesagt

mit einer äußerst scharfen Säge, möglicherweise mit einer, wie sie im OP benutzt wird.»

«Könnte die Person noch leben, die den Unterschenkel vermisst?»

Die Ärztin schüttelte den Kopf.

«Glaube ich nicht, so, wie der Täter vorgegangen ist. Sie sagten, es handele sich um einen älteren Herrn?»

«Um einen klapprigen Rentner. Könnte Ihr Opa sein.»

«Mein Opa hat Vogelhäuser gebaut oder Puzzles gelegt», versetzte sie.

«Tja, die Zeiten ändern sich. Ich muss wohl auch noch einmal überdenken, was ich ab nächstem Jahr tue.»

«Sie gehen in Pension?»

«Nicht freiwillig, mein Dienstherr zwingt mich dazu.»

«Kommen Sie zu uns», schlug die Pellmann vor. «Zum Leichenwenden und -waschen brauchen wir immer eine kräftige Hand.»

«Danke, aber nein. Dann doch lieber Puzzles legen.»

Hagenahs Handy klingelte. An der Nummer erkannte er, dass es sich um einen Anruf handelte, auf den er wartete.

Er nahm ihn entgegen und hörte sich an, was der Kollege aus dem Fachbereich Einbruch und Diebstahl zu sagen hatte.

«Das ist ja interessant, vielen Dank», sagte Hagenah und legte auf.

«Eine Spur?», fragte die Pellmann und strahlte ihn an.

Hagenah nickte.

5

Jens war allein unterwegs zur Langenstraße 14. Seine Kollegin Carina Reinicke, die er oft zu solchen Gesprächen mitnahm, war nach dem Fall mit dem Fahrdienst *mydriver* noch nicht wieder im Dienst. Carina war ausgebildet für Vernehmungen mit traumatisierten Hinterbliebenen und hatte dabei immer wieder ein besonderes Einfühlungsvermögen bewiesen. Jens vermisste sie, und es tat ihm leid, dass ihre seelischen Verletzungen eine Rückkehr in den Dienst bislang verhindert hatten. Jetzt befand sie sich in Mutterschutz, und ihre Rückkehr würde wohl noch eine Weile auf sich warten lassen.

Wie immer beruhigte es ihn, in seiner geliebten Red Lady unterwegs zu sein, den zuverlässigen Motor arbeiten zu hören, auch wenn die Geräusche des Alters und des Verfalls immer deutlicher zu hören waren. Aber so war das eben, und es ließ sich ja auch auf den Menschen übertragen. Waren nicht gerade die Alten, bei denen die Knochen und Knie bei jeder Bewegung knackten, die Zuverlässigsten?

Traf das auch auf ihn selbst zu? Vollkommen geräuschlos bewegte er sich jedenfalls nicht mehr durch den Tag, aber das mit der Zuverlässigkeit, da war Jens sich nicht sicher – nach zwei missglückten Ehen und einer sich anbahnenden Beziehung, die sich wohl bis in alle Ewigkeit anbahnen würde. Vielleicht war er einfach nicht der Typ für feste Beziehungen, für Zuverlässigkeit und Berechenbarkeit, für tiefsinnige Gespräche und Einfühlungsvermögen. Einfach so dahinzucruisen, Musik zu hören, die Gedanken mäandern zu lassen, so etwas genoss er, wenn er nicht im Dienst war.

Als Jens seine Red Lady hundert Meter von Nummer 14 entfernt stoppte und ausstieg, blieb er einen Moment neben seinem Wagen stehen und sah sich um. Sog die Atmosphäre der Wohnstraße in sich auf. Es war ruhig hier, auch am Tage, und eigentlich müsste jeder Fremde sofort auffallen. Dieser älteren Dame zum Beispiel, die sich gegenüber hinter der halben Scheibengardine versteckte und glaubte, man sähe sie nicht. So eine gab es in jeder Straße. Vielleicht hatten die Kollegen sie schon vernommen, aber Jens wollte sich nicht auf ein *Vielleicht* verlassen und nahm sich vor, nach dem Gespräch mit Frau Windmüller noch einmal die alte Dame zu beehren.

Unter deren aufmerksamen Blicken ging er zu Nummer 14 hinüber und klingelte. Er hatte sich zuvor telefonisch angemeldet. Laura Windmüller öffnete sofort.

Falls sie geweint hatte, musste es schon eine Weile zurückliegen – ihre Augen wirkten klar. Sie war barfuß, trug eine Jeans, dazu einen schwarzen Pullover mit Rollkragen, ihr langes dunkles Haar war zu einem Dutt geflochten.

«Kommen Sie doch bitte herein», sagte sie förmlich, fast schon steif.

Jens folgte ihr in den offenen Wohnbereich. Im Untergeschoss gab es keine Wände, die Räume gingen ineinander über, waren nur unterteilt durch Regale und leichte, weiße Möbel in Hochglanzoptik. Das durch die großen Fenster hereinfallende Licht konnte sich ungehindert überallhin verteilen.

Wie auf dem Präsentierteller, schoss es Jens durch den Kopf. Er suchte nach Vorhängen an den Fenstern, fand aber keine. Wenn der Täter dieses Haus über längere Zeit hinweg beobachtet hatte, dürfte er so ziemlich alles mitbekommen haben, was darin vor sich gegangen war.

«Darf ich Ihnen etwas anbieten?», fragte Laura Windmüller. «Einen Kaffee vielleicht?»

Eigentlich wollte Jens nichts trinken, aber Laura Windmüller griff nach der benutzten Tasse auf der Theke und stellte sie unter die moderne Kapselmaschine.

«Gern», sagte er, damit sie nicht allein trinken musste. Ein Kaffee in Gesellschaft brach nach seiner Erfahrung so ziemlich jedes Eis.

«Fühlen Sie sich denn in der Lage, meine Fragen zu beantworten?», fragte Jens über die Betriebsgeräusche der Kaffeemaschine hinweg. Es war kein Röcheln und Zischen wie bei ihm zu Hause, sondern ein verhaltenes Mahl- und fein dosiertes Brühgeräusch.

Sie nickte, ohne sich umzuschauen. Er sah, wie sich die Muskelstränge in ihrem Nacken verhärteten.

«Ja ... sicher», sagte sie.

Jens betrachtete die Frau.

Sie war groß, beinahe genauso groß wie er selbst, hatte breite, fast schon athletische Schultern und schmale Hüften. Ihr Körper schien durchtrainiert zu sein. Sie war eine eindrucksvolle Frau mit selbstbewusster Ausstrahlung und hielt sich gerade, das Kinn leicht angehoben.

«Ich selbst habe ja auch Fragen», sagte sie. «Und ich brauche Antworten, um ... weitermachen zu können.»

Sie schob Jens eine gefüllte Tasse über den Tresen, fragte aber nicht, ob er Milch oder Zucker wolle. Zum Glück trank Jens seinen Kaffee schwarz. Er hätte es nicht gewagt, danach zu fragen.

«Hat sie gelitten?»

Da war er schon, der erste Moment, in dem Jens Carina Reinicke vermisste. Wahrscheinlich hätte sie gewusst, wie man diese direkte Frage umschiffen konnte, Jens wusste es nicht. Klippen zu umschiffen war nicht sein Ding, er bevorzugte einen geraden Kurs, der schnell zum Ziel führte.

«Ja», sagte er mit den Bildern vor dem inneren Auge, die er auf dem Handy der Getöteten gesehen hatte. «Tut mir leid, ich ...»

«Wie lange?», unterbrach sie ihn.

«Hören Sie ...»

Laura Windmüller schüttelte den Kopf.

«Ich bin Ärztin», sagte sie. «Und nicht nur deshalb kann ich einiges ertragen. Versuchen Sie bitte nicht, mich wie ein Opfer oder eine schwache Frau zu behandeln, denn das bin ich nicht. Ich beantworte all Ihre Fragen, soweit ich kann, aber ich bitte Sie, mir meine ebenfalls zu beantworten. Ehrlich und auf Augenhöhe, nicht auf diese typisch männliche Art von oben herab.»

Sie sah ihn an. Ihr Blick war fest, jeder Widerspruch zwecklos.

«Ihre Partnerin wurde erstickt. Ihr Todeskampf hat mehr als fünf Minuten angedauert.»

Laura Windmüller entließ Jens nicht aus ihrem Blick. Ihre Augen weiteten sich, ihr Körper versteifte sich, aber sie war weit davon entfernt, in Tränen auszubrechen. Es war schließlich Jens, der den Blick senkte, nach seiner Kaffeetasse griff und trank. Auf der Oberfläche des Getränks spiegelte sich die Zahl, die sich unauslöschlich in sein Hirn gebrannt hatte.

5:33

Auf die Sekunde genau 5:33 hatte der Todeskampf von Eva Probst gedauert. Doch das musste ihre Partnerin nun wirklich nicht wissen. Jens war so ehrlich zu ihr gewesen, wie es ihm möglich war.

Da sie offenbar nichts sagen wollte, fuhr Jens fort: «Der Täter, der dafür verantwortlich ist, wusste genau, wo Ihre Partnerin entlanglaufen würde. Er hat sie dort abgepasst. Vorher, das wissen wir dank Ihres Nachbarn, hat er Ihr Haus beobachtet. Frau Probst ist also kein zufälliges Opfer. Es ging dem Täter um sie, nicht um irgendjemanden. Da liegt es nahe, dass ein Motiv in einer persönlichen Beziehung zu suchen ist.»

«Er kannte Eva?»

«Das ist sehr wahrscheinlich. Ist sie immer dieselbe Strecke gelaufen?»

Laura Windmüller schüttelte den Kopf.

«Wir haben vier verschiedene Strecken, je nachdem, wie viel Zeit und Lust wir haben ...»

«Sie sind auch zusammen gelaufen?»

«Ja. Nicht immer, aber häufig.»

«Auch in der letzten Zeit?»

«Vorgestern zuletzt.»

«Ist Ihnen jemand aufgefallen?»

Laura Windmüller dachte intensiv nach.

«Nein, nicht wirklich.»

«Wie meinen Sie das?»

«Na ja ... es gibt immer wieder Männer, die uns angaffen oder blöde Kommentare abgeben, das ist die Normalität. Männer können wohl nicht anders, als sich wie Primaten zu benehmen. Aber ich kann mich an niemanden erinnern, der mir besonders aufgefallen wäre.»

Jens steckte auch diesen zweiten Seitenhieb auf Männer kommentarlos weg. Was hätte es ihm in dieser Situation gebracht, darauf hinzuweisen, dass nicht alle so waren? Und das wäre ja auch erst mal zu klären. Immerhin hatte er Eva Probst auch hinterhergeschaut und ihre Figur bewundert.

«Und hier in der Straße? Ist Ihnen eventuell ein Wagen aufgefallen? Oder eine Person, die hier nicht hingehört?»

«Nein ... Und Eva hat auch nichts in der Richtung erwähnt. Außer ...» Die Frau schüttelte den Kopf. «Das entbehrt nicht einer gewissen tragischen Komik», fuhr sie fort. «Unser Nachbar, Lennart Wolff, hat dauernd herübergegafft, wenn er am Haus vorbeigelaufen oder -gefahren ist. Hat sich den Hals verrenkt. Dem wären jedes Mal beinahe die Augen aus dem Kopf gefallen ...»

Laura Windmüller wusste genau, was sie sagte und wie unangebracht es im Zusammenhang mit Wolffs Verletzung war. Das hielt sie aber nicht davon ab, es trotzdem zu tun, ohne eine Entschuldigung hinterherzuschieben, wie es die meisten anderen Menschen getan hätten.

Eine merkwürdige Frau, fand Jens. «Können Sie sich vorstellen, warum jemand Frau Probst das angetan hat? Hatte sie Feinde? Gab es Streitigkeiten in der Familie? Irgendetwas?»

Die Windmüller wollte den Kopf schütteln, hielt aber inne, dachte einen Augenblick nach und sagte dann:

«Ich muss gerade an einen von Evas Klienten denken. Sie hat seinen Fall verloren, und er ist danach richtig auf sie losgegangen, hat sie beschimpft und bedroht und ihr Konsequenzen angedroht.»

Jens wusste, dass Eva Probst Rechtsanwältin gewesen war.

«Wie lange liegt das zurück?», fragte er.

«Nicht sehr lange. Vielleicht drei Monate. So genau weiß ich das nicht mehr.»

«Sonst noch etwas? Familie oder so?»

«In ihrer Familie ist alles in Ordnung. Durch ihre Arbeit hat sie immer mal wieder Kontakt zu Menschen, die das Recht brechen oder beugen, aber bis auf diesen einen Fall ist mir niemand bekannt, der sie bedroht hätte oder Ähnliches ... Sie haben bisher keine Spur, oder?»

Jens schüttelte den Kopf. «Nein, haben wir nicht, aber wir stehen ja auch noch ganz am Anfang der Ermittlungen.»

«Wann kann ich Eva sehen?», fragte die Windmüller unvermittelt.

«Sobald alle Untersuchungen abgeschlossen sind. Ich rufe Sie sofort an, wenn es so weit ist. Sollen wir die Familie unterrichten, oder ...»

«Nein, das mache ich», unterbrach sie Jens.

«Okay, aber ich werde trotzdem mit der Familie sprechen müssen.»

«Ihr läuft die Zeit davon», sagte Laura Windmüller.

«Wie bitte?»

«Das hat der Täter in den Vivatar-Chat geschrieben. Ihr läuft die Zeit davon. Was hat das zu bedeuten?»

«Ich weiß es nicht. Haben Sie beide sich immer über diese Begleit-App kontrolliert, wenn Sie getrennt gelaufen sind?»

«Nein, nicht immer. Eva war ziemlich sorglos, was das betraf. Ich musste sie immer daran erinnern, die App einzuschalten ...» Laura Windmüller schloss die Augen und schüttelte den Kopf. «Wie nutzlos ...», sagte sie leise.

«Die Strecke, die Frau Probst gestern Abend gelaufen ist, wie häufig ist sie die gelaufen? Oder gab es ganz bestimmte Tage, an denen sie nur diese Strecke gelaufen ist?»

«Nein, an bestimmte Tage ist die Hafenstrecke, so nennen ... nannten wir sie, nicht gebunden. Eher an Tageszeiten. Wenn es dunkel ist, laufen wir dort, weil es ausreichend Straßenbeleuchtung gibt. Einmal die Woche kam das sicher vor.»

«War es Zufall, dass Frau Probst gestern Abend allein gelaufen ist?»

«Ja, war es. Ich hatte noch zu tun, musste Doktorarbeiten überprüfen und hatte keine Lust ... einfach keine Lust.»

Als sie die letzten Worte leise wiederholte, wurden Laura Windmüllers Augen doch noch feucht. Sie brach nicht in Tränen aus, dafür hatte sie sich zu gut unter Kontrolle, aber Jens war sich sicher, dass es passieren würde, sobald er das Haus verlassen hatte.

«Die Laufstrecken», erinnerte Jens. «Können Sie sie mir aufschreiben oder aufzeichnen?»

«Sie haben Evas Handy, oder?»

«Ja, haben wir. Warum?»

«Schauen Sie in ihren Instagram-Account. Sie ist dort in einer Lauf-Community, die sich *Runfree* nennt, dort hat sie alle Laufwege regelmäßig gepostet, um sich mit anderen auszutauschen.»

6

Die Tür ließ sich nicht einmal richtig verschließen, weil das alte, trockene Holz verzogen war. Aber Schloss und Schlüssel waren für dieses Gefängnis auch nicht notwendig.

Worte fesselten das Mädchen, Drohungen lähmten sie, und die schlimmsten Verletzungen fügte ihre Mutter ihr allein durch Gesten und Blicke zu.

Tag und Nacht fiel durch den schmalen Spalt zwischen Tür und Rahmen Licht in das Zimmer. Ein mattgelber Balken, der immer an derselben Stelle lag. Ein Ende berührte die Kommode aus Mahagoniholz, in der sauber und ordentlich sortiert ihre Unterwäsche lagerte. Das andere Ende verlor sich im staubigen Gespinst der Troddeln des uralten Teppichs, der angeblich schon immer im Besitz der Familie gewesen war.

Manchmal zog das Mädchen den Teppich ein Stück beiseite, einfach nur, um irgendetwas zu verändern. Denn sonst änderte sich nichts. Tag für Tag atmete sie die gleiche abgestandene Luft, roch den Schweiß ihrer Mutter, der sich in Tapeten und Teppichen festgesetzt hatte, hörte ihre Schimpftiraden, ertrug es, wenn ihr wieder einmal die Hand ausrutschte.

Diese Gleichförmigkeit, das begriff sie nach und nach, gehörte zu den Mechanismen dieses Gefängnisses, in dem sie blieb, obwohl es weder Schloss noch Riegel gab. Hinzu kam die Angst. Die Angst davor, ganz allein in der Welt zu stehen. Denn genau das prophezeite Mutter ihr Tag für Tag.

«Einen einzigen Menschen gibt es, der für dich da ist,

und das bin ich. Ich, ich, ich. Niemand sonst. Also überleg dir gut, ob du es dir wirklich verderben willst mit mir.»

Und es gab jede Menge Gründe, es sich mit ihr zu verderben.

Eine Drei in der Mathearbeit zum Beispiel.

Schmutzige Kleidung.

Antworten, die sie als patzig empfand.

«Ein Gesicht machen», wie sie es nannte, wenn es Ärger gegeben hatte. «Mach nicht so ein Gesicht, sonst gebe ich dir einen Grund dafür», sagte sie dann.

Auch an diesem Satz änderte sich nichts, er blieb immer gleich, selbst Betonung und Lautstärke.

So viele Gründe.

Also saß das Mädchen in dem Zimmer unter dem Dach und lauschte nach dem Klang der Stille. Sie sprach mit niemandem darüber, weil sie wusste, wie verrückt es klang, aber Stille konnte ganz unterschiedlich klingen. Mal bodenlos tief, so als wäre es ein Leichtes für sie, die ganze Welt zu verschlingen. Dann wieder schien sie in einem Spannungsfeld zu vibrieren, und die Luft war angefüllt von Elektrizität. Die feinen Härchen auf ihren Armen stellten sich dann auf, und ihre Kopfhaut begann zu kribbeln.

Sie war neun Jahre alt und analysierte die Stille ihrer Nachmittage. Keine ihrer Mitschülerinnen tat das, und das Mädchen wusste, dass ihr Verhalten nicht normal war – dass sie selbst nicht normal war. Aber so war ihr Leben, was sollte sie tun?

Sie war neun Jahre alt.

Sie konnte nicht einfach fortgehen.

Sie konnte nichts tun, als ihre Mutter zu ertragen.

Denn sie war der einzige Mensch, den sie hatte, seit ihr Vater sie im Stich gelassen hatte.

«Abendessen», tönte es von unten.

Das Mädchen ließ den Bleistift fallen, auf dem es die vergangenen zehn Minuten herumgekaut hatte, erhob sich von dem Plastikstuhl und stieg die Treppe hinunter. Bevor sie die Küche betrat, machte sie einen Abstecher ins Bad, um sich die Hände zu waschen.

Beim Blick in den Spiegel fielen ihr die grünen Späne von der Lackierung des Bleistiftes auf, die auf ihren Lippen haften geblieben waren. Schnell wusch sie sie ab, denn Mutter sah es nicht gern, wenn sie auf den Stiften herumkaute.

«Deck auf», befahl Mutter, als das Mädchen die Küche betrat.

Der Geruch zu scharf angebratener Frikadellen biss ihr in die Nase. Sie verabscheute diese kohlrabenschwarzen Fleischbällchen, verabscheute es, Fleisch zu essen. Auch die Gerichte, die Mutter kochte, unterlagen den Gesetzen der Gleichförmigkeit, die in diesem Haus alles bestimmten.

Und doch war heute irgendetwas anders. Das Mädchen spürte es, konnte es aber nicht einordnen. Der unangenehme Geruch der angebrannten Frikadellen war nichts gegen die Schwingungen, die sie empfand. Sie gingen von ihrer Mutter aus. Sie war das Epizentrum einer Eruption, die gleich alles hinwegfegen würde.

«Wer ist der Junge?», kam die Frage, kaum dass sie sich am Tisch gegenübersaßen.

«Welcher Junge?»

«Willst du mich für dumm verkaufen? Du weißt genau, welchen Jungen ich meine.»

Das Mädchen musste einen Moment nachdenken, denn es gab natürlich einige Jungen in ihrer Klasse und noch viel mehr auf der gesamten Schule, und es kam vor, dass diese Jungs sie ansprachen. Sie legte es nicht darauf an, aber es kam vor. Dass Mutter sie in der Schule beobachtete, war ihr nicht neu. Wenn sie Zeit hatte, kam sie in den Pausen vorbei, manchmal sah das Mädchen sie, manchmal nicht. Heute hatte sie sie nicht bemerkt.

«Ich weiß nicht ...»

Mutters flache Hand klatschte krachend auf die Tischplatte.

«Du hast ihm die Tür aufgehalten.»

Das war möglich. Das Mädchen konnte sich nicht daran erinnern, aber es war möglich.

«Ich weiß langsam wirklich nicht mehr, wie ich es dir noch begreiflich machen soll. Heute hältst du ihnen die Tür auf, morgen bist du ihre Dienstmagd. Du kochst für sie, du wäschst und bügelst für sie, du machst die Beine breit für sie, wenn sie es wollen, und was bekommst du dafür am Ende?»

Schweigend zerteilte das Mädchen die schwarze Frikadelle auf ihrem Teller.

«Was bekommst du am Ende!?», schrie ihre Mutter sie an.

Das Mädchen kannte die Antwort, die sie hören wollte, natürlich kannte sie sie.

«Einen Tritt in den Arsch», sagte sie leise.

«Genau! Ganz genau! Du bekommst einen Tritt in den Arsch. Und dann hast du noch Glück. Wenn du kein Glück hast, schlagen sie dir ins Gesicht und treten dir in den Bauch, wenn du am Boden liegst. Weil Männer eben so sind. Ohne Ausnahme. Und jetzt sag mir doch bitte einen vernünftigen Grund, warum du so einem die Tür aufhältst.»

Dem Mädchen fiel kein vernünftiger Grund ein, denn sie wusste nicht, warum sie es getan hatte. Sie konnte sich ja nicht einmal daran erinnern.

«Schmeckt dir mein Essen nicht?»

Das Mädchen wurde überrascht von dem abrupten Themenwechsel und wusste nicht, was es erwidern sollte.

«Warum stocherst du darin herum, als ekeltest du dich davor?» Ihre Stimme. Sie kippte. Nur langsam zuerst, aber das Mädchen wusste aus Erfahrung, wie schnell es gehen konnte.

«Die Männer bedienen und hofieren, ja, das kannst du, aber dich einmal ein bisschen dankbar zeigen für das, was ich jeden Tag für dich tue, das ist wohl zu viel verlangt. Meinst du, dein Vater hätte das für dich getan? Nichts hat er je für dich getan, und er wird auch niemals etwas für dich tun, weil du ihm scheißegal bist …»

«Das stimmt nicht!»

Die Worte rutschten ihr einfach so heraus.

Mutter schlug ihr ins Gesicht. Ruckzuck, und es brannte wie Feuer auf ihrer Wange. Tränen schossen dem Mädchen in die Augen.

«Geh auf dein Zimmer. Das Abendessen ist für dich beendet. Und den Rest der Woche probieren wir aus, wie du mit dem Abendessen auskommst, das dein Vater nicht für dich kocht.»

7

Ein rotes Damen-Hollandrad mit ausladendem Korb aus Weidengeflecht am Lenkrad war auffällig, und irgendwie war es Rolf Hagenah klar gewesen, dass die Spur zur Identität des unbekannten Oldies, der mit einem menschlichen Unterschenkel auf dem Gepäckträger durch den Park gefahren war, über dieses Fahrrad führen würde.

Eine simple Abfrage der in den letzten vierundzwanzig Stunden als gestohlen gemeldeten Fahrräder hatte ergeben, dass das Rad einer Lisa Nietfeld gehörte, die es bereits schmerzlich vermisste. Rolf Hagenah klingelte gegen Mittag bei ihr.

Lisa Nietfeld wohnte unweit der Uni in einem verschachtelten Gebäudekomplex aus den sechziger Jahren. Über die Gegensprechanlage meldete sich eine männliche Stimme. Hagenah erklärte, warum er da war, und man ließ ihn herein. Auf halbem Weg kam ihm im fensterlosen Flur jemand entgegen – ein rundlicher junger Mann mit ungepflegtem Haar und schlabberigen Klamotten. Er war barfuß und roch unangenehm.

«Sind Sie der Bulle, der geklingelt hat?», fragte er.

«Sind Sie das Schwein, das lange nicht geduscht hat?», konterte Hagenah gereizt.

«Häh?»

Der junge Mann kratzte sich am Kopf.

«Ich will mit Lisa Nietfeld sprechen.»

«Ja ... Lisa ist meine Freundin, wir wohnen zusammen, aber sie ist grad an der Uni.»

«Und wer sind Sie?»

«Ihr Freund.»

«Name?»

«Dennis Fangmann.»

«Wann kommt Lisa zurück?»

«Weiß nicht.»

«Wissen Sie von dem Fahrraddiebstahl?»

Fangmann zuckte mit den Schultern. «Sie hat so was erwähnt ... aber ich hab bis eben geschlafen ... musste mal wieder nachts arbeiten.»

Hagenah bezweifelte, dass dieser Typ einer ordentlichen Arbeit nachging, wahrscheinlich dealte er oder so. Aber seinetwegen war Hagenah nicht da, und er hatte auch keine Zeit, sich mit seiner Lebensgeschichte zu befassen.

«Lisa liebt ihr Rad, sie hat es von ihrer Oma ... aber das ist doch voll das olle Teil», sagte Fangmann. «Verstehe gar nicht, warum jemand ausgerechnet dieses alte Rad klaut.»

«Aus pragmatischen Gründen», antwortete Hagenah. «Weil die Person ein Fahrrad brauchte. Wo hatte Lisa es denn stehen?»

«Direkt unten vor dem Haus. Kann sein, dass sie vergessen hat, es abzuschließen.»

«Kann sein?»

«Na ja ... sie vergisst häufig etwas.»

Fangmann lächelte entschuldigend, und irgendwas an diesem Lächeln störte Hagenah, ohne dass er sagen konnte, was.

Er zog sein Handy hervor und zeigte Fangmann ein Foto des Fahrrads.

«Ja, das ist es», sagte er. «Ich sag Lisa Bescheid. Wo kann sie es denn abholen?»

«Im Moment noch gar nicht», sagte Hagenah und öffnete das zweite Foto. «Es ist Bestandteil einer Ermittlung, sonst wäre ich heute nicht bei Ihnen aufgetaucht. Kennen Sie eventuell diesen Mann?»

Das Foto hatte der Beamte geschossen, der den Oldie im Krankenhaus bewachte. Ein Handyfoto, deutlich überbelichtet, dazu die weiße Bettwäsche und das aschfahle Gesicht des alten Mannes, die geschlossenen Augen – er wirkte wie tot. Hagenah wusste, es war ein erschreckendes Bild, aber ein anderes hatte er nicht.

«Das ist doch Onkel Willi», sagte Fangmann irritiert.

«Ihr Onkel?»

«Nein, aber so nennen wir ihn hier im Haus. Keine Ahnung, wie er wirklich heißt. Onkel Willi halt. Ist ihm etwas zugestoßen?»

«Er befindet sich im Krankenhaus, ist aber nicht in Lebensgefahr. Er war auf Lisas Fahrrad unterwegs, als er von einer Polizeistreife aufgegriffen wurde.»

«Onkel Willi hat es genommen? Das kann ich mir gar nicht vorstellen! Der ist echt okay. Er hat an dem Rad sogar mal den Reifen repariert ... ich brech mir dabei immer einen ab.»

Ja, das glaub ich dir gern, dachte Hagenah, behielt sein Pokerface aber bei, als er daran dachte, was der liebe Onkel Willi auf dem Gepäckträger von Lisas Fahrrad durch die Nacht kutschiert hatte.

«Lebt er allein?», fragte Hagenah.

«Soweit ich weiß schon. Aber er hat einen guten Freund, der oft zu Besuch kommt. Die beiden sitzen dann hinten im Innenhof, trinken Bier und ... chillen.»

«Wie heißt der Freund?»

Fangmann zuckte mit den Schultern.

«Onkel Willi nennt ihn nur ‹den Langen›. Wahrscheinlich, weil er so groß ist.»

«Und in welcher Wohnung lebt Onkel Willi?»

Fangmann warf Hagenah einen skeptischen Blick zu.

«Also, wenn Onkel Willi das Fahrrad genommen hat, dann hat er es sich nur ausgeborgt, da bin ich mir sicher. In dem Fall möchte Lisa bestimmt keine Anzeige erstatten. Ich denke, damit ist dann alles in Ordnung.»

«Für die Polizei aber nicht», sagte Hagenah und hätte um ein Haar hinzugefügt, dass für die Person, die zu dem Unterschenkel gehörte, wahrscheinlich auch nicht alles in Ordnung war.

«Warum nicht?», fragte Fangmann.

«Können Sie mir jetzt bitte sagen, in welcher Wohnung er lebt?»

Fangmann zögerte, nickte aber schließlich und sagte: «Ich geh voraus, die Wohnung liegt ziemlich versteckt.»

Das war nicht übertrieben. Der Gebäudekomplex schien wie ein Krebsgeschwür im Laufe der Jahre gewachsen zu sein, anders waren die verwinkelten Gänge und Anbauten nicht zu erklären. Fangmann führte Rolf Hagenah bis in die hinterletzte Ecke des Erdgeschosses. Gleich neben einer Notausgangstür befand sich eine Wohnungstür mit einer Klingel, auf der W. Gruber stand.

«Da wohnt er», sagte Fangmann und zeigte auf die Tür.

«Und Sie?», fragte Hagenah.

Fangmann deutete den Gang hinunter.

«Gleich da hinten.»

«Dann haben Sie es ja nicht weit. Ich komme ab jetzt allein zurecht», sagte Hagenah.

«Ach so, okay, gut, dann … dann geh ich mal.»

Fangmann wandte sich ab, hielt aber noch einmal inne:

«Und das Fahrrad?»

«Kann Lisa sich in den nächsten Tagen abholen. Wir brauchen sowieso noch ihre Aussage.»

Fangmann verschwand, und Hagenah wartete, bis er keine Geräusche mehr hörte. So lange betrachtete er die Situation. Die Wohnungstür lag direkt neben einer verglasten Notausgangstür, die in einen kleinen, zugewucherten Innenhof hinausführte. Draußen standen zwei billige weiße Gartenstühle rechts und links neben einem Standaschenbecher aus Beton. Der eingefüllte gelbe Sand war gespickt mit Zigarettenfiltern. Wie die Stachel eines Igels standen sie daraus hervor.

Der Notausgang war ideal, um Leichenteile aus der Wohnung zu schaffen. Und die Wohnung selbst lag so weit hinten im Gebäude, dass sich wohl kaum jemand um verdächtige Geräusche kümmern würde.

«Onkel Willi», sagte Hagenah leise, «was hast du nur getan.»

Dann trat er vor und drückte auf den Klingelknopf. Die Klingel schien nicht zu funktionieren, es blieb still.

Also klopfte Hagenah. Mehrmals und nicht zu leise. Eine Reaktion erhielt er nicht.

Im Krankenhaus lag ein alter Mann, der nicht vernehmungsfähig war und der auf dem Gepäckträger eines gestohlenen – oder ausgeliehenen – Fahrrads einen menschlichen Unterschenkel transportiert hatte. Grund genug, etwas Gewalt anzuwenden, fand Hagenah. Ein klein wenig reichte, und die Tür aus billigem Pressholz gab nach. Das Schloss splitterte unter Hagenahs Tritt heraus.

Als sie aufschwang, schlug ihm ein übler Geruch entgegen. Eine Mischung aus Schweiß, Schmutz, Urin, abgestandener Luft, Essensresten – und Verwesung. Vielleicht bildete er sich Letzteres aber auch nur ein, weil er erwartete, hier einen Leichnam zu finden.

Hagenahs Hand legte sich auf die Dienstwaffe an seinem Gürtel. Er löste den Sicherungsriemen, beließ sie aber noch im Holster. Welche Gefahr sollte ihm hier schon drohen?

Onkel Willi lag im Krankenhaus, sein Opfer war sicher längst tot. Und dennoch ... ein unbehagliches Gefühl beschlich ihn, und für einen kleinen Moment fragte sich Hagenah, ob er Unterstützung anfordern sollte.

Er entschied sich dagegen und betrat die Wohnung, zunächst nur einen Schritt weit, um sich zu orientieren. Ein Loch, mehr war es nicht. Zwei Türen gingen von dem schmalen, kurzen Flur ab, eine rechts, die andere links. Geradeaus führte ein offener Durchgang in einen weiteren Raum. Vor einem Fenster waren die orangefarbenen Vorhänge zugezogen.

Hinter den Vorhängen stand jemand und winkte.

8

Diese Euphorie ist göttlich!

Immer noch hält sie an, und es gibt keine Droge auf dieser Welt, die einen intensiveren Rausch beschert.

Jetzt endlich kann ich die bedruckten Seiten zur Hand nehmen, die seit Jahren im Regal liegen. Kopien nur, aber ihr Symbolgehalt ist deutlich genug. Ich nehme sie heraus und werfe sie in den Raum, die Blätter fliegen zunächst

Richtung Deckenlampe, bevor die Schwerkraft sie wieder zu Boden zieht. Wie leicht sie plötzlich sind. All die Tage und Monate lagen sie schwer wie Blei im Regal und auf meiner Seele – vorbei, das ist vorbei! Kraft meiner Intelligenz und meines Durchsetzungsvermögens habe ich mich von der Last befreit. Ab jetzt beginnt mein neues, mein zweites Leben, und das hat nichts mehr mit dem vorherigen zu tun.

Ich habe es getan. Habe getötet.

Es war notwendig, um mich zu befreien. Was jetzt kommt, ist kein Zwang mehr, sondern Freude. Mit einer Leichtigkeit, die mir zuvor nicht gegeben war, werde ich die nächsten Schritte planen und umsetzen und daran wachsen. Es gibt viele Wege, sich aus der Herde der Menschen zu erheben und ein Gott zu werden, nicht nur diesen einen, den ich mein halbes Leben verfolgt habe. Aber mein Weg erscheint mir am vielversprechendsten, denn durch ihn werde ich Einzigartigkeit erreichen.

Ich werde eine Kunstform etablieren, die die Welt noch nicht kennt.

Eine der bedruckten Seiten am Boden meines Arbeitszimmers zieht meine Aufmerksamkeit auf sich.

Obwohl ich weiß, was darauf steht, muss ich die Worte jetzt noch einmal lesen. Ich muss es allein deshalb schon tun, um herauszufinden, ob ich mein Trauma wirklich überwunden habe.

Und ich kann es!

Ich kann lesen, was dort steht. Diese Worte haben mich einst gebrochen, haben meinen Lebensentwurf zerstört und alles in Zweifel gestellt, woran ich glaubte.

Ich knülle das Blatt Papier zusammen, drücke und

presse, so fest ich nur kann, dann werfe ich den Ball Richtung Papierkorb und treffe auf Anhieb. Mein Jubelschrei ist kindisch, ich weiß, aber ich kann ihn nicht unterdrücken.

Ich greife nach dem nächsten Blatt. Auf ihm steht, wie lange es dauert zu sterben.

Das stimmt nicht ganz mit den fünf Minuten dreiunddreißig überein, kommt der Sache aber nahe. So verkehrt lag ich damals gar nicht mit meinem theoretischen Wissen.

Auch dieses Blatt knülle ich fest zusammen und werfe es zum Papierkorb. Diesmal treffe ich nur den Rand, und es fällt zu Boden, doch das ficht mich nicht an. Ich habe noch knapp hundert weitere Blätter und Versuche.

In diesem Moment ist die Idee da. Sie ist wunderschön und zwangsläufig und von einer bestechenden inneren Logik.

Für jedes einzelne Blatt Papier wird eine Läuferin sterben.

Und alle Welt, auch die Polizei, soll vorher wissen, wer sterben wird. Ich schreibe ihre Namen dorthin, wo es alle sehen können, in die sozialen Netzwerke – aber niemand wird es begreifen.

9

Jens Kerner hasste Krankenhäuser.

Allein bei dem Geruch drehte sich ihm der Magen um, und obwohl er nicht an einen Gott glaubte, wünschte er sich in Momenten, in denen er Krankenhäuser betreten musste, dass irgendein allmächtiger Weltenlenker ihn vor einem Aufenthalt als Patient verschonen möge. Bislang hatte das ganz gut geklappt.

«Ich möchte zu Lennart Wolff», meldete Jens sich an der Information und legte gleich seinen Dienstausweis dazu, um lange Diskussionen zu vermeiden.

Wolff hatte ihn angerufen, als Jens gerade die alte Dame vernommen hatte, die gegenüber von Eva Probst und Laura Windmüller lebte. Außer Klatsch und Tratsch hatte die Dame nicht viel zu erzählen gehabt. Es missfiel ihr, lesbische Frauen als Nachbarinnen zu haben. Es missfiel ihr noch mehr, dass sie ihre Neigung so offen zeigten und sich sogar in der Öffentlichkeit küssten. Und noch viel mehr missfiel ihr, dass solche Leute sich in die guten Gegenden der Stadt einkauften und Unruhe hineinbrachten. Es war eine Unterhaltung gewesen, die bei Jens wegen der offen gezeigten Intoleranz ausgesprochen schlechte Laune hinterlassen hatte. Da war Lennart Wolffs Anruf zum richtigen Zeitpunkt gekommen. Vielleicht hatte der Mann ja wichtige Informationen.

Jens bekam die Zimmernummer genannt und steuerte auf die Fahrstühle zu. Im letzten Moment überlegte er es sich anders und wich auf das Treppenhaus aus. Er musste lediglich in den dritten Stock, keine große Sache also, und warum nicht sofort mit dem Fitness-Training beginnen. Schließlich hatte er sich das gestern Nacht vorgenommen, als er schwer atmend und mit Krampf in der Wade hinter dem Oldie auf seinem Hollandrad hergelaufen war.

Die Gedanken brachten die Erinnerung an den zweiten Fall, den sie gerade zu bearbeiten hatten, und er wählte

Hagenahs Nummer, während er die Stufen hinaufstieg. Der nahm jedoch nicht ab.

Im dritten Stock angekommen, machten sich Wade und Lunge erneut bemerkbar. Vor der Tür zur Station musste Jens einen Moment verschnaufen. Aber nicht allzu lange, und das wertete er als ersten Trainingserfolg.

Lennart Wolff lag auf Zimmer 321. Obwohl er sich unten bereits angemeldet hatte, hielt Jens sich an die Gepflogenheiten und tat es auf der Station noch einmal im Dienstzimmer. Dort hatte ein Pfleger Dienst, der ihn über den Rand einer Lesebrille mürrisch ansah.

«Seine Frau ist gerade da», sagte er.

Nicht gut, dachte Jens, der Wolff eigentlich auf sein gesteigertes Interesse an dem lesbischen Paar in seiner Nachbarschaft hatte ansprechen wollen.

«Ist nicht gut Kirschen essen mit der», fuhr der Krankenpfleger fort. «An Ihrer Stelle würde ich warten.»

«Was heißt das?»

Benedict – sein Name stand auf dem Plastikschild an seiner Brust – zuckte mit den Schultern.

«Sie ist sehr besorgt um ihren Mann. Offenbar eine verhinderte Ärztin», sagte er. «Also eine Pseudo-Expertin, die alles besser weiß.»

Jens bedankte sich für die Warnung, schlug sie aber in den Wind. Schließlich wollte er mit der Frau nicht über den Gesundheitszustand ihres Mannes diskutieren. Er nahm sich jedoch vor, das Thema Voyeurismus möglichst auszuklammern.

Auf sein Klopfen folgte ein «Herein», und Jens betrat das Krankenzimmer. Agnes Wolff sah ihn mit beiden Augen, Lennart mit dem verbliebenen an. Er lag ordentlich zugedeckt unter weißen Laken, sie lauerte in Verteidigungsstellung auf halber Strecke zur Tür. «Oh, die Polizei», sagte sie verächtlich. «Das ging ja mal schnell.»

Sarkasmus oder Zynismus? Jens war sich nicht sicher, glaubte aber, mit einer entsprechenden Antwort punkten zu können. «Ich hätte Blumen mitgebracht, hätte ich gewusst, dass Sie auch hier sind.»

Agnes Wolff verzog den Mund zu einem scharfen Strich. «Der Verrückte, der meinem Mann das angetan hat, würde reichen», erwiderte sie.

«Weil ich den finden will, bin ich ja hier», sagte Jens, schloss die Tür und ging aufs Bett zu.

Frau Wolff wich vor ihm zurück und positionierte sich vor dem Fenster. «Lennart ist noch sehr schwach», sagte sie. «Aber er will Ihnen unbedingt etwas sagen.»

Wolff richtete sich etwas auf.

«Nicht so viel bewegen!», warnte seine Frau sofort.

Jens musste daran denken, wie sie ihn in der Nacht angekeift hatte, als sie geglaubt hatte, ihr Mann klingele an der Tür, weil er seinen Schlüssel vergessen habe – besonders fürsorglich hatte sie da nicht geklungen.

«Können Sie den Mann beschreiben, der Sie verletzt hat?»

Wolff schüttelte den Kopf.

«Dieser Typ …», begann Lennart Wolff. «Viel gesehen habe ich nicht von dem, er hatte so ein Regencape an, in Schwarz, aber mir sind die Geräusche aufgefallen.»

«Was für Geräusche?»

«Als er abgehauen ist … Ich hab darüber nachgedacht … es hat so merkwürdig geklappert … das könnte an harten Sohlen gelegen haben.»

«Aha. Er trug also Schuhe mit harten Sohlen», resümierte Jens ein wenig enttäuscht.

«Ja, wie die von professionellen Fahrradfahrern. Die tragen doch solche Schuhe!»

Jens wusste nicht, was für Schuhe professionelle Fahrradfahrer trugen, aber natürlich musste er sofort an Maximilian Grafe denken, den Fahrradfahrer, den sie hatten gehen lassen müssen. Jens hatte den Mann nur sitzend gesehen, er wusste also nicht, wie die Sohlen seiner Schuhe beim Auftreten klangen.

«Sonst noch etwas?», fragte Jens.

«Das reicht doch wohl!», fuhr Agnes Wolff dazwischen. «Was erwarten Sie denn? Eine perfekte Personenbeschreibung?»

Jens beschloss, sie so gut wie möglich zu ignorieren. «Ist Ihnen vorher schon mal jemand am Haus Ihrer Nachbarinnen aufgefallen?», fragte er.

Lennart Wolff schüttelte den Kopf. «Nicht dass ich wüsste.»

«Hingeschaut hast du ja oft genug», schoss Agnes den nächsten Pfeil ab. Sie schien heute wirklich auf Krawall gebürstet zu sein.

«Hatten Sie einen guten Kontakt zu Ihren Nachbarinnen?», hakte Jens vorsichtig nach.

Agnes lachte trocken auf. «Ich hoffe nicht.»

Lennart schüttelte den Kopf. «Über die üblichen Begrüßungen hinaus nicht», sagte er.

«Und Sie?», fragte Jens an die Frau gewandt.

«Nicht einmal das», erwiderte Agnes schmallippig. «Wer es derart darauf anlegt, angegafft zu werden, muss nach meiner Meinung ignoriert werden.»

«Agnes, bitte …», versuchte Lennart sie zu beruhigen.

«Hör doch auf! Die haben das doch provoziert, und jetzt sieht man mal, was dabei herauskommt. Du liegst schwerverletzt im Krankenhaus, hast für den Rest deines Lebens nur noch ein Auge, und die beiden Lesben stellen sich weiterhin zur Schau in ihrem Glaspalast.»

Jens spürte, dass das mit dem Ignorieren nicht so klappen wollte. Er ärgerte sich darüber, wie diese Frau mit haltlosen Verdächtigungen um sich warf, und entschied sich, die Schockmethode anzuwenden.

«Eine der beiden ‹Lesben› wurde noch gestern Abend beim Laufen angegriffen und brutal getötet … wahrscheinlich von demselben Täter, der Ihren Mann angegriffen hat.»

Agnes Wolff hatte bereits zum Sprechen angesetzt, doch nun blieb ihr Mund offen stehen.

Geht doch, dachte Jens.

10

Hagenah hatte die Waffe schon auf den Winkenden angelegt, als er begriff, dass es nur der Schatten eines Baumzweiges draußen vor dem Fenster war, der ihn begrüßte.

«Scheiße», stieß er erleichtert aus. Eigentlich war er nicht besonders schreckhaft, aber irgendetwas war heute anders als sonst.

Hagenah ging zum Fenster hinüber und zog die eine Hälfte des Vorhangs mit einem Ruck beiseite. Es war der Ast eines dicht belaubten Ahornbaumes, der ihn erschreckt hatte. Der Baum überschattete einen ungepflegten Innenhof. Auf der gegenüberliegenden Seite entdeckte Hagenah eine schmale Toreinfahrt, die auf die Straße hinausführte – eine perfekte Möglichkeit, nachts unbemerkt Leichenteile wegzuschaffen.

Der Raum, in dem er sich befand, diente wohl zugleich als Wohnzimmer, Schlafzimmer und Müllgrube. Der Fernseher an der Stirnwand war relativ neu, alles andere wirkte verfallen. Leere Bierdosen lagen neben leeren Chipstüten, dazwischen vergammelten in geöffneten Pappboxen Tomaten- und Blattsalatreste. Der Wohnzimmertisch stand schief gegen einen Sessel gelehnt, auf dem sich DVDs stapelten. Da Hagenah nichts anfassen wollte, musste er sich mit einem Blick auf die schmalen Rückenaufschriften begnügen: Horror, Action und Pornos.

Viel interessanter waren die kleinen Tütchen auf dem gekachelten und von klebrigen Rückständen überzogenen Couchtisch. Zwei durchsichtige, weiße Beutel, leer. Hagenah konnte sich gut vorstellen, was darin gewesen war. Onkel Willi war wohl kein Kind von Traurigkeit, und der Zustand, in dem sie ihn aufgegriffen hatten, ließ ebenfalls auf den Genuss von Drogen schließen.

Alter schützt vor Torheit nicht, schoss es Hagenah durch den Kopf.

Da in diesem Zimmer keine Leiche zu finden war, ging Hagenah in den kurzen Flur zurück und öffnete die Tür zu seiner Linken. Dahinter befand sich die Küche. Sie genügte nicht seinen Anforderungen an Sauberkeit und Ordnung, war aber bei weitem nicht so verdreckt wie das Wohnzimmer. Es wirkte lediglich, als würde sie nicht so häufig benutzt. Dafür sprachen auch die fünf Paar Schuhe, die auf der Arbeitsplatte herumlagen.

Blieb die letzte Tür, die vermutlich ins Bad führte.

Hagenah machte sich auf alles gefasst – und er wurde nicht enttäuscht. Es handelte sich um ein fensterloses Bad mit einem Abluftventilator oben in der Wand und einer Badewanne. Ein milchiger Duschvorhang verbarg die Badewanne, sodass auf den ersten Blick nicht zu erkennen war, was darin lag. Zwischen Wanne und Toilette lehnte ein geöffneter Sack Kalk aus dem Baumarkt. Ein Kaffeebecher, der in dem grauen Pulver steckte, hatte wohl als Schaufel herhalten müssen. *Made My Day* stand vorn auf dem weißen Becher.

Hagenah riss den Duschvorhang beiseite.

Der Kalk hatte den Verwesungsprozess zwar nicht aufhalten, aber doch verlangsamen können, zusätzlich hatte Onkel Willi in Klosteine für Urinale investiert. Die radförmigen blauen Steine waren zum Teil schon abgebaut, andere noch ganz. Mehrere Dutzend davon lagen um den Leichnam herum. Sie stammten aus einem Eimer, der, von seiner Größe her zu schließen, vermutlich für den gewerblichen Bedarf in Restaurants, Schulen oder Krankenhäusern gedacht war. Soweit Hagenah wusste, wirkten diese Steine desinfizierend, zusätzlich hemmten die keimtötenden Wirkstoffe die Geruchsbildung.

Der Leichnam selbst war von einer verhärteten Kalkschicht überzogen, die allerdings Risse aufwies – wahrscheinlich waren sie entstanden, als Onkel Willi damit begonnen hatte, Teile vom Körper abzutrennen.

Nicht nur ein Unterschenkel fehlte, sondern beide, dazu noch der komplette rechte Arm. Blut war keines zu sehen, wahrscheinlich hatte Onkel Willi es fein säuberlich in den Ablauf gespült. Die Säge, mit der er vorgegangen war, lag zwischen den beiden halben Beinen der nackten Leiche, ebenso das Küchenmesser.

Bei der Leiche handelte es sich um einen Mann. Um die sechzig, schätzte Hagenah, vielleicht sogar älter, und er war ziemlich groß, weshalb Onkel Willi wohl mit den Unterschenkeln begonnen hatte, damit «Der Lange» in die Wanne passte.

Eine Minute hielt Hagenah den Anblick aus, dann schob er sich vorsichtig rückwärts aus dem Bad, nestelte sein Handy hervor, rief in der Zentrale an, forderte das ganz große Besteck an, rief Jens zurück, der es zwischenzeitlich bei ihm versucht hatte, und informierte ihn über den Stand der Dinge.

Nachdem er aufgelegt hatte, lenkte er sein Interesse auf die Jacken, die im Flur hingen. Drei Stück insgesamt, alle nicht neu und von eher billiger Qualität. Vorsichtig tastete Hagenah sie ab und spürte in einer Jacke einen festen Gegenstand, der sich wie ein Portemonnaie anfühlte.

Hagenah nahm seine Einmalhandschuhe, streifte sie über und holte das Portemonnaie aus der Innentasche der Jacke. Es war aus Leder, alt und abgegriffen und nicht besonders gut gefüllt. Geld steckte keines darin, nicht einmal Münzen, dafür aber zwei Kondome, ein paar Kassenzettel sowie Guthaben-Karten von einer Bäckerei, einem Metzger und einer Tankstelle. Dabei handelte es sich um einfache Pappkarten, die bei jedem Einkauf abgestempelt wurden. Ein Name stand nicht darauf.

Den fand Hagenah auf dem Schwerbehindertenausweis. Er war ausgestellt auf einen Roland Lange. Das Foto darauf passte zu dem Mann in der Badewanne. Sein Spitzname ging also nicht nur auf seine Körpergröße zurück.

11

«Du hast um dreizehn Uhr einen Termin bei Dr. Annemarie Sittler. Sie ist die Seniorchefin der Sozietät Sittler, Ranck und Woywood», sagte Becca am Telefon. «Sie bittet um Pünktlichkeit, da sie im Anschluss gleich zum Gericht muss.»

«Okay, vielen Dank ...»

«Ist sonst noch was?»

«Ja, ich ... hast du heute Abend Lust auf ein Abendessen? Wir könnten dabei über deine Idee sprechen. Du weißt schon ... der Urlaub.»

Rebecca ließ sich Zeit mit ihrer Antwort, und Jens brach der Schweiß aus.

«Holst du mich vom Dienst ab?», fragte sie schließlich. «Ich hätte Lust auf einen ordentlichen Burger. Wie heißt der Laden bei dir um die Ecke gleich noch?»

«Otto's Burger.»

«Genau. Ich will den Chuck-Norris-Burger.»

Damit legte Becca auf, und Jens fiel ein Stein vom Herzen.

Auf dem Weg zur Anwaltskanzlei rief Rolf Hagenah an. Er berichtete, er habe die Leiche gefunden, zu der der Unterschenkel gehörte. Jens kam bei seiner Erzählung aus dem Staunen nicht mehr heraus. Wenn jetzt auch noch die Rentner begannen, sich gegenseitig zu ermorden und zu zerstückeln, würden sie mit der Arbeit bald gar nicht mehr hinterherkommen.

Hagenah sagte, er habe die Adresse einer Schrebergartenparzelle von diesem Roland Lange gefunden, und er bat darum, sich dort umschauen zu dürfen, sobald die Spurensicherer in der Wohnung von Gruber ohne ihn auskamen. Jens hatte seinen Freund und Kollegen eigentlich auf den Fahrradmonteur Maximilian Grafe loslassen wollen, nachdem er von Wolff die Info von den klappernden Schuhen bekommen hatte. Das musste er dann wohl selbst übernehmen. Er ließ Hagenah freie Hand. Warum auf einen Durchsuchungsbeschluss warten, wenn Lange ohnehin nichts mehr dagegen haben konnte.

Nachdem Jens aufgelegt hatte, fiel ihm Hagenahs Rat ein, Mozartkugeln als Medizin gegen «Beef» zu kaufen. Also nahm Jens einen Umweg in Kauf, um die besten Mozartkugeln der Stadt für Becca zu besorgen, und erreichte die Kanzlei mit zweiminütiger Verspätung – das war sie ihm wert.

Dr. Sittler war eine kleine, drahtige Frau mit auffallend dünnen Fingern, die wie Klauen wirkten, und dunklem langem Haar, das sie offen trug. Hinter der großen Brille mit schwarzem Rahmen schien ihr zierliches Gesicht beinahe zu verschwinden.

Sie lief barfuß in ihrem Büro herum und zog auch für Jens ihre hochhackigen Pumps nicht an, die unter dem Schreibtisch mit der Glasplatte lagen.

«Kommissar Kerner», begrüßte sie ihn. «Ich bin wirklich froh, dass Sie die Ermittlungen leiten.»

«Sie kennen mich?»

«Wer kennt sich nicht in dieser Stadt. Sie haben einen gewissen Ruf.»

Jens wusste es zu schätzen, dass sie seinen Spitznamen nicht verwendete, denn wenn sie von seinem Ruf sprach, kannte sie den bestimmt auch. Er mochte zwar den Film

«Dirty Harry», aber der hatte absolut nichts mit ihm zu tun. Seit ein Schreiberling von der Zeitung ihn so bezeichnet hatte, klebte der Name wie Pech an ihm.

«Wenn Sie mich kennen, wundert es mich umso mehr. Warum sind Sie denn froh, dass ich die Ermittlungen leite?»

«Weil Sie unkonventionell, zielorientiert und hartnäckig sind. Und wenn es sein muss, schrecken Sie vor nichts zurück. Ich will ehrlich sein: Im Moment spüre ich den Wunsch nach Rache für das, was Eva angetan wurde. Ich koche vor Wut, und wenn der Mann jetzt vor mir stünde, ich könnte für nichts garantieren ... ich mochte Eva sehr, sehr gern, privat wie dienstlich.»

«Es tut mir leid», sagte Jens.

«Danke. Finden Sie den Täter. Bringen Sie ihn hinter Gitter, und Sie haben in mir eine lebenslange Freundin.»

«Ich weiß Ihr Angebot zu schätzen, mein Antrieb ist es aber nicht.»

«Das weiß ich.»

Einen Moment sahen sie sich einfach nur an, zu lange für zwei Menschen, die sich zum ersten Mal begegneten, und Jens glaubte, aufrichtige Trauer, Wut und auch Verzweiflung zu erkennen. Außerdem hatte er das Gefühl, sich selbst gegenüberzustehen. So als spiegelte die Frau sein Innerstes.

«Sie sagten eben ‹wenn der Mann jetzt vor mir stünde›. Warum gehen Sie wie selbstverständlich von einem männlichen Täter aus?»

«Sie etwa nicht?»

«Eine Frage als Antwort auf eine Frage ist unter Anwälten wohl üblich, was?»

«Kommt darauf an.»

«Worauf?»

«Zum Beispiel, ob das Gegenüber mit einer echten Antwort leben kann.»

«Sie denken, ich könnte es nicht?»

«Ich würde meine Meinung über Männer offenbaren, und die ist nicht gerade positiv.»

«Lassen Sie es drauf ankommen. Wenn es mir hilft, den Fall aufzuklären, höre ich mir alles an.»

«Und ich tue alles, und ich meine alles, um dabei zu helfen, den Täter zu finden. Ich bin diese Gewalt gegen Frauen so leid. Es ändert sich einfach nichts, die Männer machen immer so weiter, als wäre es ihr verdammtes Grundrecht, Frauen zu unterdrücken. Wissen Sie, dass jeden dritten Tag in diesem Land eine Frau von ihrem Partner oder Ex-Partner getötet wird?»

Das wusste Jens nicht, aber die Statistik überraschte ihn auch nicht. Immerhin erfuhr er tagtäglich im Dienst, dass Männer die meisten Straftaten begingen. «Mann ist nicht gleich Mann», sagte er.

Dr. Sittler lachte trocken. «Kennen Sie die Incel-Szene?», fragte sie.

Jens musste passen und schüttelte den Kopf.

«Das ist eine Abkürzung, die für involuntary celibate steht, was so viel bedeutet wie ‹unfreiwillig im Zölibat›.»

«Nie gehört.»

«Weil Sie ein Mann sind und davor keine Angst haben müssen. Die Incel-Szene besteht überwiegend aus jungen, schüchternen und technikaffinen Männern zwischen 16 und 21, die allein leben und keine Freundin abbekommen, obwohl sie glauben, eine verdient zu haben. Die Schuld an ihrer unfreiwilligen Einsamkeit tragen natürlich die Frauen. Diese jungen Männer radikalisieren sich im Netz, treffen in seinen Echokammern auf Gleichgesinnte, man putscht sich auf, und richtig gefährlich wird es, wenn sie auf Rechtsradikale und Antisemiten treffen, die diesen jungen Männern eintrichtern, die modernen Frauen seien nur noch auf Ausländer scharf.»

«Sind das nicht zwei völlig unterschiedliche Welten?»

Dr. Sittler schüttelte vehement den Kopf. «Nicht im Netz. Emanzipierte Frauen gebären den Rechtsextremisten keine neuen Soldaten, die sie so dringend brauchen. Die einsamen Jungs in der Incel-Szene bekommen keine Frauen ab, weil die angeblich nur auf Ausländer stehen. Schon vermischen sich zwei Ideologien zu einem neuen, gefährlichen Weltbild. Allein der Umstand, dass es weltweit eine so große Szene gibt, die Frauen hasst, dass man einen Begriff dafür braucht, ist doch schon besorgniserregend genug, oder!»

Jens nickte. «Scheiß-Internet», sagte er.

Er stand dem Internet seit jeher ablehnend gegenüber und kannte sich in dessen Tiefen nicht aus, erlebte aber immer häufiger, wie die Gefahr gerade dort entstand. Auf der Straße war sie dann real und greifbar und wurde nur von einzelnen Tätern oder kleinen Gruppen begangen, aber im Netz standen der Hass und die Wut Tausender dahinter.

Wieder schüttelte die Sittler den Kopf. «Das Internet ist nur der Schmelztiegel, die Zutaten kommen woanders her. Die kommen direkt aus der Gesellschaft. Von hier. Aus der Nachbarschaft, aus der Familie, den Bekannten – von uns allen.»

Es war ein großes Thema, das die Sittler hier aufmachte, und auch wenn sie recht hatte und es sicher wichtig war, darüber zu sprechen, fand Jens nicht, dass man alle Männer über einen Kamm scheren durfte. So wie man auch alle Menschen nicht über einen Kamm scheren durfte.

«Hassen Sie Männer?», fragte Jens. Nach seinem Gespräch mit Laura Windmüller wurde er heute schon zum zweiten Mal mit einer gewissen Abneigung gegen seine Geschlechtsgenossen konfrontiert. Eva Probst hatte in dieser Kanzlei gearbeitet, wahrscheinlich war dieses Thema zwischen Laura und Eva sehr präsent gewesen.

Dr. Sittler lachte kurz auf. «Nein, aber ich traue ihnen nicht. Deshalb arbeiten in dieser Kanzlei nur Frauen.»

«Aber Sie vertreten Männer?»

«Sonst hätten wir viel zu wenige Mandanten.»

«Die Lebensgefährtin von Frau Probst berichtete mir von einem Fall, in dem Frau Probst von einem Mandanten bedroht wurde», sagte Jens und war froh, wieder zum Grund seines Besuches hier zurückkehren zu können. Bei dem anderen Thema fühlte er sich der Sittler hoffnungslos unterlegen.

Dr. Sittler riss Jens aus seinen Gedanken. «Als ich heute früh von Evas gewaltsamem Tod erfuhr, habe ich mir natürlich sofort darüber Gedanken gemacht, ob es etwas mit ihrer Tätigkeit bei uns zu tun haben könnte, und da ist mir genau dieser Fall eingefallen. Die Unterlagen werden in diesem Moment für Sie vorbereitet. Sie können sie gleich mitnehmen.»

«Wie schön», sagte Jens ehrlich überrascht, da er mit mehr Widerstand und Kampfgeist im Sinne des Klienten gerechnet hatte, um den es ging.

«Eva … wie ist sie … gestorben?» Frau Dr. Sittler ließ sich auf ihrem Schreibtischstuhl nieder und suchte mit ihren Füßen nach den Schuhen.

«Sie wurde erdrosselt», antwortete Jens.

Die Anwältin schloss die Augen, lehnte sich zurück, atmete bewusst tief ein und aus und schüttelte schließlich den Kopf. «Sie war richtig tough, wissen Sie … sie hat sich gewehrt, oder?»

«Hat sie. Der Klient, um den es geht, wie schätzen Sie den ein?», fragte Jens. «Der Täter ist zielgerichtet und brutal vorgegangen, geradezu eiskalt. Passt das zu dem Mann?»

Die Rechtsanwältin öffnete die Augen. «Meine spontane Antwort wäre nein. Timur Stoll ist meines Erachtens ein Maulheld, ein Angeber und Gernegroß. Er wird einmal der Erbe eines Reederei-Imperiums, für das er auch schon tätig ist, doch sein hitziges Temperament steht ihm immer wieder im Weg. Er verklagt gern Menschen, die nicht so wollen wie er. Schickt sozusagen andere in den Krieg, weil er selbst nicht die Eier dafür hat. Ganz anders als Sie.»

Jens wusste nicht, ob er das als Kompliment auffassen sollte. «Mir würden Sie eine solche Tat also zutrauen?», fragte er.

«Sie stehen ja zum Glück auf der Seite der Guten. Wenn dem nicht so wäre … ja, ich denke, Sie hätten das Zeug dazu.»

«Haben Sie noch eine andere Einschätzung als die spontane zu Herrn Stoll?»

«Er könnte, wie es seine Art ist, jemanden damit beauftragt haben. Die Kontakte hätte er. Wenn Sie diesbezüglich etwas wissen wollen, rufen Sie mich gern an. Und nur mich bitte.»

Ihre kleinen Füße hatten jetzt in die Schuhe gefunden. Sie stand auf und kam auf Jens zu, war aber trotz der hohen Absätze immer noch einen Kopf kleiner. Jens hatte trotzdem den Eindruck, ihr auf Augenhöhe zu begegnen – oder besser, sie ihm.

Sie reichte ihm eine Karte, auf der ihre Handynummer stand.

«Wie lange hat Frau Probst hier gearbeitet?»

«Beinahe sechs Jahre.»

«Können Sie mir etwas über sie sagen?»

«Was wollen Sie hören?»

«Ich hielt es für besser, ihrer Lebenspartnerin Frau Windmüller bestimmte Fragen nicht zu stellen ... noch nicht. Aber vielleicht haben Sie ja Antworten für mich.»

«Lassen Sie es drauf ankommen, allerdings ...», sie warf einen Blick auf ihre Armbanduhr. «Müssen wir das auf dem Weg in die Tiefgarage erledigen. Bei Gericht ist man besser pünktlich.» Sie hielt ihm die Tür auf, besprach sich kurz mit ihrer Sekretärin und begleitete Jens in den Fahrstuhl.

«War Frau Probst ausschließlich lesbisch?», fragte Jens.

«Soweit ich weiß, ja.»

«Wie lange dauert die Beziehung zu Frau Windmüller bereits an?»

«Drei Jahre. Sie lernten sich kennen, als Laura juristischen Beistand in einer beruflichen Angelegenheit benötigte. Vor einem Jahr sind beide in das gemeinsam gemietete Haus gezogen. Ich habe es ihnen vermietet.»

«Ach.»

«War das eine Frage?»

«Irgendwie schon.»

«Können Sie die präzisieren?»

Der Fahrstuhl erreichte die Tiefgarage, die Türen glitten auseinander. In der Betonhöhle klapperten die Absätze der Rechtsanwältin besonders laut. Jens musste an die Aussage von Lennart Wolff denken.

«Warum haben Sie ein Haus an eine Mitarbeiterin vermietet?»

«Erstens: Ich vermiete mehrere Häuser in Hamburg. Zweitens: Weil ich Eva Probst und Laura Windmüller mag und wir auch privat Kontakt haben.»

«Ach.»

«Bleibt das jetzt so bei Ihnen?»

Annemarie Sittler blieb vor ihrem Wagen stehen.

«Nur, wenn ich überrascht werde.»

«Immer gern, wenn ich kann. Aber jetzt muss ich leider los.»

Sie öffnete die Tür, warf ihre Tasche auf den Beifahrersitz, stieg ein und fuhr davon.

Jens sah ihr nachdenklich hinterher.

12

Hagenah parkte den Dienstwagen auf dem kleinen Rasenparkplatz neben dem Eisenbahntunnel. Das Gras war lange nicht mehr gemäht worden und schabte am Unterboden. Oben auf dem Bahndamm ratterte ein Güterzug vorbei, der gar nicht enden wollte. Vollbeladen mit Schiffscontainern machte er sich von Hamburg aus auf den Weg in die Republik, um seine Waren zu verteilen. Obwohl er langsam fuhr, war der Lärm beträchtlich, und Hagenah fragte sich, warum um alles in der Welt Schrebergartenkolonien so oft in der Nähe solcher Bahnstrecken, Autobahnen, vielbefahrener Bundesstraßen oder sogar Flugplätzen lagen. Widersprach das nicht dem Wunsch nach Ruhe?

Hagenah stieg aus, zog seine ständig rutschende Hose hoch und ließ den Blick über die Anlage gleiten. Dieser hintere Teil der Kolonie war nicht sonderlich beliebt, das sah man auf den ersten Blick. Während vorn, an der Hauptzufahrt, das Regiment strikter Regeln herrschte, sah man hier die Spuren von Anarchie und Verwahrlosung. Ungeschnittene Hecken, nicht gemähte Rasenflächen, wild wuchernde Büsche und Bäume, windschiefe Hütten.

Eine davon, Nummer 18, gehörte offenbar Roland Lange. Gemeldet war Lange als Untermieter bei Wilhelm Gruber, lebte aber wahrscheinlich hauptsächlich in der Gartenlaube, was offiziell nicht erlaubt war. In Grubers Wohnung hatte Hagenah eine Stromverbrauchsrechnung für den Schrebergarten gefunden, die vom Verbrauch her darauf hindeutete.

Irgendwie gefiel es Hagenah hier. Er war ansonsten ein großer Freund von Recht und Ordnung, aber dieser Ort, so ungepflegt er auch war, wirkte in der Millionenmetropole Hamburg auf geradezu magische Art und Weise verwunschen. Eine andere Welt, in der die Außenseiter und Andersartigen sein konnten, wie sie waren, in der das Leben wahrscheinlich langsamer und stressfreier ablief und sich niemand dem ewigen Konsumrausch hingab.

Plötzlich entstand in Hagenah der Wunsch, an genau

so einem Ort zu leben. Vielleicht nicht unbedingt hier, wo alle naselang ein lauter Güterzug vorbeiratterte, sondern eher an einem kleinen See, in dem er jeden Morgen einen Fisch fangen könnte, den er sich abends auf dem Grill braten würde. Er fühlte plötzlich eine starke Sehnsucht und wünschte sich, einige der ruhigen Tage seiner Rente mit seiner Tochter und deren Familie an einem solchen Ort begehen zu dürfen – wobei er auf seinen Schwiegersohn dabei ganz gut würde verzichten können.

Der Moment verging. Hagenah schloss den Dienstwagen ab und machte sich auf den Weg. Bevor er aufgebrochen war, hatte er sich schlau gemacht und wusste ungefähr, wo die Hütte von Roland Lange lag. Der Frührentner war nur achtundsechzig Jahre alt geworden, dann war er Opfer von Onkel Willi geworden.

Was hatte nur zu diesem Mord geführt?

Es war ungewöhnlich, wenn man in dem Alter tötete.

Im Blut von Onkel Willi waren Drogen gefunden worden, auf dem Couchtisch in seiner verwahrlosten Wohnung lagen kleine Tütchen mit den Resten einer weißen Substanz, die im Moment noch analysiert wurde. Hatten sich die beiden Männer um Drogen gestritten? Oder waren sie im Rausch aneinandergeraten?

Hagenah ging auf die Schranke zu, die die Zufahrt zum Gelände versperrte. «Zugang nur für Mitglieder und Befugte», stand auf einem weißen Schild.

Hagenah war kein Mitglied, fühlte sich aber durchaus befugt. Einen Durchsuchungsbeschluss hatte er nicht, jedenfalls nicht offiziell, aber den Auftrag seines Chefs Jens Kerner, sich in der Hütte umzuschauen. Hagenah hatte noch vor einer halben Stunde mit ihm telefoniert. Jens drängte darauf, diesen Rentnermordfall rasch abzuschließen, weil er Hagenah dringend für die Ermittlungen im Fall der getöteten Joggerin brauchte.

Es schien ja so weit auch alles klar zu sein. Onkel Willi und der lange Roland waren wegen Drogen oder Geld oder beidem aneinandergeraten, der lange Roland war der Unterlegene, und Onkel Willi war im Rausch blöd genug gewesen, Leichenteile durch die Stadt zu kutschieren. Hagenah erwartete keine Überraschungen, aber es interessierte ihn schon, wo die fehlenden Körperteile von Roland Lange geblieben waren.

Hagenah nutzte die Fußgängerpforte neben der Schranke, und als diese klappernd hinter ihm ins Schloss fiel, begann irgendwo in diesem Wirrwarr aus winzigen Grundstücken ein Hund zu bellen. Irgendein kleiner Kläffer, der sich so schnell auch nicht wieder beruhigen wollte. Dreimal war Hagenah während seiner Dienstzeit von Hunden gebissen worden, jedes Mal war es einer diese Wadenbeißer gewesen, die ihre geringe Körpergröße durch überbordenden Mut ausgleichen mussten. Hagenah mochte nur Hunde, die ihm mindestens bis zur Hüfte reichten.

Nummer achtzehn war schnell gefunden. Das Grundstück grenzte rückwärtig an den Bahndamm, der fünf Meter hoch aufragte. Zum Weg hin versperrte eine Buchenhecke den Blick. Exakt in deren Mitte gab es eine Pforte aus grünem Stahlrohr. Hagenah drückte sie auf und betrat das Grundstück.

Im langen Gras der kleinen Rasenfläche wucherte ein gelber Wasserschlauch langsam ein. Der Plastikkopf eines Beregners wehrte sich noch gegen den Untergang, kämpfte aber sichtlich auf verlorenem Posten. Auf einem

Fundament aus Natursteinen thronte eine selbstgebaute Windmühle, deren Flügel längst abgefault waren. Daneben diente ein in die Erde eingelassener schwarzer Maurerkübel als Gartenteich. Er war bis zur Hälfte mit Wasser gefüllt und von Algen überzogen.

Ein schmaler Pflasterweg führte auf die kleine Holzhütte zu. Als hätte es unlängst ein Erdbeben gegeben, ragten einzelne Platten empor, sodass Hagenah aufpassen musste, nicht zu stürzen. Die Hütte selbst bestand aus Holz, war wohl Marke Eigenbau und im Laufe der Jahre immer wieder erweitert worden. An der Wetterseite platzte die Farbe ab, in der Dachrinne über der Eingangstür wucherten Wildkräuter. Die weiße Kunststofftür wirkte in dem hölzernen Gebäude wie ein Fremdkörper. Sie war gar nicht mal so alt und verfügte über ein vernünftiges Schloss.

Bevor Hagenah sich daranmachte, das Schloss zu knacken oder dafür Hilfe zu rufen, wollte er sich nach einer einfacheren Möglichkeit umschauen, in die Hütte zu gelangen. Vielleicht eine schlecht gesicherte Hintertür oder ein gekipptes Fenster.

Dazu drückte er sich durch die dicht beieinanderstehenden Büsche an der linken Seite der Hütte. Dahinter fand er einen niedrigen Anbau, in dem zwei Gasflaschen untergebracht waren. Das Vorhängeschloss, das die Flaschen vor unbefugtem Zugriff schützen sollte, war intakt, der Metallüberwurf jedoch aus dem Holz gefault. An der Querwand eines weiteren Anbaus war trockenes Brennholz bis unter die Dachkante gestapelt, nur das kleine Fenster war ausgespart. Es war geschlossen und schien sich auch nicht öffnen zu lassen. Hagenah schlich hinten um die Hütte herum, musste dazu Äste beiseitebiegen und über Regenrohre steigen, die oberhalb des Erdreichs verlegt waren. Spinnweben legten sich über sein Gesicht.

Als er sie fortwischte, ratterte der nächste Güterzug heran. Da Hagenah sich direkt am Fuße des Bahndamms befand, spürte er die Vibrationen im Erdreich, als fünf Meter über ihm der tonnenschwere Koloss langsam auf den Gleisen entlangrollte. Die Geräuschkulisse war ohrenbetäubend.

Zum Bahndamm hin gab es an der Rückseite der Hütte eine weitere Tür. Sie bestand aus Holz und verfügte nur über ein einfaches Schloss, aber es war nicht nötig, es aufzubrechen, da die Tür nicht abgeschlossen war – die Kratzspuren am Beschlag wiesen darauf hin, dass hier schon einmal jemand sein Glück versucht hatte.

Hagenah zog die Tür auf. Sie quietschte in den Angeln.

In einem niedrigen Schuhregal stapelten sich abgelatschte Schuhe, an den Haken darüber hingen etliche Jacken und Kleidung für die Gartenarbeit. Wände und Decke waren dunkel vertäfelt. Der kleine Raum, eine Art Durchgang, wirkte bedrückend, es roch nach abgestandener Luft und altem Staub.

Geradeaus gab es einen Türrahmen, aber keine Tür, sondern einen braunen Vorhang als Ersatz. Davor ging ein schmaler Raum ab, der als Vorratskammer diente. Die Regalbretter rechts bogen sich unter der Last von Einmachgläsern, in denen konserviert war, was dieser Garten einmal hergegeben hatte.

Links stand in einer Wandnische eine uralte, monströse Gefriertruhe. Die Kanten des Deckels rosteten, braune Spuren liefen am weißen Lack entlang, doch die kleine orangefarbene Lampe an der Oberseite zeigte, dass sie noch funktionierte und in Betrieb war. Hagenah öffnete den Deckel.

Die Seitenwände waren eisverkrustet. Ebenso die durchsichtigen Beutel mit Erdbeeren und anderen Früchten, die Hagenah auf den ersten Blick nicht identifizieren konnte.

Etwas fiel ihm sofort ins Auge: Auf der linken Seite waren die Beutel fast eisfrei, so als wären sie kürzlich bewegt worden. Hagenah räumte ein paar davon beiseite.

Was er darunter fand, überraschte ihn nicht besonders: den fehlenden Unterschenkel und den fehlenden Arm der Leiche von Roland Lange.

Onkel Willi hatte also versucht, den Körper seines Kumpels stückweise von seiner Wohnung hierherzutransportieren. Und das wäre ihm vielleicht auch unbemerkt gelungen, wäre er nicht vollkommen zugedröhnt und orientierungslos im Park herumgeirrt.

Hagenah drückte den Deckel der Gefriertruhe wieder zu.

Rückwärts schob er sich aus dem schmalen Vorratsraum hinaus, teilte den braunen Vorhang und betrat den Raum dahinter.

Die Bewegung bemerkte er erst, als er einen heftigen Ruck in seinem Bauch spürte. Der Schmerz setzte ein, als das Messer herausgezogen wurde. Hagenah war vollkommen überrascht und konnte nicht begreifen, was geschah.

Der Angreifer stach ein weiteres Mal zu. Diesmal drang die Klinge weiter oben knapp unterhalb des Rippenbogens ein und wurde sofort wieder herausgerissen.

Hagenah stolperte nach vorn und bekam zusätzlich einen Schlag gegen den Rücken. Er fiel auf die Knie. Presste sich beide Hände gegen die Wunden, sah sein eigenes Blut in den Handflächen und verstand immer noch nicht.

13

«Das ist eine ganz eigene Community», sagte Hillmann-Tony und lutschte die Finger ab, mit denen er sich eben noch Paprika-Chips in den Mund gesteckt hatte.

Es war nicht so, dass Jens keine Chips mochte, aber jemandem dabei zuzusehen, wie er die knusprigen, rotbraunen Dinger in sich hineinstopfte, mit offenem Mund kaute, und dabei diese süchtig machenden Zusatzstoffe zu riechen – das war eine Zumutung.

Jens zog sich von dem Schreibtisch zurück, an dem Hillmann-Tony saß. Der gesamte Raum roch nach Paprikagewürz, dagegen konnte er sich nicht schützen, aber er konnte sich vor den Geräuschen in Sicherheit bringen.

Der digitale Forensiker deutete auf den Bildschirm seines Computers.

«In deren Universum dreht sich alles ums Laufen. Die machen daraus eine richtige Wissenschaft. Keine Ahnung, wie man sich derart dafür begeistern kann, aber die Fotos sind schon nice, oder?»

Was Hillmann meinte, waren Hunderte von Fotos in einer Community, die sich *Runfree* nannte. Halbnackte Männer und Frauen posierten vor, während und nach dem Joggen, zeigten ihre neuesten Laufschuhe und Laufkleidung angesagter Marken, hielten Trinkflaschen so ins Bild, dass der Schriftzug des Herstellers eines megaphantastischen

Fitness-Getränks zu sehen war. Vorherrschende Themen waren aber nackte Haut und trainierte Körper.

Als Jens diese Bilder sah, resignierte er innerlich. Selbst wenn er sich den Rest seines Lebens nur noch joggend fortbewegen würde, würde er niemals so aussehen wie diese Außerirdischen. Nicht einmal im Entferntesten.

«Und natürlich tauschen sie sich über ihre Laufstrecken aus, das hat Eva Probst auch getan», führte Hillmann-Tony weiter aus, bediente das Trackpad und öffnete vier andere Bilder, die den Bildschirm beherrschten.

Dabei handelte es sich um Kartenausschnitte von Hamburg, über denen rote Linien lagen, die mehr oder weniger kreisförmig von einem Punkt weg- und wieder hinführten – in diesem Fall lag der Punkt in der Langenstraße Nummer 14.

«Hier sehen Sie den Tag, die Uhrzeit und die Zeit, die Frau Probst für die Runde gebraucht hat», erklärte Hillmann-Tony, bevor erneut Chips in seinen Mund wanderten.

Jens versuchte, die Geräuschkulisse auszublenden, und betrachtete die Bilder aus einiger Entfernung. Er fragte sich, wie man so leichtsinnig sein konnte, seine wiederkehrenden Laufgewohnheiten in den sozialen Medien zu veröffentlichen, wenn man dazu auch noch so attraktiv aussah wie Eva Probst – oder die vielen anderen Mädchen und jungen Frauen, die das ebenfalls taten.

Jens ertappte sich dabei, dass er diesen Vorwurf nicht auf die Männer anwendete, die das Gleiche taten, und er musste wieder an die Rechtsanwältin denken, die so frustriert war von der alltäglichen Gewalt gegen Frauen. War das schon so normal geworden, dass Männer Frauen automatisch eine Mitschuld zuwiesen, nur weil sie sich auf eine bestimmte Art und Weise verhielten? Wenn ja, dann war das ziemlich krank. Und was bedeutete das für die persönliche Freiheit, die Jens selbst so wichtig war? Wie frei konnten sich Frauen fühlen, wenn selbst banale Tätigkeiten wie Laufen schon ein Risiko darstellten?

«Sind das ihre Hauptlaufstrecken?», fragte Jens.

«Ja, diese vier Strecken kommen am häufigsten vor, auch wenn sie alles in allem im Laufe der letzten zwei Jahre sieben Strecken hier in der Stadt und vierzehn weitere in anderen Gebieten gepostet hat.»

«In anderen Gebieten?»

«Sie war viel unterwegs und ist dann auch gelaufen. In städtischen ebenso wie in ländlichen Bereichen.»

«Schicken Sie mir diese vier Strecken auf mein Handy», sagte Jens. «Sofort bitte.»

«Kein Problem», sagte Hillmann-Tony und machte sich an die Arbeit.

Jens verließ den mit Paprika-Chips-Dunst kontaminierten Raum und war stolz darauf, nicht selbst in die Tüte gegriffen zu haben. Hätte Hillmann es ihm angeboten, wäre er vielleicht schwach geworden, aber der digitale Forensiker hatte wohl nicht einmal daran gedacht, sein Abendessen zu teilen.

Von dem süchtig machenden Geruch angefeuert, wütete der Hunger in Jens' Magen. Wie gut, dass er jetzt mit Becca zu Otto's Burger fahren würde. Bislang war er dort immer satt geworden, und so, wie er Becca kannte, würde er sogar noch deren Reste auffuttern dürfen.

Er holte sie in ihrem Büro ab. Von dort aus erledigte Becca als Verwaltungsangestellte wichtige organisatorische Arbeiten für Jens und weitere Kollegen. Ermittlungsarbeiten gehörten nicht zu ihrem Aufgabengebiet, aber Jens hatte Beccas analytischen Verstand und ihre schnelle Auffassungsgabe zu schätzen gelernt und fragte sie immer wieder um Rat. Sie waren das beste Ermittlerteam, das es offiziell gar nicht gab.

Jens öffnete die Tür, fand das Büro zu seiner Überraschung aber leer vor. Nur der Duft von Beccas Parfum lag noch in der Luft.

Er überprüfte sein Handy und fand eine Nachricht von ihr.

«Bin schon an der Red Lady.»

«Komme», antwortete Jens.

Er sah, dass Hagenah auf seine letzte Nachricht nicht geantwortet hatte. Wahrscheinlich war sein Freund und Kollege im Stress, immerhin hatte er eine Leiche gefunden und musste das ganze Brimborium organisieren, das damit einherging. Falls es etwas Wichtiges gab, würde Hagenah sich schon melden. Jetzt war aber erst mal Feierabend, und außerdem durfte man eine Dame nicht warten lassen, wenn man sie zum Essen eingeladen hatte.

Becca stand in ihrem Rollstuhl neben dem 68er Farm-Truck, den Jens wegen seiner knallroten Lackierung Red Lady nannte. Sie strahlte ihn schon von weitem an, und Jens war froh, sie so gutgelaunt zu sehen. Das war auch etwas, was er sehr an ihr schätzte: Egal wie mürrisch er selbst war, an Becca schien das immer abzuperlen.

«Warum hast du nicht oben gewartet?», rief er.

«Weil ich sterbe vor Hunger!»

«Ich auch. Und zu allem Überfluss musste ich gerade mit ansehen, wie Hillmann sich mit Chips vollgestopft hat.»

«Du hast doch wohl nicht?», fragte Becca in gespielt vorwurfsvollem Ton.

«Nicht einmal einen winzigen Krümel.»

«Hauchen Sie mich mal an, Herr Kommissar!», befahl Becca.

Er tat ihr den Gefallen, während er Becca aus dem Rollstuhl hob und in den Pick-up setzte. In ihren eigenen, für sie umgebauten Toyota konnte sie allein steigen, aber der Pick-up war dafür einfach viel zu hoch. Ein unmögliches Auto, aus der Zeit gefallen, umweltschädlich, zu groß, zu schwer, zu laut – aber Jens liebte es. Und er liebte es, Becca hineinsetzen zu dürfen. Einer Frau die Autotür aufzuhalten war eine Sache – und für Jens selbstverständlich –, sie auf den Armen in den Sitz zu hieven eine ganze andere. Beinahe kam es ihm vor, als hätten sie gerade erst geheiratet und er trüge als Bräutigam die Braut über die Türschwelle.

«Ich bin stolz auf dich», sagte Becca.

«Keine Drogen im Dienst ... das gilt natürlich auch für dich und diese Dinger hier.»

Er öffnete das Handschuhfach, damit sie die Packung Mozartkugeln sehen konnte, schlug sie aber sofort wieder zu.

«Du bist so gemein!»

Jens schloss die Beifahrertür und lud den Rollstuhl auf die Ladefläche der Red Lady. Durch die Heckscheibe sah er Beccas Kopf, ihr gelocktes braunes Haar, und wie immer bei diesem Anblick überkam ihn ein warmes Gefühl. Er spürte wieder diese tiefe Zuneigung. Nach seinen beiden gescheiterten Ehen hatte er geglaubt, dazu nicht mehr fähig zu sein.

Als er in den Wagen stieg, war die Packung bereits geplündert. Becca kaute genüsslich auf der ersten Mozartkugel herum. «Entschuldigung angenommen», sagte sie mit vollem Mund.

«Na, jetzt brauchen wir ja nicht mehr zu Otto fahren.»

«Untersteh dich! Ich will meinen Chuck-Norris-Burger. Und du bekommst nichts davon ab.» Lächelnd versenkte Becca eine weitere Mozartkugel in ihrem Mund.

Jens startete den Motor, knüppelte den ersten Gang rein und rollte vom Parkplatz des 33. am Wiesendamm. Er freute sich über Beccas gute Laune, denn er hatte befürchtet, dass sie ihm seine blöde Reaktion auf ihren Vorschlag, mit ihr in den Urlaub zu fahren, immer noch übelnahm. Ganz im Gegensatz zu ihm selbst war Becca jedoch nicht nachtragend. Jens wusste aber, dass er das Thema nicht einfach totschweigen durfte, und da er ihr Date nicht mit einem Gespräch über den neuesten Fall beginnen wollte, war der jetzige Zeitpunkt ebenso gut wie jeder andere.

«Entschuldige bitte meine Reaktion von vorhin», begann Jens.

Becca nickte. «Wie gesagt: Entschuldigung angenommen.»

«Es war nicht so gemeint, wie es geklungen hat.»

«Das ist bei Diskriminierungen oft so.»

«Hey, ich wollte dich doch nicht ...»

«Das weiß ich», unterbrach Becca ihn. «Aber wenn ich nicht im Rollstuhl sitzen würde, wäre deine Reaktion anders ausgefallen, oder? Sei ehrlich!»

Darüber musste Jens einen Moment nachdenken. Auf Beccas Frage, ob er mit ihr in den Urlaub fahren würde, hatte er mit den Worten «Mit dir?» reagiert. Diese beiden

Worte hatten sich nicht auf sie als Person bezogen, denn mit niemand anderem würde Jens lieber in den Urlaub fahren, wenn er denn schon Urlaub machen musste. Nein, Becca hatte schon recht. Seine Reaktion war ihrer Behinderung geschuldet gewesen.

«Ja», sagte Jens mit heiserer Stimme. Seine Hände verkrampften sich am Lenkrad.

Becca streckte ihre Hand aus, legte sie auf seine, zog sie zu sich hin und verschränkte ihre Finger mit seinen. «Du bist der einzige Mensch, den ich kenne, der nie viel Aufhebens von meiner Behinderung macht. Du bist der einzige Mensch, mit dem ich so wunderbar Witze darüber machen kann, der nicht so beschissen verkrampft darauf achtet, politisch korrekt zu sein. Bei dir fühle ich mich nicht behindert, wenn du mich zum Beispiel in den Wagen hebst, ich fühle mich einfach nur wohl. Du machst dir einfach keinen Kopf deswegen, und so ist es mir am liebsten. Kein Gewese, kein Getue. Aber selbst dir rutscht hin und wieder eine solche Reaktion heraus. Ich weiß selbst, wie schwierig der Umgang mit Behinderten sein kann, und mache dir keinen Vorwurf. Aber es gibt natürlich eine Strafe für dich.»

«Egal, was es ist, ich werde mich ihr stellen.»

«Eine Woche dänische Südsee im Kajak», kam es wie aus der Pistole geschossen.

«Wie? Im Kajak? Ich kann kein Kajak fahren!»

«Spinn nicht rum. Wir haben es doch geübt.»

«Können wir nicht mit dem Wagen irgendwohin fahren?»

«Machen wir ja. Wir fahren mit der Red Lady nach Aerö auf einen Campingplatz direkt am Wasser und unternehmen von dort aus Tagestouren in die dänische Südsee. Das wird toll, glaub mir!»

«Den ganzen Tag im Kajak?»

Becca nickte. «Von morgens bis abends.»

«Dafür bin ich nicht fit genug.»

«Hey! Wer von uns beiden ist denn behindert? Mach dich halt fit. Geh mal wieder laufen, das wolltest du doch sowieso.»

«Ich …»

«Stopp!», unterbrach Becca ihn. «Seit wann werden Strafen verhandelt? Das Urteil ist gefällt. Ich möchte das unbedingt machen, kann es aber nicht allein, und der Einzige, der dafür in Frage kommt, mich zu begleiten, bist du. Außerdem …» Sie drückte seine Hand fester. «… sind wir beide dann endlich mal allein, abends, im Zelt.»

Jens lachte trocken auf. «Keinen Knochen werde ich mehr bewegen können, wenn ich den ganzen Tag paddeln muss.»

«Soweit ich weiß, ist der Körperteil, auf den es ankommt, kein Knochen.»

Jens spürte, wie ihm das Blut in die Ohren stieg. Zum Glück fuhr er auf eine rote Ampel zu, sodass Becca seine Hand zum Schalten freigeben und er sich ein wenig auf den Verkehr konzentrieren musste. «Du hast alles schon geplant, nicht wahr?», fragte er und sah sie an.

Becca begegnete seinem Blick. Ihre Wangen waren gerötet.

«Bitte», sagte sie leise.

«Okay.»

«Wirklich?»

«Wirklich.»

Becca stieß einen Freudenschrei aus und boxte mit beiden Fäusten in die Luft.

Da Otto's Burger in der Nähe seiner Wohnung lag, fuhr Jens die Red Lady gleich auf seinen Stellplatz vor der Plattenrille, einem nostalgischen Laden für Langspielplatten. Mit dem Inhaber hatte er die Abmachung getroffen, unter dem Überdach parken zu dürfen. Erst als er den Motor abstellte und Beccas Blick bemerkte, fiel ihm ein, dass sie sein Verhalten auf eine Art und Weise deutete, an die er selbst gar nicht gedacht hatte.

Er wollte etwas sagen, wurde aber vom Klingeln seines Handys abgelenkt. Seine Chefin, die Baumgärtner, rief an.

Jens dachte kurz daran, sie zu ignorieren, aber wenn sie zu so später Stunde noch anrief, musste es dringend sein.

Er nahm ab. Und wünschte sich sofort, es nicht getan zu haben.

KAPITEL 3

1

Am oberen Ende der Treppe stand eine Furie, das Gesicht starr vor Wut.

Das Mädchen war gerade von einem einwöchigen Schulausflug nach Hause gekommen und hatte schon an der Haustür bemerkt, dass etwas nicht stimmte. Ohne eine Begrüßung hatte Mutter sie in den Keller geschickt, um die schmutzige Wäsche in die Waschmaschine zu stopfen.

Kein «Schön, dass du wieder da bist». Kein «Wie war es denn?» Sondern: «Stell eine Waschmaschine an, bevor hier alles anfängt zu stinken.»

Die Waschmaschine lief, und das Mädchen wollte hinauf in die Wohnung, aber da stand die Furie, und sie hatte keine Chance, an ihr vorbeizukommen. Es gab nur diesen einen Weg. Acht Stufen trennten sie von ihrer Mutter, aber der Höhenunterschied glich dem des Meeresspiegels zum Mount Everest.

«Was ist denn?», fragte das Mädchen vorsichtig vom unteren Ende der Treppe. Sie wusste natürlich, was los war, konnte sich aber nicht erklären, wie Mutter es herausgefunden hatte.

«Komm rauf!» Mutter hielt die Arme vor der Brust verschränkt, die Finger ihrer linken Hand trommelten einen nervös-aggressiven Rhythmus auf ihrem rechten Oberarm. Das Mädchen wusste, was sie dort oben erwartete. Es gab kein Entrinnen, sie musste sich dem stellen, war aber noch nicht so weit, sich schlagen zu lassen. «Was habe ich getan?», fragte sie. Für manche Dinge lohnte es sich, geschlagen zu werden, aber vorher wollte sie wenigstens wissen, ob Mutters Wut wirklich mit dem zu tun hatte, was sie vor der Klassenfahrt getan hatte.

«Du warst an dem Ordner», sagte Mutter. «Ich habe dir strikt verboten, an den Ordner zu gehen.»

Einen Fuß auf die erste Stufe gesetzt, stand das Mädchen da und dachte an den vergangenen Sonntag zurück.

Wochenlang hatte sie den Plan geschmiedet und die Ausführung immer wieder verschoben. Aber schon früh am Montagmorgen sollte es losgehen zur Klassenfahrt, und das Mädchen wusste, wenn sie den Plan in die Tat umsetzen wollte, musste es jetzt sein. Mutter hielt ihren Mittagsschlaf, wie sie es jeden Tag zu tun pflegte. Der Ordner stand im mittleren Fach des deckenhohen Schranks im Wohnzimmer, und als das Mädchen davorstand, bewaffnet mit einem Kugelschreiber und einem weißen Notizzettel, zitterte sie am ganzen Körper.

Geräuschlos öffnete sie die beiden Holztüren. Der schwarze Ordner stand ganz rechts außen. Mit ihrer gestochen scharfen Handschrift hatte Mutter «Familie» auf den Rücken geschrieben. Bis heute hatte das Mädchen nicht verstanden, ob der Ordner einst wirklich für Familienangelegenheiten gedacht gewesen und von Mutter einfach nur gedankenlos umgenutzt worden war, oder ob sie damit ihre Verachtung ausdrücken wollte für das, was von ihrer Familie übrig geblieben war.

Was sich darin befand, wusste das Mädchen, weil dieser Ordner immer dann auf dem Tisch lag, wenn Mutter mit dem Anwalt telefonierte. Wenn Post vom Anwalt oder dem Gericht kam, wanderte sie in diesen Ordner.

Er musste einfach die Information enthalten, die sie benötigte.

Das Mädchen nahm ihn heraus, hockte sich hin, legte ihn auf dem Boden ab und schlug ihn auf.

Schon bei dem ersten Schriftstück wurde sie fündig. «... mit gleicher Post an ...», stand dort, und dann folgte eine Adresse sowie eine Telefonnummer.

Langes Suchen blieb ihr erspart, sie konnte ihr Glück kaum fassen! Rasch legte sie den Notizzettel direkt unter der Adresse auf dem Schriftstück ab und übertrug Adresse und Telefonnummer.

Heute, eine Woche später, wurde dem Mädchen ihr Fehler bewusst. Angespannt, wie sie gewesen war, hatte sie mit dem Kugelschreiber viel zu stark aufgedrückt und auf dem unter dem Notizzettel liegenden Schriftstück vom Anwalt unfreiwillig das hinterlassen, was Kinder Geheimschrift nannten – und die konnte man mit Bleistiftschraffur leicht wieder sichtbar machen. Wie hatte sie nur so dumm sein können!

«Es tut mir leid», sagte das Mädchen, meinte es aber nicht ehrlich.

«Komm herauf.»

Wenn sie sich weigerte und im Keller blieb, würde Mutter herunterkommen, es änderte also nichts.

Was es für das Mädchen so schlimm machte, die Treppenstufen hinaufzusteigen, war das Gefühl der Ohnmacht. Zudem erkannte sie den berechnenden Charakter ihrer Mutter in seiner ganzen Grausamkeit. Sie bestrafte nicht aus dem Affekt heraus, nein, sie hatte auf diesen Moment gewartet, tagelang, und jetzt schien sie ihn genießen zu wollen.

Als das Mädchen noch vier Stufen von ihr entfernt war, hob Mutter die Hand. Es war dieses Bild, das sich tief einbrannte, und wenn sie später als Erwachsene an ihre Mutter denken sollte, würde sie eine Furie am oberen Ende der Treppe sehen, die Hand zum Schlag erhoben. All die schönen Momente, die es auch gegeben hatte, verblassten dagegen.

Die letzten Stufen ging das Mädchen aufrecht und blickte ihrer Mutter in die Augen.

Ihre Mutter schlug fest zu. So fest wie nie zuvor.

2

Wer oder was fängt einen Menschen auf beim Sturz ins Leere?

Nichts und niemand.

Vielleicht endet dieser Sturz nie, und man gewöhnt sich einfach nur ans Fallen. Und vielleicht ist die Leere ein inneres Universum von kalter Gleichgültigkeit, in dem man sich nur allzu leicht vollkommen verlieren kann. Jens spürte die Gefahr, und es war ihm egal.

Was ihm in all den Dienstjahren erspart geblieben war – der Verlust eines Kollegen und Freundes –, war jetzt geschehen, und es überstieg seine Kraft bei weitem. Hier stand er nun und wusste nicht mehr weiter. Wollte nicht mehr weiter.

In der Gartenlaube von Roland Lange ging es zu wie in

einem Bienenstock, doch kaum etwas davon schaffte es in Jens' Wahrnehmung. Sein Blick war auf Rolf Hagenah gerichtet, seinen ältesten Freund. Hagenah lehnte nur einen Meter vom Hinterausgang entfernt an der vertäfelten Wand, die Beine ausgestreckt, die Fußspitzen nach außen. Die nachtblaue Uniform war nass an Bauch und Brustkorb, zwischen seinen Beinen hatte sich eine große Blutlache auf dem alten, abgewetzten Linoleumboden gebildet. Hagenahs Kopf war auf die Seite gesunken, seine Augen waren geschlossen, auf seinen Lippen schien ein letztes Lächeln zu liegen, vielleicht hatte er sie aber auch vor Schmerzen verzogen. Rolf Hagenah war tot.

Jemand hatte ihn erstochen. Die beiden Stichwunden in seinem Hemd waren gut zu sehen.

Jens begriff diese Fakten, wollte sie aber nicht akzeptieren, und wenn nicht diese vielen Menschen um ihn herum gewesen wären, hätte er Hagenah aufgefordert, den Scheiß sein zu lassen, hätte an ihm gerüttelt, um ihn zum Aufstehen zu bewegen. Doch das Team der Spurensicherer, die Rechtsmediziner, die Kollegen, sie alle dienten Jens in diesem Moment als Korrektiv. Und das brauchte er. Nie zuvor hatte er es mehr gebraucht.

«Angegriffen wurde er in dem Raum dort ...», sagte Mareike Baumgärtner gerade und zeigte in Richtung eines Durchgangs, an dessen Seiten ein aufgezogener brauner Vorhang hing. Links lag der Vorhang am Boden, wahrscheinlich von Hagenah heruntergerissen, vermutete Jens.

«... und er hat sich danach noch bis hierher geschleppt», beendete die Baumgärtner ihren Satz.

Jens hörte sie und hörte sie nicht. Diese Leere in ihm hatte vielleicht die Eigenart, Geräusche aufzusaugen, bevor sie vom Hirn verarbeitet werden konnten. Ähnlich verhielt es sich mit allen anderen Informationen, und Jens musste an ein Schwarzes Loch denken. Vor seinen Augen tauchte eine dunkle, sich auf einen bestimmten Punkt hin windende Spirale auf, in der er sich selbst verschwinden sah. Ihm wurde schwindelig, er taumelte.

Jemand packte ihn am Arm. Sanft und fest zugleich. «Kommen Sie, lassen Sie uns rausgehen ...» Es war die Baumgärtner, die Jens aus der Laube nach draußen führte. Längst war es dunkel geworden, kühle Nachtluft legte sich auf sein Gesicht, und als hätte er die vergangenen Minuten die Luft angehalten, schnappte Jens jetzt gierig danach und verfiel sofort in einen hastigen Atemrhythmus, weil er glaubte, nicht genug Luft zu bekommen.

«Ruhig, ganz ruhig ...», sprach die Baumgärtner auf ihn ein.

Sie führte ihn zu einer alten Holzbank mit Blick auf den Bahndamm, drückte ihn darauf und strich mit der Hand über seine Schulter. «Bleiben Sie sitzen. Ganz ruhig atmen, das geht vorbei.»

Jens hörte und spürte sie wie durch Watte hindurch, und ihm wurde bewusst, dass er gerade hyperventilierte. Er zwang sich dazu, gleichmäßiger zu atmen und nicht so hastig Luft zu holen.

Unglücklicherweise kam ihm in dieser Situation Eva Probst in den Sinn, und er fragte sich, wie es sich für sie angefühlt haben musste zu ersticken. Dieses Hundehalsband um den Hals, das alles Leben abwürgte, das Gesicht ihres Peinigers vor sich und, am allerschlimmsten, das Wissen, dass es gleich vorbei sein würde.

Hatte Rolf ähnlich gefühlt? Er war noch bis in den Flur

gekrochen und hatte sich dort zum Sterben an die Wand gelehnt. Es war Zeit vergangen, wahrscheinlich Minuten. Er war allein gewesen ... hoffentlich war er allein gewesen, denn die Vorstellung, dass der Täter mit ihm auf seinen Tod gewartet hatte, konnte Jens nicht ertragen.

Nach einigen Minuten ging es ihm besser, und als er schließlich wieder klar denken konnte, hob er den Kopf, um sich bei der Baumgärtner zu bedanken, aber da war sie schon nicht mehr da. Stattdessen blickte er in Beccas Augen. Nach Baumgärtners Anruf waren sie zusammen zu der Kleingartenkolonie gefahren, statt wie geplant bei Otto's Burger einen Chuck-Norris-Burger zu essen.

Binnen Sekunden hatte sich alles geändert. Und niemals würde es wieder werden wie zuvor.

«Geht es wieder?», fragte Becca. Ihre Augen und Wangen waren tränenfeucht.

Jens spürte, wie unangenehm ihm sein Beinahe-Zusammenbruch war. «Er ist tot ...», flüsterte Jens mit heiserer Stimme. «Rolf ist tot.»

Becca nickte, und die Tränen liefen wieder. Sie weinte still, ohne zu schluchzen, und irgendwie fand sie sogar noch die Kraft, nach Jens' Hand zu greifen. «Ich finde keine Worte ...», sagte sie.

So saßen sie ein paar Minuten einfach nur schweigend da, Hand in Hand. Über ihnen spannte sich dunkel das Nachtgewölbe, durchlöchert von unzähligen hellen Punkten, und Jens musste an diese alte Geschichte der indigenen Bevölkerung von Amerika denken, die daran glaubten, dass es ihre Verstorbenen waren, die dort oben leuchteten. Das war natürlich Quatsch, aber in diesem Moment gefiel ihm die Vorstellung.

Fand er Trost darin? Jens horchte in sich hinein. Nein, da war kein Trost. Nur die Leere, die er vorhin schon gespürt hatte. Doch irgendwo in ihr braute sich etwas anderes zusammen. So wie feuchte Luft die Gewitterwolken an einem heißen Sommertag zu gigantischen Türmen aufblies, entstand in dem Vakuum der Leere aus dem Gefühl der Machtlosigkeit und des Schmerzes eine alte Bekannte: Wut.

Jens wusste, er konnte sich auf sie verlassen. Wenn nichts mehr ging, wenn ihm jeder Antrieb und jede Motivation abhandenkam, dann war es die Wut, die ihn weitermachen ließ. Das mochte kontraproduktiv und ungesund sein, aber das war Jens gerade scheißegal. Er wollte und durfte wütend sein.

«Niemand konnte das ahnen, oder?», sagte Becca.

«Nein», antwortete Jens knapp. Aber stimmte das? Was hatten er und Rolf übersehen?

Woher kam dieser überraschende Angriff? Wer war da noch im Spiel? War es nur ein Einbrecher, den Hagenah überrascht hatte? Aber würde so einer deshalb einen Polizisten töten?

Mareike Baumgärtner kam zurück. «Geht's wieder?», wiederholte sie Beccas Frage, und diesmal schämte sich Jens noch mehr. Er nickte nur und erhob sich von der Gartenbank.

«Was geht hier überhaupt vor?», fragte seine Chefin.

«Ich weiß es nicht. Es sah alles nach einem Streit zwischen zwei älteren Männern aus, wahrscheinlich beide drogenabhängig. Vielleicht ist der eine, Roland Lange, auch einfach an einer Überdosis gestorben, und sein Kumpel, Wilhelm Gruber, wollte das Ganze vertuschen. Wir wissen es nicht. Wir konnten aber auch nicht ahnen, dass so etwas passieren würde.»

«Roland Lange ist der Mann, der in Wilhelm Grubers Wohnung in der Badewanne liegt?», hakte die Baumgärtner nach.

Jens nickte. «So hat Rolf es mir am Telefon gesagt. Rolf hat in Grubers Wohnung diese Adresse gefunden und wollte sich hier umschauen. Nachdem er mir das mitgeteilt hatte, habe ich nichts mehr von ihm gehört. Mehr weiß ich im Moment auch nicht.»

Die Baumgärtner nickte mit zusammengepressten Lippen. «Da drinnen gibt es eine Gefriertruhe, in der die Gliedmaßen von Roland Lange liegen. Es sieht so aus, als hätte Wilhelm Gruber versucht, seinen Drogenkumpel in Einzelteilen aus seiner Wohnung hierherzuschaffen. Aber Gruber liegt immer noch vernehmungsunfähig im Krankenhaus. Wer also hat Rolf Hagenah getötet?»

Die Baumgärtner hatte die Frage nicht gestellt, weil sie sofort eine Antwort wollte. Aber sie wollte eine Antwort, definitiv. Genau wie Jens und Becca. Und Jens würde nicht ruhen, bis er sie gefunden hatte.

Ein Spurentechniker in weißem Ganzkörperanzug kam aus der Gartenlaube auf sie zu. «Mir ist etwas aufgefallen», sagte er. «Es gibt im Flur gegenüber der Leiche einen Sohlenabdruck aus Blut am Boden sowie einen Handabdruck aus Blut an der Wand. Außerdem Stoffabrieb an derselben Stelle auf der Holzvertäfelung. Zu diesem Zeitpunkt ist es nur eine Vermutung, aber es sieht so aus, als hätte sich der Täter Hagenah gegenüber an die Wand gelehnt, um ihm beim Sterben zuzusehen.»

Nicht auch das noch, schoss es Jens durch den Kopf.

«Und noch etwas», fuhr der Techniker fort. «Es passt eigentlich nicht zu meiner vorherigen Vermutung, deshalb denke ich, Hagenah hat sich vielleicht irgendwann tot gestellt, damit der Täter abhaut, vielleicht hat er aber auch kurz das Bewusstsein verloren, und der Täter glaubte, er sei verstorben ... jedenfalls hat jemand, und ich vermute, es war Hagenah, mit seinem Blut etwas an die Wand geschrieben. Das Blut ist in das trockene Holz eingezogen, und weil die Vertäfelung so dunkel ist, fällt es erst unter dem Einsatz einer Luminollösung und blauem Licht auf ...»

«Was steht da?», fragte Jens.

«Kind», antwortete der Techniker.

3

Zwei Stunden später saßen Becca und Jens wieder zusammen in der Red Lady. Für sie gab es in der Gartenlaube nichts mehr zu tun. Sie hatten noch abgewartet, bis Hagenahs Leichnam abtransportiert worden war – ein schlimmer Moment, nicht nur für Jens, sondern für alle anwesenden Kollegen, selbst für die, die Hagenah nicht oder kaum gekannt hatten. Er war einer von ihnen, ein Polizist, und sein Tod führte ihnen das Risiko ihres Berufs und die eigene Sterblichkeit vor Augen.

Die Zeiger der Uhr rückten auf Mitternacht vor, auf den Straßen der Stadt waren nur noch wenige Autos unterwegs. Es herrschte eine geradezu friedvolle Ruhe, die nicht zu dem Unwetter passen wollte, das in Jens' Innerem tobte. Dort vermischten sich alle möglichen Emotionen zu einem unheilvollen Konglomerat, das er nicht mehr kontrollieren konnte. Noch herrschten Schock und Trauer vor, doch schon bald, das wusste Jens, würde die Wut übernehmen, und von da an würde er keine Sekunde ruhen, ehe er nicht die Person gefunden hatte, die seinen Freund aus dem Leben gerissen hatte. Alles würde er tun, was dafür notwendig war, selbst Gesetze brechen, sollten sie ihm im Weg stehen.

Nächstes Jahr wäre Hagenah in Rente gegangen. Nächstes Jahr hätte er sich mit seiner Tochter versöhnt. Nächstes Jahr hätte er Zeit in seinem Haus am See verbracht.

Aber es gab kein nächstes Jahr für Rolf Hagenah.

«Vielleicht ist das unser größter Fehler und unsere größte Sünde», sagte Becca in die angespannte Stille hinein. Sie war in Tränen ausgebrochen, als Hagenahs Leiche abtransportiert worden war, und selbst jetzt, im diffusen Schein der Armaturenbeleuchtung, konnte Jens sehen, wie geschwollen und rot ihre Augen waren.

«Was meinst du?»

«Wir nutzen unsere Zeit nicht. Wir glauben zwar, wir täten es, lassen sie viel zu oft aber einfach verstreichen. Planen für die Zukunft, erledigen, was uns leichtfällt, schieben dringende Dinge aber immer wieder hinaus ... bis es irgendwann zu spät ist dafür.»

Becca spielte auf den Konflikt zwischen Rolf und seiner Tochter Josefine an. Ihr hatten seine letzten Gedanken gegolten, deshalb hatte er «Kind» mit seinem eigenen Blut an die Vertäfelung der Gartenlaube geschrieben. Ein Wort, das nur mit Hilfe von Luminol und blauem Licht sichtbar geworden war. Eine Handlung, von der seine Tochter niemals erfahren würde, weil es einfach zu grausam war, die aber all die Liebe ausdrückte, die Rolf in sich trug.

«Für alles gibt es den richtigen Zeitpunkt, und der war für Rolf eben noch nicht gekommen», sagte Jens, um seinen Freund zu verteidigen. Was diese emotionalen Dinge und Familienkram anging, tickten sie beide gleich. Jens war ebenfalls ein großer Meister der Verdrängung und der Prokrastination.

«Nein», sagte Becca kraftlos und schüttelte den Kopf. «Das machen wir uns nur vor, um damit leben zu können. Wie kann nächstes Jahr der richtige Zeitpunkt sein, wenn man nicht weiß, ob man dann noch lebt? Ich denke, es geht darum, es jetzt zu tun.»

«Ist leicht gesagt», bemerkte Jens. «Aber in der Realität ist das Leben komplizierter.»

«Im Grunde nicht. Wir machen es kompliziert.»

Jens war richtig stolz auf seinen Freund gewesen, als der ihm neulich im Krankenhaus gesagt hatte, was er zuallererst tun würde, wenn er in Rente war. Hagenah hatte den festen Entschluss gefasst, sich mit seiner Tochter zu versöhnen, und das hätte er auch getan. Er hätte sich dafür auch mit seinem Schwiegersohn vertragen, der Auslöser des Streits gewesen war. Josefines Mann war Banker in Frankfurt, und als Rolf ihm vorgeworfen hatte, die einfachen Menschen um ihr hart verdientes Geld zu bringen, war die Sache eskaliert. Das war während der großen Bankenkrise gewesen, und Rolf hatte berichtet, wir herablassend Josefines Mann über die sogenannten kleinen Leute gesprochen hatte, die mit ihren Steuerzahlungen gerade die Banken retteten. Bei so etwas kannte Rolf kein Erbarmen, und Jens fand es unfair, ihn jetzt dafür zu kritisieren, dass er sich nicht schon längst mit seiner Tochter versöhnt hatte. Hinterher war man immer klüger.

«Vielleicht ist dies jetzt aber der falsche Zeitpunkt, um über Rolf zu urteilen», sagte Jens.

«Das will ich doch gar nicht», sagte Becca erschrocken.

«Klang aber so.»

«Nein, ich ... bitte, lass uns nicht streiten.»

Jens ahnte, dass er zu aggressiv reagiert hatte. In einer anderen Situation hätte Becca das weggesteckt oder ihn herausgefordert, aber nicht zu diesem Zeitpunkt – weil es eben nicht der richtige war.

Er nahm ihre Hand und drückte sie. «Tut mir leid», sagte er. «Ich bin einfach so wütend.»

«Glaub mir, ich auch.»

«Ich weiß, ich sollte professionell sein, mich im Griff haben ... aber, wenn ich ehrlich bin, will ich im Augenblick nur Rache für Rolf.»

«Das ist okay, finde ich. Für diesen Moment ist das absolut okay und menschlich.» Becca nahm seine Hand und küsste sie. «Aber Rache ist teuer», sagte sie. «Und ich möchte nicht, dass du diesen Preis zahlst.»

Jens spürte den feuchten Fleck auf seinem Handrücken, blickte in Beccas verweinte Augen und wusste nicht, was er sagen, wie er reagieren sollte. Er war viel zu aufgewühlt, um einen klaren Gedanken fassen zu können.

Schweigen, das hatte er immer gut gekonnt. Die Dinge mit sich selbst ausmachen und die anderen nicht wissen lassen, wie es ihm ging. Häufig hatte Jens den Spruch «Hätte er geschwiegen, man hätte ihn für klug und weise gehalten» zitiert und auch für sich in Anspruch genommen. Es war einfach, sich so zu verstecken und noch für klug zu halten. Meistens steckten aber Feigheit und Angst dahinter. Wer nie gelernt hatte, sich über seine Gefühle auszudrücken, der tat es eben nicht. Man ging ja auch nicht bergsteigen, wenn man es nicht geübt hatte. Aber dieser Moment, diese intime Zweisamkeit mit Becca, erforderte Worte, kein Schweigen. Wenn er sich jetzt versteckte, so wie er es bei seinen Frauen immer getan hatte, war das Becca gegenüber unfair und wurde den Gefühlen nicht gerecht, die er für sie empfand.

«Ich glaube ... nur du allein kannst das verhindern», sagte er mit brüchiger Stimme.

«Dann lass mich dir helfen», antwortete sie.

Im gleichen Moment erreichten sie das Haus, in dem Beccas Wohnung lag. Jens fuhr auf den Behindertenparkplatz, der für Becca reserviert war, und stellte den Motor ab.

«Bleib nicht allein heute Nacht», sagte sie in die plötzliche Stille hinein. «Bleib bei mir.»

4

Zuerst klebe ich die durchsichtigen Folien mit den Buchstaben darauf mit einem Klebestreifen, der sich spurlos wieder ablösen lässt, an die große weiße Wand in meinem Arbeitszimmer.

Dann schalte ich den Beamer ein und übertrage das Bild vom Rechner auf die Wand.

Der Lichtstrahl des Beamers macht ein Staubuniversum sichtbar, das bis dahin im Verborgenen existiert hat.

Diese umhertanzenden Sterne und Planeten interessieren mich zunächst mehr als das Bild an der Wand, und ich frage mich, ob irgendwo dort draußen ein unbegreifliches Wesen so wie ich selbst in einem Sessel sitzt und eine Miniaturwelt betrachtet, die nichts von der Existenz ihres Schöpfers weiß.

Bin ich selbst ein solch göttliches Wesen? Immerhin entscheide ich über Leben und Tod.

Über diese Frage muss ich mir ein andermal Gedanken machen. Sie führt zu weit von meiner eigentlichen Aufgabe weg, stört meine Konzentration, die so immens wichtig ist, damit ich keine Fehler begehe.

Also konzentriere ich mich auf das Bild an der weißen Wand. Denn dort wartet mein nächstes Kunstwerk darauf, vervollkommnet zu werden. Es geht darum, Realität und Digitalität miteinander zu verschmelzen und daraus etwas zu erschaffen, das genauso wenig existiert wie das Staubuniversum in der Lichtstraße des Beamers, durch seine Hilfe dennoch sichtbar wird.

Ich erschaffe Welten. Und darin entscheide ich über Leben und Tod. Göttlicher kann man nicht sein.

Minutenlang sitze ich einfach nur da und betrachte das Bild. Suche nach Mustern, die sich für meine Zwecke anwenden lassen. Man muss sich nicht einmal besonders gut in dieser Stadt auskennen, um mit der Technik, die ich entwickelt habe, solche Muster zu finden – und das gilt für jede Stadt, jeden Ort, egal wo auf der Welt. Die beiden Buchstaben, die ich für mein nächstes Opfer ausgesucht habe, sind vergleichsweise einfach zu integrieren, und so dauert es nicht lange, bis ich auf ein erstes Muster stoße.

Eine halbe Stunde später steht der Plan fest. Euphorie

katapultiert mich aus dem Sessel. Mit schnellen Bewegungen verschiebe ich die durchsichtigen Folien mit den beiden Buchstaben so lange, bis sie einigermaßen deckungsgleich sind mit dem Muster. Natürlich gibt es in der Realität Abweichungen und Hindernisse, aber mit denen werde ich mich in den nächsten Tagen befassen, sie entweder angleichen oder, wenn das nicht möglich sein sollte, den Plan entsprechend ändern. Wichtig ist, dass es am Ende so perfekt wie möglich wird. Auch der Laie muss mit einem Blick erkennen können, worum es hier geht. Die schönste Kunst nützt nichts, wenn sie nur durch die Interpretation eines Idioten erkennbar wird.

Am Ende fotografiere ich das Bild an der Wand mit meinem Handy ab. Jetzt ist es an der Zeit, den Plan einem ersten Realitätscheck zu unterziehen.

Ich ziehe meine Sportkleidung an, schwinge mich aufs Fahrrad und fahre los.

5

Die Kaffeemaschine riss Jens Kerner mit ihrem lauten Röcheln aus dem Schlaf. Desorientiert versuchte er herauszufinden, wo er sich befand. Der Raum, das Bett, der Blick aus dem Fenster – alles unbekannt.

Sein Hirn brauchte einen Moment, um den gestrigen Tag und die Nacht hochzuladen, aber als das passiert war, kam die Erinnerung mit der Macht einer gewaltigen Welle, die über ihn hinwegspülte und ihn unter die Wasseroberfläche drückte.

Hagenah …

Einen Moment lang konnte Jens nicht atmen.

Nur unter großer Anstrengung gelang es ihm, die Lungen mit Sauerstoff zu füllen, und er musste sich aufrecht hinsetzen, um durchatmen zu können. Der Blick in Beccas Schlafzimmer lenkte seine Gedanken vom Tod seines Partners ab. Sie hatten die Nacht zusammen verbracht.

Was aus den verschiedensten Gründen so lange nicht geklappt hatte, war nun geschehen. Nicht aus Romantik, Liebe oder Sehnsucht heraus, sondern aus Verzweiflung, Wut und Angst.

Oder vielleicht aus allem zusammen?

Becca rollte in die extrabreite Tür zum Schlafzimmer. Auf ihren Beinen balancierte sie ein Holztablett mit zwei Kaffeebechern darauf. «Ich hab's echt versucht, aber in meine Maschine passt gar nicht so viel Pulver, als dass ich den Kaffee so bitterschwarz hinbekommen könnte wie du.»

«Solange die dünne Plörre von dir kommt, ist es in Ordnung.»

Sie lächelte und kam auf ihn zu.

Zum allerersten Mal sah Jens sie so spärlich bekleidet. Sie trug Shorts und ein Top mit Spaghettiträgern. Ihr lockiges Haar war zerzaust. Ihre nackten Füße standen etwas schief zueinander auf den Plattformen des Rollstuhls, das linke Knie war nach innen gekippt. Ihre Beine waren im Verhältnis zum Oberkörper dünn und untrainiert, aber nicht vollkommen ohne Muskeln.

«Ich hoffe, deine Träume waren nicht zu schlecht», sagte Becca. «Nimmst du mir den Kaffee ab?»

Jens nahm das Tablett von ihrem Schoß und stellte es auf den Nachtschrank.

Becca streckte einen Arm aus, zog ihn zu sich heran und küsste ihn sanft. Ihre Lippen schmeckten nach Honig.

«Warum schmeckst du nach Honig?», fragte Jens nach dem Kuss.

«Jeden Morgen nach dem Aufstehen einen großen Löffel Honig, und du siehst für immer jung und schön aus», antwortete sie.

«Echt? Meinst du, ich sollte jetzt noch damit anfangen?»

Becca schüttelte den Kopf. «Zu spät. Altere lieber in Würde.»

Sie tranken Kaffee und sahen sich dabei über den Rand der Tassen hinweg an.

«Im Büro sag ich trotzdem noch Boss zu dir», verkündete Becca, nachdem sie die Tasse abgesetzt hatte.

«Hast du doch noch nie. Das würde also erst recht auffallen.»

«Gewissensbisse?»

Jens schüttelte den Kopf. «Nein ... gar nicht.»

«Beim Kaffeekochen habe ich überlegt, in welcher Kirche wir heiraten.»

Jens spürte selbst, wie ihm die Gesichtszüge entglitten.

Becca grinste verhalten. «Keine Panik, das war ein Scherz.»

Er legte sich eine Hand auf den Brustkorb. «So was darfst du mit einem alten Mann nicht machen.»

Becca ergriff seine Hand, steckte ihre Finger zwischen seine. «Danke ... dass du bei mir geblieben ist.»

«Ich bin froh, dass du gefragt hast.»

«Du wirst mich mit ins Büro nehmen müssen, und dann wissen alle Bescheid.»

«Sollen sie ruhig.»

Seine Antwort beruhigte Becca, das konnte Jens sehen. Wahrscheinlich hatte sie Angst vor seiner Reaktion auf diese Nacht gehabt. Vor wenigen Stunden waren sie beide in einem emotionalen Ausnahmezustand gewesen, ihre Entscheidung sicher alles andere als rational, trotzdem bereute Jens sie nicht.

«Weißt du, was Rolf gesagt hätte?», fragte Jens.

Becca schüttelte den Kopf.

«Wurde auch Zeit.»

Ihr Lächeln wärmte Jens, und er nahm sich vor, es abzuspeichern und mit in diesen Tag zu nehmen, der fraglos höllisch werden würde.

«Ich muss dich um etwas bitten», sagte Becca.

«Schieß los.»

«Als du noch geschlafen hast, hat die Baumgärtner mich angerufen.»

«Was? Wieso?»

«Sie bat mich, mit dir zu reden. Sie hat nämlich Angst vor deiner Reaktion.»

«Die Baumgärtner hat Angst vor mir?»

«Na ja, zuweilen bist du unberechenbar.»

Jens fixierte Becca. «Worum geht es? Haben sie in der Nacht noch etwas herausgefunden?»

Becca schüttelte den Kopf. «Nein. Aber die Baumgärtner überträgt Walter Knüfken den Fall. Er soll herausfinden, wer Rolf getötet hat. Und ich finde, sie hat damit recht.»

Beccas Worte legten einen Schalter in Jens um – von Niederspannung auf High Voltage. Er setzte an, die ersten Stromstöße zu verteilen, doch Becca stoppte ihn mit einer Handbewegung.

«Lass es mich dir erklären, bevor du mich in der Luft

zerreißt ... bitte», sagte sie. Sie sah ihn an. Bittend, fast schon flehentlich.

Jens nickte und rang seine Wut einstweilen nieder.

Becca dachte einen Augenblick nach. Dann fragte sie: «Sagt dir das Johari-Fenster etwas?»

Jens schüttelte den Kopf.

«Das Johari-Fenster beschreibt den blinden Fleck im Selbstbild eines Menschen», führte Becca aus. «Auf deiner Geburtstagsfeier letztes Jahr, da hat die Baumgärtner dich ein bisschen beschrieben, weißt du noch?»

«Wie könnte ich das vergessen.»

«Sie hat dich als einen Mann beschrieben, der geradeheraus ist, der keine Spielchen spielt, der oft mit dem Kopf durch die Wand will, auf den man sich zu hundert Prozent verlassen kann, der sich für andere einsetzt und ein starkes Gerechtigkeitsempfinden hat. Dein Wort gilt. Ohne Wenn und Aber. Dein Verantwortungsgefühl ist sehr stark ...»

«Was soll das?», fuhr Jens dazwischen, weil es ihm unangenehm war, über den grünen Klee gelobt zu werden.

«Das Johari-Fenster hat vier Felder. Was die Baumgärtner damals beschrieben hat, ist dein öffentliches Feld, es ist das, was dir selbst von dir bekannt ist, was du von dir preisgibst. Es ist das, was die Menschen von dir wissen sollen. So soll dich dein Umfeld wahrnehmen. Dieses Feld ist bei dir sehr stark ausgeprägt. So stark, dass du überhaupt keine Chance hast, deinen blinden Fleck zu erkennen.»

«Was soll dieses Gerede vom blinden Fleck? Wenn die Baumgärtner mich bei den Ermittlungen nicht dabeihaben will, soll sie es mir ins Gesicht sagen. Aber glaub ja nicht, dass ich da einfach so mitspielen werde.»

«Nein, natürlich wirst du das nicht. Das kannst du auch

gar nicht, denn du musst nach den Prinzipien handeln, die dich nach außen hin beschreiben. Rolf wurde getötet, er war dein Freund, dein Partner. Also zieht Jens Kerner für seinen getöteten Freund und Partner in den Krieg, weil er nun mal so ist. Weil alle es von einem Typen wie Jens Kerner erwarten. Und wehe, jemand versucht, ihn aufzuhalten. Dann gehen alle zusammen mit ihm unter.»

Becca hielt inne, schüttelte den Kopf und sah ihm dann direkt in die Augen. «Du sendest noch andere Signale aus, Jens. Das ist dir nicht bewusst, aber ich nehme diese Signale wahr. Ich sehe dieses andere Feld in dir, das Feld, für das du selbst blind bist. Ich sehe deine Angst davor zu versagen. Deine Angst, nicht auszureichen, deinem Umfeld und deinen eigenen Ansprüchen nicht gerecht zu werden. Ich sehe eine tiefsitzende Verletzung und Enttäuschung. Ich sehe einen introvertierten Menschen, der alles mit sich selbst ausmacht und nur mühsam mit anderen zurechtkommt. Ich sehe einen Jens Kerner, der als Kind allein gelassen wurde, der es allen recht machen wollte, aber nicht konnte. Weil man ihn nicht gelassen hat.»

Woher kam plötzlich die Hitze in seinem Schädel, woher das Brennen hinter seinen Augen? Jens wollte aus dem Bett aufstehen, aber Becca ließ ihn nicht, packte seinen Unterarm und hielt ihn fest.

«Du bist genau richtig, so wie du bist. Ich liebe dich, so wie du bist. Alle schätzen und respektieren dich, so wie du bist. Aber du bist nicht der Richtige, um Rolfs Tod aufzuklären. Weil du nicht ermitteln, sondern Krieg führen würdest. Du würdest wie ein Berserker in der Stadt wüten. Und jetzt sag bitte nicht, dass das nicht stimmt. Du weißt, dass es stimmt. Tief in dir drinnen weißt du es, kannst es dir nur nicht eingestehen, weil es nicht zu deinem Selbstbild passt. Aber dein Selbstbild ist unvollständig. Lass mich dir deinen blinden Fleck zeigen.»

Jens schüttelte den Kopf. Zum Teufel noch mal, er konnte die Tränen nicht zurückhalten, konnte aber auch nicht ausweichen, nicht wütend sein, Becca nicht anschreien. Gar nichts konnte er tun.

«Lass es Walter Knüfken machen. Gerade weil er nicht mit Rolf befreundet war. Die Baumgärtner hat gesagt, sie wird es nicht dienstlich anordnen. Den Fehler, dir einen Fall wegzunehmen, will sie nicht noch einmal machen. Sie bittet dich darum, Jens. Ich bitte dich darum. Für Rolf.»

Jetzt hatte auch Becca Tränen in den Augen, und Jens hielt es nicht länger aus. Er löste sich aus ihrem Griff, stellte die Tasse mit einem Scheppern auf den Nachtschrank, stand aus dem Bett auf, trat vor das Fenster und starrte hinaus.

Sah sein Gesicht als Spiegelbild, diffus und schemenhaft.

Einen anderen Jens Kerner als den, den er kannte. Seine Stärke war zugleich seine Schwäche. Er stand sich selbst im Weg. War blind für das enttäuschte Kind in sich, das wild um sich schlug, wenn es zu verlieren drohte. Seine Chefin hatte recht.

Becca hatte recht.

6

«Gehen Sie nach Hause, nehmen Sie sich ein paar Tage frei. Es wird hier im Krankenhaus schon irgendwie gehen.»

Professor Eugen Weitbrecht gab sich jovial, so wie er es gern tat. Schon allein sein Äußeres – er war eins neunzig groß, hatte eine silbergraue Haarmähne, ein feingeschnittenes, stets gebräuntes Gesicht mit einer respekteinflößenden Hakennase, auf der eine Brille mit Goldrand thronte – machte es schwierig für Laura Windmüller, sich ihrem Chef ebenbürtig zu fühlen. Und wenn er dann so auftrat wie jetzt, höflich zwar, aber ein bisschen von oben herab, fühlte sie sich ihm unterlegen. Ein Gefühl, das sie hasste.

«Nicht nötig», lehnte sie ab.

Sie hatte ihrem Chef in der Abteilung für innere Medizin gerade von dem Mord an Eva berichtet. Es war Laura schwergefallen, zwei Tage nach Evas Tod wieder zur Schicht zu erscheinen, sie hatte gezweifelt, ob ein normales Leben überhaupt wieder möglich sein würde, ob sie es führen konnte, aber dann hatte Laura an all die erfolgreichen Männer gedacht, die nach solch einschneidenden Erlebnissen «ihren Mann standen», wie sie so prahlerisch und sexuell aufgeladen behaupteten, und es war ihr klar geworden, dass Eva es nicht gewollt hätte, wenn sie sich zu Hause verkroch.

«Sie müssen mir nichts beweisen, Dr. Windmüller», sagte Professor Weitbrecht. «Ich weiß, auf Sie ist Verlass, aber es gibt im Leben Momente, da darf man schwach sein.»

Laura starrte ihren Chef an, weil sie nicht glauben

konnte, was sie gerade gehört hatte. Es war so typisch männlich, ihr in diesem Moment Schwäche einzureden und ihr diese auch noch zuzugestehen, als sei dies sein Recht als ihr Vorgesetzter.

«Ich will aber nicht daheim herumsitzen und nichts tun», entgegnete Laura schärfer, als sie es gewollt hatte. «Mir würde die Decke auf den Kopf fallen.»

«Na, das glaube ich bei Ihrem lichtdurchfluteten Haus aber nicht», sagte Weitbrecht und zog eine Patientenakte zu sich heran, als wollte er deutlich machen, dass das Gespräch für ihn damit erledigt sei.

Es war Laura neu, dass ihr Chef wusste, wie ihr Haus aussah. Es wunderte sie aber nicht. Im Krankenhaus war es wie in jedem anderen Unternehmen auch: Es wurde unablässig getratscht, jeder kannte jeden, wusste alles über den anderen oder glaubte das zumindest. Warum Weitbrecht aber glaubte, diesen Quatsch als Argument für eine Zwangspause hervorbringen zu müssen, kapierte Laura nicht. «Dann beginne ich jetzt mal meine Schicht», sagte Laura und erhob sich von dem Stuhl vor dem Schreibtisch ihres Chefs.

Jetzt sah er doch wieder von der Patientenakte auf. «Ich meine das schon ernst», sagte er und fixierte sie über den Rand seiner Brille hinweg. «Sie befinden sich in einer seelisch-emotionalen Ausnahmesituation, in der ich Sie in meiner Verantwortung als Leiter der Inneren nicht in Patientenkontakt bringen kann. Ich verstehe Sie, Frau Windmüller, aber bitte folgen Sie meiner Anweisung. Sie können gern die letzten Dissertationen mitnehmen, die noch zu überprüfen sind, das würde mir sehr helfen.»

Weitbrecht deutete auf den Stapel auf dem Servierwagen in der Ecke, der zum Regal umfunktioniert worden war.

Mit Blick auf die von Doktoranden eingereichten Arbeiten überlegte Laura kurz, ob sie Weitbrecht sagen sollte, dass das seine Arbeit war, für die er bezahlt wurde, nicht sie, und unter der später sein Name als Prüfender stehen würde, ließ es aber bleiben. Ihr fehlte die Kraft für eine längere Auseinandersetzung, und sie wusste, sie durfte Weitbrecht nicht unterschätzen. Er war nicht durch Zufall in diese Position gekommen – eine Position, die sie selbst haben wollte.

«Also gut ...», seufzte Laura, schnappte sich die Arbeiten und verließ das Büro.

«Rufen Sie mich an, wenn es Ihnen bessergeht», rief Weitbrecht ihr hinterher.

Laura musste kurz die Augen schließen und die Luft anhalten, um nicht doch noch aus der Haut zu fahren. Der kurze Weg zum Aufzug reichte nicht, um sich zu beruhigen. Aufgebracht betrat sie die Kabine, in der sich bereits zwei Pfleger befanden.

Die beiden jungen Männer wichen an die Kabinenwand zurück, sodass Laura sie im Rücken hatte, und sie spürte ihre Blicke, während die Kabine hinabfuhr. Blicke, die ihrem Hintern galten, ihren Beinen, abschätzend, sexistisch.

Kurz bevor die Kabine hielt, schnellte Laura herum. Beide Pfleger erschraken und versuchten hastig, einen Punkt in der Kabine zu finden, den sie mit aufgesetztem Interesse studieren konnten.

«Genug gegafft, ja?», fuhr Laura sie an. Zwar trug Laura ihre Zivilkleidung, aber die beiden wussten natürlich, dass sie Ärztin war, deshalb verkniffen sie sich jede Erwiderung.

Der Jüngere von beiden wurde sogar rot bis in die Haarspitzen. Die Dissertationen an die Brust gedrückt, eilte Laura davon, kaum dass die Fahrstuhltüren auseinandergeglitten waren.

Mit Fleiß und Disziplin hatte sie sich einen gewissen Status erarbeitet, aber Typen wie diese sahen in ihr immer noch nicht mehr als ein Sexobjekt. Wahrscheinlich würde sich daran nie etwas ändern, aber es machte sie so wütend, heute noch mehr als an anderen Tagen.

Laura konnte ihre Tränen gerade so lange zurückhalten, bis sie einen ausreichend großen Abstand zwischen sich und das Krankenhaus gebracht hatte. Tränen der Wut, Verzweiflung und Trauer waren es, sie fühlten sich heiß an auf ihren Wangen und schmeckten bitter-salzig auf ihren Lippen.

Als sie in Richtung Parkplatz hastete, glaubte sie, erneut von jemandem angestarrt zu werden. Sie fuhr herum. Es waren so viele Menschen unterwegs, viele davon in die gleiche Richtung wie sie, wie sollte sie da herausfinden, ob jemand Bestimmtes sie anstarrte oder ihr folgte? Vielleicht hatten ihre überreizten Sinne ihr auch nur einen Streich gespielt.

Laura hastete weiter, klammerte sich dabei geradezu an die Dissertationen. Ihre Atemfrequenz stieg, und sie spürte, wie Panik sich in ihr breitmachte.

Ihr läuft die Zeit davon.

Immer wieder geisterte dieser Satz, den Evas Mörder in den Chat der Begleit-App geschrieben hatte, durch Lauras Kopf. Sie wusste, dieser Satz sollte ihr etwas sagen, sonst hätte der Mörder ihn nicht geschrieben, und irgendeine Saite tief in ihrem Inneren brachten die Worte auch zum

Schwingen, allerdings nicht stark genug für eine Erkenntnis.

Dafür stellte sich eine andere ein: Was, wenn der Mann, der ihr Haus beobachtet und Eva das angetan hatte, jetzt hinter ihr her war? Bedachte die Polizei das überhaupt? Wahrscheinlich nicht, sonst hätte dieser Kommissar Kerner ja jemanden zu ihrem Schutz abgestellt. Dabei lag es doch auf der Hand! Er hatte sie beide beobachtet und wollte sie beide töten! Vielleicht einfach, weil er Lesben hasste.

Während Laura weiterlief und dabei immer wieder über ihre Schulter zurückblickte, veränderte sich etwas in ihr. Die Angst begann sie zu beherrschen.

Laura fürchtete sich vor ihrer eigenen Angst, denn sie wusste, wie lähmend sie sein konnte. Es hatte Jahre gebraucht, sich davon zu befreien und ein selbstbestimmtes Leben zu führen. Und jetzt kam ein Mann und zerstörte alles.

So war es schon einmal gewesen.

7

Da war er, der Moment, in dem Jens Kerner froh war, der Bitte von Becca und Mareike Baumgärter nachgekommen zu sein, die Ermittlungen in Hagenahs Fall seinem Kollegen Walter Knüfken zu überlassen. Er war schneller gekommen, als Jens erwartet hatte.

Er war auf dem Weg ins Rechtsmedizinische Institut am UKE Eppendorf, um Informationen über die Leiche von Eva Probst einzuholen. Dorthin hatte man auch die Leiche von Rolf Hagenah gebracht, und Jens wusste, er hätte es nicht ertragen, sie anschauen zu müssen.

Die Baumgärtner war sichtlich erleichtert gewesen, als er eingewilligt hatte, die Ermittlungen mit Walter Knüfken zu tauschen. Natürlich hatte Jens Forderungen gestellt. Knüfken musste ihm jeden Tag berichten, wenn es notwendig war, sogar mehrmals, und wenn Jens wollte, durfte er an den Dienstbesprechungen teilnehmen. Noch wollte er es nicht, und vielleicht würde er auch gar nicht die Zeit dafür finden, denn auch der Fall Eva Probst war dringlich.

Die Rechtsmedizinerin Dr. Pellmann empfing Jens, und sie tat es auf andere Art und Weise, als Jens erwartete. Sie umarmte ihn und hielt ihn einen Moment fest. Als sie sich von ihm löste, hatte sie Tränen in den Augen. «Er war vor kurzem noch bei mir», sagte sie mit stockender Stimme. «Ich mochte Rolf wirklich gern.»

Jens presste die Lippen zusammen und nickte. Wenn das so weiterging, hätte er die Ermittlungen vielleicht doch nicht tauschen müssen. «Ich bin aber wegen Eva Probst hier», sagte er nach einer angemessenen Schweigezeit.

«Ja, ich weiß. Den Leichnam wollen Sie nicht unbedingt sehen, nehme ich an?»

«Wenn es nicht nötig ist, verzichte ich gern.»

«Haben Sie Bock, eine mit mir zu rauchen?»

Abermals überrascht willigte Jens ein und folgte der Ärztin. Sie lief bis zum Ende des Gangs voran, öffnete eine Feuerschutztür und arretierte sie mit einem schweren Feuerlöscher, den die kleine, zierliche Frau kaum heben konnte. Draußen gab es einen kleinen, von Büschen und Bäumen geschützten Platz, der um diese Zeit im Sonnenlicht lag. In einem der Beete stand ein mit Sand gefüllter schwarzer Maurereimer, in dem bereits einige Kippen steckten. Daneben lag umgekehrt ein zweiter Eimer.

«Mein Entspannungsplatz», sagte Dr. Pellmann, holte unter dem Eimer eine Schachtel Zigaretten und ein Feuerzeug hervor und bot Jens eine Kippe an. Es war zwar nicht seine bevorzugte Marke, er nahm sie aber dennoch und ließ sich von Dr. Pellmann Feuer geben. «Wundert mich, dass Sie rauchen», sagte er nach dem ersten Zug.

«Warum?»

«Na ja ... Sie sollten es besser wissen.»

«Sie auch. Außerdem bekomme ich jeden Tag zu sehen, dass das Leben echt kurz sein kann. Ich denke, jede Art von Vergnügen und Laster ist angebracht.»

«Damit haben Sie so was von recht», stimmte Jens zu und nahm einen tiefen Zug von seiner Zigarette. Er rauchte nicht besonders viel, vielleicht zehn Zigaretten am Tag, aber das schon seit langer Zeit. Nur in den seltensten Fällen nahm er es wirklich noch als Genuss wahr, jetzt, in dieser etwas unwirklichen Situation aber schon. Es fühlte sich gut an, mit der Ärztin zu rauchen, und er entspannte sich etwas. Jens fragte sich, ob seine Stimmung mit der vergangenen Nacht zu tun hatte. Wäre er so ruhig gewesen, wenn er sie nicht mit Becca verbracht hätte?

«Apropos Vergnügen», sagte Dr. Pellmann. «Eva Probst. Das volle Programm?»

«Nur das Nötigste bitte.»

«Zweifelsfrei wurde sie erdrosselt. Um das zu beweisen, waren die üblichen Untersuchungen nicht nötig, denn der Leichnam wurde ja mit dem verwendeten Strangwerkzeug um den Hals eingeliefert.»

«Der Schlag gegen den Kopf war also nicht tödlich?»

«Nein. Der war gut dosiert eindeutig mit der mit Glasmurmeln gefüllten Socke ausgeführt und hat zur Bewusstlosigkeit geführt, aber nicht zum Tod. Und er hat dem Täter die Zeit verschafft, das Strangwerkzeug anzulegen, also das Hundehalsband aus Nylon.»

«Ist Frau Probst deshalb aus der Bewusstlosigkeit erwacht? Weil er das Hundehalsband angelegt hat?»

«Nein. Der Täter hat englisches Riechsalz verwendet, das konnten wir durch die histologischen und laborchemischen Befunde beweisen. Wie es aussieht, wollte er sein Opfer bei vollem Bewusstsein erdrosseln.»

Jens nickte. Er hatte das Video auf dem Handy von Eva Probst gut in Erinnerung. Er erzählte der Rechtsmedizinerin davon. «Bei fünf Minuten und dreiunddreißig Sekunden hat er den Timer gestoppt», endete Jens.

«Ja, er wollte, dass es langsam geht», bestätigte Dr. Pellmann. «Wenn man das Opfer überrascht und die Schlinge kräftig zuzieht, tritt fast sofortige Bewusstlosigkeit ein, aber das war hier nicht der Fall. Er hat es langsam zugezogen, zwar fest, aber nicht so fest zugezogen, wie es möglich gewesen wäre. Wir haben die üblichen Mechanismen, die beim Erdrosseln zum Tode führen: Verlegung der Atemwege durch Kompression des Kehlkopfes sowie mangelnde Kopfdurchblutung. Der arterielle Zustrom blieb partiell erhalten, sodass es zu massiven Kopfstauungen mit den üblichen Stauungssymptomen kam.»

«Dauert es immer so lange, bis der Tod eintritt? Oder hat der Täter es bewusst hinausgezögert?», fragte Jens.

Dr. Pellmann zog an ihrer Zigarette und schnippte die Asche ins Blumenbeet. «Nach Täteraussagen dauert es in der Regel zwischen vier und fünf Minuten. Medizinisch ist das bestätigt. Werden die Karotiden und Vertebralarterien komplett verschlossen, kommt es nach dreißig bis vierzig Sekunden zu ersten Schädigungen, nach drei Minuten ist mit bleibenden Hirnschäden zu rechnen, nach fünf Minuten tritt der Hirntod ein.»

«Und … wie erlebt das Opfer diese Zeitspanne?»

«Sie wollen wissen, wie lange sie es erlebt?»

Jens nickte.

«Lange genug. Besonders zu Beginn ist die Dyspnoe quälend und hält bis zu 90 Sekunden an. In diesem Fall wird es sogar länger gewesen sein, da der Täter das Strangwerkzeug nicht maximal zugezogen hat … vielleicht drei Minuten. Danach setzt die Krampfphase ein. Sie kennen das. Unkontrollierte Zuckungen der Extremitäten … wollen Sie es noch genauer?»

«Danke, das reicht.»

«Da bin ich froh. Es kommt nicht häufig vor, dass man zu zwei hintereinander eingelieferten Leichen persönliche Beziehungen hat, und ich kann Ihnen sagen, es macht mich fertig.»

«Zwei? Wieso zwei? Hagenah ist klar, aber sie hatten auch zu Eva Probst eine persönliche Beziehung?»

«Eigentlich kann man es nicht Beziehung nennen, denn ich kannte sie nicht, bin ihr nie begegnet. Aber ihre Lebenspartnerin, Laura Windmüller, arbeitete bis vor zwei Jahren hier am UKE. Wir haben ein paarmal miteinander gesprochen, und ich fand sie wirklich sehr tough, trotzdem mag ich mir gar nicht vorstellen, wie es ihr jetzt geht.»

«Wissen Sie, wo Frau Windmüller jetzt arbeitet?»

«Soweit ich weiß, in der Mariannen-Klinik hier in Hamburg.»

«Was fanden Sie denn so tough an ihr?»

Die Pellmann zuckte mit den Schultern. «Ihr Auftreten. Hat sich nie etwas gefallen lassen, vor allem von Männern nicht. Ich habe einmal erlebt, wie sie sich mit dem Chefarzt hier angelegt hat ... wow, hat die den abgekanzelt, und das vor versammelter Mannschaft. Nicht, dass er es nicht verdient gehabt hätte, der arrogante Sack. Aber der wusste gar nicht mehr, wo ihm der Kopf stand. Ist dann kurz darauf auch weg aus der Klinik. Die Windmüller hat ihm fachliche Inkompetenz nachgewiesen, und das so hieb- und stichfest, dass er hier keine Karriere mehr gemacht hätte.»

Als Jens wenig später die Klinik verließ, dachte er darüber nach, inwiefern das toughe Auftreten der Windmüller gegenüber Männern etwas mit diesem Fall zu tun haben könnte. Sicherheitshalber hatte er sich den Namen des Chefarztes geben lassen, dem sie Inkompetenz nachgewiesen hatte. Büscher hieß er. Es gab nun mal Männer, deren Ego mit so etwas nicht klarkam.

Sein Handy klingelte. Becca war dran.

Sie berichtete ihm, dass Timur Stoll, der Erbe eines Reederei-Imperiums, der Eva Probst bedroht hatte, als Täter nicht in Frage komme, da er sich geschäftlich in Indonesien aufhielt. Zumindest konnte er den Mord nicht selbst begangen haben, und Jens glaubte auch nicht, dass er ihn in Auftrag gegeben hatte, wie Dr. Sittler gemutmaßt hatte. So handelten Serienmörder nicht.

Wäre ja auch zu schön, wenn Timur Stoll der Täter gewesen wäre.

Jens bat Becca, Informationen zu dem Arzt Dr. Büscher zu beschaffen.

8

Das Gefängnis ohne Mauern oder Gitter funktionierte nicht länger. Seine Macht gründete auf Angst, und dieser Angst war nun etwas entgegengesetzt worden. Das Mädchen fürchtete sich nicht mehr vor einem Leben ganz allein auf der Straße oder in irgendeinem Kinderheim, denn es gab einen Menschen, der sie aus den Fängen ihrer Mutter befreien und sich um sie kümmern würde.

Ihr Vater.

Das Mädchen hatte wieder Hoffnung, und Hoffnung war immer stärker als die Angst. Mit offenen Augen lag sie auf ihrem Bett in dem kleinen Zimmer unter dem Dach und lauschte. Die Decke hatte sie bis zum Kinn hochgezogen, um zu verbergen, dass sie statt des Pyjamas Straßenkleidung trug. Mutter kam zwar nie vor dem Schlafengehen in ihr Zimmer, aber seit der Klassenfahrt vor einem Monat galten die alten Regeln nicht mehr, deshalb war es besser, vorsichtig zu sein.

Mutter war schlimmer als je zuvor. Jeden Tag hielt sie lange Monologe darüber, wie schlimm die Männer waren, wie schlimm ihr Vater war und dass man sich nur auf sich selbst verlassen konnte. Und immer hatte sie die neuesten Horrorgeschichten darüber parat, was Männer Frauen antaten. Sie belegte sie mit Zeitungsartikeln, die sie extra dafür aus der Zeitung ausschnitt und dem Mädchen nach der Schule zum Mittagessen präsentierte. Vieles von dem, was das Mädchen zu hören und zu lesen bekam, hätte sie nicht geglaubt, wenn es nicht aus der Zeitung gestammt hätte. Es war einfach zu grausam.

So erzählte Mutter von einer Frau, die nur noch ein halbes Gesicht besaß. Die andere Hälfte hatte ihr Ex-Mann mit Säure verätzt, weil sie ihn verlassen hatte, um mit einem anderen Mann zu leben. Der Mann hatte an ihrer Tür geklingelt, und als die Frau arglos geöffnet hatte, hatte er ihr die Säure übers Gesicht gekippt. Dann hatte er sie lange genug eingesperrt, damit sie keine Hilfe bekam und ihr Gesicht nicht zu retten war. Er hatte dabei zugesehen, wie es sich auflöste.

Das Foto der entstellten Frau war entsetzlich. Es verfolgte das Mädchen bis in seine Träume.

Mutter berichtete weiter von einem Mann, der seiner Ex-Frau vor dem Laden, in dem sie arbeitete, auflauerte, sie mit Benzin übergoss, anzündete und dann zusätzlich mit dem Messer auf sie einstach. Eine Arbeitskollegin, die zu Hilfe eilte, erstach er gleich mit. «Mich verlässt man nicht», sollte der Mann zuvor gesagt haben.

Wie furchtbar musste es sich anfühlen zu verbrennen! Auch dieser Gedanke verfolgte das Mädchen bis in den Schlaf.

Mutter berichtete von einer jungen Frau, kaum mehr als zwanzig Jahre alt, die von ihrem Mann in den Keller gesperrt worden war, weil sie gedroht hatte, ihn zu verlassen. Den Freunden, Bekannten und der Familie erzählte der Mann, seine Frau sei weggelaufen, und dann ließ er sie in seinem Keller verdursten. Nach vier qualvollen Tagen war sie tot. Allein und unter großer Angst in einem dunklen Keller verdurstet, weil sie nicht mehr mit ihrem Mann zusammen sein wollte.

Nach dieser Geschichte hatte Mutter sie Samstag und Sonntag dursten und hungern lassen, damit sie einen realistischen Eindruck davon bekam, was Männer Frauen antaten. Überall auf der Welt, jeden Tag. «Lass dich mit einem Mann ein, und du bist verloren», sagte sie oft.

Und seit der Klassenfahrt erzählte Mutter all die grausamen Dinge, die der Vater des Mädchens angeblich ihr selbst angetan hatte. Schläge, Tritte, Verbrennungen mit Zigaretten, Schnitte mit dem Messer, Vergewaltigungen. Mutters Schilderungen waren lebhaft und voller Details. Deshalb schlief sie kaum noch. Sie mochte ihre Traumbilder nicht, erzählten sie doch die Geschichten ihrer Mutter wieder und wieder und wieder. Wenn das Mädchen allzu müde wurde, hielt sie sich mitunter durch Schmerzen wach. Kniff sich mit einem Nagelknipser in die empfindliche Haut an der Innenseite der Schenkel oder unter den Achseln. Das war ein Schmerz, der lange anhielt und den Wunsch nach Schlaf vertrieb.

Leider holte sich ihr Körper später doch, was er brauchte. Oftmals in der Schule. Dann schlief sie während des Unterrichts ein, viermal war ihr das schon passiert, und ihr Klassenlehrer sagte, beim nächsten Mal würde er mit Mutter darüber sprechen müssen.

Dieses Ultimatum hatte dem Mädchen klargemacht, dass es nicht länger warten durfte. Der beste Zeitpunkt war jetzt!

Sie hatte darüber nachgedacht, nach der Schule einfach nicht nach Hause zu kommen, den Plan aber verworfen. Mutter wurde sofort misstrauisch, wenn sie nicht pünktlich war. Sie würde sich denken können, wohin das Mädchen wollte, und es verhindern.

Das Mädchen wusste, bis zu der Adresse, die sie aus dem Ordner gestohlen hatte, war es weit. Zu Fuß würde sie einen ganzen Tag brauchen, mit dem Bus zwei Stunden. Das war mehr als genug Zeit für Mutter, sie einzuholen. Deshalb brauchte das Mädchen einen möglichst großen Vorsprung.

Eine ganze Nacht Vorsprung.

Im Haus war es still geworden. Mutter war vor einer Stunde zu Bett gegangen, zu ihrer üblichen Zeit. Aber bisher hatte sie noch nicht zu schnarchen begonnen, was ein untrügliches Zeichen dafür war, dass sie noch nicht schlief. Oft las Mutter abends noch stundenlang. Erst wenn ihr Schnarchen das Haus erfüllte, durfte das Mädchen es wagen.

Mutter schnarchte am lautesten, kurz nachdem sie eingeschlafen war, und wachte davon oft selbst wieder auf. Dann hustete sie, drehte sich herum, schlief wieder ein und schnarchte leiser und gleichmäßiger.

Diese Prozedur wartete das Mädchen noch ab. Es waren nur wenige Minuten, und in dieser Zeit versuchte sie, all ihren Mut und ihre Kraft zusammenzunehmen. Sie stellte sich das Lächeln ihres Vaters von damals vor, als sie ihm am Tisch Kartoffeln aufgetan hatte. Das war der letzte Abend mit ihm gewesen, danach hatte sie ihn nicht wiedergesehen. Aber dieses warme, herzliche Lächeln und seine Worte «Bist ein braves Mädchen», beides war ihr über die vielen Monate hinweg geblieben, daran hatte sich das Mädchen festgehalten. Sie wusste, wenn sie ihren Vater fand, würde alles besser werden.

Dieser Gedanke half ihren Beinen aus dem Bett. Dieser Gedanke trug ihren Körper bis an die Tür, wo sie erneut lauschte.

Mutter schnarchte jetzt gleichmäßig.

Das Mädchen nahm den Rucksack, den Mutter ihr für die Klassenfahrt gekauft hatte. Darin steckten zwanzig Euro für die Busfahrt, die hatte ihr Hanna geschenkt, ihre Klassenkameradin und beste Freundin. Hanna bekam jeden Tag zwei Euro Schulgeld von ihrer Mutter. Über vier Wochen hinweg hatte sie dem Mädchen jeden Tag einen Euro abgegeben. Außerdem befanden sich Pausenbrote der letzten drei Tage darin. Die waren zwar schon trocken, aber wenigstens würde sie nicht verhungern. Zuvor hatte sie schon die leere Plastikflasche, die das Mädchen heute in der Schule aus dem Müll gefischt hatte, unten in der Küche am Hahn mit Wasser befüllt. Sie hatte alles, was sie brauchte.

Das Wichtigste trug sie in ihrem Kopf: die Adresse ihres Vaters. Den Notizzettel hatte Mutter ihr natürlich sofort nach der Klassenfahrt abgenommen. Vorsichtig zog sie die Tür auf und schlich auf den Flur hinaus.

Die letzte Bodendiele vor der Treppe knarrte. Darauf durfte das Mädchen keinen Fuß setzen, das wusste sie. Mit einem großen Schritt stieg sie darüber hinweg und hielt sich dabei am hölzernen Treppengeländer fest. Auf der Treppe selbst war es am besten, ganz nah an der Wandseite zu gehen, da die Stufen dort am wenigsten knarrten.

Auf jeder der acht Stufen blieb das Mädchen stehen, um zu lauschen. Als sie die vierte von oben erreichte, setzte das Schnarchen ihrer Mutter aus. Das Mädchen erstarrte und hielt den Atem an. Wenn Mutter jetzt zur Toilette ging, war alles verloren.

Nach einer halben Minute, die sich wie eine Ewigkeit anfühlte, setzte das Schnarchen wieder ein.

Mit wild klopfendem Herzen wartete das Mädchen noch

einen Moment, dann stieg es weiter die Treppen hinab. Immer schön langsam und vorsichtig, ja nicht in Panik geraten, sagte sie sich dabei.

Die Haustür befand sich gegenüber der Treppe, zwei Schritte nur bis in die Freiheit, eine Kleinigkeit. Aber das Mädchen blieb mit der Hand auf dem Treppengeländer stehen und sah sich um. Im Erdgeschoss des kleinen Hauses war es kühl und dunkel. Aus der Küche drang das leise Summen des Kühlschranks. Der gewohnte Geruch nach Essen, gemischt mit dem des Essigreinigers, den Mutter immer für das Toilettenbecken benutzte, lag in der Luft. Neben der Haustür standen in einem wackeligen Schuhregal fünf Paar Schuhe. Zwei von dem Mädchen, drei von der Mutter. Darüber hingen die Jacken an den Garderobenhaken. Neben der Garderobe stand der Staubsauger, das Rohr mit dem flexiblen Schlauch an die Wand gelehnt. Mutter räumte ihn nie außer Reichweite, weil sie ihn dauernd benutzte. Sie hasste es, wenn irgendwo Krümel herumlagen.

Das alles war so gewohnt und vertraut, dass es dem Mädchen die Tränen in die Augen trieb. Sie wusste, wenn sie durch diese Tür trat, würde sie ihr Zuhause niemals wiedersehen. Zwei Schritte nur bis in die Ungewissheit. Alles Mögliche konnte passieren, und diese Vorstellung machte dem Mädchen Angst. So große Angst, dass sie es nicht schaffte, die Hand vom Treppengeländer zu nehmen. Sie schien darauf festgeklebt zu sein.

Was, wenn ihr Vater sie nicht wollte? Wenn er längst eine andere Familie hatte, wie Mutter immer behauptete? Was, wenn sie da draußen einem dieser bösen Männer über den Weg lief, der sie anzünden oder verätzen wollte? Mutter sagte immer, die seien gerade nachts unterwegs.

So viele Gefahren. So viel Unsicherheit. Und doch war alles besser, als hierzubleiben.

Ihr Vater hatte sie angelächelt und gesagt, sie sei ein braves Mädchen. Ihre Mutter sah sie tagtäglich mit ihrem bösen Blick an und sagte, sie sei eine kleine Schlampe, eine Hure, die es den Männern recht machen wollte.

Mit einem Ruck löste das Mädchen sich vom Treppengeländer. Sie zog ihre Schuhe an und warf ihre Jacke über.

Geräuschlos drehte sie den Schlüssel im Schloss, trat hinaus und verschwand in die Nacht.

9

Der Fahrradladen Bikersworld in der Jenfelder Allee schloss um achtzehn Uhr.

Fünf Minuten vorher drückte Jens Kerner die Zigarettenkippe im Aschenbecher seiner Red Lady aus. Seit gestern Abend hatte er viel zu viel geraucht, in seinem Rachen lag ein Geschmack von Nikotin und Kaffee, in seinem Inneren trotzdem ein Gefühl von tiefer Müdigkeit, der Müdigkeit eines ganzen Lebens. Im Keller seiner Empfindungen kroch eine alte Ratte aus ihrem Loch, die ihm einreden wollte, dass er gegen Windmühlen kämpfte – ein Kampf, den man nun einmal nicht gewinnen konnte.

Von dem Platz aus, an dem er parkte, konnte er den Vordereingang des Ladens sowie die Hofzufahrt sehen, die hinter das Geschäft führte. Maximilian Grafe würde nicht ungesehen verschwinden können.

Vielleicht verschwendete Jens hier seine Zeit, das wusste

er nicht, aber durch die Aussage von Lennart Wolff war der Fahrradfahrer ins Zentrum der Ermittlungen gerückt, wie Jens fand.

Außerdem konnte Jens nicht einfach in den Feierabend gehen. Immer, wenn er nicht an «seinen» Fall dachte, dachte er an Rolf Hagenah, und das würde zu Hause nicht anders sein. Jens hatte das Gefühl, überhaupt keine Pause mehr machen zu können, solange der feige Mord an Rolf nicht aufgeklärt war, der Täter nicht hinter Gittern saß. Mit Walter Knüfken hatte Jens bereits dreimal telefoniert, aber bisher nichts Neues erfahren. Walter war nachsichtig und gesprächsbereit gewesen, obwohl er selbst unter gewaltigem Druck stand. Das war immer so, wenn einer von ihnen getötet wurde. Jens hatte Vertrauen in seinen Kollegen, aber nicht so viel wie in sich selbst. Es fühlte sich an wie eine Art von Kontrollverlust, nicht selbst tätig sein zu dürfen. Und Kontrollverlust, das war nichts für Jens Kerner.

Heute Morgen, nach dem Gespräch mit Becca, war Jens noch einsichtig gewesen und hatte verstanden, warum es besser war, nicht in beiden Fällen zu ermitteln, oder besser, nicht in Rolfs Fall. Diese Einsicht verblasste langsam. Jens brauchte eine Dosis Becca, das spürte er, aber auch dafür war noch keine Zeit.

So viel zu tun, und so wenig Zeit.

Ihr läuft die Zeit davon.

Was hatte den Täter bewogen, ihn zu schreiben? Einzig und allein der Umstand, dass Eva Probst tatsächlich die Zeit davonlief? Oder bezweckte er etwas anderes damit? War es ein Hinweis?

Diese Fragen tanzten in Jens' Kopf einen ständigen Reigen, hinzu gesellten sich aber noch die Fragen, die er sich zu Rolfs Tod stellte, ganz gleich, ob er ermitteln durfte oder nicht. Das ließ sich nicht abstellen, und es führte dazu, dass Jens seinen Fokus verlor. Immer wieder drängte er sich selbst dazu, sich auf seinen Fall zu konzentrieren, doch es half nicht.

Bevor er hierhergekommen war, hatte Jens bei einem anderen Fahrradshop gehalten und sich von einem Verkäufer diese Pedal-Cleats-Systeme zeigen und erklären lassen. Er wusste nun bis ins Detail, dass der Fahrradsportler nur drei Kontaktpunkte zum Fahrrad hatte: Lenker, Sattel und Pedale, und dass der Kontaktpunkt für die unmittelbare Kraftübertragung die Pedale waren. Es gab Plattformpedale, die man vom normalen Fahrrad kannte, und sogenannte Klickpedale. Diese stellten eine feste Verbindung zwischen Fuß und Pedale her. Dadurch ergab sich das, was der Verkäufer den «runden Tritt» nannte – ein verbesserter Tretablauf, bei dem der Sportler nicht nur nach unten Kraft auf die Pedale ausüben, sondern auch daran ziehen konnte.

Die Ausführungen des enthusiastischen Verkäufers waren für Jens viel zu detailverliebt und uferlos gewesen, aber interessant war es geworden, als der Verkäufer ihm die verschiedenen Systeme gezeigt hatte.

Bei den Systemen für Rennräder hatte man tatsächlich Schuhe mit Metallplatten an, die unter der Schuhsohle angebracht waren. Bei den Systemen für Mountainbikes lief man hingegen auf dem Profil der Schuhe, da die Aufnahmemulden für die Pedale in der Sohle versenkt waren. Dieses System musste besser zum Laufen geeignet sein, da Mountainbiker ihre Fahrräder häufiger über unwegsames Gelände tragen mussten.

Wenn das laute Laufgeräusch des Täters also wirklich von speziellen Fahrradschuhen herrührte, dann hatte er wohl Rennradschuhe getragen. Und Maximilian Grafe fuhr ein Rennrad.

Jens fragte sich allerdings, warum jemand, der einen Mord plante und vorher sein Opfer beobachtete, Schuhe trug, in denen man nicht gut laufen konnte? Es wäre doch besser gewesen, ganz normale Sportschuhe anzuziehen und auf dieses Klick-System zu verzichten. Gewohnheit oder Vergesslichkeit? Weil er nicht damit gerechnet hatte, mehr als ein paar Schritte laufen zu müssen?

Aber wenn das so war, wo hatte dann das Fahrrad gestanden? Und hatten die Kollegen bei der Befragung in der Nachbarschaft überhaupt nach einem Fahrradfahrer oder einem herumstehenden Fahrrad gefragt?

Jens hatte eine Idee, als er an den Tatort am Elbhang dachte. Er holte sein Handy hervor und öffnete die Bilder, die Hillmann-Tony ihm geschickt hatte. Dabei handelte es sich um die vier Hauptlaufstrecken von Eva Probst, die sie in der Laufgruppe von *Runfree* gepostet hatte. Die farbigen Linien lagen über der Google-Maps-Karte von Hamburg. Da es nur Fotos waren, abfotografiert von dem, was Hillmann auf dem Handy von Eva Probst gefunden hatte, konnte Jens das Bild nicht vergrößern. Allerdings kannte er sich in der Stadt aus wie die alte Ratte in seiner Seele, und es stellte für ihn kein Problem dar, die Strecken bei Google Maps nachzuvollziehen. Eine davon führte durch die Jenfelder Allee an dem Fahrradladen Bikersworld vorbei, vor dem Jens gerade parkte.

Theoretisch könnte Grafe hier auf die vorbeilaufende Eva Probst aufmerksam geworden sein. Zufall?

Es kam oft vor, dass Menschen durch solche Zufälle in den Fokus eines Gestörten gerieten. Wie hieß es so treffend bei Hannibal Lecter: «Man begehrt, was man täglich sieht.» Jens glaubte immer weniger, dass er hier seine Zeit verschwendete. Ein einziges stichhaltiges Indiz noch, und er würde einen Haftbefehl gegen Grafe beantragen.

Am Fahrradladen tat sich etwas. Eine junge Frau verließ ihn durch den Vordereingang. Sie wirkte sportlich, trug aber normale Kleidung und verschwand zügig Richtung U-Bahn.

Wenige Minuten später schob Maximilian Grafe sein Rennrad vom Hof des Geschäfts nach vorn zur Straße. Schon von weitem konnte Jens das merkwürdig steife Bewegungsmuster des Mannes erkennen: Er ging auf diesen speziellen Fahrradschuhen. Das Rennrad sah hochprofessionell und sehr spartanisch aus.

Auf dem Rücken trug Grafe einen kleinen schwarzen Rucksack, aus dem ein Schlauch herausragte. Das Ende des Schlauchs nahm er in den Mund und saugte daran: ein Trinksystem. Er schwang ein Bein über das Rad, rastete den Schuh in die Pedale ein, stieß sich ab, rastete auch den anderen Fuß ein und fuhr los.

Vom ersten Tritt an war er verdammt schnell. Jens startete die Red Lady und nahm die Verfolgung auf. Er hatte keine Ahnung, wohin das führte, aber er musste einfach mehr über diesen Mann erfahren. Wenn er sich irgendwie verdächtig benahm, würde Jens bei der Baumgärtner vielleicht eine Rund-um-die-Uhr-Bewachung durchdrücken können.

Der starke Feierabendverkehr in der Stadt machte es schwierig, Grafe zu verfolgen. Zum Glück schien der kein

Interesse daran zu haben, irgendwelche Nebenstraßen oder Abkürzungen durch Parks zu nehmen. Er blieb auf den Hauptverkehrsstrecken und benutzte nicht einmal Radwege. Das mochte an seinem hohen Tempo liegen. Er war mit seinem Rad wesentlich schneller unterwegs als Jens, und nur dank der vielen roten Ampeln gelang es ihm, den Anschluss nicht zu verlieren. Sollte Grafe sich jedoch entscheiden, eine Ampel zu ignorieren, wäre er weg.

Anspannung und Konzentration sorgten dafür, dass Jens seine mäandernden Gedanken unter Kontrolle bekam. Für den Moment war er auf Grafe und den Fall Eva Probst fokussiert.

Wenn Grafe der Täter war, wäre er dann wirklich mit dem Rucksack und dem verräterischen Inhalt durch die Stadt gefahren? Das wäre dämlich. Allerdings auch nicht dämlicher, als bei einer Beschattung seines Opfers spezielle Fahrradschuhe zu tragen.

Viele Täter waren einfach dumm. Das passte zwar nicht zum Hollywood-Klischee des genialen Serienmörders, war aber eine Tatsache.

Andererseits: Was der Täter am Elbhang inszeniert hatte, passte nicht zu einem dummen Menschen.

Plötzlich bog Grafe ab. Er schoss nach rechts in eine Einbahnstraße – verkehrt herum! Genau dieses Fehlverhalten hatte am Abend von Eva Probsts Tod zu Grafes Verhaftung geführt, nur dadurch war die Polizeistreife auf ihn aufmerksam geworden. Niemand legte Verhaltensweisen einfach so ab, auch die bösen Buben nicht.

Im Vorbeifahren warf Jens einen schnellen Blick in die Einbahnstraße. Aus der anderen Richtung kam ein Fahrzeug. Keine Chance, es Grafe gleichzutun.

Jens musste wohl oder übel um den Block herum. Er wusste, dass er damit viel zu viel Zeit verlieren würde. Zu seiner Überraschung kam ihm Grafe auf der anderen Seite entgegen, bog aber just in dem Moment, da er auf Jens' Höhe kam, abermals nach rechts ab.

Jens wendete und fuhr hinterher. Er glaubte nicht, dass Grafe ihn in seinem Wagen erkannt hatte.

Nachdem er weitere fünf Minuten darum gekämpft hatte, den Anschluss nicht zu verlieren, hielt Grafe plötzlich an und stieg ab. Jens blieb in sicherer Entfernung stehen.

Sie befanden sich in einer Wohnstraße mit einspuriger Fahrbahn, hier fiel sein feuerroter Farm-Truck auf wie eine Himbeere auf der Sahnehaube.

Nachdem Grafe abgestiegen war, schaute er sich aufmerksam in alle Richtungen um. Diesen Blick kannte Jens von Typen, die etwas zu verbergen hatten. In diesem Moment hätte Jens seine Hand dafür ins Feuer gelegt, dass Grafe Dreck am Stecken hatte.

Sein Blick glitt über Jens in seinem Pick-up hinweg. Grafe packte sein Fahrrad an der Mittelstange und trug es zu einem Hauseingang hinüber. Das Rad schien sehr leicht zu sein. Grafe ließ es auch nicht los, als er auf einen Klingelknopf drückte – zumindest glaubte Jens, dass er das tat, genau sehen konnte er es nicht.

Die Tür wurde geöffnet, Grafe begrüßte jemanden per Handschlag, man unterhielt sich. Grafe stellte das Fahrrad ab, nahm den Rucksack ab und beugte sich vor, kam wieder hoch, beugte sich noch mal vor. Er packt irgendwas ein oder aus, dachte Jens. Ein weiterer Handschlag, dann schwang Grafe sich wieder auf sein Rad und fuhr davon.

Jens rollte langsam an dem Haus vorbei. Die Tür war noch nicht wieder verschlossen. Ein Typ in schwarzer Lederhose und schwarzem Muskelshirt, das ihm drei Nummern zu groß war, lehnte rauchend im Rahmen. Auf seinen kahlen Kopf hatte er eine Sonnenbrille geschoben, in seinen Ohrläppchen hing jede Menge Metall. Arme, Hals und Hände waren tätowiert.

Ihre Blicke begegneten sich. Es war klar, dass Jens bei dem Typen Misstrauen erregte. Möglich, dass er gleich zum Handy griff, um Grafe darüber zu informieren, dass er verfolgt wurde.

Vielleicht aber auch nicht. Jens entschied sich, die Verfolgung fortzusetzen. Diesem Typen konnte er immer noch auf die Pelle rücken. Er wusste ja jetzt, wo er wohnte.

In den engen Straßen des Wohnviertels war es einfacher, Grafe zu folgen. Schon während Jens das tat, beschlich ihn das Gefühl, zu wissen, wohin Grafe fahren würde. Er bog aus dem Rademachergang in die Kohlhöfen ein, dann in die Kurze Straße und schließlich nach links in den Holstenwall. Jetzt ging es Richtung Alter Elbpark. Dort, so hatte Grafe behauptet, hatte er den Rucksack gefunden. Auf einer Parkbank.

Er könnte an dem Abend die gleiche Strecke gefahren und ebenfalls an diesem Haus vorbeigekommen sein. Was, wenn nicht mehr alles in dem Rucksack gewesen war, als die Polizei ihn aufgegriffen hatte? Was, wenn Grafe etwas bei dem abgewrackten Typen gelassen und es gerade eben wieder abgeholt hatte?

Jens entschied sich, Grafe zu stoppen und seinen Rucksack zu durchsuchen. Dann wusste er zwar, dass er verfolgt wurde, aber das war es wert.

Plötzlich hielt Grafe an. Er stützte sich mit einem Fuß auf der Bordsteinkante ab, zog sein Handy hervor, telefonierte, sah sich um und schaute genau in Jens' Richtung.

«Scheiße!», fluchte Jens und schlug aufs Lenkrad. Er konnte sich denken, wer Grafe gerade warnte. Jens gab Gas.

Grafe steckte eilig das Handy weg und stieß sich von der Bordsteinkante ab. Wieder war er sofort blitzschnell. Er schoss trotz des Verkehrs über den Holstenwall, Autofahrer mussten abbremsen und hupten verärgert.

Grafe verschwand auf Höhe der Eis-Arena im weitläufigen Park Planten un Blomen.

10

Azra Erdem tauchte auf, packte den Rand des Beckens und hielt sich fest.

Mit der anderen Hand strich sie ihr langes schwarzes Haar zurück und das Wasser aus ihrem Gesicht. Sie wollte sich gerade aus dem Becken ziehen, als sie das Geräusch hörte.

Azra hielt inne.

Lauschte.

Stand eine Minute auf der Kante am Beckenrand, atmete flach ein und aus, nahm den leichten Chlorgeruch wahr, hörte aber kein weiteres Geräusch außer dem leisen Plätschern der Wellen, die sie selbst beim Schwimmen erzeugt hatte.

Sie hatte sich wohl getäuscht. Das passierte schon mal nach so einem langen Tag. Da waren ihre Nerven abends überstrapaziert, heute besonders, weil so viele Kinder da gewesen waren, die ordentlich Lärm gemacht hatten. Azra liebte ihren Beruf als Schwimmmeisterin und freute sich jeden Tag auf die Arbeit, auch wenn es manchmal anstrengend war. Wasser war ihr Element, sie war quasi darin aufgewachsen und vom zehnten bis zum zwanzigsten Lebensjahr Leistungsschwimmerin gewesen. Auch heute, mit fünfundzwanzig, schwamm sie jeden Tag 1000 Meter, einfach nur um fit zu bleiben. Es war nach einem langen Arbeitstag eine tolle Belohnung, allein im kleinen Stadtteilbad schwimmen zu können und die Ruhe zu genießen.

Azra zog sich am Beckenrand aus dem Wasser und wrang ihr langes Haar aus. Dann ging sie zu dem Schaltschrank hinüber, der sich im Büro der Schwimmmeister befand, und schaltete die automatischen Beckensauger an, die über Nacht die Böden der beiden Becken reinigten.

Auf dem Weg zu den Duschen musste sie an dem langen Panoramafenster vorbei, das die linke Hallenseite zum Liegebereich des Außenbeckens hin visuell öffnete. Draußen war es längst dunkel. Die Unterwasserbeleuchtung des Außenbeckens war noch an, sie wurde automatisch gesteuert und bald abgeschaltet. Im Laub der hohen Bäume am Rand des Grundstücks fing sich das mattblaue Licht, der leichte Wind spielte darin, und für einen Moment hatte Azra das Gefühl, von tausend Augen beobachtet zu werden. Ihr lief ein Schauder den Rücken hinab.

Azra war alles andere als ängstlich, und sie hatte noch nie ein Problem damit gehabt, am Ende der Spätschicht als Letzte das Bad zu verlassen – immerhin konnte sie so in aller Ruhe ihre Bahnen ziehen. Doch jetzt fürchtete sie sich. Grundlos, wie sie wusste. Da draußen war niemand. Nur die Reflexion des beleuchteten Wassers im Laub der Bäume.

Trotzdem ging Azra schneller, um aus dem Bereich des Panoramafensters herauszukommen, wo jeder sie von draußen sehen konnte. Sie betrat die Duschräume, öffnete ihren eigenen Spind, zog sich aus, nahm ihr Duschgel und duschte.

Und zuckte zusammen, als sie irgendwo eine Tür schlagen hörte. Sofort stellte sie das Wasser ab, um besser hören zu können.

Bevor sie ins Becken gesprungen war, hatte sie das Bad kontrolliert; es war niemand mehr da. Sie hatte die Eingangstüren abgeschlossen und auch die Notausgangstüren überprüft, so wie sie es jeden Tag tat, wenn sie die Spätschicht hatte. Das ganze Gebäude war dicht, hier konnte niemand rein.

Hastig spülte sich Azra den restlichen Schaum aus dem Haar und beeilte sich mit dem Abtrocknen und Anziehen. Die enge Jeans klebte an ihrer noch feuchten Haut, sie kam kaum hinein. Sich das Haar zu föhnen traute sie sich nicht, da der laute Föhn alle anderen Geräusche übertönen würde.

Mit dem Handy in der Hand, um im Notfall die Polizei anrufen zu können, kontrollierte Azra noch einmal das gesamte Bad, schaute auch in den Umkleiden nach, doch da war niemand. Das Gebäude stammte aus den siebziger Jahren, es war alt und zugig. Dass irgendwo mal eine Tür zuschlug, war nicht ungewöhnlich.

Dass sie die Stimmung heute als unheimlich und bedrohlich empfand, lag vielleicht an dieser schlimmen

Nachricht, die sie am Nachmittag im Internet gelesen hatte. Vor zwei Tagen war in Hamburg direkt am Elbufer, gegenüber den Landungsbrücken, also an einem Ort, der eigentlich nie menschenleer war, eine Joggerin angegriffen und tödlich verletzt worden. In dem Bericht stand nicht, ob sie vergewaltigt wurde oder wie sie ums Leben gekommen war oder ob es einen Hinweis auf den Täter gab. Wenn er gefasst worden wäre, hätte es sicher irgendwo gestanden, deshalb ging Azra davon aus, dass er noch frei herumlief. Das alles hatte zwar nichts mit ihr und dem Hallenbad zu tun, in dem sie arbeitete, aber Azra war eine ebenso leidenschaftliche Joggerin wie Schwimmerin, und da sie häufig allein lief, konnte sie sich gut in diese bemitleidenswerte Frau hineinversetzen.

Zudem hatte Azra herausgefunden, dass die getötete Frau in der *Runfree*-Gruppe bei Instagram war, in der auch Azra regelmäßig ihre Laufstrecken und Zeiten postete. In dieser Gruppe waren viele Läuferinnen und Läufer aus Hamburg, der Austausch mit der Community machte einfach Spaß, es entstanden sogar Freundschaften, und Azra war schon das eine oder andere Mal mit jemandem gelaufen, den sie durch die Gruppe kennengelernt hatte.

Vielleicht handelte es sich ja nur um ein Gerücht, und die Frau, Eva Probst, war gar nicht die getötete Joggerin. Aber das spielte auch keine Rolle. Die Tat war beängstigend, und Azra bereute es, am Nachmittag, bevor sie ihren Dienst begonnen hatte, davon erfahren zu haben. Während ihrer Dienstzeit war viel los gewesen, und sie hatte keinen Gedanken mehr daran verloren, doch jetzt kamen sie mit Wucht zurück.

Sie hätte besser mit Wolfgang, dem Hausmeister des Bades, die Halle verlassen sollen. Aber dann hätte sie auf ihr Schwimmtraining verzichten müssen.

Zurück am Schaltkasten im Schwimmmeister-Büro, stellte sie die Schaltung auf Nachtbetrieb und die Alarmanlage an. Jetzt hatte sie noch fünf Minuten Zeit, die Halle zu verlassen. Azra Erdem beeilte sich.

Beim Verriegeln der Eingangstür schaute sie sich über ihre Schulter um. Auf dem kleinen Parkplatz des Bades stand nur noch ihr kleiner roter Toyota Yaris, ihre Himbeere, wie sie den Wagen nannte. Der gesamte Parkplatz war von Büschen und Bäumen umgeben. Zwar stand in der Mitte eine Reihe von vier Straßenlaternen, doch die waren nicht besonders hoch, und das mattgelbe Licht reichte nicht, um auch die Ränder des Platzes zu beleuchten. Azra ärgerte sich darüber, dass immer an den falschen Stellen gespart wurde. In der Innenstadt, wo sich die teuren Läden und Edelboutiquen befanden, war immer alles taghell beleuchtet.

Weil sie heute zur Spätschicht gekommen war, waren alle Parkplätze vorn bereits besetzt gewesen, und sie hatte im hinteren Bereich parken müssen, am weitesten von der Eingangstür entfernt. Das war ein Weg von vielleicht zwei Minuten, aber in der Dunkelheit kam er ihr unendlich lang vor. Eine Stimme in ihr befahl Azra zu laufen. Sie tat es nicht, weil sie sich dabei wie eine Angsthäsin vorgekommen wäre, und das war sie nicht. Aber sie ging doch schneller, so schnell es eben möglich war, ohne in einen Laufschritt zu verfallen.

Der leichte Abendwind fuhr in die Kronen der hohen Bäume und brachte das Laub zum Rascheln. Im Schwimmbad ging plötzlich die Beleuchtung des Außenbeckens aus.

Schlagartig änderten sich die Lichtverhältnisse, und Azra erschrak. Dieser kleine Schreck reichte, ihre Vorsätze über Bord zu werfen: Sie rannte, so schnell sie nur konnte. Nur noch wenige Schritte von ihrer Himbeere entfernt, spürte sie eine Hand, die nach ihrem Nacken griff, spürte fremden Atem auf ihrer Haut.

Den Wagen entriegeln, die Tür aufreißen, reinspringen, alles war eine Bewegung. Erst als Azra die Tür zugezogen hatte, wagte sie einen Blick hinaus und stellte fest: Da war niemand. Griff und Atem hatte sie sich nur eingebildet. Und die Bewegung da vorn unter den Bäumen bildete sie sich bestimmt auch nur ein.

Blöd nur, dass sie in ihrer Panik ihre Sporttasche einfach fallen gelassen hatte.

Sie lag einen halben Meter vor der Himbeere auf dem Pflaster. Und darin befanden sich ihr Handy und ihre Geldbörse.

«Shit!», fluchte Azra und schlug aufs Lenkrad. Sie legte einen Finger auf den Türöffner, sah sich aber noch einmal genau um, bevor sie ihn betätigte. Dort, wo sie eben unter den Bäumen noch eine Bewegung wahrgenommen haben wollte, war nichts zu sehen.

Der Parkplatz war leer. Sie schaute in die Außen- und den Rückspiegel. Nichts zu sehen. Wenn sich jemand hinter ihrem Wagen duckte, wäre er für sie natürlich unsichtbar.

«Hör auf! Hier ist niemand!», sagte Azra leise zu sich selbst.

Mit klopfendem Herzen zog sie am Türöffner, ganz behutsam, damit der Mechanismus kein Geräusch von sich gab. Ein leises Klacken ertönte aber trotzdem hinter der

Verkleidung. Vorsichtig schob Azra die Tür einen Spalt auf, dann noch ein bisschen, bis die Blechkante an ihre Sporttasche stieß. Auf keinen Fall wollte Azra den Wagen verlassen, also beugte sie sich auf dem Sitz zur Seite, machte sich lang und streckte ihren linken Arm aus. Tastete nach der Tasche, bekam den Griff zu fassen, zog sie zu sich her auf ihren Schoß und wollte die Tür zuziehen – doch etwas Schwarzes, Langes hinderte sie daran.

11

Wenige Tage nach der Tat an einen Tatort zurückzukehren, wenn die Normalität schon Einzug gehalten hatte, die Spuren gesichert und beseitigt worden waren, der lange Schatten der monströsen Tat aber noch darüberlag, war über die Jahre zu Jens' Eigenart geworden.

Es ging ihm darum, den Ort so zu erfahren, wie ihn der Täter erfahren hatte, kurz bevor er zuschlug. Es ging ihm nicht darum, zu fühlen, was in dem Täter vorging, denn das würde er niemals können, und Jens bezweifelte, dass es jemand anderes konnte. Wer das behauptete, gab vermutlich schlicht an.

Ganz sicher aber gab es immer einen Grund dafür, warum der Täter diesen speziellen Ort für seine Tat ausgesucht hatte, gerade wenn sie wie beim Mord an Eva Probst nicht zufällig geschehen war, sondern geplant.

Also hockte Jens an diesem erneut schwülen Abend unter den Büschen und Bäumen am Uferhang der Elbe unterhalb vom Hotel Hafen Hamburg. Hinter seinen Schläfen pochte ein leichter Schmerz, er fühlte sich auf erschreckende Weise ausgepowert, so als wütete eine Krankheit in seinem Inneren, aber Jens wusste, es waren die Wut und der Schmerz über den Tod seines Freundes und Partners.

Der Grünstreifen am Elbhang war schmal und lag mitten in der pulsierenden Stadt. Selbst abends herrschte hier noch Verkehr. Wie hatte der Täter es wagen können, hier zuzuschlagen? Hätte es für ihn nicht bessere Orte entlang der Laufroute von Eva Probst gegeben?

Das wollte Jens heute herausfinden, dafür war er in seine Laufkleidung geschlüpft. Er hatte sich vorgenommen, die Strecke, die Eva Probst an ihrem Todestag gelaufen war, nachzulaufen. Beginnend von dem Ort aus, an dem sie gestorben war.

Eines wurde Jens klar, als er am Tatort hockte: Dieser Mörder suchte das Risiko, vielleicht sogar die Aufmerksamkeit. Und wenn man diesen Ansatz konsequent weiterdachte, entwickelte er einen Rattenschwanz an logischen Schlussfolgerungen, die nicht von der Hand zu weisen waren. Würde der Täter erneut zuschlagen, weil er mit dieser Tat kein Medienecho ausgelöst hatte? War er auf dem Weg, ein Serientäter zu werden, oder hatte er zuvor schon auf ähnliche Art und Weise getötet? Gab es einen besonderen Grund, warum er Eva Probst als Erste getötet hatte?

Diesen Grund zu finden, war am allerwichtigsten. Womöglich gab es eine persönliche Beziehung zwischen Täter und Opfer. Wenn nicht, würde es sehr schwierig werden, den Mann zu finden.

Jens warf einen Blick auf die Uhr. Es wurde Zeit. Er hatte gleich noch eine Verabredung.

Er erhob sich aus seiner Hocke und trat aus dem Gebüsch heraus auf die mittlere Plattform der Treppe, die den Elbhang hinaufführte. Drei Schritte aus der Dunkelheit ins Licht. Drei Schritte raus aus dem Trubel der Stadt, und niemand hatte bemerkt, was sich dort zugetragen hatte.

Jens stieg die Treppen hinab. Von Laura Windmüller wusste er, in welche Richtung Eva Probst die Strecke gelaufen war, und er hatte sich vorgenommen, ihr sozusagen entgegenzulaufen. Auf den Stufen hielt Jens sich noch zurück, weil er ahnte, dass es seinen Knien nicht gut bekommen würde, hier schon auf sportlichen Mittfünfziger zu machen. Unten angekommen musste er zunächst einmal an der Ampel warten, bevor er zu den Landungsbrücken hinüberwechseln konnte.

Von dort aus ging es immer an der Elbpromenade entlang. Jens verfiel in einen langsamen Laufschritt. Er spürte seine Knochen, spürte die Erschütterung bei jedem Schritt in Mark und Bein, ignorierte sie aber. Selbst um diese Zeit waren noch einige andere Läuferinnen und Läufer unterwegs. Die hereinbrechende Dunkelheit schien sie nicht zu stören. Und warum auch? Hier war die Stadt gut beleuchtet.

Je länger Jens lief, umso besser fühlte es sich an. Er wusste, er sollte es nicht übertreiben, aber handelten die Menschen nicht dauernd wider besseres Wissen?

Jens zog das Tempo an. Er hatte das Gefühl, ein Ventil für seinen Schmerz und seine Wut gefunden zu haben, und plötzlich fühlte es sich sogar gut an, durchgeschüttelt zu werden, jeden Knochen und Muskel zu spüren – zu spüren, dass er lebte!

Er versuchte, an seinen Freund Rolf Hagenah zu denken, an all die Situationen, die sie gemeinsam gemeistert oder in denen sie Spaß gehabt hatten, doch es gelang ihm nicht. Immer wieder kehrte das Bild aus der Gartenlaube zurück: Rolf, wie er tot an die Wand gelehnt saß, neben ihm die krakeligen Buchstaben an der dunklen Vertäfelung, die unter blauem Licht geisterhaft leuchteten.

Kind.

Seine letzten Gedanken hatten seinem Kind gegolten, seiner Tochter. Rolf hatte es bis zu seiner Rente aufschieben wollen, nach Jahren der Funkstille den Kontakt zu ihr wiederaufzunehmen, und nun war es zu spät. Das Leben, die Existenz, war so fragil. Zur falschen Zeit am falschen Ort zu sein konnte schon ausreichen, dann war es vorbei. Wie konnte man überhaupt leben mit diesem Wissen? Die Menschen schoben es von sich, ignorierten es, glaubten, es träfe die anderen, immer nur die anderen. Was sich dumm anhörte, war schlicht ein Überlebensprinzip, denn warum sollte man sich täglich wieder den Herausforderungen stellen, wenn doch schon ein Fingerschnippen reichte, um ein Leben zu beenden?

Hagenahs Ex-Frau hatte es übernommen, ihr einziges Kind über den Tod des Vaters zu informieren. Jens mochte sich nicht vorstellen, wie schwer diese Aufgabe war.

Ohne es zu merken, war er immer schneller geworden und lief mittlerweile ein Tempo, das für ihn viel zu hoch war. Er schwitzte, sein Atem raste, seine Lunge brannte, aber er war noch nicht bereit, klein beizugeben. Also lief er weiter gegen den Schmerz an, gab alles, was in ihm steckte, fühlte sich dabei für einen kurzen Moment sogar wie ein Sportler – doch dann holte die Realität ihn ein. Nach fünf Minuten in diesem Tempo war er am Ende, nicht einmal mehr auslaufen konnte er. Jens brach aus vollem Lauf ab, stolperte vorwärts auf ein metallenes Absperrgitter zu, erreichte es mit letzter Kraft und klammerte sich daran fest. Das Seitenstechen in seinem Brustkorb war so schlimm, dass er sich weit vorbeugen musste, um überhaupt noch Luft zu bekommen. Er war sich der Blicke der anderen Menschen an der Elbpromenade bewusst, aber die waren ihm scheißegal.

Minutenlang konnte er nichts anderes tun, als vornübergebeugt dazustehen und nach Luft zu schnappen. Dennoch fühlte er sich besser als zuvor. In seinem Inneren hatte sich etwas gelöst.

«Komm, alter Mann, ich zeig dir, wie es richtig geht», sagte eine bekannte Stimme hinter ihm.

Es war Walter Knüfken, und der sah so fit aus wie eh und je. Jens' Kollege aus einem anderen Präsidium war immer schon ein Sportler gewesen, nie hatte er ein Gramm zu viel gewogen, allerdings wirkte sein Gesicht ein wenig zu asketisch, wie Jens fand, und der oft verkniffene Gesichtsausdruck war bestimmt auf ein ständiges Hungergefühl zurückzuführen. Er trug sein dunkles Haar kurzrasiert, man sah ihm den Marathonläufer deutlich an.

«Schön, dass du es einrichten konntest», sagte Jens statt einer Begrüßung.

«Kein Problem. Ich laufe sowieso jeden Tag hier entlang.»

Nachdem Jens sich einigermaßen erholt hatte, liefen sie nebeneinander weiter. Walter orientierte sich an Jens' Tempo, und da sie sich unterhalten wollten, war das nicht besonders hoch.

«Wie geht's dir?», fragte Walter Knüfken.

«Geht schon.»

«Bist du sauer wegen des Deals?»

«Im ersten Moment war ich das schon, jetzt aber nicht mehr. Wahrscheinlich ist es besser so, ich hätte in dieser Sache keinen objektiven Blick. Du musst mir nur versprechen, mich über alles, wirklich alles zu informieren.»

Es fiel Jens ausgesprochen schwer, während des Laufens zu sprechen, und er war froh darüber, dass Walter einen längeren Monolog führen musste, um ihn über den Stand der Ermittlungen in Kenntnis zu setzen.

«Dein Freund wurde mit zwei Messerstichen schwer verletzt, keiner davon war sofort tödlich, er ist verblutet.» Walter sprach sachlich und schnell, wie es seine Art war. «Wie es aussieht, hat der Täter in der Gartenlaube nach etwas gesucht. Schubladen waren herausgezogen und durchwühlt, Schränke geöffnet, Matratze und Bett auseinandergenommen ... wer immer das getan hat, er ist gründlich vorgegangen. Es gibt jede Menge Prints und andere Spuren. Die alle auszuwerten, dauert eine Weile.»

«Wonach hat er denn gesucht?», fragte Jens.

«Drogen. So gründlich, wie er war, hat er doch nicht jedes Versteck gefunden, oder aber Hagenah hat ihn zu früh gestört. Im Blumenkübel einer vertrockneten Yucca-Palme gab es sozusagen einen doppelten Boden zwischen Innen- und Außentopf. Darin haben wir zwei kleine Glasfläschchen mit einer klaren Flüssigkeit gefunden, außerdem eine Medikamentenpackung mit der Aufschrift ‹Methadon-Neuraxpharm›.»

«Methadon», stieß Jens zwischen zwei Atemzügen aus.

«Ja. Wir versuchen jetzt, herauszufinden, ob Wilhelm Gruber oder Roland Lange in einer Methadon-Therapie waren und es geschafft haben, etwas von dem Zeug zu horten. Viel wahrscheinlicher ist es aber, dass sie es von einem Dealer haben und dass dieser Dealer im Zuge der Ereignisse versucht hat, in der Gartenlaube seine Spuren zu verwischen oder einfach nur sein Zeug umsonst wiederzubekommen. Vielleicht war es auch noch gar nicht bezahlt, und er meint, es stünde ihm zu.»

«Und der Oldie im Krankenhaus?»

«Ich war heute dort und habe versucht, Wilhelm Gruber zu vernehmen. Er schläft die meiste Zeit, und wenn er wach ist, sabbelt er unzusammenhängendes Zeug. Die Ärzte sagen, das könnte sich wieder ändern, aber sicher ist es nicht. Im Moment ist er jedenfalls kein brauchbarer Zeuge.»

«Wie ist deine Einschätzung?»

Sie mussten an einer Straße stoppen, um eine Lücke im Verkehr abzuwarten. Jens war froh, endlich eine Pause zu bekommen, während Walter Knüfken auf der Stelle weiterlief, die Knie besonders weit Richtung Brustkorb hochzog und dabei noch sprechen konnte. «Die toxikologische Untersuchung steht noch aus, aber es spricht einiges dafür, dass Roland Lange an einer Überdosis gestorben ist und sein Kumpel Wilhelm Gruber die Sache vertuschen wollte. Möglicherweise, weil die beiden nebenbei selbst gedealt haben, erste Zeugenaussagen gehen in diese Richtung. Der Dealer der beiden hat davon erfahren, wahrscheinlich weiß er auch, dass Gruber unter polizeilicher Aufsicht im Krankenhaus liegt, also hat er beschlossen, zu retten, was zu retten ist. Dabei kam ihm Hagenah in die Quere ...»

Sie liefen weiter.

So einfach, dachte Jens. Aus einem so niederen Grund

heraus soll Rolf getötet worden sein? Nachdem er jahrelang auf den Straßen dieser Stadt für Recht und Ordnung gesorgt und so viele gefährliche Situationen überstanden hatte?

Jens wollte es nicht glauben, wusste gleichzeitig aber, dass gerade in der Drogenszene ein Menschenleben nicht viel wert war und für ein bisschen Geld oder den nächsten Trip ein Todesopfer achselzuckend in Kauf genommen wurde.

Ein schmieriger Dealer, wahrscheinlich selbst zugedröhnt ... zur falschen Zeit am falschen Ort ... eine unglückliche Verkettung der Umstände ... diese Profanität kotzte Jens an. Er hätte Rolf so sehr einen heldenhafteren Tod gewünscht.

Walter Knüfken war mit seinem Bericht fertig, und auch ihn schien die Banalität von Rolfs Tod zu deprimieren. Schweigend liefen sie nebeneinanderher.

Jens ließ seinen Blick umherschweifen und versuchte, den Kopf freizubekommen. Dabei fielen ihm andere Läuferinnen und Läufer auf, die ihnen entgegenkamen. Nicht alle, aber sehr viele trugen entweder diese neumodischen Fitness-Tracker am Handgelenk oder aber ein Handy am Oberarm oder in einer Bauchtasche, mit dem sie durch Kopfhörer verbunden waren. Jedenfalls hatten sie in irgendeiner Form eine technische Ausstattung bei sich, die man genau genommen gar nicht brauchte, um zu laufen.

Jens musste an Hillmann-Tonys Ausführung zu der Laufgruppe auf Instagram mit dem Namen *Runfree* denken. Vornehmlich junge, fitte Menschen, die sich über ihren Sport austauschten.

«Postest du eigentlich deine Laufstrecken?», fragte Jens seinen Kollegen zwischen zwei Atemzügen.

Walter Knüfken schüttelte den Kopf. «Nein, aber ich schau mir im Netz an, wo andere laufen und wie lange sie für bestimmte Strecken brauchen ... ist eine Form von Motivation für mich. Meist habe ich die besseren Zeiten.» Er grinste etwas selbstgefällig.

«Die Probst hat das nämlich gemacht», sagte Jens, ohne auf seinen letzten Satz einzugehen. «Jeder konnte sehen, wo sie regelmäßig entlangläuft. Wenn man sich die Mühe macht und ihre Posts verfolgt, bekommt man recht schnell ein Bild davon, wie oft und an welchen Tagen sie bestimmte Strecken lief.»

«Wusste der Täter daher, wo er sie abpassen musste?», fragte Knüfken.

«Gut möglich. Ich glaube zwar noch immer an eine private oder berufliche Beziehung, aber ausschließen will ich es auch nicht. Eva Probst war in einer bestimmten Laufgruppe sehr aktiv. Unser digitaler Profiler sitzt da gerade dran ... der Mann ist gut, vielleicht findet er ja eine Verbindung im Netz.»

«Jedenfalls taugen diese Angaben gut dazu, in das Privatleben fremder Menschen einzudringen. Und man muss dazu nicht einmal ein Hacker sein. Wenn man weiß, wo man suchen muss, ist es ganz einfach. Vielleicht findet dein digitaler Profiler ja jemanden, der die gleichen Laufstrecken hat. Wie heißt die Gruppe denn?»

«*Runfree*», sagte Jens.

«Kenn ich», sagte Walter Knüfken und machte eine abwertende Handbewegung. «Da treibt das neuerdings sogar besondere Blüten. Mit den Laufstrecken werden Figuren in die Karten getrackt, Herzchen, Smileys und so etwas. Passt aber zu der Gruppe, da geht's nämlich nur ums Gesehen Werden. Schöne Bilder, nackte Haut, Product Placement. Die Hälfte der Leute sind Influencer. Ich behaupte sogar, weniger als die Hälfte von denen treibt wirklich Sport.»

«Ein Schaulaufen also», sagte Jens mehr zu sich selbst.

«Das ganze verdammte Netz ist doch ein einziges Schaulaufen», erwiderte Walter Knüfken.

KAPITEL 4

1

Der dürre Mann in dem schwarzen Muskelshirt, mit dem sich Maximilian Grafe vor dessen Haustür unterhalten hatte, hieß Kai-Uwe Kahlau. Jens Kerner hatte ihn von Becca überprüfen lassen, bevor er sich auf den Weg machte.

Kahlau war offiziell an der Adresse gemeldet. Ein Fahrzeug war nicht auf ihn zugelassen, was daran liegen mochte, dass er keinen Führerschein mehr besaß. In Flensburg hatte man die Geduld verloren mit ihm. Zu oft Alkohol am Steuer, zu viele Punkte, zu viel Uneinsichtigkeit. Hinzu kamen noch Drogen, und da verstanden die Wächter über Straßen und Wege keinen Spaß. Der Lappen war vor vier Jahren eingezogen und vernichtet worden. Niemand hatte die Absicht, Kahlau je wieder als Fahrer eines Fahrzeuges am Straßenverkehr teilnehmen zu lassen.

Bei der Polizei lag gegen Kahlau eine Anzeige wegen Ladendiebstahls von vor sechs Jahren vor. Er hatte darauf bestanden, nur vergessen zu haben, die vier Flaschen Wodka in seinem Rucksack zu bezahlen.

Das waren Lappalien, wie Jens fand. Solche Dinge vertrug die Gesellschaft, auch wenn sie natürlich geahndet werden mussten.

Becca hatte auch eine mögliche Verbindung zwischen Kahlau und Grafe überprüft, aber nichts gefunden. Auch gab es keine Verbindung zwischen den beiden und Wilhelm Gruber und Roland Lange, jedenfalls keine aktenkundige. Da auch in dieser Sache Drogen im Spiel waren, hatte Jens Becca danach forschen lassen. Er glaubte nicht wirklich, dass die Fälle Eva Probst und Rolf Hagenah zusammenhängen konnten, aber es war fahrlässig, nicht in alle Richtungen zu denken. Leider gab es mehr als genug Drogendelikte in dieser Stadt, das war ein Sumpf, der nicht auszutrocknen war.

Jens war unausgeschlafen und übellaunig, als er bei Kai-Uwe Kahlau klingelte. Er hoffte, auf einen kooperativen Gesprächspartner zu treffen, und nicht auf einen, der seine schlechte Laune noch verschlimmerte.

Kahlau öffnete nach dem vierten Klingeln. Er trug die gleiche Kleidung wie gestern, als Jens ihn im Türrahmen gesehen hatte – dem Geruch nach zu urteilen wahrscheinlich sogar dieselbe.

Jens zeigte seine Dienstmarke. «Können wir uns drinnen unterhalten?», fragte er.

«Ich kenn dich, Mann.»

«Schön für dich. Lass uns trotzdem reingehen.»

«Ich hab Rechte!»

«Ich weiß. Willst du mit aufs Revier, oder was?»

Darüber musste Kahlau einen Moment nachdenken. Er entschied sich gegen einen Ausflug, drehte sich um, ging in seine Wohnung zurück und ließ die Tür offen stehen – was Jens als Einladung verstand.

«Scheiß-Bullen!», nuschelte Kahlau vor sich hin.

«Scheiß-Junkies», erwiderte Jens.

«Was hast du gesagt?» Kai-Uwe Kahlau, der das kleine Wohnzimmer seiner Wohnung erreicht hatte, fuhr herum.

Kahlau hielt Jens' Blick einem Moment stand, dann wandte er sich ab und ließ sich in einen Sessel fallen. Der

Raum war klein, das einzige Fenster ging auf einen betonierten Hinterhof hinaus, in den wahrscheinlich niemals die Sonne hineinschien. Die Ledergarnitur war secondhand, die übrigen Möbel verschrammt und abgestoßen, es gab ein Kiefernholzregal mit vielen Büchern darin. Jens schätzte mindestens zweihundert Stück. Einen Fernseher entdeckte er nicht.

«Was habe ich verbrochen?», fragte Kahlau und zündete sich eine Zigarette an.

«Sag du es mir, dann erspare ich mir viele Fragen, die du nicht mit Lügen beantworten musst.»

«Haben wir irgendwie Beef?», fragte Kahlau, und Jens wunderte sich darüber, dass ihm dieses blöde Wort schon wieder unterkam.

«Gestern Abend hat dich ein Mann namens Maximilian Grafe besucht. Was wollte er?»

«Maxi? Nichts.»

«Fragen und Lügen», sagte Jens.

«Wir sind Freunde, okay. Da besucht man sich schon mal. Ist nicht verboten, oder?»

«Hat er Drogen vorbeigebracht?»

«Bist du bescheuert, oder was?».

«Übertreib es nicht», warnte Jens. Er spürte, wie sich seine schlechte Stimmung in seinem Inneren mit der Wut verbrüderte, die nur auf ihre Chance wartete.

«Warum hast du deinen Freund gewarnt, dass ich hinter ihm her bin?»

«Was habe ich? Du träumst doch, Mann.»

«Fragen und Lügen», sagte Jens und seufzte resigniert. «Ich fürchte, wir beide machen jetzt doch einen kleinen Ausflug aufs Revier.»

«Machen wir nicht, und das weißt du auch, Bulle. Komm einfach mit einem Haftbefehl oder einer Durchsuchungsanordnung wieder, dann sehen wir weiter. Und bis dahin: Lass mich in Ruhe.»

«Du willst es auf die harte Tour?»

Kahlau lachte trocken auf und zog an seiner Zigarette.

«Verpiss dich!» Er zeigte Jens den Mittelfinger.

Blitzschnell packte Jens zu, erwischte das Handgelenk, riss Kahlau aus dem Sessel hoch und drehte ihm den Arm auf den Rücken. Der Mann schrie auf vor Schmerzen, doch das bremste Jens nicht, es spornte ihn sogar noch an. Er schubste Kahlau vor sich her und drückte ihn so heftig gegen die Wand, dass er erneut aufschrie.

«Ich habe dich gewarnt!», zischte Jens dicht an seinem Ohr.

«Du blödes Arschloch ...»

Jens schlug ihm mit der Faust in die Nieren, und Kahlau sackte auf die Knie.

«Was hat Grafe hier gewollt?», schrie Jens.

«... im Flur ...», heulte Kahlau kurzatmig auf. «Der Sattel ...»

Jens ließ den Mann los, der wie ein kraftloses Bündel zu Boden sackte. Dann ging er in den Flur und fand einen Karton mit einem nagelneuen Fahrradsattel darin, die Rechnung lag dabei – sie stammte aus dem Laden, in dem Grafe arbeitete.

Den Sattel in der Hand stand Jens da und blickte durch die offene Wohnzimmertür auf Kahlau, der hustend am Boden lag. Zuerst zitterten nur Jens' Hände, dann sein ganzer Körper, und schließlich hatte er sogar das Gefühl, sein Hirn vibrierte in seinem Kopf. Ihm brach kalter

Schweiß aus, als ihm plötzlich bewusst wurde, was er getan hatte.

Beccas Befürchtungen waren eingetreten. Er wütete wie ein Berserker, statt mit klarem Verstand zu ermitteln, verlor die Kontrolle über sich, ließ sich durch Worte reizen, über die er sonst nur gelächelt hätte. Jens ließ den Karton fallen.

Wie ein Mörder flüchtete er aus der Wohnung.

2

Azra Erdem mochte es, durch die Harburger Berge zu laufen. Das ständige Auf und Ab und der sandige Boden machten diese Strecke zu einer Herausforderung. Viel wichtiger war aber, dass es hier draußen kaum störende Geräusche gab und sie den Kopf freibekommen konnte.

Wenn es ihre Zeit nicht anders zuließ, lief Azra auch in der Stadt, aber nicht mit der gleichen Begeisterung, die sie hier draußen empfand. Heute hatte sie glücklicherweise tagsüber Zeit, weil sie erst wieder zur Abendschicht ins Schwimmbad musste. Ihr graute ein wenig davor, allzu lebendig war noch die Erinnerung an gestern Abend. Als sie die Tür ihres Autos hatte zuziehen wollen, hatte sie für einen Moment geglaubt, jemand habe seinen Arm dazwischengesteckt. Azra hatte geschrien und die Autotür mit Wucht zugeschlagen, um den Angreifer loszuwerden, aber es war nur ihr schwarzes Handtuch gewesen, das halb aus der Sporttasche heraushing.

Hinterher, auf der Fahrt nach Hause, hatte sie über sich selbst lachen können. Aber das Gefühl, im Schwimmbad beobachtet worden zu sein, war doch sehr eindringlich und beängstigend gewesen.

Jetzt, am frühen Morgen, unter einem strahlend blauen Himmel, spürte sie nichts mehr davon und freute sich auf den Crosslauf durch die Harburger Berge.

Azra hatte ihr nagelneues Fitbit Charge 4 dabei und aktivierte den GPS-Tracker, um ihre Laufstrecke später mit ihrer Instagram-Gruppe zu teilen. Da Azra nicht die einzige aus der Gruppe war, die regelmäßig in den Harburger Bergen lief, interessierte es sie sehr, wie lange andere für die Strecke brauchten. Es spornte sie zusätzlich an, wenn ihre Zeit nicht die schnellste war.

Wie immer absolvierte Azra direkt an ihrem Wagen, den sie auf dem unbefestigten Waldparkplatz abgestellt hatte, ihre Dehnungsübungen. Dabei hörte sie Musik aus dem Autoradio. Sie war noch damit beschäftigt, als ein weiterer Wagen auf den Parkplatz fuhr, ein weißer Twingo mit offenem Schiebedach, aus dem ebenfalls laut Musik dröhnte.

Heraus stieg Britta, die sich in der *Runfree*-Gruppe nur Fitbritt nannte.

Sie begrüßten einander mit einer herzlichen Umarmung. Azra mochte die Mittdreißigerin, die zehn Jahre älter war als sie selbst. Sie waren bereits einige Male zusammen gelaufen.

«Wie schön, dass es geklappt hat», sagte Azra.

«Dein Anruf kam zwar sehr spontan, aber da mein Mann auf unseren Kleinen aufpasst und ich mir die Arbeit frei einteilen kann, geht es irgendwie», erklärte Britta.

«Da bin ich froh. Ich wollte heute nicht allein laufen.»

«Ist alles gut bei dir?»

«Ja, schon ... es ist wegen dieser Sache mit Eva ...»

Einen Augenblick hatte Azra überlegt, ihrer Freundin von dem merkwürdigen Vorfall im Bad zu erzählen, tat es dann aber doch nicht. Wahrscheinlich hatte sie sich das ohnehin alles nur eingebildet, und sie wollte auch nicht als Angsthase dastehen.

Britta zog die Augenbrauen zusammen. «Eva?», fragte sie.

«Vielleicht kennst du sie ja aus der Gruppe. Es geht das Gerücht, sie war die Joggerin, die während ihres Lauftrainings am Elbufer ermordet wurde.»

Britta schlug sich eine Hand vor den Mund, der Laut des Entsetzens fand aber dennoch seinen Weg hinaus.

«Oh Gott, wie schrecklich», stieß Britta aus. «Jetzt weiß ich auch, wen du meinst. Eva Probst, na klar, die war immer besonders modisch gekleidet, oder? Kanntest du sie persönlich?»

«Nein. Aber wir haben ein paarmal miteinander geschrieben.»

Britta schüttelte den Kopf. «Die Welt ist voller Arschlöcher, und die meisten sind männlich», sagte sie, und es schwang Verachtung in ihrer Stimme mit. «Gewalt, Mord, Krieg, das können sie. Und wir dürfen dann hinter ihnen aufräumen. So geht das doch schon seit Jahrhunderten.»

«Aber dein Mann ist doch anders, nicht wahr?»

«Den habe ich mir auch erzogen. War nicht ganz einfach, glaub mir. Aber jetzt ist er lammfromm, spielt mit unserem Kleinen, wäscht die Wäsche und freut sich, wenn ich laufen gehe ... ach ja, und das Geld verdiene, nicht zu vergessen.» Sie lachten zusammen und vertrieben damit die bösen Gedanken.

«Die übliche Strecke?», fragte Britta.

«Genau. Willst du erst noch stretchen?»

«Nee, so viel Zeit habe ich nicht.»

Auch Britta aktivierte den GPS-Tracker an ihrem Fitbit, dann liefen sie los. Der Sandweg war nicht überall breit genug, um nebeneinander laufen zu können, wo er es aber war, unterhielten sie sich miteinander.

«Wie geht's deinem Kleinen?», fragte Azra. Sie kannte den dreijährigen Eric nur von Fotos, die Britta ihr gezeigt hatte.

«Der hat so viel Energie, es ist nicht zu glauben. Der macht uns fertig.»

«Tja, der Apfel fällt nicht weit vom Stamm.»

«Von wegen. Ich fühle mich wie eine alte Frau, seit Eric auf der Welt ist.»

«Nun mach aber mal halblang! Ich bin zehn Jahre jünger als du und laufe auch nicht schneller.»

«Aber du steigst am nächsten Morgen nicht wie ein Zombie aus dem Bett.»

«Wann stehst du denn auf?»

«Eric hat immer um fünf Hunger.»

«Siehst du! Ich stehe selten vor halb acht auf. Wenn hier jemand Power hat, dann du. Kriegst deinen kleinen Jungen, deinen Job, deine Ehe und dein Training unter einen Hut. Ich wüsste nicht, wie ich das schaffen soll.»

Azra sah, wie sehr Britta sich über das Kompliment freute. Und es war ehrlich gemeint. Azra hatte wirklich Respekt vor Brittas Disziplin und ihrem Ehrgeiz.

Vor ihnen erklomm der Weg eine fünfzig Meter lange Steigung. Die Sandspur war durch starken Regen tief eingewaschen, sie mussten hintereinanderlaufen. Zudem gab der trockene Sand bei jedem Schritt nach, was zusätzliche

Kraft kostete. Azra war ein wenig schneller und gewann einen kleinen Vorsprung. Auf der anderen Seite ging es sofort steil den Hang hinunter. Für einen Moment verlor sie Britta aus den Augen.

Als Azra am Fuße des Hügels ankam, sprang unvermittelt eine Gestalt von links aus dem Gebüsch auf sie zu. Azra erschrak, schrie auf, wollte ausweichen, nahm eine schnelle Bewegung wahr und spürte im nächsten Moment einen harten Schlag gegen den Kopf. Sie wurde herumgeschleudert und fiel zu Boden. Irgendwo an der Grenze zwischen Bewusstsein und Ohnmacht bekam sie noch mit, was geschah. Die Geräusche drangen leise und verzerrt zu ihr, alle Bewegungen schienen in Zeitlupe abzulaufen.

Sie sah Britta über die Hügelkuppe kommen. Britta schrie, ohne dass Azra verstehen konnte, was.

Hau ab, lauf weg, hol die Polizei, dachte Azra in irgendeiner unbeschädigten Kammer ihres Kopfes, doch das tat Britta nicht. Stattdessen bückte sie sich nach einem trockenen Ast, nahm ihn in beide Hände und kam weiter schreiend den Hügel hinabgerannt.

Die Gestalt, die Azra niedergestreckt hatte, trat in ihr Sichtfeld. Azra sah Sportschuhe mit gelben Schnürsenkeln, darüber Bluejeans, mehr konnte sie aus ihrer liegenden Position mit der linken Gesichtshälfte im Sand nicht erkennen. In ihrem Kopf breitete sich ein rasender Schmerz aus, Blut lief ihr von der Stelle, wo sie getroffen worden war, ins Auge. Von den Rändern her verengte eine schwarze Ellipse ihr Blickfeld, während in der Mitte grelle Blitze zuckten. Unter großer Anstrengung hob sie den Kopf ein wenig an, um besser sehen zu können.

Britta stürzte sich mutig auf den Angreifer, holte aus,

schlug zu, traf auch, doch der trockene Ast zerbrach an dessen empor gerissenen Arm.

Dann holte der Angreifer aus und schlug nach Britta. Azra konnte nicht erkennen, womit. Es schien ein harter, zugleich aber auch flexibler Gegenstand zu sein. Er traf sie an der rechten Schulter. Britta schrie auf, wurde durch die Wucht des Schlages herumgewirbelt und fiel auf die Knie. Schon holte der Mann zu einem weiteren Schlag aus, doch den sah Britta kommen. Sie ließ sich zur Seite fallen und konnte so ausweichen. Im Schwung seiner eigenen Bewegung stolperte der Mann nach vorn und gelangte in Brittas Reichweite. Sie trat ihm auf dem Rücken liegend beide Beine vor die Brust und stieß dabei einen Schrei aus, der so laut war, dass er ungefiltert bei Azra ankam. Oder gewann sie die Kontrolle über Körper und Kopf zurück?

Mühsam stemmte sich Azra auf die Ellenbogen hoch. Mittlerweile war ihr linkes Auge allerdings vom Blut so verklebt, dass sie nur noch mit dem rechten sehen konnte.

Britta kam schneller auf die Beine als der Angreifer, der wie ein Käfer auf dem Rücken lag. Sie nahm eine Hälfte des zerborstenen Astes auf und schlug damit nach seinem Kopf. Im letzten Moment drehte er sich beiseite, und der Schlag ging in den Sand, wo der Ast erneut zerbrach. Jetzt trat der Angreifer seinerseits nach Britta und traf sie seitlich am Knie. Er hatte wuchtig zugetreten, und das hässlich knackende Geräusch hörte Azra noch aus zwei Metern Entfernung. Mit einem schrillen Schrei ging Britta zu Boden, der Angreifer stürzte sich auf sie und schlug mit dem schwarzen, flexiblen Gegenstand auf sie ein.

Azra kämpfte sich in eine hockende Position hoch. Sofort wurde ihr schwindelig, und der Schmerz hackte sich mit der Wucht eines Beils durch ihren Schädel. Trotzdem gelang es ihr, nach dem faustgroßen Stein zu greifen, der halb im Sand verborgen dalag.

Ihr Wurf war schlecht gezielt und wenig wuchtig, doch er traf den Angreifer am Rücken.

Er ließ von Britta ab, die nun regungslos am Boden lag.

Langsam erhob er sich und kam auf Azra zu. Er war außer Atem, schwitzte stark, und Azra glaubte, auf seinem Gesicht Blutspritzer zu sehen.

«Eine von euch beiden ist überflüssig», sagte er und holte aus.

3

Becca erwartete Jens bereits, als er ins Büro im Präsidium am Wiesendamm zurückkehrte. Jens musste sich zusammenreißen, um seinen wahren Zustand vor ihr zu verbergen. Nach dem Vorfall bei Kai-Uwe Kahlau stand er immer noch neben sich und konnte nicht glauben, dass er sich zu dieser unnötigen Attacke hatte hinreißen lassen. Falls Kahlau Anzeige erstattete, würde das Folgen für Jens haben, aber nichts von alledem konnte er Becca erzählen, denn sie hatte ihrerseits Neuigkeiten, wichtige Neuigkeiten, das konnte er ihr auf den ersten Blick ansehen.

Sie war aufgeregt, ihre Wangen glühten, ihre Augen glänzten. Jens kannte diesen Zustand bei ihr. So sah Becca aus, wenn sie eine heiße Spur gefunden hatte.

In solchen Momenten fand Jens es besonders schade, dass Becca nicht offiziell als Ermittlerin an seiner Seite arbeiten konnte. Sie selbst, die schon als Schülerin zur Polizei gewollt hatte, litt am meisten darunter, «nur» als Verwaltungsmitarbeiterin angestellt zu sein. Dabei wäre sie eine richtig gute Ermittlerin geworden, das wusste Jens. Sie war es auch, nur eben nicht offiziell.

«Das glaubst du nicht», stieß Becca aus.

«Dir glaube ich alles.»

«Danke ... trotzdem haut es dich gleich aus den Schuhen.»

«Dazu gehört aber einiges», erwiderte Jens und musste daran denken, wie Rolf Hagenahs Tod ihn aus den Schuhen gehauen hatte.

«Es gibt eine Verbindung zwischen dem Fall der getöteten Joggerin und Rolf.»

«Was!?» Genau das hatte Jens gebraucht. Einen Durchbruch, einen neuen Ansatz, etwas, auf das er sich stürzen konnte, um seine Attacke gegen Kahlau einstweilen zu vergessen. Adrenalin schoss durch seinen Körper und spülte alle Sorgen hinweg.

«Roland Lange, der alte Herr, den Wilhelm Gruber in Stücken durch die Stadt transportiert hat ...», begann Becca.

«Was ist mit dem?»

«Der war als Drogenabhängiger in einem städtischen Substitutionsprogramm. Methadon als Ersatzdroge, du kennst das, oder?»

«Moment? Methadon?» Bei Jens schrillten sämtliche Alarmglocken.

«Gestern Abend hat mir Walter Knüfken berichtet, dass sie in der Gartenlaube von Lange ein Methadon-Medikament gefunden haben.»

Becca nickte. «Und jetzt darfst du raten, von wem Lange mit Methadon behandelt wurde.»

«Sag nicht, dieser Dr. Büscher, den die Windmüller aus dem Job getrieben hat?»

«Nein. Und der kommt auch als Täter nicht in Betracht, da er seit einem Jahr in Frankreich lebt und arbeitet. Nächster Versuch.»

«Lass diesen Scheiß mit der ... Moment ... es ist doch nicht Dr. Windmüller selbst?»

Doch Becca nickte erneut. «Doch, sie ist es. Sie hat ihn bis zwei Monate vor seinem Tod betreut. Laut Unterlagen war Lange aber wieder rückfällig geworden. Die Patienten müssen regelmäßig Urinproben abgeben, und seine war zum wiederholten Male auffällig. Deshalb flog er aus dem Programm.»

«Wie bist du darauf gekommen?»

«Ich habe wegen des Methadon-Fundes in der Gartenlaube in diese Richtung nachgeforscht», erklärte Becca.

Jens runzelte die Stirn. «Woher wusstest du davon? Wir ermitteln doch nicht in Rolfs Fall.»

«Die Baumgärtner hat mir den Auftrag gegeben. Ich glaube, die hat auf beiden Fällen die Hand drauf.»

«Echt? Ist ja interessant ...»

Kurz durchzuckte Jens der Gedanke, dass seine Chefin ihn suspendieren würde, wenn sie von dem Vorfall mit Kahlau erfuhr. Ihr bliebe dann gar nichts anderes übrig. Umso schneller musste er jetzt handeln.

«Ich muss sofort mit der Windmüller reden», sagte Jens, machte auf dem Absatz kehrt und lief im Eilschritt zu seinem Wagen zurück.

4

Azra Erdem erwachte.

Nicht langsam, sondern ruckartig, so als hätte sie jemand mit einem Defibrillator aus dem Jenseits zurückgeholt. Das Leben schoss wie Strom durch ihren Körper, und ihr Verstand benötigte lediglich den Bruchteil einer Sekunde, um zu erinnern und zu erfassen.

Um sie herum war dichtes Buschwerk aus kleinen und mittelgroßen Kiefern, die in sandigem, mit nur einer dünnen Grasschicht bedecktem Boden wuchsen. Abgeworfene Nadeln umgaben sie wie kleine braun-gelbe Seen, die jungen Triebe bewegten sich im leichten Wind. Darüber spannte sich blauer Himmel, über den harmlose Schäfchenwolken zogen. Die Sonnenstrahlen fühlten sich warm an auf Azras Gesicht.

Sie selbst saß mit dem Rücken gegen einen Baum gelehnt. Etwas drückte ihr schmerzhaft in den oberen Rücken. Ihre Hände waren hinter dem Baum zusammengebunden, ihre Füße an den Knöcheln gefesselt.

Ihr gegenüber, vielleicht zwei Meter entfernt, lag ihre Laufpartnerin Britta auf der schmalen sandigen Lichtung zwischen den Kiefern. Am Hinterkopf war ihr blondes Haar blutverklebt, der weiße Sand daneben von ihrem Blut getränkt. Ihr Gesicht war in Azras Richtung gewandt. Ihre Augen waren weit aufgerissen und blickten Azra vorwurfsvoll an. Für einen Moment glaubte Azra, zu sehen, wie sich die Lider schlossen und wieder öffneten, aber bevor sie Hoffnung schöpfen konnte, begriff sie, dass es eine Täuschung oder reines Wunschdenken gewesen war.

Britta war tot.

Azra blieb keine Sekunde Zeit, um schockiert zu sein, denn plötzlich legte sich von hinten etwas um ihren Hals. Ein Gurt oder ein Band aus grobem Stoff, das nach und nach straffgezogen wurde – und ihr die Luft abschnürte.

Azra riss den Mund weit auf, wollte um Hilfe schreien und zugleich atmen, doch nichts davon gelang ihr. Es fühlte sich an, als würde ihr Kehlkopf ganz tief in ihren Hals gedrückt. Panik stieg in ihr auf. Sie wehrte sich gegen die Fesseln, wollte die Hände befreien, um dieses verdammte Band von ihrem Hals zu reißen, trat mit den Beinen aus, erreichte aber nichts.

Ein Mann trat in ihr Blickfeld. Schuhe mit gelben Schnürsenkeln. Er kniete sich in den Sand und sah sie mitleidslos an. Nie zuvor hatte Azra kältere Augen gesehen.

«Warte, nicht so schnell», sagte er. «Ich muss das aufnehmen.»

Er zog ein Handy hervor.

Es war Azras Handy, das sie beim Laufen in der kleinen Bauchtasche getragen hatte, so wie sie es immer tat. Es steckte in einer Hülle mit einem speziellen Design, sodass es aussah, als wäre es nass und Wassertropfen perlten vom Glasgehäuse ab.

Das dunkle Kameraauge glotzte Azra an. Darüber die kalten Augen des Mannes, der einfach nur dahockte und das Handy auf sie gerichtet hielt.

Azra war sich sicher, dass sie sterben würde. Immer enger wurde es in ihrem Hals, immer weniger Luft gelangte hindurch, gerade noch genug für ein wässrig schnarrendes Atemgeräusch, aber nicht genug, um Körper und Hirn mit ausreichend Sauerstoff zu versorgen.

«Mist, ist wohl doch nicht straff genug», sagte der Mann leichthin, legte das Handy in den Sand, stand auf und trat hinter Azra.

«Nein, nicht, bitte nicht, bitte, bitte nicht!» Das Flehen fand nur in ihrem Kopf statt, auf der sandigen Lichtung zwischen den Kiefern blieb es still.

Der Mann zog das Band straffer. Ein scharfer Schmerz schoss durch Azras Hals, und irgendwas verschob sich an eine Stelle, an die es nicht gehörte, die Luftzufuhr wurde gänzlich unterbrochen, und als der Mann sich wieder vor sie hinkniete, spürte Azra Druck in ihrem Schädel, der schnell immer größer wurde.

Das macht er doch nicht, oder? Das kann er doch nicht wirklich tun! Bestimmt löst er die Fessel gleich und lässt mich laufen. Er kann doch nicht so grausam sein und mich hier ersticken lassen, während er zusieht und mich dabei filmt.

Doch, er konnte.

Seine Hand zitterte nicht für eine Sekunde. Er hatte sich im Schneidersitz hingesetzt, und trotz Todesangst und Panik schoss Azra der Gedanke durch den Kopf, dass es recht bequem und lässig aussah, wie er da hockte – so als täte er das häufig. So als genösse er die Vorstellung.

Ich krieg keine Luft, mach mich los, ich krieg doch keine Luft!

Sie hörte sich selbst schreien, doch kein Wort drang aus ihrem Mund. Sie stieß die Fersen ihrer Laufschuhe in den Sand, trat Kuhlen hinein, bäumte den Oberkörper auf, zerrte an den Fesseln an ihren Handgelenken, die jedoch nur in ihr Fleisch hineinschnitten.

Azra wurde träge. Der Kampf war sinnlos, sie konnte nicht gewinnen. Tränen rannen ihre Wangen hinab.

Plötzlich spürte sie Wasser an ihrem ganzen Körper, spürte, wie es sie warm und wohlig umgab, während sie selbst geschmeidig wie ein Delphin hindurchglitt. Tausendfach eingeübte Bewegungen trieben sie vorwärts auf den Beckenrand zu. Sie gab alles, verausgabte sich völlig und fühlte sich dennoch wohl, denn Wasser war ihr Element. Nur noch wenige Meter, dann würde sie anschlagen, als Erste, und niemand würde ihr diesen Triumph noch nehmen können. Sie würde gewinnen, gegen alle anderen, die mit ihr angetreten waren. Sie war die Beste.

Noch fünf Meter.

Vier, drei, zwei ...

Endlich im Ziel.

5

Sofort mit Dr. Laura Windmüller zu reden erwies sich als unmöglich. Sie befand sich im OP des Mariannenkrankenhauses und operierte.

Dorthin gab es keinen Zutritt, auch nicht für aufgebrachte Polizeibeamte. Jens war gezwungen zu warten. Das tat er ohnehin schon ungern, aber in der jetzigen Situation war es eine Qual für ihn. Wie ein eingesperrter Tiger lief er auf dem Gang vor der Tür zum OP-Bereich auf und ab. Dieselbe Ruhelosigkeit herrschte in seinem Kopf.

Jens fragte sich immer wieder, was er übersehen hatte. Es gab keine offensichtliche Verbindung zwischen den beiden Fällen. Eva Probst hatte nichts zu tun mit Wilhelm Gruber und Roland Lange, den beiden drogenabhängigen

Rentnern, von denen mindestens einer Methadon genommen hatte, vielleicht sogar beide. Aber Laura Windmüller in ihrer Nebentätigkeit als Substituierungsärztin hatte sehr wohl mit Roland Lange zu tun gehabt. Und da stellte sich die Frage, ob ein enttäuschter Junkie, der von der Ärztin nicht das bekommen hatte, was er wollte, sich an ihr gerächt hatte. Mit der schlimmsten Art von Rache, die man sich nur vorstellen konnte: den liebsten Menschen zu töten.

Allerdings passte die Art und Weise, wie der Täter am Elbhang vorgegangen war, so gar nicht zu einem Junkie im Rentenalter. Die Aktion in der Nähe des Hauses der Windmüller auch nicht. Jemandem auf der Flucht kaltblütig ein Messer ins Auge zu rammen und dann in aller Eile zum nächsten Opfer aufzubrechen – dafür musste man körperlich und geistig sehr beweglich sein.

Vielleicht hatte er bisher aber falsch gedacht, und die beiden Vorfälle hatten doch nichts miteinander zu tun. Wer Eva Probst getötet hatte, musste nicht zwangsläufig auch für den Angriff auf Lennart Wolff verantwortlich sein.

Das war alles sehr verwirrend, und es nervte Jens, noch keiner klaren Spur folgen zu können. Ein Blick auf die Uhr nervte ihn zusätzlich. Seit mehr als einer Stunde wartete er jetzt schon auf die Windmüller.

Jens sah ein, dass es keinen Sinn hatte, hier seine Zeit zu verschwenden. So eine Operation konnte lange dauern, und da ihm bisher niemand sagen konnte, wie lange, wäre es wohl besser, später wiederzukommen. In der Zwischenzeit könnte er versuchen, aus Wilhelm Gruber etwas herauszubekommen. Der alte Mann lag noch immer im Krankenhaus, allerdings nicht hier im Mariannenkrankenhaus.

Als Jens sich schon auf den Weg machen wollte, kam

eine kleine Frau in den Fünfzigern auf ihn zu. Sie schob einen riesigen Wagen vor sich her, hinter dem sie beinahe verschwand. Der Wagen war voller Putzmittel und Reinigungsutensilien. Die Frau pfiff fröhlich ein Lied vor sich hin und parkte den Wagen vor der Tür zum OP.

«Dirty Harry!», stieß die Frau erfreut aus und strahlte Jens an. Sie hatte schwarzes Haar, einen braunen Teint, lebhaft blitzende Augen und wirkte äußerst freundlich.

Jens bemühte sich, ebenfalls freundlich zu sein, doch das fiel ihm schwer, wenn er mit diesem Namen angesprochen wurde. Er klebte wie Pech an ihm, und in solchen Momenten merkte man, wie klein Hamburg eigentlich war. Für sich genommen mochte der Name lustig klingen, der Hintergrund war es jedoch nicht. Jens hatte damals in Notwehr auf Menschen schießen müssen, drei junge Männer waren gestorben.

«Mein Name ist Jens Kerner», sagte er.

«Wusste ich's doch!», freute sich die Frau. «Ich bin ein Riesen-Krimifan, müssen Sie wissen. Bücher, Filme, Podcasts, True Crime, alles, was mit Mord und Totschlag zu tun hat, interessiert mich brennend. Immer schon, keine Ahnung, woher das kommt.»

«Das ist ... schön», sagte Jens und warf einen Blick auf seine Armbanduhr. «Ich muss dann leider auch los.»

«Wollten Sie in den OP?»

«Ja, aber das dauert wohl noch eine Weile.»

«Nee, die sind gleich fertig mit dem Gemetzel. Deshalb bin ich ja hier. Ich bin OP-Reinigerin, müssen Sie wissen. Was bei so einem Gemetzel übrig bleibt, wische ich feucht auf.» Sie lachte herzlich über das, was sie für einen guten Witz hielt, während Jens nicht wusste, was er sagen sollte.

«Das ist genau der richtige Job für jemanden wie mich», fuhr die Frau fort, und Jens hatte keinerlei Zweifel daran, dass sie ihren Beruf liebte. Er sah es ihr an.

Sie kam ein bisschen näher, um leiser sprechen zu können, schaute sich aber erst konspirativ um, ob sie auch wirklich allein waren. «Manchmal bringen sie Schussopfer, so richtig wie im Krimi. Und wenn ich Glück hab, kann ich sogar mit denen reden.»

«Oder wenn die Schussopfer Glück haben», flüsterte Jens zurück.

Die Frau kicherte und streckte ihre Hand aus. «Ich bin die Carmen. Es ist mir eine Ehre, Sie kennenzulernen.»

Jens schüttelte ihre Hand. «Und Sie glauben, die sind da drinnen gleich fertig?»

«Auf jeden Fall. Die rufen uns immer, kurz bevor der Schlamassel vorbei ist. Der OP wird danach ja dringend wieder gebraucht, und bis dahin muss er schön sauber sein ... will ja niemand im Blut anderer Leute liegen, nicht wahr!» Wieder kicherte sie wie ein kleines Mädchen.

Im nächsten Moment sprang die Tür zum OP auf, und eine Schwester kam heraus. Mit angespanntem Gesicht hastete sie an ihnen vorbei und sagte: «Ihr könnt rein.»

«Oje, ist wohl nicht gut ausgegangen», sagte Carmen. «Ich hab gehört, es ist ein Handwerker, dem die zersprungene Scheibe einer Flex den Hals aufgeschnitten hat.»

Plötzlich öffneten sich die Fahrstuhltüren. Unter lautem Geschepper schob jemand einen weiteren Putzwagen heraus. Es war ein Mann, der die gleiche blaue Krankenhauskleidung trug wie Carmen, zusätzlich aber noch einen Mundschutz.

«Das wird aber auch Zeit!», rief Carmen ihm resolut entgegen. «Dass du aber auch nie pünktlich sein kannst!» An Jens gewandt, flüsterte sie: «Scheiß-Aushilfen, taugen alle nichts, die Weicheier.»

Dann zog auch sie ihren Mund-Nasen-Schutz über.

Sie öffnete die Tür mittels eines Schalters an der Wand und bugsierte ihren Putzwagen hindurch. Jens trat beiseite, um nicht überfahren zu werden. Als die Aushilfe an ihm vorbeiging, warf der Mann Jens einen hastigen, erschrockenen Blick zu, schaute dann aber schnell zu Boden. Jens hatte den Eindruck, der Mann kannte ihn – ein weiterer Dirty-Harry-Fan vielleicht?

Eine OP-Schwester kam heraus. Sie wollte genauso schnell verschwinden wie die erste, doch Jens hielt sie auf und fragte nach Dr. Windmüller.

«Ist noch im OP ...», lautete die knappe Antwort.

Also folgte Jens der Putzwagenkolonne.

Obwohl die kernige Krimi-Carmen ihn darauf vorbereitet hatte, war der Anblick dennoch heftig. Der zugedeckte Leichnam lag noch auf dem OP-Tisch, drum herum war überall Blut, blutgetränkte OP-Tücher lagen herum, es herrschte ein einziges Blut-Chaos.

«Dann wollen wir mal!», sagte Carmen und ließ den Gummihandschuh an ihrer Hand schnappen.

Laura Windmüller lehnte an einem Metalltisch und sprach leise etwas in ein Diktiergerät. Sie trug noch die OP-Haube und ein blutverschmiertes Oberteil. Als sie die Aufnahme beendete und aufsah, entdeckte sie Jens. Sie erschrak nicht, dafür schien sie viel zu erschöpft zu sein.

«Ich muss Sie sprechen», sagte Jens.

«Es muss wichtig sein, wenn Sie hier auftauchen», antwortete sie. «Kommen Sie, gehen wir raus.»

Jens folgte ihr bis in ihr Büro. Sie wirkte in der OP-Kleidung kleiner und verletzlicher, als Jens sie in Erinnerung hatte. Auch hielt sie die Schultern nicht mehr so gerade wie an dem Morgen, als er sie in ihrem Haus aufgesucht hatte.

«Sie arbeiten schon wieder?», fragte Jens, um einen Einstieg für ein Gespräch zu finden.

Er fing sich einen bösen Blick ein, den er nicht deuten konnte. «Mein Chef wollte es nicht, er wollte mich schonen, aber dann wuchs ihm die Arbeit hier über den Kopf, und plötzlich war ich dann doch wichtig. Dabei wollte ich gar keine Pause ... man ist stabiler, wenn man arbeiten kann.»

Innerlich stimmte Jens ihr zu. Ihm selbst war es auch immer so ergangen. «Scheint eine harte OP gewesen zu sein», sagte er.

Dr. Windmüller zuckte mit den Schultern. «Drei Stunden gekämpft und doch verloren. Und das nur, weil der Mann so dumm war, den Schutz von der Flex abzubauen, damit er besser in die Ecken kommt. Aber deswegen sind Sie nicht hier, oder?»

«Nein, bin ich nicht.»

«Haben Sie Evas Mörder?» Dr. Windmüllers Haltung änderte sich bei dieser Frage. Sie drückte den Rücken durch und straffte jetzt doch die Schulter, so als müsste sie sich wappnen für das, was gleich kommen würde. Außerdem wischte sie sich mit dem Handrücken durchs Gesicht, und Jens entdeckte einen kleinen eingetrockneten Blutspritzer neben ihrem rechten Auge. Es fiel ihm schwer, nicht ständig auf diesen Fleck zu schauen.

«Nein, das nicht. Aber im Zuge der Ermittlungen hat

sich eine wichtige Frage ergeben. Kennen Sie zwei Männer namens Wilhelm Gruber und Roland Lange?»

Laura Windmüller wirkte immer noch völlig gelassen. Doch es dauerte einen entscheidenden Moment zu lange, ehe sie reagierte. «Was haben diese Männer mit Eva zu tun?»

«Beantworten Sie bitte meine Frage», verlangte Jens.

«Den Ersten nicht ... Herrn Lange aber schon.»

«Woher?»

«Nun, im Rahmen meiner freiwilligen Tätigkeit als Substitutionsärztin habe ich ihn mit Methadon behandelt, bis er vor einigen Wochen aus der Therapie flog.»

«Warum?»

«Weil er mehrfach rückfällig geworden ist. Am Ende war es so, dass er sich immer dann Methadon geholt hat, wenn er kein Geld für andere Drogen hatte. So etwas kann ich natürlich nicht unterstützen.»

Was für eine harte Stimme, dachte Jens. Die Frau sprach, als wäre sie auf einem persönlichen Rachefeldzug gegen Drogen. «Kann es sein, dass Roland Lange sich dafür an Ihnen rächen wollte?»

«Was? Nein, so ein Typ ist das nicht. Klar hat er herumgeschrien und mir gedroht, aber das ist bei den Süchtigen normal.»

«Er hat Ihnen gedroht?»

«Ja, die üblichen Beschimpfungen und Bedrohungen, wirklich nichts Ungewöhnliches ... Sie glauben doch nicht, dass Roland Lange ...?» Sie ließ den Satz unvollendet und starrte Jens an.

Jens schüttelte den Kopf. «Nein. Zu dem Zeitpunkt war Roland Lange schon tot. Er ist einem Verbrechen zum Opfer gefallen, und in der Nacht, als Ihre Partnerin getötet wurde, haben wir diesen Wilhelm Gruber dabei erwischt, wie er mit dem abgetrennten Unterschenkel von Roland Lange durch die Stadt fuhr. Bei Lange haben wir Methadon gefunden, und dass bei den Ermittlungen dazu plötzlich Ihr Name auftaucht, finde ich schon sehr interessant. Ich weiß nur nicht, wie ich das einordnen soll. Können Sie mir vielleicht auf die Sprünge helfen?»

Bis zu diesem Moment hatte die Windmüller sich gut gehalten, doch jetzt schien plötzlich alle Energie aus ihrem Körper zu entweichen. «Methadon ... sie haben dort Methadon gefunden», sagte sie, und es klang nicht wie eine Frage.

«Genau. Können Sie sich das erklären?»

Sie taumelte ein wenig und ließ sich in den Schreibtischstuhl fallen.

«Und die beiden alten Männer, Lange und Grube, haben nichts mit Evas Tod zu tun?»

«Definitiv nicht. Was ist los? Sie wissen doch irgendwas.»

Die Windmüller nickte schwerfällig.

«Eine alte Geschichte ... es ... es gibt da jemanden, der vielleicht noch wütend auf mich ist ... und der hat mit Methadon zu tun.»

«Wer? Und inwiefern hat er mit Methadon zu tun?»

«Wegen seines Kindes ...», stammelte die Windmüller.

«Was? Welches Kind?»

«Das an einer Überdosis gestorben ist ...»

6

In der Nacht war kein Bus mehr gefahren, ein Umstand, den das Mädchen nicht bedacht hatte. Also war ihr nichts anderes übriggeblieben, als sich bis morgens um fünf hinter dem hölzernen Wartehäuschen unter einem großen alten Rhododendronbusch zu verstecken. Der Busch war wie eine Höhle; es war trocken darin, roch nur leider stark nach Pipi.

Wirklich geschlafen hatte das Mädchen nicht, dafür waren die Geräusche und Gerüche zu fremd und ihre Aufregung zu groß. Deshalb bestand auch zu keinem Zeitpunkt die Gefahr, den ersten Bus zu verpassen.

Um 4:55 stand sie in der Bushaltestelle. Der Bus kam pünktlich, der Fahrer beäugte sie zwar misstrauisch, denn dies war nicht die übliche Zeit, zu der Kinder in ihrem Alter in die Schule fuhren, aber da sie das Fahrtgeld bezahlen konnte und freundlich war, ließ er sie kommentarlos einsteigen.

Während der Fahrt aß sie eines der alten Pausenbrote, die ihre Mutter ihr zubereitet hatte. Es war mit Kümmelkäse belegt, den mochte das Mädchen nicht besonders, aber an diesem Tag schmeckte ihr das trockene Brot ausgezeichnet.

Um 7:18 stieg sie am Bahnhof aus. Vor einer Viertelstunde, das wusste sie, hatte ihre Mutter bemerkt, dass sie nicht mehr da war. Mutter hatte sicher bereits einige Male nach ihr gerufen, wie sie es immer tat, irgendwann war sie dann in ihr Zimmer gegangen und hatte festgestellt, dass das Bett leer und kalt war.

Mutter würde ahnen, wohin das Mädchen unterwegs war. Wahrscheinlich würde sie in ihr altes, klappriges Auto steigen, um sie vor dem Haus ihres Vaters abzufangen. Doch sie würde zwei Stunden hierher brauchen und zu spät kommen. Bis dahin befand sich das Mädchen längst in der Obhut ihres Vaters. Aber sie durfte keine Zeit verlieren!

Auf dem Bahnhofsvorplatz war viel Betrieb. Kinder strömten aus Schulbussen, sodass sie überhaupt nicht auffiel. Das Mädchen orientierte sich an einer Stadtkarte, die in einem Glaskasten aushing. Dort fand sie die Straße, in der ihr Vater lebte. Den Weg dorthin zeichnete sie in ihren Notizblock und marschierte los.

Eine halbe Stunde benötigte sie bis zum Salzberg, so hieß die Straße. Die Häuser waren hier klein und hässlich, überall war Graffiti an die Wände gesprüht. Die Nummer 28 befand sich fast genau in der Mitte des Salzbergs, es war der Mittelteil eines langgestreckten Reihenhauses.

Im schlauchartigen Vorgarten sah es aus wie auf einer Mülldeponie, aber darin unterschied sich dieser Vorgarten kaum von den anderen. Eine graue Mülltonne war umgekippt, der Müll herausgefallen, zwei Krähen machten sich bereits daran zu schaffen. Auf der anderen Tonne, die für die gelben Säcke, saßen zwei weitere Krähen und starrten das Mädchen aus schwarzen Knopfaugen an. Ihre Blicke waren eine eindeutige Warnung, nicht näher zu kommen.

Beherrscht wurde der Vorgarten von einem Trampolin, wie man sie in viele Gärten sah. Ihre Freundin Hanna hatte auch so eines. Auf diesem hier hüpfte aber wohl niemand mehr, denn es lag allerlei Krimskrams darauf. Kinderspielzeug, Kleidung, Kartons, ein Autoreifen. Obwohl alles so unordentlich war, freute sich das Mädchen über die Hinweise auf Kinder.

Sie öffnete das metallene Tor und betrat den Vorgarten. Die Krähen hüpften beiseite, flogen aber nicht fort. Ein unebener Pflasterweg führte auf die Haustür zu, rechts und links davon gab es jeweils ein Fenster. Beide waren bis zur Hälfte mit Zeitungspapier zugeklebt. In einem der Fenster hing ein bunter selbstgebastelter Traumfänger.

Mit vor Aufregung wild klopfendem Herzen stand das Mädchen vor der Tür und lauschte. War die Familie schon wach? Würde man sie an den Frühstückstisch bitten?

Sie atmete tief ein und drückte auf den Klingelknopf, auf dem ein anderer Name stand als ihrer. Mutter hatte nach der Scheidung durchgesetzt, dass sie und ihre Tochter wieder ihren Mädchennamen trugen.

«Auf keinen Fall will ich weiterhin so heißen wie dieser Abschaum!» An den Satz ihrer Mutter konnte das Mädchen sich noch sehr gut erinnern.

Drinnen ertönte eine schrille Glocke. Das Mädchen erwartete, von einer Schar aufgeregter Kinder in Empfang genommen zu werden, doch erst einmal tat sich gar nichts. Auch auf das zweite Klingeln hin blieb es im Haus erschreckend still. Waren alle schon weg? Auf dem Weg in die Schule und zur Arbeit? Dann würde sie eben so lange hier warten, bis jemand zurückkam. Ihr Blick fiel auf ihre Armbanduhr. 8:10 Uhr.

Vielleicht noch eine Stunde, bis Mutter hier eintraf. Sie konnte nicht einfach hier warten, dann wäre alles umsonst gewesen. Das Mädchen suchte den vermüllten Vorgarten nach einem Versteck ab, fand aber kein wirklich gutes. Unter dem Trampolin würde es vielleicht gehen, aber wenn

Mutter sich bückte, würde sie sie dort finden. Das Mädchen wurde furchtbar traurig. Tränen traten ihr in die Augen. Was sollte sie nur tun?

Plötzlich erklang hinter der Haustür ein Geräusch. Das Mädchen lauschte, und als das Geräusch sich nicht wiederholte, klopfte sie mit den Fäusten gegen die Tür. «Aufmachen, macht bitte auf!» Kurz darauf drehte drinnen jemand den Schlüssel im Schloss.

Ein großer, hagerer Mann in weißer Unterhose öffnete. Er war so dünn, dass sie seine Rippen einzeln sehen konnte. Auf seinem Oberkörper wuchs ein Baum aus schwarzen Haaren, an dem rote Früchte hingen. Diese Früchte, das begriff das Mädchen, waren irgendein Ausschlag, Pusteln, so dick wie Kirschen. Der Mann war nicht ihr Vater.

«Wer bist du denn?», fragte er und kratzte sich am Kopf.

Sie nannte ihren Namen. Ihren richtigen Namen, nicht den Mädchennamen ihrer Mutter.

«Mein Papa wohnt hier, oder!? Er steht doch auf dem Klingelschild!», flehte das Mädchen.

«Dein Papa?»

Das Mädchen nickte.

«Alter …» Der Mann kratzte sich wieder am Kopf, dann zwischen den Beinen. «Alter, ey … dein Papa?»

«Was'n da los?» Die Stimme kam irgendwo aus den Tiefen des Hauses.

«Alter … deine Tochter steht hier. Komma her.»

Und dann kam tatsächlich ihr Papa. Das Mädchen erkannte ihn sofort wieder, auch wenn er sich verändert hatte. Er trug nur eine graue Jogginghose, über deren Bund ein dicker nackter Bauch quoll – den hatte er vorher nicht gehabt. In seinem Gesicht wuchs ein dichter Bart, der war auch neu. Aber seine Augen waren immer noch wie früher. Stolpernd kam er durch den Flur auf sie zu und schob den anderen Mann einfach beiseite. Papa war viel größer und stärker als er.

«Du!? Was machst du denn hier?» Natürlich war Papa überrascht, aber ein bisschen mehr Freude hätte er trotzdem zeigen können.

«Kann ich bei dir bleiben?», fragte das Mädchen geradeheraus. «Bitte, lass mich hierbleiben, weil, ich glaube ... Mama bringt mich sonst um.» Gegen die Tränen konnte sie nichts tun. Sie kullerten über ihre Wangen und schmeckten salzig auf ihren Lippen.

«Was? Ich verstehe nicht ...» Papa fuhr sich mit den Händen durchs Gesicht. «Ist deine Mutter hier?» Er stolperte an ihr vorbei in den Vorgarten und schaute sich um. «Ist deine verfluchte Mutter hier!», schrie er.

«Nein, ich bin allein mit dem Bus gekommen ... ich bin weggelaufen, damit ich bei dir wohnen kann ...»

Flehentliche Worte, begleitet von Rotz und Tränen. Auf dem Flur rülpste der Mann in Unterhose laut, ließ sich gegen die Wand fallen und sank mit dem Rücken daran herunter, bis er saß.

Ihr Papa schaute sie an. «Du bist weggelaufen?»

Das Mädchen nickte. Sprechen fiel ihr gerade schwer.

«Vor deiner Mutter?»

Nicken.

«Ich ... Kind, du kannst doch nicht ... was soll ich ...»

Er drehte sich im Kreis und wischte sich abermals mit den Händen durchs Gesicht. Dem Mädchen fiel auf, dass seine Arme ganz merkwürdig aussahen. Die Adern traten deutlich hervor, und überall waren blaue Flecken zu sehen.

Auf der Straße fuhr ein Wagen vorbei. Mit gehetztem Blick sah Papa ihm nach, dann packte er das Mädchen an der Schulter. «Komm erst mal rein, bevor dich jemand sieht.» Er schubste sie in den Flur und zog die Tür hinter sich zu.

Der immer noch am Boden hockende Mann warf dem Mädchen ein merkwürdiges Lächeln zu. «Zieh dir gefälligst was an!», fuhr Papa ihn an und trat mit dem Fuß nach ihm. «Und du gehst in die Küche.» Er schubste das Mädchen vor sich her.

In Mamas Küche war es immer penibel sauber und aufgeräumt. Etwas anderes kannte das Mädchen nicht, deshalb war sie schockiert über die Zustände in Papas Küche.

Bestimmt gab es in den Schränken kein Geschirr, denn es stand ja alles auf der Arbeitsplatte, der Spüle, dem Tisch und auch auf dem Fußboden. Nichts davon war gespült. Das Mädchen sah Teller mit Resten von Ketchup oder Tomatensoße. Gläser, zur Hälfte gefüllt, in denen Zigarettenstummel trieben. Der Deckel des Mülleimers stand weit offen, weil der Müll nicht mehr hineinpasste. Einiges davon lag um den Plastikeimer herum. Vor dem Fenster waren zwei braune, klebrige Fliegenfänger mit Klebeband an der Decke befestigt. Dutzende Fliegen hafteten daran, andere flogen auf der Suche nach Futter umher. Es roch unangenehm, die Luft fühlte sich irgendwie dick an.

«Du kannst doch nicht einfach hier auftauchen», sagte Papa. Er riss die Kühlschranktür auf und warf einen Blick hinein. Vielleicht würde er ihr ein Frühstück machen, hoffte das Mädchen. Doch er nahm nur eine Getränkedose heraus, zog den Verschluss ab und trank einen großen Schluck, bot ihr aber nichts an.

«Hier kannst du jedenfalls nicht bleiben», sagte Papa und deutete mit der Dose in Richtung Tür. «Ist 'n Männerhaushalt. Siehste ja. Nix für Kinder, verstehst du?»

«Aber ich kann doch euch im Haushalt helfen», sagte das Mädchen, drückte den Rücken durch und straffte die Schultern. «Das muss ich bei Mama auch immer machen. Ich kann abwaschen, abtrocknen, putzen und aufräumen. Das kann ich wirklich gut. Soll ich mit der Küche anfangen?» Das Mädchen nahm ein Glas von der Arbeitsplatte und kippte die Flüssigkeit in die Spüle. Die lief aber nicht richtig ab, sodass die Flüssigkeit darin stehen blieb. Also griff sie nach den Tellern, die auf dem Abfluss standen, und nahm sie nacheinander heraus – sie klebten aneinander.

«Nicht ... lass das», sagte ihr Papa.

«In null Komma nichts ist die Küche blitzeblank», sagte das Mädchen, ohne mit der begonnenen Arbeit innezuhalten. «Ich kann das wirklich gut, wirst sehen.»

Es machte dem Mädchen nichts aus, mit den Fingern in die Suppe zu greifen, die in der Spüle schwamm. Sie tastete nach dem Abfluss, der von einer breiigen Masse überdeckt war, und stocherte mit dem Zeigefinger darin herum.

«Lass dass ...», sagte Papa kraftlos, nachdem er den Rest aus der Dose getrunken hatte.

Das Mädchen machte weiter. Sie musste ihm nur zeigen, dass sie eine große Hilfe sein konnte und ihm nicht zur Last fallen würde, denn dann konnte er sie nicht einfach wieder zurückschicken. Er brauchte Hilfe, das konnte jeder sehen, der diese Wohnung betrat.

«Setz dich doch an den Tisch, dann mache ich uns ein Frühstück. Hast du vielleicht Eier da?»

«Nein!», brüllte ihr Papa plötzlich. «Hör auf damit!»

Das Mädchen erstarrte und begann zu zittern. Und wieder rannen die Tränen, dabei wollte sie doch stark sein und Papa zeigen, dass sie ein großes Mädchen geworden war, seit er sie verlassen hatte.

Er legte ihr eine Hand auf die Schulter, zog sie vom Spülbecken fort und drückte sie auf den einzigen freien Stuhl. Dann nahm er ein fleckiges Geschirrtuch vom Haken, ging vor dem Mädchen in die Knie und reinigte ihre Hand. Das Mädchen roch den Alkohol in seinem Atem, als er sprach. «Sei bitte vernünftig. Du siehst doch, dass du hier nicht bleiben kannst.»

«Bitte ... schick mich nicht zurück», flehte sie.

«Deine Mutter weiß nicht, dass du hier bist?»

«Sie wird es sich denken können und bestimmt bald auftauchen. Kannst du nicht einfach sagen, dass du mich nicht gesehen hast? Bitte!»

Mit großer Sorgfalt und viel länger, als es nötig gewesen wäre, reinigte er ihre Finger. Schließlich nickte er. «Pass auf, ich mach dir einen Vorschlag. Du bleibst hier in der Küche, meinetwegen schaff ein bisschen Ordnung. Und wenn deine Mutter kommt, verscheuche ich sie ... und dann sehen wir weiter. Okay?»

«Ja, ja, ja. Das mach ich. Ich mache alles sauber.»

«Hast du Hunger?»

Das Mädchen nickte.

«Okay, ich besorg Brötchen. Was magst du auf deinen Brötchen?»

«Am liebsten Salami.»

«Sollst du haben. Aber du musst schön hier drinnen bleiben, darfst nicht rauskommen. Hast du verstanden?»

Das Mädchen nickte, und die Tränen versiegten. Sie

hatte gewusst, dass ihr Papa sie nicht im Stich lassen würde. Er würde Mutter verscheuchen, ihr ordentlich die Leviten lesen, wie sie es immer bei ihr tat!

Ihr Papa kam aus der Hocke hoch, lächelte ihr schief zu, strich ihr übers Haar und verließ dann die Küche. Das Mädchen hörte, wie er die Küchentür von außen verschloss.

7

«Wir haben viertausendfünfhundert Substitutionspatienten allein in Hamburg», erklärte Dr. Laura Windmüller. «Das klingt erst mal viel und als nackte Zahl eher negativ, ist es aber nicht. Denn was wir auch haben, ist ein Tiefststand an Drogentoten und einen signifikanten Rückgang der Beschaffungskriminalität.

Was wir tun, findet weitestgehend unter dem Radar der Öffentlichkeit statt, und politisch ist es auch nicht besonders hip, aber es ist wichtig. Wir können damit Menschen helfen, aus dieser beschissenen Abhängigkeit herauszukommen ... manchen jedenfalls. Leider gibt es immer weniger Kolleginnen und Kollegen, die das machen wollen. Für mich ist es auch nur möglich, weil ich es hier in der Klinik in der Ambulanz für substitutionsgestützte Behandlung machen kann ... zusätzlich zu meiner eigentlichen Arbeitszeit.»

Die Tür ging auf, und eine Krankenschwester brachte die zwei Becher Kaffee herein, um die Laura Windmüller vor ein paar Minuten gebeten hatte. Nachdem die Schwester gegangen war, sagte Jens: «Glauben Sie mir, ich weiß, wie wichtig das für die Betroffenen ist. Aber was war mit diesem Kind? Ich bin mir nicht sicher, glaube aber, damals am Rande etwas von der Geschichte mitbekommen zu haben.»

Dr. Windmüller schüttelte den Kopf, und das hatte etwas zutiefst Verzweifeltes. Noch immer war Jens von dem kleinen Blutfleck neben ihrem rechten Auge irritiert. Aber wenigstens hatte sie in der Zwischenzeit das blutige Oberteil gegen ein sauberes getauscht.

«Carolina ...», seufzte die Windmüller. «Ich habe sie nie kennengelernt ... sie ist mit neun Jahren gestorben.»

«An einer Überdosis Methadon.»

«Ja ...»

«Wie kam es dazu?», fragte Jens.

Dr. Windmüller trank von ihrem Kaffee und strich sich eine Haarsträhne hinter ihr Ohr. «Carolina lebte bei ihrer Mutter, der Vater war drogenabhängig. Irgendwann kam er in die Methadon-Therapie, weil er unbedingt wieder Kontakt zu seiner Tochter haben wollte. Er war zuerst bei einem Kollegen in Behandlung, und als der in den Ruhestand ging, ist er zu uns in die Ambulanz gekommen. Es gab keine Anzeichen, dass der Mann rückfällig werden könnte oder zwischendurch wieder Drogen genommen hatte. Die Prognose war wirklich gut, und das Gericht hatte ihm ein Besuchsrecht für die Tochter zugesprochen ... zunächst einmal im Monat. Gegen den Willen der Mutter.

Mittlerweile war der Mann so vertrauenswürdig, dass ich ihn in die Take-Home-Vergabe aufnehmen konnte. Er kam zu mir, machte seine Tests und bekam das Methadon für eine Woche mit nach Hause.

In der Woche war seine Tochter bei ihm. Für einen einzigen Tag. Ihr Vater hat das flüssige Methadon herumstehen lassen, die Kleine hat es getrunken ... und starb.»

Am Ende brach die Stimme der sonst so harten Ärztin.

Den letzten Schluck Kaffee schüttete sie sich in den Mund, als wollte sie sich ertränken. «Ein schrecklicher Unfall», sagte sie. «Den am ehesten der Vater hätte verhindern können. Allerdings ging mich die Presse damals hart an, wie es denn überhaupt sein könne, dass eine Ärztin so jemandem eine Ersatzdroge mit nach Hause gibt. Rodderik sprang auf den Zug auf, versuchte, mir die Schuld zu geben, weil ich ihn nicht darauf hingewiesen habe, das Mittel vor seiner Tochter zu verstecken ... habe ich wirklich nicht.»

Jens räusperte sich. «Deswegen trifft Sie doch aber keine Schuld.»

«Carolinas Vater könnte das anders sehen, und sei es nur, damit er selbst sich nicht schuldig fühlen muss. Er hat damals lautstark auf mich geschimpft, mit einer Klage gedroht. Ich suchte mir eine Anwältin ... und lernte Eva kennen, die mich vertreten hätte, wenn es zu einer Klage gekommen wäre.»

«Kam es aber nicht, oder?»

Die Windmüller schüttelte den Kopf. «Nein, ich hatte nichts falsch gemacht, in begründeten Ausnahmefällen dürfen wir einen Vorrat bis zu dreißig Tage mitgeben. Carolinas Vater wurde dagegen wegen fahrlässiger Tötung angeklagt. Aber es war eine harte Zeit für mich.»

«Meinen Respekt dafür, dass Sie diesen Job trotzdem noch machen. Und dann auch noch in Ihrer Freizeit.»

«Wahrscheinlich hätte ich es lassen sollen, oder? Ist jemand aus Rache wegen dieser Sache hinter mir her? Hat er Eva nur getötet, um mir wehzutun? Sagen Sie es mir! Sie sind der Polizist!» Ihre Stimme kippte beinahe.

«Ich werde es herausfinden, darauf haben Sie mein Wort. Kennen Sie den Namen des Mannes?»

Die Windmüller nickte. «Als könnte ich den jemals vergessen. Lars Rodderik.»

Jens bedankte und verabschiedete sich. Er hatte jetzt endlich eine heiße Spur und wollte dieser so schnell wie möglich nachgehen. Als er schon fast zur Tür hinaus war, sagte die Windmüller: «Herr Kerner ...»

Jens drehte sich um. «Ja?»

«Ich ... finden Sie ihn.»

Jens nickte der Frau zu und zog die Tür hinter sich zu.

Er hatte das Gefühl, dass die Ärztin ihm eigentlich etwas anderes hatte sagen wollen, es sich in der Pause zwischen *Ich* und *finden Sie ihn* aber anders überlegt hatte.

Die Windmüller war undurchschaubar, hielt offensichtlich nicht viel von Männern und hatte ihre Geheimnisse.

8

Zurück im Wagen rief Jens sofort Becca an.

«Ich brauche die Adresse eines Mannes. Lars Rodderik ist der Name. Und ich brauche sie schnell, bitte.»

Becca fragte nicht, warum und weshalb, sie bestätigte den Namen und legte auf.

Da es sinnlos war, in irgendeine Richtung loszufahren, wartete Jens auf dem Parkplatz des Krankenhauses auf Beccas Rückruf. Er nutzte die Zeit, um den Vorfall zu googeln, von dem die Windmüller ihm erzählt hatte. Er fand einen Artikel in der *Morgenpost*, der im Großen und Ganzen wiedergab, was Jens gerade gehört hatte.

Befand sich deswegen jemand auf dem Rachefeldzug? Aber wer? Der Vater des Mädchens?

Die Windmüller hatte recht: Er selbst trug wohl am meisten Schuld an dem Unfall. Das Kind war in seiner Obhut gewesen, er hätte die Droge außerhalb der Reichweite des Kindes aufbewahren müssen. Einen Grund, sich deshalb an seiner Ärztin zu rächen, hatte er objektiv betrachtet nicht. Seine eigene Sichtweise war aber vielleicht eine andere. Die Windmüller könnte auch damit recht haben. War die Schuld zu groß, um mit ihr zu leben? Hatte der Vater nach jemandem gesucht, dem er sie in die Schuhe schieben und dafür bestrafen konnte?

Es war schon eine ganz besondere Volte des Schicksals, dass die Windmüller auf diese Art ihre Partnerin Eva Probst kennengelernt hatte und sie die Geschichte jetzt wieder einholte.

Jens' Handy vibrierte, er ging sofort ran.

«Ich habe die Adresse für dich, ist in Wilhelmsburg, aber da kannst du jetzt nicht hinfahren.»

«Warum nicht?»

«Du wirst in den Harburger Bergen gebraucht, und zwar dringend.»

«Was ist passiert?»

«Es ist schlimm, sehr schlimm ... Zwei Joggerinnen wurden getötet.»

Jens schloss kurz die Augen und rieb sich die Nasenwurzel. Er musste sich konzentrieren, sonst geriet alles aus den Fugen.

«Okay, ich fahr hin. Schick bitte eine Streife zu der Adresse von Rodderik. Die sollen sich aber erst mal nur einen Überblick verschaffen.»

Als Jens am Tatort eintraf, standen auf dem kleinen geschotterten Waldparkplatz zwei Streifenwagen sowie drei zivile Fahrzeuge. Die Zufahrt zum Parkplatz war mit rot-weißem Flatterband abgesperrt, ein uniformierter Kollege der niedersächsischen Polizei hielt Wache. Nachdem Jens sich durch das geöffnete Seitenfenster vorgestellt hatte, durfte er durchfahren.

«Unsere Spurentechniker kommen auch gleich», informierte er den Beamten, als er ausgestiegen war. «Ist schon ein leitender Ermittler aus Niedersachsen vor Ort?»

«Nein, nur ich und drei weitere Kollegen, die bei den Leichen aufpassen.»

«Wem gehören die zivilen Fahrzeuge?»

«Ich habe die Kennzeichen überprüft. Die beiden Wagen dort gehören den Opfern, der andere einer Dame, die hier ihren Hund ausgeführt und die Opfer gefunden hat.»

«Wo ist diese Dame?»

«Schon mit dem Rettungswagen weg ... Schock ... ist kollabiert, aber wenigstens hat sie vorher noch einen Notruf abgesetzt. Name und Adresse habe ich. Niemand konnte mit ihr reden, also wissen wir nicht, ob sie etwas Relevantes gesehen hat.»

«Die Namen der Opfer?»

Der Beamte musste in seinem Notizbuch nachsehen. «Azra Erdem und Britta Köhler.»

«Okay, danke. Wo geht's lang?»

Der Beamte zeigte auf einen sandigen Weg, der zwischen zwei kleinen Hügeln hindurch in Richtung Wald führte. Während Jens sich durch den lockeren, feinen Sand kämpfte, rief er Becca an, gab die Namen der Opfer durch und bat sie, nachzuschauen, was sie über die beiden herausfinden konnte und ob sie in irgendeiner Verbindung zu Laura Windmüller oder Eva Probst standen.

Denn wenn das nicht der Fall war, konnte Jens die schöne Theorie, die er gerade entworfen hatte, in die Tonne treten. Wenn der Mörder von Eva Probst sich wegen des Methadon-Unfalls der kleinen Carolin an der Windmüller rächen wollte, indem er ihr ihre große Liebe nahm, musste es zwangsläufig eine Verbindung zwischen den neuen Opfern und der Probst geben. Sonst war es sinnlos, zwei weitere Joggerinnen zu töten. Und die Sache mit dem Mädchen, das durch Methadon umgekommen war, passte einfach zu gut, als dass sie nicht relevant sein konnte.

Schon am ersten Tatort hatte Jens das dumpfe Gefühl gehabt, der Mord an Eva Probst sei nur der Beginn einer viel größeren Sache. Die Kaltblütigkeit und die Inszenierung der Tat sprachen dafür. Als er vorhin vom Methadon-Tod des kleinen Mädchens erfahren hatte, hatte Jens allerdings gehofft, dass sein Gefühl ihn getrogen hatte, denn mit Eva Probsts Tod wäre die Rache ja abgeschlossen.

Nun war wieder alles offen.

Nach zehn Minuten erreichte Jens einen Hügel, an dessen Steigung eine Polizistin Wache stand. Über Funk musste sie bereits die Info bekommen haben, dass Jens unterwegs war, denn sie winkte ihn sofort durch.

«Machen Sie sich auf etwas gefasst», sagte sie mit ernster Stimme. Ihr Gesicht wirkte wie eingefroren. Schreckliche Erlebnisse gruben sich häufig in die Gesichter ein, und es gab Menschen, die tauten danach nie wieder richtig auf. Dagegen half keine Anti-Aging-Lotion.

Jens erklomm den Hügel und spürte, wie sein Magen sich verkrampfte. Er wollte nicht schon wieder Leichen anschauen müssen. Seit sie Hagenah gefunden hatten, war seine Schutzmauer brüchig, die seine Seele sonst zuverlässig vor solchen Anblicken geschützt hatte, und er kam sich in diesem Moment vor, als erklömme er den Schuttberg dieser Mauer – was dumm war. Denn Jens spürte, dass sein Maß voll war. Aber dies war sein Job. Er war ersetzbar, keine Frage, aber nicht hier und heute.

Verschwitzt erreichte er die Kuppe des Hügels und sah einen weiteren Beamten. Der winkte ihn heran und führte Jens durch das Dickicht eng stehender, mannshoher Kiefern und Fichten.

«Der Täter ist einen anderen Weg gegangen, das ist deutlich zu sehen, wir verseuchen hier also keine Spuren», erklärte der Beamte. «Er hat die beiden Frauen wohl am Fuß des Hügels überrascht und dann durch den Sand in dieses Dickicht gezogen. Die Schleif- und Blutspuren und das Gebell ihres Hundes hat die Zeugin auf die Fundstelle aufmerksam gemacht. Da drüben ...» Er zeigte dorthin, wo das Dickicht zurückwich und einer kleinen sandigen Ebene Platz machte. Jens blieb stehen und nahm das Bild gegen seinen Willen in sich auf.

Zwei Frauen.

Die eine, blond, lag bäuchlings am Boden, ihr Haar war blutverklebt.

Die andere, dunkelhaarig, war an einen Baum gefesselt, ganz so wie Eva Probst am Elbhang. Schon aus der Entfernung konnte Jens ein breites Nylonhalsband um ihren Hals erkennen. Zwischen den beiden Leichen lag ein Handy im Sand.

Jens wusste, warum es dort lag. Er wusste auch, dass der Täter nicht so dumm war, darauf seine Fingerabdrücke zu hinterlassen. Jens hätte es also aufheben können, doch das wollte er gar nicht. Warum auch? Es war sehr wahrscheinlich gesichert, ohne Hillmann-Tony kam er ohnehin nicht ins Menü. Und wenn es entsichert und die Daten verfügbar waren, würde Jens sich ein weiteres Video anschauen müssen, auf dem eine junge Frau grausam erdrosselt wurde. Darauf konnte er getrost noch eine Weile verzichten.

Doch in diesem Moment klingelte das Handy. Einen Moment lang konnte Jens diesen doch so alltäglichen Vorgang nicht fassen. Dann ging er hinüber und kniete sich hin, um das Display ablesen zu können. «Papa ruft an», stand dort.

Jens erstarrte. Sollte er ausprobieren, ob das Handy wirklich gesperrt war, indem er versuchte, das Gespräch entgegenzunehmen? Aber er wollte nicht mit dem Vater der jungen Frau sprechen, das ging einfach nicht.

Das Klingeln seines eigenen Handys riss Jens aus seinen Gedanken.

Becca war dran. «Ich habe gerade mit einem der Beamten gesprochen, die Rodderiks Wohnung überwachen. Er hat von Nachbarn erfahren, dass der Mann hochgradig aggressiv ist und man ihm am besten aus dem Weg geht. Der Kollege will wissen, ob sie klingeln sollen?»

«Nein», sagte Jens mit Blick auf die dunkelhaarige Frau am Baum, die nie wieder einen Anruf von ihrem Vater entgegennehmen würde. «Ich klingele.»

9

Lars Rodderik lebte in einem typischen Wilhelmsburger Gebäudekomplex, einem Hochhaus voller Mietwohnungen, unüberschaubar und kaum zu sichern. Wenn hier etwas schieflief, konnte das schnell in einer Katastrophe enden.

«Was machen wir?», fragte einer der beiden männlichen Beamten, an deren zivilem Einsatzwagen Jens gerade angelangt war. «Wir können die Wohnung nicht einmal einsehen. Keine Ahnung, ob der Mann da ist oder nicht.»

«Habt ihr ein Foto?», fragte Jens.

Der junge Beamte – er war höchstens fünfundzwanzig Jahre alt, hatte kurzgeschorenes, blondes Haar und wirkte topfit – aktivierte sein Handy und hielt es Jens hin. «Aus unserer Datenbank», erklärte er.

Es war eines dieser Fotos, die bei Verhaftungen gemacht wurden. Für eine Modelkartei reichte es dabei selten, aber eigentlich sah Rodderik gar nicht mal schlecht aus. Er hatte ein schmales Gesicht, markante Züge und blaue Augen. Sein blondes Haar trug er schulterlang. Der Drei-Tage-Bart ließ ihn verwegen wirken, aber auf eine angenehme Art, so wie einen Abenteurer. Wie einen Typ, mit dem man Pferde stehlen oder auf Berge steigen konnte. War er wirklich der Mann, den sie suchten?

Jens hatte es sich längst abgewöhnt, die Menschen nach ihrem Aussehen zu beurteilen. Der hässlichste Vogel konnte ein netter Zeitgenosse sein, während der Normalo von nebenan vergewaltigte und mordete, sobald Frau und Kinder schliefen. Die Natur tat der Polizei nun mal leider nicht den Gefallen, Verbrecher zu markieren.

«Er ist weder rein- noch rausgegangen?», fragte Jens.

Kopfschütteln.

Jens dachte nach. Der Doppelmord in den Harburger Bergen konnte noch nicht allzu lang her sein, ein paar Stunden vielleicht. Eine Einschätzung der Rechtsmedizin zum genauen Todeszeitpunkt lag noch nicht vor, doch die beiden Frauen konnten unmöglich bereits gestern getötet worden sein, dann wären die Leichen früher entdeckt worden – so einsam war die Gegend nicht.

Wenn Rodderik ihr Mann war, hielt er sich wahrscheinlich in seiner Wohnung auf, um Spuren von sich und seiner Kleidung zu entfernen und sich von den Anstrengungen zu erholen. Jens hatte schon einige Male Mörder sagen hören, dass sie nach der Tat physisch und psychisch am Ende waren und nur noch schlafen wollten.

«Wir gehen rein», entschied Jens. «Nur wir drei. Wir wollen hier kein Aufhebens machen. Traut ihr euch das zu?»

Der Beamte nickte. «Auf jeden Fall!»

Er wirkte übermotiviert und wild entschlossen, und Jens fragte sich, ob er Hagenah gekannt hatte und von der Verbindung zwischen den beiden Fällen wusste? Noch so einen Heißsporn wie sich selbst konnte Jens bei den Ermittlungen nicht gebrauchen. Allerdings war niemand anders hier, und wenn Rodderik wirklich so aggressiv war wie befürchtet, konnte ein zu allem entschlossener Polizist hilfreich sein.

Jens ging voran, die beiden Polizisten folgten ihm. In dem Wirrwarr aus Klingel und Namen war der Name Rodderik schwer zu finden. Jens bemerkte einmal mehr, dass er diese kleine Schrift auf die kurze Distanz nicht mehr gut lesen konnte. Ein Besuch beim Optiker war längst überfällig.

Der jüngere Kollege entdeckte den Namen zuerst. «Dritter Stock», sagte er.

Sie betraten das Gebäude. Es gab ein Treppenhaus und einen Fahrstuhl. «Ihr nehmt die Treppe», sagte Jens und stieg in die enge Kabine.

Irgendjemand musste den Fahrstuhl nehmen für den Fall, dass Rodderik gerade jetzt das Haus verließ, und wenn er schon unter ersten Alterserscheinungen litt, stand ihm diese Bequemlichkeit zu, fand Jens. Fitness hin oder her.

Die beiden Kollegen waren vor ihm in der dritten Etage, und besonders der Heißsporn wirkte nicht so, als hätte er sich sonderlich angestrengt. Zum Glück waren die beiden schlau genug, sich ein Grinsen zu verkneifen.

Jens zog seine Waffe und nickten den Kollegen zu. Das war das Startzeichen für sie, ebenfalls ihre Dienstwaffen zu ziehen.

Auf ein erstes Klingeln tat sich nichts. Aus der Wohnung kamen keine Geräusche. Also klingelte Jens ein zweites und zur Sicherheit gleich noch ein drittes Mal.

«Wer ist denn da?», kam es unvermittelt durch die geschlossene Tür.

«Herr Rodderik?»

«Wer da ist, verdammt!»

«Polizei. Kommissar Kerner, ich muss mit Ihnen sprechen.»

Keine Antwort. Jens lauschte. In der Wohnung herrschte verdächtige Stille. Was, wenn Rodderik auf die Schnelle Beweise vernichtete? Das konnte und durfte Jens nicht zulassen. Er hämmerte mit der Faust gegen die Tür. «Machen

Sie sofort auf, Herr Rodderik, oder wir verschaffen uns Zutritt.»

Etwas schepperte in der Wohnung.

«Haben die Wohnungen Balkone?», fragte Jens.

«Äh ... ja», antwortete Kollege Heißsporn.

«Los, runter mit Ihnen, auf die Rückseite! Und wir brechen die Tür auf.» Der blonde Beamte rannte die Treppen hinunter.

Zusammen mit dem zweiten Kollegen warf sich Jens gegen die Tür. Es brauchte drei Versuche, dann brach das Schloss, und die Tür sprang auf.

«Polizei!», rief Jens laut und deutlich.

Der plötzliche Windzug bauschte im Zimmer am Ende des kurzen Flures die Gardinen auf. Jens stürmte auf die geöffnete Balkontür zu, riss die Gardine beiseite und hatte Mühe, rechtzeitig zu stoppen, um nicht über die Brüstung zu fallen. Nur eine Sekunde nach ihm lehnte sich sein Kollege über den metallenen Rahmen.

Gemeinsam sahen sie dabei zu, wie sich ein Mann in Jogginghose, Sneakers und schwarzem T-Shirt von dem Balkon der Wohnung in der zweiten Etage zu dem darunterliegenden Balkon hangelte.

«Rodderik, bleiben Sie stehen!», brüllte Jens.

Der Polizeibeamte neben ihm stieß sich von der Brüstung ab und rannte durch die Wohnung zurück ins Treppenhaus. Jens blieb und beobachtete, wie sich Rodderik auch noch vom Balkon im ersten Stock auf den Rasen fallen ließ, lässig abfederte und dann davonspurtete, als verließe er seine Wohnung regelmäßig auf diese Art. Er drehte sich nicht ein einziges Mal um.

Jens hob seine Waffe. Er hatte freien Blick und freies

Schussfeld, und auf die Entfernung waren seine Augen immer noch sehr gut. Zwei, vielleicht drei Sekunden noch, dann wäre Rodderik zu weit entfernt für einen gezielten Schuss auf die Beine. Alles Mögliche ging Jens in diesen zwei Sekunden durch den Kopf. Er sah die Leichen in den Harburger Bergen und den Todeskampf von Eva Probst. Er sah Hagenah tot an die Wand der Gartenlaube gelehnt, und seine Phantasie zeigte ihm das mit Luminol und blauem Licht sichtbar gemachte letzte Wort von ihm:

Kind

Jens ließ die Waffe sinken. Alles sprach gegen einen Schuss. Er wusste ja nicht einmal, ob Rodderik der Täter war. Es wäre ein Fehler, aus seiner Wut heraus zu feuern – ein weiterer Fehler nach der unverzeihlichen Attacke gegen Kai-Uwe Kahlau, deren Konsequenzen er sicher zu spüren bekommen würde.

Blieb nur zu hoffen, dass der junge Heißsporn Rodderik einholen und stellen würde.

Da es sinnlos war, sich selbst an der Verfolgung zu beteiligen, sah sich Jens in der Wohnung um. Die Einrichtung war billig und alt, die ehemals weißen Raufasertapeten von einem Grauschleier überzogen und an vielen Stellen fleckig oder abgeschabt. In den Zimmerecken hingen Spinnennetze, auf den Flächen und dem Fußboden lag Staub, so dick und alt, dass Laufspuren verrieten, wo Rodderik regelmäßig entlangging. Vor dem Fenster stand eine große Yucca-Palme in einem Plastiktopf. Sie musste schon vor Jahren vertrocknet sein, denn ihre Blätter waren braun und eingerollt. Rodderik schien ein Faible für Modellschiffe zu haben. In einem weißen Regal, das im Gegensatz zu den anderen Möbeln neu wirkte, standen einige davon. Zusammengebaut zwar, aber nicht angemalt, waren sie alle eintönig grau. Auf dem Tisch, über dem eine tief heruntergezogene Pendellampe hing, befanden sich die Utensilien für die Bastelarbeit. Eine Lupe, Pinzetten, Schere, Klebstoff, eine Fingernagelfeile. Außerdem mehrere zusammengefaltete Bauanleitungen. Die dazugehörigen Kartons waren unter dem Tisch gestapelt.

In der hinteren linken Ecke stand ein Doppelbett. Ein einfacher Kiefernholzrahmen mit einer Matratze, darauf Kissen und Decken. In den Spalt zwischen Bett und Wand war ein Regal geklemmt, in dem Kleidungsstücke lagen. Viele waren es nicht.

Auf dem Bett lag ein silberner Laptop. Um den würde sich Hillmann-Tony kümmern müssen.

In der kleinen Küche hing der einzige Hängeschrank so schief an der Wand, dass die Türen nicht richtig schlossen. Statt eines richtigen Herds gab es nur einen tragbaren Gaskocher mit zwei Kochflächen – er war von oben bis unten mit Essensresten eingesaut. Eine Pyramide aus Konservendosen verriet, dass Rodderik nicht gerade ein Gourmet war.

Jens schaute die Schränke durch, fand aber nichts Interessantes. Er wechselte in das komplett unmöblierte Bad. Der weiße Duschvorhang hatte Schimmelflecken, der runde Wandspiegel über dem Waschbecken war verschmiert. Auf der Fensterbank stapelte sich, was eigentlich in einen Schrank gehörte: Duschgel, Zahnpasta, Nassrasierer und allerhand anderes Zeugs. Rodderik führte ein armseliges Leben, aber er schien keine Drogen mehr zu nehmen.

Das sprach jedoch eher für ihn als Täter, fand Jens. Denn

wer auf diese Art und Weise tötete, so eiskalt, konzentriert und zielgerichtet, konnte kein Junkie sein.

Jens versuchte, sich vorzustellen, wie Rodderik tief gebeugt an dem Tisch saß und im Schein der Pendelleuchte ein Modellflugzeug zusammenbaute. Ruhig, mit langsamen Bewegungen, ganz auf die Aufgabe fokussiert. Vielleicht lenkte er sich damit ab von einem Leben, das vollkommen aus den Fugen geraten war und nur noch ein Ziel kannte: Rache.

Zu seinem eigenen Erschrecken konnte Jens das sogar verstehen, und er fragte sich, was mit ihm selbst eigentlich nicht stimmte.

Es klingelte. Eine Gegensprechanlage gab es nicht, also lief Jens hinunter. Der Kollege, der mit ihm zusammen auf dem Balkon gewesen war, wartete vor dem Haus. Er wirkte abgehetzt und war verschwitzt. «Wir haben ihn!», stieß er aus. «Gleich da vorn.»

Jens folgte ihm um das Gebäude herum und über die Rasenfläche, über die Rodderik geflüchtet war. Von dort ging es zwischen zwei Reihen Fertiggaragen entlang, dann über einen kleinen Wall und durch einen dicht bepflanzten Grünstreifen auf einen Kinderspielplatz.

Am Rand der Sandfläche standen zwei Dutzend schockiert dreinschauende Mütter und Kinder. Schräg an der roten Rutsche lehnte ein Mann, die Hände auf den Rücken gefesselt, das Gesicht von den Kanten der Rutschbahn verdeckt. Vor ihm hatte sich Kollege Heißsporn aufgebaut, die Fäuste in die Hüften gestemmt. Seine Uniform war schmutzig, sein Gesicht verschwitzt, aber er wirkte zufrieden.

Jens ging hinüber. «Hat sich gewehrt wie ein Berserker», sagte der blonde Kollege. «Und herumgeschrien, als müsste er sterben.»

Jens konnte sich die Szene gut vorstellen, die sich auf dem Kinderspielplatz abgespielt hatte. Ein bisschen weniger Aufmerksamkeit wäre sicher besser gewesen, aber er konnte und wollte dem Kollegen nichts vorwerfen. Immerhin hatte er den Flüchtigen gestellt. «Gut gemacht», sagte Jens. «Richten Sie ihn bitte auf.»

Der Blonde packte beherzt zu und zog Rodderik auf die Beine. Der hatte jedoch keinerlei Ähnlichkeit mit dem Mann auf dem Foto, das ihm der Kollege vorhin gezeigt hatte.

«Lars Rodderik?», fragte Jens.

«Nee, bin ich nicht.»

10

Die Videoaufnahme endete mit einem unerträglichen Standbild von Azra Erdems Gesicht in Großaufnahme.

Jens schaltete es ab, und von einer Sekunde auf die andere wurde es dunkel im Arbeitszimmer von Hillmann-Tony, dem digitalen Forensiker. Diese Dunkelheit fraß sich in Jens hinein, füllte ihn aus und ließ keinen Platz mehr für tiefergehende Empfindungen. Er war schockiert darüber, wie die junge Frau ums Leben gekommen war, schockiert und angewidert, aber nur oberflächlich. Tiefer durfte es nicht gehen, das wusste Jens, sonst würde er diesen Fall nicht durchstehen.

Bei 6 Minuten und 18 Sekunden hatte der Täter den Timer gestoppt. 6 Minuten und 18 Sekunden – eine kurze Zeit, wenn man glücklich war. Eine Ewigkeit, wenn man zu Tode stranguliert wurde.

Dieses Mal hatte keine der beiden Joggerinnen eine Begleit-App benutzt, niemand hatte sie während ihres Trainings angerufen oder mit ihnen gechattet, aber es war dem Täter dennoch wichtig gewesen, seine Botschaft zu hinterlassen. Bei einer Minute und zwanzig Sekunden hatte er sie mit seiner eigenen Stimme aus dem Off kundgetan: «Ihr läuft die Zeit davon.»

Diese Stimme, stark verstellt, sehr tief und langsam, hallte noch immer in Jens' Kopf nach.

Warum nur war dem Täter diese Botschaft so wichtig? Sie musste eine immense Bedeutung für ihn haben, sonst wäre er das Risiko nicht eingegangen, selbst zu sprechen, denn natürlich konnte man die Stimme analysieren, egal, wie sehr er sie auch verstellt hatte. Sie würden den Täter deshalb nicht finden, aber es war ein Belastungsindiz gegen ihn, das in einer Verhandlung viel Gewicht haben konnte.

Dunkelheit und Stille verstärkten sich gegenseitig und lasteten wie ein tonnenschweres Gewicht auf Jens. Er hatte das Gefühl, nicht mehr atmen zu können, er war unfähig, sich zu bewegen. So beschissen er sich auch gerade fühlte – vielleicht war dies der geeignete Moment, um seinen Gedanken zu folgen.

Sie wussten, dass Azra Erdem sich in dem Hallenbad, in dem sie als Schwimmmeisterin arbeitete, beobachtet gefühlt hatte. Davon hatte sie ihrem Vater erzählt. Weiterhin wussten sie, dass Azra sich aus diesem Grund spontan mit Britta Köhler für einen gemeinsamen Lauf verabredet hatte. Das Ziel dieses Angriffs war also Azra gewesen, nicht Britta. Der Täter hatte gewusst, wo und wann sie laufen gehen würde, aber er hatte wahrscheinlich nichts von der Verabredung gewusst – vielleicht aber auch doch, und es war ihm egal gewesen.

Azra Erdem war in der gleichen Laufgruppe wie Eva Probst. Auch sie hatte regelmäßig ihre Laufwege und Zeiten bei *Runfree* gepostet und sich mit den anderen Usern der Gruppe verglichen und ausgetauscht. Diese Instagram-Gruppe war die einzige offensichtliche Verbindung zwischen den Frauen, deshalb nahm Becca sie seit Stunden schon gründlich unter die Lupe. Sie suchte nach Kommentaren, die auf den Täter hinwiesen. Vielleicht hatte er sich mit ihnen ausgetauscht, sich mit ihnen über ihre Strecken und Gewohnheiten unterhalten, versucht, eine Freundschaft aufzubauen. Aber bei der Größe der Gruppe war es eine Suche nach der Nadel im Heuhaufen, das wusste Jens.

Es war dem Täter nicht allein um Eva Probst gegangen, so viel stand nun fest. Und mit dieser neuen Tat stand auch die Theorie in Zweifel, dass er sich eigentlich an Laura Windmüller rächen wollte. War der Tod der kleinen Carolina, die an Methadon gestorben war, also doch nicht der Auslöser für seine Rache? Aber es musste doch etwas damit zu tun haben, wie sonst ließ sich die Verbindung zu Roland Lange, Wilhelm Gruber und dem Mord an Hagenah erklären?

Warum die Läuferinnen? Warum lief ihnen die Zeit davon? War Lars Rodderik der Täter?

Der Mann, der aus Rodderiks Wohnung geflüchtet war, war nicht Rodderik, so viel stand fest. Noch kannten sie dessen Identität nicht, denn er weigerte sich, mit der Polizei zu sprechen, aber sie würden schon noch herausfinden, wer er war. Jens rief sich noch einmal die Lage ins Gedächtnis.

Maximilian Grafe, der Fahrradmechaniker, den sie mit einem Rucksack voller Gegenstände aufgegriffen hatten, die mit dem Mord an Eva Probst in Verbindung standen. Lars Rodderik, dessen kleine Tochter an Methadon gestorben war, das Dr. Laura Windmüller ihm verschrieben und mit nach Hause gegeben hatte.

Methadon in der Gartenlaube von Roland Lange. Jemand, der wahrscheinlich genau danach gesucht hat, wurde von Hagenah überrascht und tötete ihn.

Jens spürte, wie seine Gedanken zerfaserten. Er kam einfach nicht weiter. Ein entscheidendes Detail fehlte, sie wussten nicht alles, vielleicht weil irgendjemand log oder sie noch nicht die richtigen Fragen gestellt hatten.

Plötzlich wurde ihm alles zu viel. Diese Last konnte einer allein nicht tragen, diesen Fall nicht allein lösen. Jens wollte nur noch weg, so weit weg wie möglich, nichts mehr hören und sehen von dieser rohen, brutalen Gesellschaft, in der Serienmördern wie diesem mehr Interesse entgegengebracht wurde als den Menschen, die zu ihren Opfern wurden.

Müde kämpfte sich Jens aus dem Stuhl hoch und ging zur Tür hinüber. Es gab Tausende Dinge zu erledigen, aber er war auch nur ein Mensch und musste wenigstens schlafen. An Privatleben war ja nicht einmal zu denken.

Als Jens die Tür öffnete, wurde er überrascht. Becca und Hillmann-Tony warteten davor. Den digitalen Forensiker hatte Jens nach Hause geschickt, bevor er sich das Video angeschaut hatte. Hillmann hatte nicht die richtige Konstitution für noch mehr solcher Bilder, und Jens konnte es nicht riskieren, ihn zu verlieren. Menschen wie Hillmann wurden mit ihrem Wissen bei den Ermittlungen immer wichtiger. Wahrscheinlich würden sie in ein paar Jahren den ganzen Laden übernehmen.

«Was macht ihr denn hier?», fragte Jens und kniff gegen das Licht die Lider zusammen.

«Ich brauche jemanden, der mich nach Hause fährt», sagte Becca und sah ihn besorgt an. Wenn Jens ihre Blicke richtig deutete, sah er beschissen aus.

«Und ich mache noch ein bisschen weiter. Vielleicht finde ich in dieser Laufgruppe Informationen», sagte Hillmann-Tony.

«Ist doch längst Feierabend», wandte Jens ein.

«Ein paar Stunden schaffe ich noch», hielt Hillmann dagegen.

Jens nickte ihm zu, und Hillmann verschwand in seinem Büro.

«Schiebst du mich?», fragte Becca. Das tat Jens sowieso gern, aber gerade jetzt noch mehr, weil Becca ihn dann nicht mehr so mitleidsvoll anschauen konnte.

Er schob sie hinaus auf den Parkplatz der Dienststelle. Viele Fahrzeuge standen nicht mehr dort. Neben der Red Lady parkte Beccas Toyota – sie hätte längst selbst nach Hause fahren können.

«Lasterzeit? Was meinst du?», fragte sie lächelnd.

«Unbedingt ... ist schon viel zu lange her.»

Zusammen in seinem Pick-up durch die Stadt zu cruisen, dabei zu rauchen und über den aktuellen Fall zu sprechen, das war Jens richtig ans Herz gewachsen. Becca und er nannten es Lasterzeit, weil die Red Lady streng genommen ein Laster war – und weil sie dabei dem Laster des Rauchens nachgingen. Jens war zwar müde und musste dringend schlafen, um den morgigen Tag zu überstehen, aber diese Zeit nahm er sich gern.

Er hob Becca aus dem Rollstuhl auf die Sitzbank, verlud den Rollstuhl auf der Ladefläche und stieg ein. Während er den Motor startete und den schwerfälligen Wagen von dem engen Parkplatz der Dienststelle manövrierte, zündete Becca erst sich und dann ihm eine Zigarette an. Er bekam seine sogar zwischen die Lippen gesteckt.

Rauchen, fahren, schweigen.

So vergingen einige Minuten, die erholsamsten des heutigen Tages.

«Ich habe in dieser Laufgruppe noch nichts gefunden», sagte Becca irgendwann.

«Tja, vielleicht führt das auch zu nichts.»

«Mir ist aber etwas anderes eingefallen.» Becca war eine Meisterin im Lösen von Rätseln, verbrachte viel Zeit mit Sudokus, verfügte über einen messerscharfen Verstand und hatte Jens bei Ermittlungen schon häufig auf die richtige Spur gebracht oder einen entscheidenden Denkansatz geliefert. Ihr zuzuhören war wichtig, egal wie müde er war. «Leg los!», forderte Jens sie auf.

«Rolf … er hat mit seinem eigenen Blut das Wort «Kind» an die Holzvertäfelung dieser Gartenlaube geschrieben», begann Becca. «Was, wenn er damit gar nicht seine Tochter gemeint hat?»

«Wen denn sonst?»

«Na ja, mittlerweile haben wir ein Kind in diesem Fall, oder nicht?»

«Du meinst die kleine Carolin, die an Methadon verstorben ist?»

«Ganz genau», sagte Becca und stieß Zigarettenqualm aus.

«Aber …», begann Jens, brach den Satz aber ab, weil ihm die Konsequenzen seiner Gedanken bewusst wurden.

Becca nickte. Im Licht der Armaturenbeleuchtung wirkten ihre Gesichtszüge verhärtet.

«Es würde bedeuten, dass Rolf den Zusammenhang kannte, als er starb», sagte Becca. «Er kann aber nicht von selbst draufgekommen sein … also bleibt nur eine Möglichkeit.»

«Sein Mörder», stieß Jens aus.

«Die Spurensicherung hat ja herausgefunden, dass er wahrscheinlich längere Zeit neben Rolf hockte. Er hat darauf gewartet, dass Rolf stirbt, und es wäre nicht das erste Mal, dass ein Täter sein Gewissen erleichtert, indem er einem Polizisten erzählt, warum er so handelt.»

«Kind», sagte Jens leise. «Lässt sich einfacher schreiben als Carolina … wenn man keine Kraft und keine Zeit mehr hat.»

«Ja … aber vielleicht hat der Täter ihren Namen auch gar nicht erwähnt und nur von einem Kind gesprochen. Vielleicht kam der Täter auch nicht von selbst auf dieses Thema.»

«Wie meinst du das?», fragte Jens.

Becca musste trocken schlucken, bevor sie antwortete.

«Ich kann mir vorstellen, dass Rolf seine Tochter anrufen wollte in seinen letzten Minuten. Du hast mir ja erzählt, wie sehr ihn das Thema beschäftigt hat und was er sich als Erstes für seine Rente vorgenommen hatte. Rolf wusste, dass er stirbt ... vielleicht hat er seinen Mörder darum gebeten, seine Tochter anrufen zu dürfen.» Bei den letzten Worten stockte Beccas Stimme.

Jens spürte, wie sich sein Magen verhärtete. Es tat körperlich weh, sich mit dem Gedanken beschäftigen zu müssen, dass sein bester Freund in seinen letzten Minuten auf die Gnade seines Mörders angewiesen war, während Jens mit Becca zu einem netten Abendessen unterwegs gewesen war. Natürlich hatte sein Mörder ihm diese Bitte abschlagen müssen, und so war Rolf gestorben, ohne reinen Tisch mit seinem einzigen Kind machen zu können.

Es war so einfach, einen Kontakt abzubrechen, Jens hatte das selbst oft genug getan. Und es war so schwierig, ihn wiederherzustellen.

«Scheiße!», stieß Jens aus, und seine linke Hand krampfte sich ums Lenkrad.

«Ich weiß, es ist hart, aber ich musste es dir sagen.»

«Ja, natürlich ... und du könntest recht haben.»

«Und wenn ich recht habe, bedeutet es, dass all das doch mit der kleinen Carolina zusammenhängt, auch wenn es jetzt noch weitere Opfer gibt.»

«Wir müssen Rodderik finden», sagte Jens. «Er ist die Schlüsselfigur. Aber wenn er sich für den Tod seiner Tochter rächen wollte, warum dann die beiden Joggerinnen in den Harburger Bergen töten?»

«Um von seinem eigentlichen Beweggrund abzulenken ... oder ganz einfach, weil es ihm Spaß macht, weil er auf den Geschmack gekommen ist.»

11

Ich mag diesen Ort. Mochte ihn immer schon. Hier, vor dem Gefallenengedenkstein an der Außenalster, habe ich die beiden zum ersten Mal gesehen. Sie liefen nebeneinanderher in ihren knappen, bunten Outfits, zwei topgestylte, hippe Frauen, denen der Erfolg aus jeder Pore drang, die ihn vor sich hertrugen wie Schilde im Kampf gegen die Männer.

Damals war ich ein anderer gewesen. Niedergeschlagen, deprimiert, nahe dran, mich selbst aus dem Leben zu nehmen. Doch als ich sie erkannte, war von einer Sekunde auf die andere alles anders. Einen Moment göttlicher Eingebung hat man vielleicht ein einziges Mal im Leben, die meisten machen diese Erfahrung nie, ich aber erkannte sofort meine Chance und die Möglichkeiten, ein vollkommen anderer Mensch zu werden. Man kann es überall lesen, jeder sagt es einem, dass man nach einem Rückschlag aufstehen und weitermachen muss, sonst bringt man es zu nichts. Doch dieser Ratschlag bricht an entscheidender Stelle ab, denn er sagt nichts darüber, was man tun soll, wenn man wieder steht. Ein Boxer, der angezählt wieder auf die Beine kommt, kassiert einfach nur den nächsten Schwinger und geht wieder auf die Bretter, wenn er keinen Plan hat. Es ist der Plan, der alles verändert, und den hat man am besten schon im Kopf, während man noch im Staub liegt. Ich saß damals im Staub vor dem Gefallenengedenkstein und beobachtete all die schönen fitten Frauen, die an mir vorbeijoggten, sah ihre perfekten Körper, ihre wippenden Pferdeschwänze, nahm ihr helles Geplapper wahr und fragte mich, wie es wohl wäre, eine von ihnen ins Gebüsch zu zerren und zu erwürgen – und dann kamen die beiden!

Ich erinnere mich, dass in diesem ganz besonderen Augenblick sogar die Sonne durch die bisher geschlossene Wolkendecke brach. Sie wärmte mein Gesicht, hüllte mich in Licht und zerrte mich gleichsam aus der Dunkelheit heraus, in die ich von dieser Frau, die nur wenige Meter entfernt vorbeilief, gestoßen worden war.

Sofort erinnerte ich mich an ihre unfairen Worte.

Ihnen läuft die Zeit davon.

Dort lief sie, lief vor ihrer eigenen Zeit davon, und ich verstand, was ich zu tun hatte.

Heute sitze ich wieder hier und beobachte die vorbeilaufenden Menschen. Es mögen andere sein, für mich sind es jedoch dieselben wie an jenem Tag. Der Einzige, der sich verändert hat, bin ich. Heute liege ich nicht mehr im Staub, ich habe mich daraus erhoben und in Höhen aufgeschwungen, die all diese Läuferinnen niemals erreichen werden. Es geht mir so gut wie nie zuvor, meine Kraft ist unermesslich – und ich habe gerade erst begonnen.

Von jetzt an gilt es, mein Kunstwerk zu verfeinern. Noch hat niemand Notiz davon genommen, doch das wird sich ändern. Ich selbst werde es in die Welt hinaustragen, mit einer Botschaft aus Angst und Panik, die Menschen werden erstarren und begreifen, dass jeder von ihnen ein Teil meiner Kunst werden kann.

Ein Teil meiner Karte.

KAPITEL 5

1

«Wir suchen diesen Mann», sagte Jens und zeigte auf das Foto an der Wand des Besprechungsraumes.

Der Beamer vergrößerte es auf ein für alle anwesenden zwanzig Beamtinnen und Beamten zu erkennendes Format.

«Lars Rodderik, achtunddreißig. Wir suchen ihn in Verbindung mit den Mordfällen an drei Joggerinnen. Sie sind alle darüber informiert. Außerdem gibt es eine Verbindung zu dem Mord an unserem Kollegen Rolf Hagenah. Die Einzelheiten entnehmen Sie bitte der Akte, wir haben genug Kopien angefertigt. Noch ist nichts bewiesen, aber es könnte sein, dass Rodderik der Täter in all diesen Fällen ist. Seien Sie also vorsichtig.»

Jens machte eine Pause und schaute in einige Gesichter. Alle Anwesenden waren konzentriert und so angespannt, wie er es selten erlebt hatte. Was nun kam, musste er nicht sagen, um das Team zu motivieren, aber natürlich erwarteten sie es von ihm. «Wir drehen jeden Stein in der Stadt um, wenn es sein muss. Wir reden mit jedem, der uns weiterhelfen kann, und wer nicht freiwillig reden will, den nehmen wir hart ran. Wir suchen so lange, bis wir Rodderik haben, Tag und Nacht, rund um die Uhr. Überstunden sind genehmigt. Ihr alle kanntet Hagenah ... er hätte für jeden von uns das gleiche getan. Lasst und diesen Kerl finden, ehe er noch mehr Schaden anrichten kann. Los geht's!» Unter aufbrandendem Gemurmel leerte sich der Besprechungsraum.

Es war früher Morgen, neun Uhr, ab jetzt lief die Großfahndung nach Lars Rodderik, dem Hauptverdächtigen in drei Fällen, die miteinander in Zusammenhang standen. Jens' Chefin, Mareike Baumgärtner, hatte ein Großaufgebot zusammengetrommelt: Weitere fünfzehn Kolleginnen und Kollegen aus dem Revier von Walter Knüfken starteten zeitgleich mit der Suche, zudem kannte jeder Streifenpolizist und jede Polizistin das Foto des Mannes. Falls sie ihn im Laufe des Tages nicht finden sollten, war eine Pressekonferenz geplant, auf der man die Bevölkerung um Mithilfe bitten würde. Jens hoffte aber, dass das nicht nötig sein würde. Der Mann war gefährlich, und bei solchen Aufrufen fühlten sich immer auch Helden berufen, die dann zu viel riskierten.

Die Baumgärtner trat auf ihn zu. Sie hatte die Ansprache im Türrahmen mitverfolgt. «Wir finden ihn», sagte sie.

Jens nickte.

«Wie geht es Ihnen?»

«Beschissen», sagte Jens ehrlich. «Aber ich mache meinen Job, darauf können Sie sich verlassen.»

«Das weiß ich. Und da es jetzt ohnehin beide Fälle betrifft, arbeiten Sie und Herr Knüfken partnerschaftlich zusammen, okay?»

«Natürlich.»

«Hat der Festgenommene gestern noch etwas Sachdienliches gesagt?» Die Baumgärtner spielte auf den Mann an, der im Vernehmungszimmer auf Jens wartete. Mittlerweile wussten sie, er hieß Christian Gerken, war zweiundzwanzig Jahre alt und wurde seit einem halben Jahr wegen schwerer Körperverletzung mit einem Haftbefehl gesucht. In seinem bisherigen Leben hatte er praktisch eine Bilderbuchkarriere hingelegt: kein Schulabschluss, kein Führerschein, Lehre zum Mechaniker abgebrochen. Dafür war er mit verschiedenen Drogendelikten und Anzeigen wegen Ladendiebstahls aufgefallen, bis er vor etwa drei Monaten einen Pastor krankenhausreif geprügelt hatte, nachdem der ihn für eine Nacht in einer kirchlichen Unterkunft aufgenommen hatte. Der Pastor hatte ihn dabei erwischt, wie er sich das Münzgeld der Kollekte einstecken wollte, und ihn zur Rede gestellt. Reden war aber nicht so Gerkens Ding, also hatte er zugeschlagen.

Jens schüttelte den Kopf. «Nein, hat er nicht, aber ich nehme ihn mir jetzt sofort noch einmal vor. Er lebte in Rodderiks Wohnung, die Leute dort hielten ihn für Rodderik, er muss etwas über dessen Verbleib wissen.»

«Brauchen Sie Hilfe bei dem Verhör?»

«Ich würde es gern allein versuchen», sagte Jens und bemühte sich um einen neutralen Tonfall.

«Okay», sagte die Baumgärtner und sah ihn mit durchdringendem Blick an.

Jens ahnte, was kommen würde.

«Es liegt eine Anzeige gegen Sie vor», sagte sie.

«Habe ich erwartet.»

«Ich kann es noch ein paar Tage hinauszögern, aber dann wird die Interne mit Ihnen reden wollen.»

«Ein paar Tage reichen», sagte Jens.

Die Baumgärtner nickte und ging wortlos davon.

Jens blickte ihr hinterher. Was immer er anfangs auch von ihr gehalten hatte, es war falsch gewesen. Sie würde die interne Ermittlung gegen ihn nicht aufhalten, und das verlangte er auch nicht, aber dass sie ihm Zeit verschaffte, um diesen Fall zu lösen, sagte viel über sie aus. Und noch etwas rechnete er ihr hoch an: Trotz der Anzeige wegen Polizeigewalt ließ sie ihn Christian Gerken allein vernehmen, obwohl er eben in der Einsatzbesprechung noch gesagt hatte, diejenigen hart rannehmen zu wollen, die nicht freiwillig aussagen wollten. Jens hatte keine Ahnung, was passieren würde, aber sollte Gerken versuchen, ihn zu verarschen, konnte Jens für nichts garantieren.

Er eilte zum Vernehmungsraum hinüber und schickte den Beamten hinaus, der auf Gerken aufgepasst hatte. Dann knallte Jens die Akte auf den Tisch, und Gerken zuckte zusammen. «Gut geschlafen, Herr Gerken?», fragte Jens.

«Wow! Sherlock Holmes hat herausgefunden, wer ich bin.»

Gerken hatte eine für einen Mann recht hohe Stimme, die Jens als unangenehm empfand und die ihn sofort nervte.

Der junge Mann streckte die langen Beine aus und steckte die Hände in die Taschen seiner schmuddeligen Jeans.

«Wenn ich vorher gewusst hätte, wie bequem es im Knast ist, hätte ich mich schon längst gestellt. So ruhig habe ich lange nicht mehr geschlafen. Und das Frühstück direkt ans Bett ... nee, echt nicht schlecht.» Er reckte und streckte sich, wie man es frühmorgens nach einer erholsamen Nacht tat.

«Sagt dir der Name Eugen Kowalcik etwas?», fragte Jens.

«Sollte er?»

«Nicht unbedingt. Der Mann sitzt seit drei Jahren im Knast. Wegen Vergewaltigung in sieben Fällen. Übersteigerter Sexualtrieb, kannst du dir nicht vorstellen. Was meinst du, was der für einen Druck hat. Kowalcik ist mir was schuldig, und er ist so ein Typ, der seine Schulden bezahlt, vor allem, wenn er auch noch Spaß hat dabei. Ich schicke dich zu ihm, in seine Zelle, und ich werde ihm sagen, egal was passiert, die Wärter gucken weg. Was meinst du, was dann passiert, Gerken?»

«Das kann ich Ihnen sagen: Ich beiß ihm seinen Scheiß-Schwanz ab und lasse ihn verbluten. Dauert nicht so lange, hab ich mir sagen lassen, und da die Wärter ja nicht hinsehen ...»

Gerken grinste, und Jens fragte sich, woher er in seinem Alter ein solches Selbstvertrauen nahm. Was musste ihm passiert sein, was für eine Kindheit hatte er durchlebt, um so abgebrüht zu werden, einen Pastor zu verprügeln, der ihm zuvor seine Hilfe angeboten hatte?

Jens war ein wenig enttäuscht, dass seine erste Einschüchterung nicht wirklich wirkte, aber er war ja noch nicht am Ende. «Wir werden sehen», sagte Jens. «Und es muss ja nicht dazu kommen, wenn du mir ein paar Fragen beantwortest.»

«Einen Scheiß werde ich.»

«Du lebst in Lars Rodderiks Wohnung. Warum?»

«Ist 'ne schöne Wohnung.»

«Hat er sie dir freiwillig überlassen?»

«Nette Nachbarn und so.»

«Wo hält sich Rodderik auf?»

«Und die Bushaltestelle gleich vor der Tür.»

Bisher war Jens bei seinen Fragen im Raum auf und ab gegangen. Jetzt machte er einen schnellen Schritt auf den Tisch zu, an dem Gerken saß. Gerken hatte mittlerweile seine linke Hand auf die Tischplatte gelegt. Jens drückte seine Fingerknöchel auf Gerkens Handrücken und stützte sich mit seinem ganzen Gewicht darauf. Wie weh das tat, konnte er dem jungen Mann ansehen, auch wenn der sich zusammenriss, um nicht aufzuheulen.

«Wo ist Rodderik?», fragte Jens noch einmal und behielt den Druck auf die Hand bei. Ein wenig mehr noch, dann würde ein Knochen brechen, doch so weit würde Jens es nicht kommen lassen.

«Verpiss dich, Bulle!», stieß Gerken zwischen zusammengebissenen Zähnen aus.

Mit der rechten Hand hielt er das Handgelenk seiner Linken und versuchte, sie unter Jens' Knöchel wegzuziehen. Das gelang ihm, weil Jens den Druck ein wenig verringerte, dabei rutschten seine Knöchel aber über den Handrücken, was sogar noch schmerzhafter war.

Jetzt heulte Gerken doch auf. «Dafür krieg ich dich dran!», schrie er mit seiner hohen Stimme.

«Wofür? Siehst du einen Zeugen hier? Meinst du, jemand schenkt dir Glauben?»

«Die Hand wird grün und blau, jeder wird das sehen können.»

«Ich glaub, du hast es nicht begriffen. Du wanderst von hier aus direkt in den Knast zu meinem Kumpel Eugen Kowalcik, und wenn der mit dir fertig ist, bist du überall grün und blau, außen wie innen.»

Darauf erwiderte Gerken nichts. Stattdessen rieb er seine schmerzende Hand.

«Wo hält sich Rodderik auf?», wiederholte Jens seine Frage.

«Ich weiß es nicht!», schrie Gerken. Er spuckte Jens die Worte geradezu entgegen.

«Wie kommst du in seine Wohnung?»

«Scheiße ... er hat sie mir überlassen, hat gesagt, er braucht sie nicht.»

«Wann war das?»

«Weiß nicht ... vor drei Monaten oder so.»

«Und er will keine Miete von dir?»

«Nee ...»

«Warum nicht?»

«Ich hab ihm einen Gefallen getan.»

«Was für einen Gefallen?»

Gerken zögerte einen Moment, aber jetzt, da die Schleusen einmal offen waren, redete er weiter. «Dieser Scheiß-Pfaffe, Mann!»

Jens verpasste ihm einen ordentlichen Schlag mit der flachen Hand gegen den Hinterkopf. Er hörte, wie Gerkens Zähne aufeinanderschlugen. «Drück dich ordentlich aus», sagte Jens. «Was ist mit dem Pfarrer?»

«Rodderik wollte, dass ich ihn verprügele.»

«Moment! Du meinst den Pfarrer, den du krankenhausreif geprügelt hast?»

«Gibt es sonst noch einen?»

Jens stützte sich vor Gerken auf der Tischplatte ab. «Warum wollte er, dass du das tust?»

«Weil dieser Pfaffe seine Kleine beerdigt hat und wohl angedeutet hat, es sei Lars' Schuld.»

«Was sei Lars' Schuld?»

«Der Unfall ... mit seiner Kleinen.»

Es klopfte an der Tür zum Vernehmungszimmer, und noch ehe Jens reagieren konnte, sprang sie auf, und ein Toter erschien im Türrahmen.

«Das müssen Sie sich anschauen», sagte er.

2

Bei der Leiche in der Tür handelte es sich um eine irgendwie verblasste und durchscheinende Version von Hillmann-Tony, dem digitalen Forensiker seines Teams. Jens' erster Eindruck war, dass Hillmann in die Waschmaschine geraten und zu heiß gewaschen worden war.

«Was ist denn mit Ihnen passiert?», fuhr Jens ihn an. Eigentlich war er sauer, weil Hillmann das Verhör unterbrochen hatte. So etwas machte man nicht, und es war besonders ärgerlich, da Jens Gerken gerade so richtig weichgeklopft hatte. Aber woher sollte Greenhorn Hillmann das wissen?

«Wieso?», fragte der.

«Weil Sie beschissen aussehen.»

«Ach so ... ich, na ja, ich war nicht zu Hause.»

«Soll das heißen, Sie haben die ganze Nacht durchgearbeitet?»

«Ob ich nun hier oder zu Hause vor dem Rechner sitze ...», verteidigte sich Hillmann-Tony.

«Auch wieder wahr. Und was soll ich mir unbedingt anschauen?»

«Kommen Sie, ich zeig es Ihnen.»

«Wehe, Sie machen hier wegen einer Nichtigkeit die Welle. Sie haben ein wirklich wichtiges Verhör unterbrochen.»

«Diese Sache ist wichtiger, versprochen», sagte Hillmann-Tony, ohne sich umzudrehen, und Jens wunderte sich über dessen Selbstsicherheit.

Als sie sein Büro erreichten, kam von links Becca herangerollt. «Tony, was ist passiert?», rief sie. «Warum soll ich so schnell wie möglich herkommen?»

«Kommt beide mit rein, ich zeige es euch.»

Becca warf Jens einen fragenden Blick zu. Jens schüttelte den Kopf. Sie hatten beide keine Ahnung, worum es hier ging.

Jens ließ Becca die Vorfahrt und schloss die Tür. Er konnte ihr dezentes Parfum riechen und musste an die zurückliegende Nacht denken. Nach der Lasterzeit hatte er Becca nach Hause gebracht und erneut bei ihr übernachtet. Sie hatten nicht wieder miteinander geschlafen, dafür waren sie beide viel zu erschöpft gewesen. Mit ihr im Arm einzuschlafen, sie atmen zu hören, sie riechen zu können, hatte all die bösen Dämonen des Tages vertrieben, und zum ersten Mal seit langer Zeit war Jens klar geworden, dass er unter dem Alleinsein vielleicht doch litt. Dass es für keinen Menschen gut war, allein zu sein, und jeder jemanden brauchte, an den er sich anlehnen oder den er in den Arm nehmen konnte.

Wie ein nasser Sack fiel Hillmann-Tony auf den Drehstuhl. Seine flinken Finger huschten über die Tastatur, und ein Bild erschien.

«Das ist eine der Laufstrecken von Eva Probst, aus der Community von *Runfree* ...», begann er.

«Kennen wir doch schon», fuhr Jens dazwischen.

Hillmann-Tony wechselte zu einem anderen Bild.

«... und das ist die angebliche Laufstrecke einer Person, die sich in der Community nur ‹RvS› nennt.»

Becca und Jens starrten auf das Bild. Unter der roten Linie lag der Ausschnitt eines Stadtteils von Hamburg, genauer gesagt, des Bezirks Altona. Die Linie an sich ergab allerdings wenig Sinn, bildete sie doch keinen in sich geschlossenen Rundkurs, wie es bei der Strecke von Eva Probst der Fall war. Diese Strecke hatte einen Anfang und ein Ende und sah zudem noch äußerst merkwürdig aus. So als wäre der Läufer besoffen oder orientierungslos gewesen.

«Was hat das zu bedeuten?», fragte Jens.

Plötzlich stieß Becca mit einem erschrockenen Geräusch die Luft aus und lehnte sich in ihrem Rolli zurück. «Das darf nicht wahr sein», stieß sie aus.

Jens bemerkte, wie blass sie plötzlich war. «Was?», fragte er, denn er hatte immer noch nicht verstanden, was da vor sich ging.

«Das sind ihre Initialen», sagte Becca leise.

«Wessen Initialen?»

Jens beugte sich vor und sah genauer hin.

Hillmann-Tony streckte die Hand aus, fuhr mit dem Zeigefinger die Linien entlang und sagte: «E und P ... Eva Probst.»

Jetzt sah Jens es auch, und ihm blieb für einen Moment die Luft weg. «Moment», sagte er und tat einen Schritt zurück, um seine Gedanken zu ordnen.

«Da hat jemand in der Art und Weise von Laufstrecken die Initialen von Eva Probst sozusagen in die Stadtkarte gezeichnet?»

«Genau das», bestätigte Hillmann-Tony.

«Kann das nicht ein Zufall sein?», fragte Jens.

«Im ersten Moment habe ich das auch gedacht, aber dann habe ich das hier entdeckt ...»

Hillmann öffnete ein weiteres Fenster. Wieder erschien eine rote Linie auf einer Landkarte, diesmal im Bezirk

Flottbek. Die Linie bildete ein A nach. Die mittlere horizontale Linie des A hatte eine direkte Verbindung zu dem E.

«Azra Erdem», sagte Jens mit rauer Stimme.

«Ganz genau», bestätigte Hillmann-Tony. «Und wer immer das gepostet hat, hat sich tatsächlich die Mühe gemacht, die Buchstaben zwar nicht exakt, aber doch ziemlich genau an Straßen und Wege anzupassen. Ich habe es bereits anhand genauer Karten überprüft. Sowohl die Initialen von Eva Probst als auch die von Azra Erdem kann man auf Straßen und Wegen laufen. Und das hat dieser RvS auch getan. Ob er gelaufen oder mit dem Rad gefahren ist, lässt sich nicht feststellen, aber er hat einen Fitnesstracker verwendet und die GPS-Daten in die Google-Karte übertragen, so wie es die Läuferinnen und Läufer der *Runfree*-Gruppe auch tun.»

«Er zeichnet die Initialen seiner Opfer in die Karten», wiederholte Jens, der immer noch nicht fassen konnte, was er da sah.

«Und er ist nicht der Erste, der so etwas tut. Es handelt sich hierbei um eine moderne Kunstform, für die es sogar einen Begriff gibt. Man nennt es GPS-Drawing», erklärte Hillmann-Tony und öffnete ein anderes Fenster.

Jens glaubte seinen Augen nicht zu trauen.

«Das hier stammt aus 2010 von dem Japaner Yasushi Takahashi. Es ist sozusagen der größte Heiratsantrag der Welt. Takahashi ist zu Fuß eine Strecke von über 7000 Kilometern quer durch Japan marschiert, und die Bewegungsdaten ergeben auf Google Maps den Schriftzug «Marry me». Auf der Insel Hokkaido ist er dann zusätzlich noch ein Herz mit einem Pfeil abgelaufen. Es gibt viele ähnliche

Beispiele für Kunstobjekte in Karten, zum Beispiel von dem Texaner Stephen Lund. Der fährt die Strecken mit dem Rad ab und zeichnet Figuren wie Darth Vader in die Karte.

Dieser Sport, oder diese Kunst, wie immer man es auch nennen will, hat weltweit sehr viele Anhänger, und es gibt jede Menge technische Gadgets dafür. Die ganzen modernen Fitness-Uhren natürlich, wie die von Fitbit oder die Apple Watch. Das ist die Hardware. Dann gibt es spezielle Lauf- und Rad-Apps wie Strava oder GPS-A-Sketch oder FigureRunning.»

«Und jetzt haben wir einen Irren, der die Initialen von Menschen, die er getötet hat, in Karten zeichnet», sagte Jens.

Doch Hillmann-Tony schüttelte den Kopf. «Nicht von Menschen, die er getötet hat, sondern die von denen, die er töten *wird.*»

«Moment ... heißt das, er hat die Initialen schon vor den Morden gezeichnet?», fragte Jens.

«Ja, hat er. Im Fall von Eva Probst eine Woche vor ihrem Tod, im Fall von Azra Erdem nur vier Tage vorher.»

«Also hat er angekündigt, wen er töten wird», sagte Becca.

«Das darf doch nicht wahr sein!», stieß Jens aus. «Kennen die Verrückten dieser Welt denn gar keine Grenzen mehr? Gibt es schon ein weiteres Bild? Neue Initialen?»

Hillmann-Tony nickte. «Leider ja.»

3

Eddi wimmerte und jaulte und schaute Elena dabei aus seinen großen braunen Augen an – ein Blick, dem sie nicht widerstehen konnte.

«Du weißt aber schon, wie spät es ist, oder?», fragte sie.

Die Uhrzeit war Eddi jedoch egal. Wenn er musste, dann musste er, und sie hatte ja selbst schuld. Eigentlich sollte ihr Hund nach achtzehn Uhr nichts mehr zu fressen bekommen, damit sie eben nicht mehr in die Dunkelheit hinausmusste, aber als Eddi sie während des Abendessens mit seinem Blick quasi gefoltert hatte, war sie weich geworden.

«Moment, erst muss ich mir etwas anziehen. Was sollen sonst die Nachbarn sagen.»

Elena war nicht nackt, trug aber ihre Lieblings-Couchpotato-Kleidung, und die war dermaßen ausgebeult und fadenscheinig, dass sie damit nicht unter die Leute gehen konnte. Nicht einmal im Dunkeln.

Als sie sich die Schuhe anzog, sprang Eddi, ihr Dackel-Mischling, an der Tür auf und ab wie ein Flummi. Zum Glück kratzte er dabei nicht am Holz, dann wäre ihr Vermieter wahrscheinlich ausgeflippt. Es war schwierig genug gewesen, ihn überhaupt dazu zu überreden, einen Hund halten zu dürfen.

«Na dann, auf geht's. Aber du musst versprechen, mich zu beschützen, okay!» Eddi versprach es. Er hätte alles versprochen, um hinauszukommen.

Weil er keine Treppenstufen steigen sollte mit seinen kurzen Beinen, trug Elena ihn aus dem ersten Obergeschoss ins Erdgeschoss hinunter, und damit er nicht in den Vorgarten kackte, auch gleich weiter bis auf die Straße hinaus.

Nachdem sie Eddi abgesetzt hatte, schien der Druck bei dem Hund aber plötzlich nicht mehr so groß zu sein. Andere Dinge waren plötzlich wichtiger. Zum Beispiel die Duftmarkierungen anderer Hunde an den Hecken zu den Grundstücken oder an den Laternenpfählen.

Elena richtete sich auf einen längeren Abendspaziergang ein. Dackel waren Dickköpfe, niemand konnte einen Dackel zu etwas zwingen, wenn der nicht wollte. Und so schlimm war es ja auch nicht. Es war ein lauer Abend, die Temperatur angenehm, die Luft rein und frisch. Eigentlich kam sie viel zu selten nach zweiundzwanzig Uhr vor die Tür, fand Elena. Diese Tageszeit hatte eine eigene, ganz besondere Stimmung. So vollkommen ohne Lärm und Stress, zudem strahlte die Beleuchtung hier im Wohngebiet Gemütlichkeit, Frieden und Sicherheit aus.

Besonders interessant war es, in die erleuchteten Fenster der Wohnhäuser hineinzuschauen. Das war vielleicht nicht in Ordnung und grenzte an Voyeurismus, aber Elena konnte gar nicht anders, als hinzuschauen. Bei den Schalenbergs, den Nachbarn von gegenüber, die sie kannte, weil die auch einen Hund hatten und man darüber hin und wieder ins Gespräch kam, brannte in dem großen Wohnzimmer, dessen Fenster zur Straße hinausging, noch Licht. Elena konnte die Bücherwand sehen, eine große Palme und ...

Sie blieb stehen und sah genauer hin. Was war das da im Garten der Schalenbergs? Der Walnussbaum, unter dem eine Sitzgruppe aus Holzmöbeln stand, schien einen zweiten Stamm zu haben. Oder stand dort jemand in der Dunkelheit und beobachtete das Haus?

So wie du selbst, schoss es Elena durch den Kopf. Aber das war natürlich etwas anderes. Sie lebte hier, außerdem ging sie mit dem Hund spazieren und stand nicht im Garten der Nachbarn herum.

Da Eddi an der Leine zog, ging Elena rasch weiter. Erst als sie einige Meter hinter sich gebracht hatte und Eddi an der nächsten interessanten Stelle haltmachte, dreht Elena sich um. Aus dieser Perspektive sah der Baum wieder ganz normal aus, fand sie. Sie starrte lange hin, konnte aber keine Bewegung ausmachen und war schließlich sicher, sich getäuscht zu haben.

Als sie sich umdrehte, hatte Eddi mittig auf den Gehsteig gekackt und sah erleichtert zu ihr auf. «Fein gemacht!», lobte Elena ihn, holte den Plastikbeutel heraus und sammelte die Kacke ein.

Sie befand sich noch in der Hocke, als Eddi plötzlich aufhörte, vor Freude mit der Rute zu wedeln. Er erstarrte und blickte geradeaus. Von einer Sekunde auf die andere war er wachsam und angespannt.

«Was ist los, mein Süßer?», flüsterte Elena.

Irgendetwas oder irgendwen witterte der Hund. Elena suchte die Straße ab, die in regelmäßigen Abständen von Laternen erleuchtet war. Autos parkten rechts und links, die Gärten waren alle durch Hecken von der Straße getrennt, Verstecke gab es also mehr als genug. Sehen konnte sie niemanden.

Langsam kam Elena aus der Hocke hoch. Jetzt hatte sie Angst. Eine Gänsehaut zog sich ihren Rücken hinab.

Sie blickte sich zu dem Baumstamm im Garten der Schalenbergs um. Da war niemand, und der Stamm sah auch vollkommen normal aus. Als Eddi zu knurren begann, geriet Elena fast in Panik. Sie zog an der Leine, um den Hund näher bei sich zu haben.

«Was hast du denn? Ist da jemand?», fragte sie Eddi.

Mit tastenden Schritten ging Elena rückwärts, weg von der Gefahrenquelle, die Eddi offenbar gewittert hatte. Sie war noch nicht weit gekommen, da sah sie durch die Windschutzscheibe und Heckscheibe eines geparkten Wagens hindurch eine Bewegung. Etwas tauchte hinter der Kofferraumklappe auf und verschwand sofort wieder. War das ein Kopf mit einer Kapuze?

Elena packte ihren Hund, drückte ihn an ihre Brust und begann zu laufen. Sie war trainiert, weil sie beinahe täglich joggte, und so schaffte sie in kürzester Zeit den Rückweg zu ihrer Wohnung. Erst an der Haustür drehte sie sich noch einmal um. Die Straße war leer.

Aber der Baumstamm im Garten der Schalenbergs sah wieder so merkwürdig verformt aus.

4

«Das Risiko ist zu groß», sagte die Baumgärtner.

Sie stand mit vor der Brust verschränkten Armen ruhig hinter ihrem Schreibtisch, während Jens nervös davor auf und ab lief.

«Aber die Chance, den Dreckskerl zu fassen, ist noch viel größer», hielt Jens dagegen. «Er hält sich für so schlau und ahnt wahrscheinlich nicht einmal, dass wir sein Spiel in dieser *Runfree*-Gruppe entdeckt haben – was wir allein Hillmann-Tony zu verdanken haben.»

«Und bei den nächsten möglichen Opfern handelt sich wirklich nur um zwei Frauen?», fragte die Baumgärtner nach. Jens hörte ihre Verteidigung bröckeln.

Hillmann-Tony und Becca hatten von gestern bis heute die *Runfree*-Gruppe durchforstet und nur zwei Frauen entdeckt, deren Vor- und Zunamen zu den Initialen passten, die der Täter in die Stadtkarte getrackt hatte. Eine der beiden war über vierzig Jahre alt und passte damit eigentlich nicht in das bisherige Opferprofil des Täters, aber deswegen durfte man sie nicht außer Acht lassen. Die andere Frau war eigentlich noch ein Mädchen, ihr genaues Alter kannten sie nicht, da sie es nicht öffentlich gemacht hatte, aber sie sah nicht älter als zweiundzwanzig aus. Beide posteten regelmäßig ihre Laufstrecken und Zeiten im Hamburger Stadtgebiet, die Jüngere der beiden zusätzlich noch Videos von sich bei Fitnessübungen und dem Vorführen von Lauf- und Badekleidung, wofür sie offenbar einen Sponsor hatte. Sie war also eine Influencerin, wie Becca es nannte.

«Nur zwei», bestätigte Jens. «Und da haben wir echt Glück, denn so können wir eine lückenlose Überwachung garantieren.»

«Und wenn wir die Frauen vorwarnen?»

«Dann gehen sie nicht mehr laufen», sagte Jens. «Und es besteht die Gefahr, dass der Täter spontan auf ein anderes Opfer ausweicht. Wenn wir sie aber rund um die Uhr überwachen und sie auch beim Laufen nicht aus den Augen lassen, haben wir die größte Chance, den Täter zu fassen. Vielleicht kommt es dann gar nicht mehr so weit, dass er sie angreift, weil er uns schon vorher auffällt, während er sie beobachtet.»

So richtig überzeugt war die Baumgärtner noch nicht, das konnte Jens erkennen. Er nahm es ihr nicht übel, denn sein Plan barg fraglos Risiken. Und moralisch einwandfrei war es auch nicht, die beiden ahnungslosen Frauen als Köder einzusetzen. Jens hatte sich lange den Kopf darüber zerbrochen. Eine bessere Möglichkeit, dem Täter auf die Spur zu kommen, war ihm aber nicht eingefallen.

«Und was ist mit der Fahndung nach Rodderik?», fragte die Baumgärtner.

«Die läuft nach wie vor, aber noch haben wir nichts. Christian Gerken weiß wirklich nicht, wo sich Rodderik aufhält. Der hat ihm die Wohnung für den Gefallen überlassen, den Pastor zu verprügeln, das ist dann aber auch schon alles, was dieser Typ uns sagen kann.»

«Aber das ist ja eine ganze Menge, denn es sagt uns, dass Rodderik auf einem Rachefeldzug ist.»

«Ja, aber was nützt uns das, wenn wir ihn nicht finden. Er ist aus seiner Wohnung raus, weil er geahnt hat, dass wir ihm auf die Schliche kommen, oder einfach, weil er vorsichtig ist. Folglich versteckt er sich irgendwo. Solange wir dieses Versteck nicht kennen und er uns nicht zufällig ins Netz geht, stellt er eine Gefahr für diese beiden Frauen dar, von denen er eine mit den Initialen als sein nächstes Opfer markiert hat. Diese Gefahr ist also sowieso da, wir müssen sie nur für unsere Zwecke nutzen.»

«Wenn das schiefgeht ...», wandte die Baumgärtner ein.

«Dann nehme ich das auf meine Kappe.»

Jens' Chefin schüttelte den Kopf.

«Mir geht es hier nicht um Verantwortung ... wenn das schiefgeht, sind wir alle zusammen schuld am Tod einer dieser beiden Frauen.»

Jens schüttelte den Kopf. «Nein, sind wir nicht. Er wird sowieso weitermachen. Wenn wir uns aber allein auf die Fahndung nach Rodderik konzentrieren, besteht die viel größere Gefahr, dass er noch einen Mord begehen kann.»

«Und dieser RvS, der die Initialen in der Laufgruppe gepostet hat, kommen wir da nicht weiter?»

«Hillmann ist dran, aber es sieht schlecht aus. Die Posts lassen sich nicht zurückverfolgen, da sie aus dem Darknet über verschiedene Server im Ausland gelaufen sind. Der Mann weiß also, was er tut. Er verschleiert seine Spur.»

«Und das Kürzel? RvS?»

Jens zuckte mit den Schultern. Seit sie das Kürzel des Täters kannten, zerbrachen sich alle den Kopf darüber. Aber selbst Becca, die so gut war im Rätsellösen, kam nicht dahinter. Das R würde ja noch zu Rodderik passen, aber was war mit dem v und dem S? Und warum war das v kleingeschrieben? Ein Zufall war das nicht, dafür ging der Täter zu akribisch und geplant vor. «Damit kommen wir erst recht nicht weiter», gab Jens zu.

«Aber wir müssen doch neben der Überwachung der beiden möglichen nächsten Opfer auch allen anderen Spuren weiter nachgehen», sagte die Baumgärtner.

«Natürlich, das werden wir auch. Noch heute werde ich mich mit den Mitarbeitern des Schwimmbades unterhalten, in dem Azra Erdem gearbeitet hat. Vielleicht ist denen etwas aufgefallen, sie hat sich dort ja beobachtet gefühlt. Dann besteht jetzt endlich die Möglichkeit, mit Wilhelm Gruber zu sprechen, dem alten Mann, der die Leichenteile von Roland Lange auf seinem Fahrrad transportiert hat. Er ist wohl wieder bei Sinnen, jedenfalls hat der Arzt grünes Licht gegeben. Ich bin gespannt, was der zu sagen hat.»

Mareike Baumgärtner nickte nachdenklich. «Sie glauben, dass Rolf Hagenahs Tod mit alldem zusammenhängt?»

«Ich bin mir sicher, auch wenn Rolf wohl nur zur falschen Zeit am falschen Ort war. Das Methadon in der Gartenlaube spricht doch dafür, dass wir es mit ein und demselben Täter zu tun haben. Das Methadon führt über Eva Probst zu Laura Windmüller und der kleinen Carolina, die daran gestorben ist. Wie Rodderik mit Gruber und Lange in Verbindung stand, weiß ich noch nicht. Vielleicht haben die beiden gedealt, und Rodderik hat von ihnen Methadon bezogen. Und weil er wusste, dass in der Gartenlaube noch etwas sein musste, ist er dort eingebrochen.»

«Das hieße, er ist noch abhängig.»

«Schon, ja, und ich weiß, dass diese Taten nicht zu einem Abhängigen passen, aber vielleicht hat er sich gerade durch das Methadon ja gut unter Kontrolle.»

«Ich verstehe nur nicht, warum er diese anderen Frauen umbringt? Das ist nicht logisch. Logisch wäre, wenn er sich an Dr. Windmüller rächt, indem er ihr erst nimmt, was sie liebt, nämlich ihre Partnerin Eva Probst. Dann lässt er sie eine Weile leiden und tötet schließlich auch sie.»

«Sie dürfen nicht den Fehler machen und in seiner Intention nach Logik suchen», sagte Jens. «Die wird es zwar geben, aber nur er allein kann sie verstehen.»

«Wird Dr. Windmüller eigentlich überwacht?», fragte die Baumgärtner.

«Seitdem sich der Verdacht gegen Rodderik erhärtet hat, steht die Windmüller unter Beobachtung, ohne dass sie davon weiß. Es wäre fahrlässig, das nicht zu tun», sagte Jens. «Entweder geht er uns dort ins Netz, weil er genau das tun wird, wovon Sie eben gesprochen haben, oder er geht uns durch sein nächstes Opfer ins Netz. Egal, wir kriegen ihn, ich bin mir ganz sicher.»

Jens' Chefin nickte. «Okay, dann machen wir es so.»

5

Die Luft im Schwimmbad war feuchtwarm, das Gekreische der Kinder in dem Spaßbecken, in dem sich das Wasser strudelförmig um eine mit Palmen bepflanzte Insel drehte, ging Jens schon nach wenigen Minuten auf die Nerven.

Am Eingang hatte die resolute Dame mit dem Igelhaarschnitt ihn trotz seiner Dienstmarke in Straßenkleidung nicht passieren lassen wollen, doch Jens war nicht in der Stimmung für Diskussionen und Machtspielchen. Er war einfach über die Absperrung gestiegen und ins Bad gegangen. Was wollte die Dame machen? Die Polizei rufen?

Vorher hatte sie ihm die Auskunft gegeben, dass heute der Schwimmmeister Kevin Hanser Dienst hatte, und mit dem wollte Jens sprechen. Soweit Jens sehen konnte, gab es in der Halle nur eine Person, die wie ein Schwimmmeister aussah – kurze weiße Hose, weißes Shirt, Badelatschen –, und die war gerade damit beschäftigt, zwei aufmüpfigen Teenagern das Springen vom Beckenrand zu verbieten.

Jens positionierte sich vor dem Glaskasten, der dem Personal als Büro diente, und wartete. Jede Minute war zu lang, aber er konnte auch nicht erwarten, dass die ganze Welt nach seiner Pfeife tanzte.

Nach fünf Minuten kam der weiß gekleidete junge Mann

auf Jens zu. Er runzelte die Stirn und zeigte auf Jens. «Keine Straßenkleidung hier drinnen», rief er.

Jens zeigte seine Dienstmarke. «Ich muss mit Ihnen sprechen, es ist sehr dringend.»

«Geht es um Azra?», fragte Kevin Hanser.

«Richtig. Sie wissen, was passiert ist?», rief Jens gegen den Lärm der spielenden Kinder an.

«Kommen Sie, wir gehen ins Büro», sagte Hanser und ging voran.

Jens folgte ihm in den Glaskasten, und der Schwimmmeister schloss die Tür. Damit verstummte der Lärm nicht vollends, wurde aber deutlich erträglicher.

«Ist das wirklich wahr?», fragte Hanser.

Er war höchstens fünfundzwanzig Jahre alt, hatte ein offenes, sympathisches Gesicht mit hellblauen Augen, dichtem blondem Haar, war athletisch gebaut, seine Haut gebräunt, ein Sonnyboy, wie er im Buche stand. Doch in diesem Augenblick lag ein Schatten über seinem Gesicht.

«Ist Azra wirklich tot?»

Jens nickte. «Leider ja», sagte er.

Hanser ließ sich in den abgewetzten Drehstuhl fallen. «Ich wollte es nicht glauben, hab gedacht, das sei nur Tratsch. Was ist denn passiert?»

«Sie wurde ermordet», antwortete Jens wahrheitsgemäß. Mehr würde Hanser aber nicht von ihm erfahren. Bisher hatte die Presse von dem Mord an diesmal zwei Joggerinnen nichts mitbekommen. Die einzige Zeugin, die alte Dame, die ihren Hund in den Harburger Bergen spazieren geführt und die Leichen von Azra Erdem und Britta Köhler gefunden hatte, schwieg, das hatte sie ihnen versprochen. Jens hielt nichts davon, dem Täter auch noch ein Medienecho zu verschaffen, denn darauf legten es diese Typen ja gerade an. Sie wollten wahrgenommen werden, brauchten die Schlagzeilen für ihr mickriges Ego, und wenn es nur den Hauch der Chance auf reißerische Schlagzeilen gab, verschafften die Medien ihnen gern diesen Kick.

Hanser war blass geworden, das konnte auch seine gebräunte Haut nicht verbergen.

«Wir haben Grund zu der Annahme, dass der Täter Frau Erdem vorher schon hier im Bad bei der Arbeit beobachtet hat. Können Sie mir dazu vielleicht etwas sagen? Jeder Hinweis ist wichtig und kann uns weiterhelfen.»

Hanser schüttelte den Kopf. Das war häufig die erste Reaktion von geschockten mutmaßlichen Zeugen. So eine Todesnachricht war nicht leicht zu verarbeiten, meistens war es besser, zwei oder drei Tage später noch einmal wiederzukommen. Bis dahin hatten die Zeugen sich dann beruhigt und erinnerten sich an Dinge, die vorher wie ausgelöscht gewesen waren.

Doch diese zwei oder drei Tage Zeit hatte Jens nicht. Es gab neue Initialen bei *Runfree*. Der Täter hatte sein nächstes Opfer bereits markiert.

«Denken Sie bitte gut nach», half Jens dem jungen Mann auf die Sprünge. «Ist jemand Frau Erdem gegenüber aufdringlich geworden, hat jemand sie auffällig beobachtet oder ...»

«Doch! Ja!», stieß Hanser plötzlich aus und richtete sich auf. «Da war dieser Vorfall vor drei oder vier Wochen, ich weiß es nicht mehr so genau.»

«Was für ein Vorfall?», fragte Jens nach.

«Wir haben so etwas häufig, deshalb war es eigentlich kein großes Ding, aber jetzt ... das war im Schwimmbecken, am frühen Morgen, da sind eigentlich immer nur die richtigen Hardcoreschwimmer da. Männer und Frauen, die ihre Bahnen ziehen, um zu trainieren, nicht um Spaß zu haben. An dem Morgen war das Becken relativ voll, ich meine, es ist ja nicht sehr groß, und wenn da zehn Schwimmer drin sind, kann es schon mal eng werden. Aber gerade diese Leistungsschwimmer passen gut auf und nehmen Rücksicht aufeinander. Aber da war dieser eine Typ ... ich kannte den nicht, Azra auch nicht, möglich, dass er zum ersten Mal da war. Azra hatte Aufsicht am Becken, und ihr fiel auf, dass der Typ ziemlich rücksichtslos seine Bahnen zog und sich dadurch schon eine Bahn für sich allein gesichert hatte. Doch dann kamen diese beiden Rentner, die jeden Tag kommen, zwei Frauen, die lassen sich nichts gefallen, und es kam zum Streit. Der Typ wurde ausfallend, und da hat Azra eingegriffen.»

«Inwiefern eingegriffen?», fragte Jens.

«Der Typ hat die Rentnerinnen als fette Schlampen bezeichnet, da hat Azra ihn aufgefordert, das Bad zu verlassen. Solche Sprüche konnten Azra echt auf die Palme bringen, sie hatte was gegen Männer, die sich aufspielen und Frauen niedermachen. Jedenfalls, der Typ wollte nicht auf Azra hören, sie hat mich dazugeholt, ich habe ihn ebenfalls aufgefordert, das Bad zu verlassen, aber erst, als wir mit der Polizei gedroht haben, ist er wirklich gegangen. Mich hat er ein Muttersöhnchen genannt, Azra eine frigide Lesbe. Der war richtig sauer, nicht nur ein bisschen.»

«Können Sie den Mann beschreiben?»

Kevin Hanser zuckte mit den Schultern.

«Nicht wirklich. Ich meine, er trug eine Badekappe und eine Schwimmbrille, wissen Sie. Er war groß und athletisch ... ach ja, er hatte ein Tattoo auf der Brust, daran erinnere ich mich, weil es ungewöhnlich war.»

«Was für ein Tattoo?»

«Ich konnte es so genau erkennen, weil der Typ sich ganz dicht vor mir aufgebaut hatte, so als wollte er mir eine reinhauen – hat er sich aber natürlich nicht getraut und wäre ihm auch nicht gut bekommen, den hätte ich ganz schön auseinandergenommen. Hätte ich sowieso machen sollen, nachdem, was er zu ...»

«Was für ein Tattoo?», unterbrach Jens ihn barsch.

«So eine zerfließende Taschenuhr mit einer Fliege darauf, ich glaube, das ist ein Motiv von Salvador Dalí, oder?»

6

«Schick trotzdem einen Zeichner ins Schwimmbad, ja, jetzt sofort, ein schlechtes Bild ist immer noch besser als gar keines. Er war es, der Azra Erdem dort beschimpft hat, da bin ich mir sicher. Ich gehe jetzt zu Gruber rein.»

Jens beendete das Gespräch und steckte sein Handy weg.

Er stand vor dem Eingangsportal des Krankenhauses und war immer noch wie elektrisiert von der Vernehmung des jungen Schwimmmeisters Kevin Hanser. Dass der Mann, der sich so rüde aufgeführt hatte, ein Tattoo auf der Brust trug, das mit dem Thema Zeit zu tun hatte, passte wie ein fehlendes Puzzleteil ins Gesamtbild des Falles. Jens war es natürlich klar gewesen, dass der Täter seine Opfer vorher ausspähte, schließlich hatte er das bei Eva Probst bewiesen, aber dass er so dreist war, sie an ihrem Arbeitsplatz zu besuchen und dort auch noch einen Streit anzufangen, an den sich die Menschen später erinnerten, hätte Jens nicht vermutet.

Warum hatte er das getan? Aus Lust am Spiel? Weil er sich unter der Badekappe und hinter der Schwimmbrille sicher fühlte? Oder war der Streit ein Zeichen für sein Temperament, das er nicht unter Kontrolle hatte?

Auf der Fahrt vom Schwimmbad zum Krankenhaus war Jens ein ganz neuer Gedanke gekommen: Laura Windmüller, Eva Probst, Azra Erdem – sie alle waren starke Frauen, die sich von Männern nichts gefallen ließen. Hatte es Rodderik auf genau solche Frauen abgesehen?

Jens schob diese Gedanken einstweilen beiseite und betrat das Krankenhaus. Er war angemeldet und konnte sofort auf die Station durchgehen, auf der Wilhelm Gruber lag. Eine Ärztin wartete dort auf ihn. Sie stellte sich als Dr. Ipse vor. «Der Patient ist so weit stabil», erklärte sie. «Seine geistige Leistungsfähigkeit ist aufgrund dauerhaften hohen Drogenkonsums allerdings eingeschränkt, und das wird auch so bleiben. Wir können ihn noch nicht entlassen, da wir einen Herzfehler festgestellt haben und ihn zunächst medikamentös darauf einstellen müssen. So etwas dauert eine Weile.»

«Er stirbt doch nicht, wenn er sich aufregt, oder?», wollte Jens wissen.

«Haben Sie vor, ihn aufzuregen?», lautete die Gegenfrage von Dr. Ipse.

«Tja ... ich werde ihn fragen, warum er seinen Freund in Stücke geschnitten und durchs Stadtgebiet transportiert hat. Also ja, ich denke, er wird sich aufregen.»

Die junge Ärztin presste die Lippen zusammen. «Der Flurfunk hier im Haus meldet, Herr Gruber stünde irgendwie im Zusammenhang mit dem Tod Ihres Kollegen?», fragte sie.

Jens nickte. Ein Kloß in seinem Hals verhinderte eine vernünftige Antwort. Zwischendurch konnte er Hagenahs Tod immer wieder beiseiteschieben, aber sobald jemand davon sprach, kochte es augenblicklich in Jens hoch.

«Regen Sie Herrn Gruber ruhig auf, er wird es überleben», sagte die Ärztin trocken. «Und falls nicht ... nun ja, bei der Gesamtkonstitution hat er sowieso nicht mehr als acht bis zwölf Monate vor sich.» Sie wandte sich ab und ging davon.

Jens sah ihr nach. Immer geht es um Leben und Tod, dachte er bei sich. Jeden Tag aufs Neue, und je länger wir damit konfrontiert sind, desto gleichgültiger gehen wir damit um.

Dann betrat er das Krankenzimmer, auf dem Gruber allein lag. Es war so schlicht und deprimierend eingerichtet wie alle Krankenzimmer, der Blick aus dem Fenster ging aufs Häusermeer Hamburgs hinaus, der Kunstdruck an der Wand, der eine über einem See startende Ente zeigte, machte an diesem trostlosen Ort nichts besser.

Gruber lag im Bett. Er war groß, seine Füße stießen gegen das Unterteil. Sein Gesicht wirkte hager, beinahe ausgezehrt. Der Mann hatte sein Leben so gut wie hinter sich und einen großen Teil davon im Drogenrausch verbracht – man sah es ihm an. Jede der zahllosen Falten in seinem Gesicht war unter Schmerzen und Leid entstanden.

Jens stellte sich vor. Grubers Blick wirkte nicht so, als sage ihm der Name etwas. «Ich war an dem Abend dabei, als Sie den Unfall mit dem Fahrrad hatten», erklärte Jens.

«Aha», machte Gruber.

«Können Sie sich an den Abend erinnern?»

Der alte Mann schüttelte den Kopf.

«Woran können Sie sich erinnern?»

«An die blöde Hexe!» Diese Worte stieß Gruber mit Hass in der Stimme und Speicheltropfen auf den rissigen Lippen aus.

Einen Moment lang war Jens zu perplex, um zu reagieren, und er fragte sich, ob er hier nicht seine Zeit verschwendete. Dr. Ipse hatte ihn vor dem geistigen Verfall des Mannes gewarnt, aber nicht gesagt, dass er Märchen erzählte. «Können Sie sich an Ihren Freund Roland Lange erinnern?», fragte Jens, um das Gespräch in die richtige Richtung zu lenken.

«Die blöde Hexe hat den Langen umgebracht.» Darauf lief es also hinaus! Grubers kranker Geist hatte sich einen Schuldigen gesucht für die Tat, die er selbst begangen hatte. In diesem Falle eine Schuldige, eine blöde Hexe.

«Können Sie mir sagen, wie Ihr Freund Roland Lange gestorben ist?»

«Sie hat den Langen vergiftet, die blöde Hexe.» Gruber sah Jens beim Sprechen zwar an, aber sein Blick schien direkt durch ihn hindurchzugehen, hinein in eine Welt voller Hexen und Dämonen. Aus diesem Mann würde Jens nichts herausbekommen. Gruber war schon viel zu weit weg.

«Womit hat sie den Langen denn vergiftet?», versuchte Jens es ein letztes Mal.

«Mit ihrem Hass. Alles voller Hass, die ganze Seele. So eine schwarze Seele.»

Jens nickte und stellte sich innerlich darauf ein, umsonst hergekommen zu sein. Vielleicht war es besser, zu verschwinden und sich anderen, wichtigeren Aufgaben zu widmen.

«Sie hat ihn getötet, die blöde Hexe. Sie hätte ihm das Zeug geben müssen, hat es aber nicht getan. Weil sie uns hasst. Weil sie alle Junkies hasst.»

Jens erstarrte und sah Wilhelm Gruber an. «Wie heißt die Hexe denn?», fragte er und hoffte, die Antwort lautete nicht Malicia.

«Alles! Der Lange hat alles getan, was sie gesagt hat, und dann hat sie ihm ins Gesicht gelacht und gesagt, er soll sich zum Teufel scheren. Und genau dort treffen sie sich wieder, hat der Lange gesagt. Beim Teufel. Und dann wird abgerechnet.»

In Gedanken suchte Jens verzweifelt nach einem Weg, auf Grubers Gesprächsebene zu gelangen. Er wusste, mit vernünftigen, gezielten Fragen kam er nicht weiter.

«Ist der Lange deshalb schon vorausgegangen?», fragte Jens, einer spontanen Eingebung folgend.

Gruber nickte vehement. «Er bereitet alles vor. Um die Hexe auf dem Scheiterhaufen brennen zu lassen.»

«Ich will diese Hexe finden, um sie zu bestrafen», sagte Jens. «Wo ist sie und wie heißt sie?»

«Der Lange wird sie bestrafen. Dafür hat er sich freiwillig weggeschossen mit dem Zeug, das eigentlich alles besser machen sollte. Die Hexe hat ihm kein besseres Leben gegönnt. Sie ist bösartig!»

Gruber stieß den Zeigefinger in die Luft. «Sie ist nicht die nette Frau Doktor, für die sie sich ausgibt. Sie ist eine männerhassende Hexe!»

7

Das menschliche Hirn ist nicht darauf ausgelegt, Rätsel zu lösen. Es soll Reize aus der Umwelt einordnen und interpretieren, damit man sich in ihr zurechtfindet. Und weil das Hirn diese Aufgabe im Bruchteil von Sekunden erledigen muss, ist es darauf angewiesen, auf vorhandene Muster zurückzugreifen, sie mit den neuen Reizen abzugleichen, damit es nicht immer wieder bei null anfangen muss.

Heutzutage nannte man so etwas abfällig «Schubladendenken». Dabei war dieser Mechanismus alles anderes als negativ, er war überlebenswichtig.

Deshalb wusste Becca, je länger man auf ein Rätsel starrte, desto weniger sah man die Lösung. Das Gehirn in seiner ursprünglichen Funktion benötigte die verschiedensten Eindrücke, benötigte frische Luft, andere Menschen und möglichst intensive emotionale Zustände wie Spaß oder Furcht. Nur dann entfaltete es seine komplette Kreativität und Leistungsfähigkeit.

Becca trieb ihren Rollstuhl mit kräftigen Stößen voran. Vor zehn Minuten hatte sie ihr Büro im Präsidium am Wiesendamm verlassen, weil sie mit der Entschlüsselung der Initialen der Person nicht weiterkam, die in der *Runfree*-Gruppe ihre nächsten Opfer markiert hatte.

RvS.

Das konnte für alles Mögliche oder gar nichts stehen.

Es konnte eine Bedeutung haben oder total willkürlich sein. Aber Becca hatte instinktiv gespürt, dass sie vor dem Whiteboard im Büro der Lösung nicht näher kommen würde.

Jetzt fuhr sie, so schnell sie konnte, geriet ins Schwitzen, ihr Gehirn wurde mit frischem Sauerstoff versorgt, und sie fühlte sich immerhin schon etwas besser. Nicht mehr so eingesperrt und unter Druck wie in den letzten Stunden.

Jens und die anderen waren da draußen unterwegs auf der Suche nach dem Täter. Sie sprachen mit Menschen, beobachteten, bekamen den Input, den man zum Denken brauchte, nur sie hockte drinnen und sollte so auf Dauer funktionieren. Scheiß drauf, dachte Becca.

Da der Hamburger Stadtpark nicht weit entfernt war, fuhr sie dorthin und vermied es, während der Fahrt an RvS zu denken. Mach deinen Kopf frei, sagte sie sich. Lös dich von dem Rätsel, weite deinen Fokus, nimm deine Umwelt wahr.

Das tat sie und sah all die Menschen, die bei bestem Wetter draußen unterwegs waren, um Sport zu treiben. Jogger, Fahrradfahrer, Walker, Spaziergänger. Sogar eine Rollstuhlfahrerin kam ihr entgegen und nickte ihr freundlich zu.

Am Eingang zum Stadtpark befand sich das große runde Becken, in dem man Modellboote fahren lassen konnte. Becca erinnerte sich an den letzten Fall, als auf einer dieser Bänke am Becken eine Leiche mit fluoreszierendem Gesicht gesessen hatte. Es gelang ihr, auch dieses Bild beiseitezuschieben. Die Gedanken an ihre Kollegin Carina Reinicke waren da schon hartnäckiger. Ob sie je wieder in den Dienst zurückkehren würde? Heilte die Zeit wirklich alle Wunden?

Becca musste noch ein paar Minuten weiterfahren, bis ihr klar wurde, dass irgendwas an dieser alten Weisheit sie aufmerksam werden ließ. Warum? Weil sie mit der Zeit zu tun hatte und der Täter, hinter dem sie her waren, mit diesem Thema spielte?

Ihr läuft die Zeit davon.

Dazu die Stoppuhr auf dem Handy, die auf die Sekunde genau festhielt, wie lange es dauerte, bis die Opfer erstickten. Schließlich das Tattoo auf der Brust eines Unbekannten im Schwimmbad: «Die weichen Uhren» von Salvador Dalí, auch genannt «Die zerrinnende Zeit» oder «Die Beständigkeit der Erinnerung».

Seit Jens sie angerufen und von dem Tattoo erzählt hatte, hatte Becca zu dem Gemälde und dem Titel recherchiert, ohne dass es sie dem Täter oder dessen Kürzel RvS näher gebracht hatte.

Natürlich konnte man in diese drei Buchstaben den Namen Salvador hineininterpretieren, und vielleicht hatte der Täter es auch genau so gemeint. Ebenso gut möglich war, dass der Täter sich an einem bekannten Satz Dalís orientierte und ihn zu widerlegen versuchte.

Hab keine Angst vor der Perfektion: Du wirst sie nie erreichen.

Strebte er nach Perfektion in seinen Taten? Spielte die Zeit dabei gegen ihn oder für ihn? Wie sollte man jemanden begreifen, der auf solch abscheuliche Art und Weise junge Frauen tötete?

Es ging nicht, das wusste Becca. Was sie stattdessen tun konnte, war, ihm über seine Eigenheiten auf die Schliche zu kommen, seine Alltagsrituale, über Dinge, die er tat oder bei sich trug, über die er längst nicht mehr nachdachte, weil sie ihm in Fleisch und Blut übergegangen waren. Und dabei spielte die Zeit eine entscheidende Rolle.

Dalí hatte sie ganz bewusst eingesetzt. Ihm war klar gewesen, dass nur Lebewesen die Zeit empfinden können, während das Vorübergehen der Zeit nicht auf die Dinge einwirkt. Folglich ist die Zeit keine allgemeingültige Größe, sondern eine von der Erinnerung abhängende Empfindung. So hatte Becca es nachgelesen.

Was hatte der Täter erlebt, das ihn die Zeit besonders intensiv hatte erleben lassen? Ging es um die Qual zu langsam vergehender Zeit bei einem bestimmten Erlebnis? Stoppte er deshalb den Todeskampf seiner Opfer?

Oder war es genau andersherum? War für ihn irgendwann die Zeit viel zu schnell vergangen, und er hatte daraus folgend negative, schmerzhafte Erinnerungen hinnehmen müssen?

Becca spürte, dass sie des Rätsels Lösung näher kam. Sie stoppte den Rollstuhl, holte ihr Handy hervor und gab bei Google einige Schlagwörter ein.

Zeit, Grauen, Tod.

Sie erhielt über sechshunderttausend Artikel, von denen sie nur durch die ersten scrollte. Als Erstes fiel ihr die Überschrift «Sterbeprozesse – Annäherung an den Tod – Uni Kassel» auf. Becca klickte den Link an und erfuhr, dass es sich um eine wissenschaftliche Arbeit mit dem Titel «Sterbeprozesse – Annäherung an den Tod» handelte.

Als Becca ein paar Seiten in das PDF-Dokument hineingelesen hatte, entdeckte sie eine Textpassage, die sie aufmerksam werden ließ. Sie stammte von dem österreichischen Schriftsteller Thomas Bernhard:

«*Schließlich wird den wenigsten ein Tod ohne Sterben zuteil. Wir sterben von dem Augenblick an, in welchem wir geboren werden, aber wir sagen erst, wir sterben, wenn wir am Ende dieses Prozesses angekommen sind, und manchmal zieht sich dieses Ende noch eine fürchterlich lange Zeit hinaus.»*

Fünf Minuten und dreiunddreißig Sekunden im Fall von Eva Probst, dachte Becca. Sechs Minuten und achtzehn Sekunden im Fall von Azra Erdem. Eine fürchterlich lange Zeit, wenn man den Tod direkt vor Augen hatte.

Becca gab ein paar weitere Begriffe bei Google ein, die im Zusammenhang mit der Uni Kassel und den Themen Zeit und Tod standen, und fügte auch das Kürzel RvS ein. Es dauerte nicht lange, bis sie auf den Namen eines österreichischen Dichters stieß: Richard von Schaukal. RvS.

Auch dieser Dichter hatte sich mit der Zeit beschäftigt, wie ein Gedicht von ihm bewies.

8

Elena war sich sicher, den Verstand zu verlieren. Seit vorgestern, als sie sich spätabends beim Hundespaziergang beobachtet gefühlt hatte, hatte sie dieses Gefühl nun ständig.

Dieser verschlagen wirkende Mann, der so auffällig unauffällig an der Straßenecke gewartet und eine Grünphase der Fußgängerampel hatte vergehen lassen, war ihr mehr als verdächtig. Warum ging er jetzt mit ihr zusammen über die Straße, vorher aber nicht?

Und heute Morgen, auf dem Weg in die Arbeit, da war ihr über einen längeren Zeitraum hinweg ein Wagen gefolgt. Wegen der Spiegelung in der Scheibe hatte sie nicht sehen können, wer drinsaß. Erst hatte der Fahrer – Elena ging von einem Mann aus – alle Zeit der Welt gehabt, und als sie sich auffällig oft nach ihm umgedreht hatte, hatte er Gas gegeben und war davongeprescht.

Bildete sie sich das alles nur ein? Warum sollte ihr jemand folgen?

Okay, sie war eine einigermaßen bekannte Influencerin bei Instagram, aber das war sie schon seit vier Jahren, und es war noch nie zu derartigen Vorfällen gekommen. Elena achtete sehr genau darauf, nichts Privates von sich preiszugeben. Was sie postete, hatte mit Sport und Fitness zu tun, und auf dem Sektor gab es noch Tausende andere, die das auch taten und viel mehr Follower hatten.

Elena trat auf ein Schaufenster zu, tat so, als interessierte sie sich für die Auslage, und warf einen Blick zurück.

Der Mann war nicht mehr da. Das überraschte sie nun doch. Von der Fußgängerampel bis hierher waren es nur wenige Meter gewesen. Wohin war er verschwunden? Elena sah sich um, konnte den Mann aber nicht entdecken.

Den restlichen Weg bis zu ihrer Wohnung ging Elena schneller und behielt ihr Umfeld dabei stets im Auge. Obwohl sie keine Indizien dafür entdecken konnte, hatte sie nach wie vor dieses unangenehme Gefühl, beobachtet zu werden.

Es kribbelte in ihrem Nacken, als wäre die Luft elektrisiert. So etwas hatte sie noch nie erlebt.

Schluss jetzt, sagte sich Elena irgendwann. Du bildest dir das nur ein und versetzt dich selbst in Panik.

Als sie in ihrer Straße ankam, arbeitete ihr Nachbar, Herr Schalenberg, gerade im Vorgarten. Er winkte ihr zu und kam an den Zaun. «Sagen Sie, Sie gehen doch abends oft noch mit dem Hund raus», begann er. «Ist Ihnen dabei etwas aufgefallen?»

Elena zögerte einen Moment, doch dann platzte es aus ihr heraus, und sie erzählte von ihrem Erlebnis. «Der stand bei uns unter dem Baum?», fragte Herr Schalenberg erstaunt.

«Ich glaub schon, ja. Haben Sie denn auch jemanden gesehen?»

Ihr Nachbar schüttelte den Kopf. «Ich nicht, nein, aber in der gesamten Nachbarschaft spricht man über merkwürdige Vorkommnisse. Es scheint so, als würde sich hier jemand herumtreiben und die Häuser ausspionieren. Das machen diese Einbrecherbanden heutzutage ja so. Ich denke, ich werde heute mal die Polizei darüber informieren.»

Als Elena sich von ihrem Nachbarn verabschiedet hatte und zu ihrer Wohnung hinüberging, fühlte sie sich schon besser. Sie hatte sich also nicht getäuscht, aber wer auch immer sich hier herumtrieb, wollte nichts von ihr, er war auf der Suche nach Diebesgut. Das war immer noch beängstigend, aber da es in ihrer Wohnung nichts Wertvolles zu holen gab, betraf es sie nicht wirklich.

9

Der Durchbruch gelang am frühen Abend.

Lars Rodderik besaß ein Haus oder, besser gesagt, hatte womöglich Zutritt zu einem Haus. Es gehörte seinem Bruder Stefan, der seit Jahren in den Arabischen Emiraten lebte und das Haus, das er von seinen Eltern geerbt hatte, nicht nutzte. In einem Telefonat hatte er jedoch angegeben, sein Bruder Lars verfüge über die Schlüssel, da er sich hin und wieder um das Anwesen kümmere.

Das Haus lag etwas abseits des kleinen Ortes Harsefeld, eine Stunde Fahrtzeit vom Präsidium am Wiesendamm entfernt. Aber dort war die niedersächsische Polizei zuständig – und das war ein Problem.

Jens war sich sicher, Rodderik dort zu finden. Es war das ideale Versteck.

Im Grundbuchamt war lediglich Stefan Rodderik eingetragen, und wenn die Mitarbeiterin der Polizei sich nicht die Mühe gemacht hätte, den Mann zu kontaktieren, hätte sie nie von der Verbindung erfahren.

Gerade weil Jens sich so sicher war, wollte er nicht darauf warten, bis die Baumgärtner sich mit den Kollegen aus Niedersachsen geeinigt hatte, wer den Einsatz vor Ort führen durfte. Es bestand die Gefahr, dass Jens nicht oder nur als Zuschauer dabei sein durfte, und dieses Risiko wollte und konnte er nicht eingehen. Denn den Mörder von Hagenah musste Jens selbst zur Strecke bringen.

Bevor er aufbrach, vertraute er sich Becca an. Natürlich versuchte sie, es ihm auszureden, allein dorthin zu fahren, erkannte aber schnell, wie aussichtslos dieses Unterfangen war.

«Ich kann mir nicht vorstellen, dass ein Mann wie Rodderik hinter alldem steckt», sagte sie schließlich, als Jens schon mit einem Bein aus dem Büro heraus war. Dann erzählte sie ihm, was ihrer Meinung nach hinter der Abkürzung RvS steckte.

«Richard von Schaukal», sagte Jens. «Nie gehört.»

«Das haben wohl nur die wenigsten, und die Verbindung liegt ja auch nicht auf der Hand, aber Schaukal hat dieses Gedicht über die Zeit geschrieben, und die Zeit scheint für den Täter von übergeordnetem Interesse zu sein.»

«Möglich ... aber vielleicht macht er sich auch nicht halb so viel Gedanken darum wie wir», murmelte Jens, dem die Zeit im Nacken saß.

«Mit Sicherheit weiß ich aber, dass Rodderik ein Motiv hat. Wenn Laura Windmüller ihn genauso behandelt hat wie Roland Lange, dann muss er einfach eine Riesenwut auf sie haben. Die Windmüller scheint Männer zu hassen, und sie nutzt ihre Position als Substitutionsärztin aus, um bestimmte Männer ihren Hass spüren zu lassen.»

«Aber ist Rodderik gebildet genug für diese Schaukal-Verbindung?», fragte Becca.

«Wenn es sie denn gibt», sagte Jens. «Versetz dich einmal in seine Lage. Er ist abhängig, will aber davon loskommen, um sein Kind regelmäßig sehen zu können. Dafür erträgt er sogar die herablassende Art seiner Ärztin, Dr. Windmüller, lässt sich von ihr wahrscheinlich bevormunden und drangsalieren, gibt aber nicht auf, erreicht sogar, dass er einen Wochenvorrat Methadon mit nach Hause nehmen darf – und genau daran stirbt dann sein Kind, für das er all diese Mühen auf sich genommen hat. Wem würdest du die Schuld geben? Also ich weiß es!»

«Trotzdem ...», sagte Becca.

«Ich muss los», unterbrach Jens sie. «Ich glaube es zwar nicht, aber wenn wir uns täuschen, und Rodderik ist nicht unser Mann, müssen wir der Spur dennoch folgen. Außerdem wird die Überwachung der beiden Frauen mit den passenden Initialen weiter aufrechterhalten, es kann im Moment also nichts passieren.»

Becca nickte, aber Jens spürte, dass er sie nicht überzeugt hatte.

«Pass auf dich auf», sagte sie und sah in diesem Moment ein wenig bemitleidenswert aus in ihrem Rollstuhl. Jens wusste, wie sehr sie es hasste, allein hier im Büro zurückbleiben zu müssen, wenn er da draußen auf die Jagd ging. Er beugte sich zu ihr hinunter und küsste sie. Er folgte einem spontanen Impuls. Hier im Büro hatte er sie noch nie geküsst, und dementsprechend erstaunt sah Becca ihn an. «Für dich passe ich sogar auf mich auf», sagte Jens.

Dann verließ er das Büro und fragte sich auf dem Weg hinunter zum Wagen, ob das, was ihn zu diesem Kuss verleitet hatte, Liebe war, Mitleid oder Verantwortung. Oder eine Mischung aus alledem. Scheißegal, es war ein gutes Gefühl.

Eine Stunde und zwanzig Minuten später erreichte Jens die Adresse in der Nähe von Harsefeld. Das Haus lag einsam am Waldrand. Das war einerseits gut, weil so keine Unbeteiligten in Gefahr gebracht wurden. Andererseits machte es das schwierig, sich dem Haus ungesehen zu nähern.

Jens parkte seinen Wagen einen Kilometer von dem Haus entfernt in einem Feldweg am Rande eines Maisfeldes. Die schmale Straße führte mitten hindurch. Rechts und links der Straße standen die Pflanzen mannshoch. Darin konnte er sich fortbewegen, ohne gesehen zu werden.

Einen Moment lang stand Jens unschlüssig da. Die Straße zog sich in einem leichten Bogen bis zu dem Haus hin, das er von hier aus nicht sehen konnte. Jens fragte sich, ob es nicht zu leichtsinnig war, Rodderik allein festnehmen zu wollen. Um den Ärger, den er zweifelsohne bekommen würde, machte er sich keine Gedanken, und bis vor kurzem hätte er sich nicht einmal um sich selbst gesorgt. Doch jetzt war da Becca, der er versprochen hatte, auf sich aufzupassen. Für die er etwas empfand, was über seine eigene Existenz hinausging. Vielleicht sollte er endlich aufhören mit seinen Alleingängen.

Jens gestand sich ein, dass ihm die einsame, leere Straße Angst machte. Oder besser das, was am Ende der Straße auf ihn wartete. Leichter Wind fuhr in die Maispflanzen und ließ deren Blätter rascheln. Das war ein unheimliches Geräusch, fast wie ein geisterhaftes Raunen.

Jens zog sein Handy hervor und rief Walter Knüfken an. Dann wartete er mehr als eine Stunde in seiner Red Lady, kam sich abwechselnd albern und vernünftig vor und telefonierte mit Becca, die erleichtert war, weil er nicht allein in das Haus ging. Schließlich traf Walter Knüfken ein, und sie begrüßten sich. «Du hattest doch nicht etwa vor, allein da rein zu gehen?», fragte Walter.

Jens grinste schief. «Ich habe mit dem Gedanken gespielt.»

Knüfken legte die flache Hand auf die längst erkaltete Motorhaube der Red Lady und sah Jens an. «Du hast lange drüber nachgedacht», sagte er mit ernster Stimme.

«Es gibt dieser Tage eine Menge, worüber ich mir Gedanken machen muss.»

«Von den Kollegen aus Niedersachsen kommt niemand, nehme ich an?»

Jens schüttelte den Kopf. «Wenn du nicht mitkommen willst, verstehe ich das.»

Walter Knüfken legte ihm eine Hand auf die Schulter. «Lass uns nachschauen.»

Sie überprüften ihre Waffen, dann marschierten sie los.

10

Als Elena gegen neunzehn Uhr zu ihrer üblichen Joggingrunde aufbrach, parkte in der Straße ein Streifenwagen. Sie sah die beiden Polizistinnen mit ihrem Nachbarn sprechen.

Elena hatte mit sich gehadert, ob sie nach diesem Erlebnis neulich Nacht überhaupt allein laufen gehen sollte. Doch da sie nun wusste, es ging nicht um sie, sondern wahrscheinlich um Einbrüche in der Nachbarschaft, und da die Polizei bereits tätig wurde, fühlte sie sich sicher.

Sie trat zu den Beamtinnen. «Das ist meine Nachbarin», stellte sie Herr Schalenberg vor. «Sie hat den Mann in meinem Garten gesehen.»

Elena bestätigte das und gab an, was sie gesehen hatte. Viel war es nicht. Sie berichtete auch davon, wie ihr Hund Eddi reagiert hatte, doch das interessierte die Beamtinnen kaum. Da sie auch keine Beschreibung der Person abgeben konnte, die sie unter dem Walnussbaum gesehen hatte, war das Gespräch schnell vorbei. Die Beamtinnen nahmen noch Elenas Kontaktdaten auf, dann durfte sie gehen.

Erleichtert und mit einem sicheren Gefühl lief Elena ein Stück die Straße hinunter, bis sie an die erste Abzweigung kam. Dort stoppte sie und aktivierte ihre Fitnessuhr, die sie am rechten Handgelenk trug. Sie verfügte über einen GPS-Tracker und zeichnete während des Laufens alle Daten auf: die Strecke, die Geschwindigkeit, aber auch Puls und Blutdruck. Elena, die sich bei *Runfree* auch Lalena nannte, teilte ihre Erfahrungen gern mit der Community. Es machte sie glücklich und auch ein wenig stolz, dass so viele Menschen ihr folgten und auf ihre Meinung zu Fitness- und Ernährungsfragen Wert legten. Viele von ihnen waren zwar Männer, die vermutlich nur auf ihre Fotos standen, aber auch das war für Elena okay. Wer genoss es nicht, für eine Figur bewundert zu werden, in die jahrelange harte Arbeit und regelmäßiges Training investiert worden waren?

Bevor es losging, machte Lalena noch ein Selfie, grüßte ihre Follower und forderte sie dazu auf, bei ihrem Training dabei zu sein.

11

Von Westen her zogen schwarze Gewitterwolken auf, als Jens Kerner und Walter Knüfken sich dem Haus näherten. Zwischen den hohen Maispflanzen rührte sich jetzt nichts mehr, die Luft stand, sie gerieten ins Schwitzen und zogen die ersten Mücken an.

«Was, wenn er wirklich dort ist und Ärger macht?», fragte Walter.

«Ich würde ihn gern vernehmen, aber wenn er so gefährlich ist, wie es den Anschein hat, gehe ich kein Risiko ein», sagte Jens.

«Er könnte aber auch gerade jetzt unterwegs sein und sich eine weitere Joggerin holen», gab Walter zu bedenken.

«Die beiden Frauen, die aufgrund ihrer Initialen dafür in Frage kommen, werden lückenlos observiert, an die kommt er nicht heran ... und wenn, dann erwischen wir ihn auf frischer Tat. Das wäre mir sogar lieber, als ihn hier stellen und alles mühsam aus ihm herauspressen zu müssen.»

«Wie sehr würdest du denn pressen?», wollte Walter wissen.

«Ich muss wissen, ob er Hagenah auf dem Gewissen hat», antwortete Jens.

Damit gab sich Walter zufrieden. Er wusste, dass Jens alles tun würde, um den Mörder seines Freundes zu überführen, und wenn er Rodderik dafür hart zusetzen musste, dann hatte auch er damit kein Problem.

Sie erreichten den Scheitelpunkt der langgezogenen Kurve, und das Haus tauchte in ihrem Sichtfeld auf. Davor stand ein Wagen. «Er ist da», sagte Jens und entsicherte seine Waffe.

Bei dem Haus handelte es sich um einen kleinen Resthof, dessen schmuckloser Giebel mit Krüppelwalmdach zur Straße hin zeigte. In U-Form waren eine kleine Holzscheune und ein flaches Stallgebäude an das Haus angebaut. Dazwischen war die Fläche mit grauen Steinen gepflastert. Wenige Meter von der Haustür entfernt parkte ein weißer VW Lupo, eine alte, abgewrackte Karre mit Rostflecken und dem hiesigen Kennzeichen. Jens nahm an, dass der Wagen ebenfalls den verstorbenen Eltern gehörte, denn auf Rodderiks Namen war kein Fahrzeug zugelassen.

Im vorderen Giebel gab es zwei Fenster im Erd- und

zwei weitere im Obergeschoss. Aus den höhergelegenen Fenstern konnte man Hof und Straße sicher bestens überblicken. Deshalb gingen Walter und Jens auf der besser gedeckten Innenseite der Kurve weiter auf das Haus zu. Beide mit der Dienstwaffe in den Händen. An der Toreinfahrt stoppten sie.

Jens, der vorn am backsteinernen Pfeiler stand, beobachtete das Haus. Sein Herz klopfte hart, Schweiß trat ihm auf die Stirn.

Die Fenster waren mit blickdichten Gardinen verhängt. Falls Rodderik sich dahinter verbarg, war er für Jens und Walter unsichtbar. Sie selbst hingegen mussten auf den Präsentierteller des Hofes hinaus, etwas anderes blieb ihnen nicht übrig.

Jens fiel die Schmutzschicht auf dem weißen Lupo auf.

Stand er schon so lange hier, oder hatte es in den letzten Tagen einen Sturm gegeben, der Wüstensand hergetragen hatte?

Plötzlich flatterte eine Taube aus der Eichenkrone über ihnen auf. Jens und Walter erschraken, ließen sich zu Boden fallen und zielten mit ihren Waffen nach oben.

«Scheiße», sagte Jens. «Nah dran am Herzinfarkt.»

«Ist vielleicht doch kein Job für zwei alte Männer wie uns», bemerkte Walter und erhob sich aus dem Staub.

«Vielleicht ... aber den Job hier bring ich auf jeden Fall noch zu Ende. Komm, wir gehen rein ...» Jens umrundete den Torpfeiler und betrat den Hof, die Waffe hielt er dabei verdeckt neben seinen Oberschenkel. Sein Blick huschte hin und her, nirgendwo war eine Bewegung auszumachen. Auf dem Hof herrschte eine geradezu gespenstische Ruhe. Jens ging auf direktem Weg auf den Lupo zu und brachte sich dahinter in Deckung. Wenige Sekunden später erreichte Walter ihn.

«Das Kennzeichen», flüsterte er.

Jens sah hin. Die HU-Plakette war vor vier Jahren abgelaufen. Aber so dick war die Schmutzschicht auf dem Lack auch wieder nicht. Wahrscheinlich war der Wagen ohne gültige Zulassung bewegt worden.

Jens behielt die zum Hof hin offene Scheune im Auge. Darin herrschte Zwielicht. Eine lange Holzleiter stand an einen Balken gelehnt da, neben dem Fuß der Leiter entdeckte Jens einen Lehnstuhl aus Holz mit einem grünen Kissen darauf, daneben eine leere Flasche – von der Form her wahrscheinlich eine Wodka- oder Whiskyflasche. Ein merkwürdiges Bild, das ihn einen Moment innehalten ließ, ehe er sich wieder dem Haus widmete. «Bleib du hinter dem Wagen, ich gehe zur Tür», sagte Jens.

Er löste sich aus der Deckung hinter dem Wagen und gelangte mit wenigen schnellen Schritten an die Haustür. Auf dem Klingelschild aus braunem Ton, das die Triebe einer Kletterpflanze fast überwuchert hatten, stand der Name Rodderik. Jens drückte auf den Knopf, doch es blieb still. Er probierte die Klinke aus. Die Tür war verschlossen.

Als er sich umdrehte, um Walter ein Zeichen zu geben, erhaschte er von diesem geänderten Blickwinkel erneut einen Blick in die offene Holzscheune. Diesmal konnte er nach oben in den Dachstuhl schauen, dorthin, wo die Leiter am Balken lehnte. Dort schwebten Schuhe in der Luft. Jens stieg die drei Stufen zum Hof hinunter und ging auf die Scheune zu. «Was ist los?», fragte Walter Knüfken und folgte ihm.

An der Grenze zwischen Licht und Schatten, dort wo

die Pflasterung des Hofes am staubigen Betonboden der Scheune endete, blieben die beiden nebeneinander stehen und starrten in den dunklen Dachstuhl hinauf.

Einzelne Lichtlanzen fielen zwischen den alten Tonpfannen hindurch. Eine davon erfasste den Körper, der vollkommen regungslos von einem Deckenbalken hing, ein Seil um den Hals.

«Ist er das?», fragte Walter Knüfken.

«Kann ich nicht sagen», antwortete Jens, steckte seine Waffe weg und kletterte die Holzleiter hoch, bis er das Gesicht des Toten erkennen konnte. Es war aufgedunsen und graublau verfärbt, aber es war eindeutig das Gesicht von Lars Rodderik.

Jens stieg wieder hinunter. «Das ist Rodderik ... verdammte Scheiße!» Hastig zog er sein Handy hervor. «Und der hängt schon eine Weile da, mindestens ein paar Tage.»

Jens rief den Kollegen in Hamburg an, der die Observierung der beiden Frauen koordinierte, deren Initialen der Täter in die Karte gezeichnet hatte. Er erfuhr, dass beide Frauen zum Laufen unterwegs waren und dabei überwacht wurden. Ihnen würde nichts passieren.

Jens fiel ein Stein vom Herzen.

12

So hart habe ich gar nicht zugeschlagen mit der Glasmurmelsocke, aber das Mädchen ist unglücklich gefallen und mit dem Hinterkopf auf diesen blöden Blumenkübel aufgeschlagen. So ein Sturz kann einen Menschen schon mal das Leben kosten, und dann wäre mein schöner Plan im Eimer.

Gestorben ist sie nicht, zum Glück, aber sie will einfach nicht wieder zu sich kommen, ganz egal, wie oft ich ihr ins Gesicht schlage.

Auch für diesen Fall habe ich vorgesorgt. Wie ich immer für alles vorsorge.

Die kleine Flasche mit englischem Riechsalz liegt in dem kleinen Rucksack, in dem ich all die Utensilien transportiere, die ich für meine Kunst benötige. Ich drehe den Schraubverschluss ab und halte ihr die winzige Öffnung des Fläschchens unter die Nase.

Die Wirkung ist verblüffend. Noch bevor sie wirklich erwacht, schüttelt sie den Kopf, ihre Nasenflügel beben, ihre Lider flattern. Dann pumpt sie mit einem hastigen, machtvollen Atemzug Luft in ihre Lunge. Mit der Luft kehrt das Bewusstsein zurück, und sie reißt die Augen auf.

Sie braucht nur den Bruchteil einer Sekunde, um zu begreifen, und als Panik ihren Blick weitet, fühle ich mich mächtig und überlegen und weiß, der eingeschlagene Weg ist richtig, was ich tue zwangsläufig und nicht zu vermeiden. Letztendlich basiert jedes Tun, ob meines oder das anderer, auf dem Prinzip von Aktion und Reaktion. Ein bestimmtes Verhalten ruft eine dementsprechende Gegenmaßnahme hervor, so ist das nun einmal.

Ihre großen Augen sind wunderschön, selbst wenn sie Angst hat. Vielleicht auch gerade deshalb.

Ich lege einen Finger an meine Lippen, schüttle den Kopf und mache «Pssst.»

Nicht, dass sie sprechen oder schreien könnte. Die weißen Papierservietten in ihrem Mund und die drei Streifen Gewebeband aus dem Baumarkt darüber wirken als Schalldämpfer wahre Wunder. Der Grund für diese Geste ist vielmehr, ihr Hoffnung zu geben. Sie glauben zu lassen, dass sie durch ihr Verhalten in der Hand hätte, ob das hier gut für sie ausgeht oder nicht.

Ihr Blick geht über meine Schulter und wieder zurück. Ich kann mir denken, was sie dort sieht: die Stadt mit ihren Gebäuden und Straßenlaternen, Menschen und Autos. All das, was Sicherheit verspricht, worauf die Menschen sich verlassen. Diese Sicherheit gilt aber nicht mehr für sie. Nicht hier unten am Wasser, wo niemand sie sehen kann.

Ein Blick auf die Uhr verrät mir, dass es Zeit ist. Mit einem schnellen Griff ziehe ich das breite Hundehalsband aus festem, grünem Nylon hervor und schlinge es ihr um den Hals. Natürlich versucht sie, sich zu wehren, doch ihre Arme sind an das Abwasserrohr gekettet, das das Regenwasser von der Brücke in den Kanal lenkt.

Das Hundehalsband habe ich für meine Zwecke modifiziert. Ich habe zusätzliche Löcher hineingestanzt, um es mittels der Metalldornen enger feststellen zu können – enger, als es ein Hunde- oder Menschenhals verträgt.

Langsam ziehe ich das Nylonband zusammen, bis es nicht mehr geht. Ihr Kehlkopf wird tief in den Rachen gedrückt und schnürt ihr die Luftzufuhr ab.

Dann trete ich vor sie hin, halte ihr ihr eigenes Handy vors Gesicht, damit die Gesichtserkennungssoftware es freigibt – noch geht das, in wenigen Minuten wird die Software das Gesicht wohl nicht mehr erkennen.

Wie ich es mir zuvor überlegt habe, rufe ich Instagram und dort die Laufgruppe *Runfree* auf, mache ein Foto von ihrem Gesicht und schreibe darunter: «Ihr läuft die Zeit davon.»

Diese Idee hatte ich auf dem Weg hierher, und als Abwandlung gefiel sie mir richtig gut. Schließlich starte ich den Timer des Handys, der von null an aufwärts zu zählen beginnt.

Ich liebe es, wie sich die Zahlen in absolut gleichmäßigem Rhythmus verändern. Sie messen die Zeit, verwandeln sie in ein für uns Menschen fassbares Maß, sind und bleiben dabei aber nichts weiter als Platzhalter für etwas, das wir nicht begreifen können. In unserer Hilflosigkeit haben wir sie erschaffen, weil wir es nicht ertragen können, einer Kraft ausgeliefert zu sein, die nicht zu sehen und nicht zu riechen ist, die wir nicht anfassen oder hören können. Und kaum haben wir sie mess- und sichtbar gemacht, kämpfen wir auch schon gegen sie an. Und damit letztlich nur gegen uns selbst. Tja, der Mensch, an Dummheit ist er nicht zu übertreffen. Wie gut, dass ich mich über ihn erhoben habe.

Sie wehrt sich, kämpft gegen die Fesseln an, stemmt ihre Füße in den staubigen Boden und biegt ihren Oberkörper durch. Sie ist jung und kräftig und schafft es tatsächlich, durch den Knebel hindurch Geräusche zu machen. Aber oben fahren immer wieder Autos über die Kanalbrücke, ein ständiges Klack-Klack, wenn die Reifen über die metallenen Dehnungsfugen rollen, dazu die Motorengeräusche – ich muss mir keine Sorgen machen, dass irgendjemand sie hören könnte.

Allerdings behalte ich den Kanal im Auge. Der ist eng und dicht bewachsen, an seinen Ufern liegen ausschließlich Privatgrundstücke, und es gibt hier so gut wie keinen

Bootsverkehr. Dennoch kann man nicht vorsichtig genug sein.

Zwei Minuten.

Ihr Hals verfärbt sich rötlich, das Gesicht blau. Je länger es dauert, desto stärker quellen ihre Augen aus den Höhlen. Wenn ich mich nicht täusche, spricht sie durch ihre Augen zu mir. Fleht mich an, aufzuhören, ihr Leben zu verschonen.

Doch jetzt ist es zu spät, zu bitten und zu betteln. Wie die anderen auch hat sie keinen Respekt vor Männern und keine Scheu davor, sie öffentlich zu demütigen. Sie respektiert sie nicht, lacht über sie, glaubt, alles mindestens genauso gut, wenn nicht sogar besser zu können.

Nicht für eine Sekunde hat sie sich Gedanken darüber gemacht, welche Auswirkungen das auf mein Leben hat. Wie allen anderen auch war es ihr egal. Dafür muss sie bestraft werden.

Drei Minuten und zehn Sekunden.

Ihre Bewegungen werden träge, das Bitten und Flehen in ihrem Blick lässt nach, sie hat verstanden, dass sie sterben wird. Die Augen, diese wunderschönen Augen, blasen sich auf wie kleine Luftballons und treten noch weiter aus den Höhlen. Ihr Oberkörper bäumt sich abermals auf, sie strampelt noch einmal mit den Beinen, wirft den Kopf von einer Seite zur anderen.

Ich muss sagen, sie erstaunt mich. Sie kämpft länger und härter als die anderen. Das habe ich ihr nicht zugetraut, denn sie ist schmal, fast schon anmutig, nicht so sehr trainiert, sondern eher weiblich.

Ich kenne die Prozesse, die in diesen Minuten in ihrem Körper ablaufen, nur allzu genau. Genauer als die meisten anderen Menschen, denn dies ist mein Spezialgebiet, hier macht mir niemand etwas vor. Eigentlich hatte ich darauf mein Leben und meine Karriere aufbauen wollen, doch Frauen wie diese haben das verhindert.

Ein letztes Zucken, und sie stirbt. Ich stoppe den Timer des Handys in dem Moment, da ihr Blick bricht.

Fünf Minuten und drei Sekunden.

Nein, einen neuen Rekord hat sie nicht aufgestellt, ihre Performance war sogar schlechter als die der anderen. Wahrscheinlich hat sie durch die heftige Gegenwehr zu viel Kraft und Sauerstoff verbraucht.

Das Brechen ihres Blickes hat Auswirkungen auf mein eigenes Befinden. Es ist nicht wie ein Orgasmus, das nicht. Aber obwohl das Gefühl vollkommen anders ist, ist es doch nicht weniger befriedigend. Von meiner Körpermitte ausgehend, dort, wo sich der Solarplexus befindet, strömt Wärme in meine Blutbahnen und Gefäße, und ich spüre, wie Dopamin mein Hirn förmlich explodieren lässt. Dieser Botenstoff wirkt wie eine Belohnung, und genau so empfinde ich es in diesem einzigartigen Moment.

Für alles, was ich erlitten habe, wofür ich kämpfen und leiden musste, bekomme ich nun meine Belohnung. Eine Frau kann mich nie glücklicher machen, schon gar nicht durch Sex, als für mich zu sterben.

Was für ein einzigartiger Augenblick!

KAPITEL 6

1

Diesmal hatte die Presse noch vor der Polizei von dem Mord an der Joggerin Elena Schwarz erfahren, denn es gab einen Augenzeugen, der beobachtet hatte, wie sich der Täter vom Tatort entfernte, und der dann die Leiche gefunden hatte.

Elena Schwarz war unter einer der zahlreichen Brücken gestorben, die in Hamburg die Kanäle und Fleete überspannten. Diese Brücke im Stadtteil Winterhude gehörte zu den kleineren, der Kanal selbst war praktisch nur eine grüne Röhre innerhalb eines gepflegten Wohngebietes.

Gefunden hatte die junge Frau ein Obdachloser, der sich unter der Brücke seine Bleibe eingerichtet hatte – aus zwei Europaletten, einigen Schichten Karton und einem billigen Kuppelzelt. Seit drei Jahren verbrachte er seine Nächte dort, manchmal auch die Tage, wenn es regnete und er keine Lust hatte, am Bahnhof oder in der Innenstadt betteln zu gehen.

Dieser Obdachlose war nicht zuerst zur Polizei gegangen, sondern zur Presse, weil er sich für die Story Geld erhofft hatte.

Und so machte die Tageszeitung am nächsten Tag mit einer Schlagzeile auf, die in Hamburg für Panik sorgte und die Polizei nicht gut dastehen ließ. Wer auch immer den Artikel geschrieben hatte, er oder sie hatte gut recherchiert und wusste auch von den anderen Morden an Joggerinnen.

Die Zeitung warf der Polizei Untätigkeit vor, weil es bereits vier tote Frauen gab, aber noch keinen Tatverdächtigen. Zum Glück wusste die Zeitung nichts von den Initialen in der Laufgruppe und wie falsch Jens damit gelegen hatte. Denn die beiden Frauen, die rund um die Uhr von der Polizei beobachtet worden waren, waren nicht das Ziel des Täters gewesen. Sie hießen Anna Francke und Antonia Fiebrecht.

Zweimal die Initialen A und F.

Getötet hatte der Täter stattdessen Elena Schwarz, die diesen Namen auch in der *Runfree*-Gruppe angegeben hatte, aber eben auch noch den Zusatz *AboutFitness*.

A und F.

Wie hätten sie darauf kommen sollen?, fragte sich Jens immer wieder. Hätten sie darauf kommen müssen? Wenn man es wusste, lag es auf der Hand. Aber vorher?

Jens selbst hatte nicht nach den passenden Namen zu den Initialen A und F gesucht, sondern Becca und Hillmann-Tony, aber er konnte und wollte den beiden keinen Vorwurf machen. Jens wusste, er selbst hätte es auch nicht bemerkt, und man konnte davon ausgehen, dass der Täter diese Finte absichtlich genutzt hatte, weil er ahnte, dass ihm die Polizei bereits auf den Fersen war. Vielleicht hatte er bemerkt, dass sich die Behörden auf seinem Account in der *Runfree*-Gruppe umgesehen hatten.

Becca war genauso entsetzt und am Boden zerstört wie Hillmann-Tony, und Jens, der noch keine Zeit gehabt hatte, ein ruhiges Gespräch mit den beiden zu führen, hoffte inständig, dass es nicht noch schlimmer kommen würde. Das konnte passieren, sobald die Presse von diesem perfiden Spiel des Täters erfuhr.

Jens selbst zweifelte an sich, weil er mit Rodderik ebenso grandios danebengelegen hatte. Rodderik war für die Morde nicht verantwortlich; er hatte sich bereits vor mehr als einer Woche in der Scheune seines Elternhauses erhängt. Es gab keinen Abschiedsbrief, aber auch keinen Hinweis auf die Beteiligung einer zweiten Person. Bevor Rodderik auf die Leiter geklettert war, hatte er eine Flasche Wodka geleert. Im Haus hatten sie Spuren gefunden, die bewiesen, dass Rodderik die letzten Wochen dort gelebt hatte. Vielleicht hatte er sich erhängen wollen, kaum dass er seinem Kumpel Gerken die Wohnung in der Stadt überlassen hatte, und es immer wieder hinausgeschoben. Vielleicht war er über den Tod seiner Tochter nicht hinweggekommen – sie wussten es nicht. Aber fest stand, Rodderik war nicht ihr Täter.

Stattdessen gab es einen neuen Hinweis von dem Obdachlosen, in dessen «Wohnzimmer» Elena Schwarz auf die exakt gleiche Art getötet worden war wie die anderen Joggerinnen.

Der Obdachlose war nur wenige Minuten nach der Tat zu seinem Schlafplatz gekommen, und er hatte ausgesagt, einen Mann gesehen zu haben, der unter der Brücke herausgekommen, auf ein Fahrrad gestiegen und davongefahren sei. Beschreiben konnte ihn der Obdachlose, der alkoholisiert gewesen war, nicht genau, sprach nur von einem großen, schlanken Mann. Ein weiterer Hinweis auf einen Fahrradfahrer!

Jens ärgerte sich über die Maßen, dass er diese Spur aus den Augen verloren hatte. Zwar war sie ihm von Beginn an wichtig erschienen, und er hatte Maximilian Grafe ja auch beschattet, aber dann war ihm diese Sache mit Kai-Uwe

Kahlau passiert, und Rodderik war ins Spiel gekommen, und dessen Motivlage war einfach zu gut und zu stichhaltig gewesen.

Niemand machte ihm Vorwürfe, außer er sich selbst. Aber die wogen schwer genug: Eva Probst könnte noch leben, wenn er sie vehementer davon abgehalten hätte, laufen zu gehen. Elena Schwarz könnte noch leben, wenn er beiden Spuren, Grafes und Rodderiks, mit dem gleichen Nachdruck nachgegangen wäre.

Maximilian Grafe. Wenn die Geschichte mit dem gefundenen Rucksack nicht stimmte, hatte Jens einen Riesenfehler gemacht, den er sich niemals verzeihen würde. Er hatte sich auf die Spurenlage verlassen, nicht auf seinen Instinkt. Keine Spuren an Grafes Kleidung und Körper bedeuteten nicht zwangsläufig, dass er nicht der Täter war, immerhin konnte er sich durch einen Plastikanzug geschützt haben. Aber das war schwierig, eigentlich fast sogar unmöglich. Trotzdem war der Mann jetzt wieder Jens' Hauptverdächtiger, und er hatte sich zu einer Gegenüberstellung entschieden. Zunächst sollte sich der Obdachlose Grafe anschauen, danach Lennart Wolff. Beide hatten bereits angegeben, den Flüchtigen nicht gut genug gesehen zu haben, aber vielleicht weckte die Gegenüberstellung ja eine Erinnerung, von der beide nichts wussten. Einen Versuch war es wert.

Und es war ein verzweifelter Versuch, denn Jens hatte sonst nichts in der Hand.

Vier tote Frauen – und er stand da wie ein Depp.

Hillmann-Tony und zwei weitere Mitarbeiter behielten die *Runfree*-Gruppe rund um die Uhr im Auge für den Fall, dass erneut Initialen unter dem Kürzel RvS auftauchten, aber das war kein wirklicher Schutz vor neuen Morden. Der Täter hatte bewiesen, wie perfide und kaltblütig er vorging, und wenn er jetzt von seinen Taten in der Presse las, würde er sein Vorgehen möglicherweise anpassen.

Es gab Dutzende solcher Laufgruppen in den sozialen Netzwerken, Tausende Frauen, die ihre Laufstrecken posteten und sich damit zur Zielscheibe machten. Der Täter hatte unfassbar viel Auswahl.

Jens war nervös bis in die Haarspitzen, während er auf den Obdachlosen wartete. Maximilian Grafe war bereits auf dem Revier. Die Kollegen hatten ihn am Vormittag an seinem Arbeitsplatz im Fahrradladen festgenommen. Für den gestrigen Abend hatte er ein Alibi. Angeblich hatte er mit seinem Kumpel Kai-Uwe Kahlau Netflix geschaut. Kahlau bestätigte, dass Grafe bei ihm geschlafen habe und von dort aus zur Arbeit aufgebrochen sei. Deshalb hatte die Streife, die Grafe schon gestern Nacht hatte festnehmen sollen, ihn nicht zu Hause angetroffen.

Jens traute diesem Alibi nicht. Er traute weder Kahlau noch Grafe, hatte aber nichts gegen die beiden in der Hand. Nun setzte er all seine Hoffnung in die Gegenüberstellung.

Zwei Kollegen brachten den Obdachlosen herein. Er trug eine viel zu große Jeans, schwarze Stiefel und einen bunten Fleecepulli mit Motiven von Skifahrern in verschneiten Bergen darauf. Sein Kopf war beinahe kahl, dafür der Bart umso länger. Alles in allem machte er einen einigermaßen gepflegten Eindruck, roch auch nicht unangenehm, aber seine Augen verrieten, dass er nicht ganz nüchtern war.

Er hieß Wolfgang Richter. «Duzen wir uns», schlug Jens vor. «Bist du fit genug, Wolfgang?»

«Nenn mich Wolle ... und ich bin immer fit. Musste sein, wenn'de da draußen lebst.»

«Hast du eigentlich Kohle bekommen von dem Zeitungsfuzzi?», wollte Jens wissen.

«Den üblichen Hunni.»

«Üblich?»

Wolle zuckte mit den Schultern. «Auf der Straße bekommst du viel mit, was auch für die Presse interessant ist. Das wissen die. Deshalb haben wir seit Jahren diesen Deal.»

«Hast du dir das Mädchen angeschaut?»

Wolle nickte. «Ich wollt, ich hätt's nicht getan. Werd das Bild nicht wieder los ... so eine kranke Scheiße. Und ich soll mir einen anschauen, der das getan hat?»

«Vielleicht», sagte Jens. «Das steht noch nicht fest.»

«Ich hab den aber echt nur von hinten und nur ganz kurz gesehen.»

«Wir sind für jede Hilfe dankbar. Wie bist du hierher ins Präsidium gekommen?»

Wolle sah Jens fragend an. «Deine Leute haben mich doch geholt.»

«Also mit dem Bus, und der kostet Geld, oder?»

Wolle zögerte einen Moment, dann verstand er. «Ja, richtig, mit dem Bus ... sind verdammt teuer heutzutage, die Busse.»

Jens drückte Wolle den Fünfziger in die Hand, den er sich zuvor extra dafür in die Hosentasche gesteckt hatte. Wolle ließ den Schein mit einem dankbaren Nicken verschwinden.

«Okay, dann los», sagte Jens und ging voran. Sie betraten die kleine Kammer neben dem Vernehmungsraum.

In der Wand zwischen den beiden Räumen gab es einen venezianischen Spiegel. Jens rief seinen Kollegen an und bat ihn, Maximilian Grafe einmal durch den Raum und wieder hinaus zu führen. Vorher abgesprochen war, dass er sich mit dem Rücken zum Fenster bewegen sollte, denn bei dieser Gegenüberstellung ging es nicht um das Gesicht des Verdächtigen – das hatte Wolle ja nicht gesehen –, sondern um sein Gangmuster und seine Erscheinung.

Sie postierten sich vor dem Spiegel, die Tür ging auf, und Grafe erschien in der Begleitung eines uniformierten Kollegen. Grafe trug eine enganliegende Jeans, Sportschuhe und ein bedrucktes Shirt. Er gab sich betont lässig, tat aber, was der Kollege von ihm verlangte. Er drehte eine Runde um den Tisch und verließ den Raum wieder.

«Und?», fragte Jens.

Wolle zuckte mit den Schultern. «Is echt schwer zu sagen. Die Größe … das kommt hin, aber der Typ an der Brücke, der hatte so Lycra-Sachen an, weißte, so ganz eng, der sah mehr wie eine Bohnenstange aus als dieser Mann eben.»

Jens versuchte, sich Grafe in einem hautengen Lycra-Dress vorzustellen, wie ihn Fahrradfahrer beim Training trugen. Wenn man ihn leicht alkoholisiert und im Gegenlicht sah, wirkte er bestimmt wie eine Bohnenstange.

«Willste den Fuffi wiederhaben?», fragte Wolle und klang ein bisschen betrübt.

«Nee, auf keinen Fall, den hast du dir verdient.»

Jens begleitete Wolle hinaus. Dann holte er Lennart Wolff ab, der im Besucherbereich des Präsidiums wartete. Wolff trug eine Augenklappe mit einem weißen Verband darunter.

«Wie geht es Ihnen?», fragte Jens zur Begrüßung.

«Ach, wissen Sie, es ist schwer, sich daran zu gewöhnen, nur noch mit einem Auge sehen zu können. Am schlimmsten sind die Kopfschmerzen, aber die Ärzte sagen, die gehen irgendwann weg.»

«Werden Sie wieder arbeiten können?»

«Das werde ich ausprobieren müssen. Zurzeit geht es noch nicht ... ich hab Angstattacken, immer wieder ... schlimm ist auch, dass ich kein Auto fahren kann. Mein räumliches Sehen ist total im Arsch ... ich probiere es immer wieder in der Hofeinfahrt und hab schon zweimal den Pfosten gerammt ...» Wolff wirkte verzweifelt.

«Wie sind Sie denn hergekommen?, fragte Jens

«Meine Frau hat mich gefahren. Sie ist kurz rausgegangen, eine rauchen.» Wolff lachte bitter auf. «Ich habe durch diese Sache damit aufgehört, sie hat angefangen. Der Streit ist derselbe.»

Darauf wollte Jens lieber nicht eingehen.

«Können wir trotzdem reingehen?», fragte er.

«Klar, meine Frau hat den Mann ja nicht gesehen und kann nicht helfen.» Wolff folgte Jens durchs Präsidium. «Ich habe eine Bitte», sagte er dabei.

«Nur zu.»

«Dieser Arzt, der bei mir vor Ort erste Hilfe geleistet hat ... im Krankenhaus sagten sie mir, er hat mir wahrscheinlich das Leben gerettet, weil ich in meiner Panik das Messer herausziehen wollte und es dabei vielleicht noch tiefer hineingestoßen hätte. Es fehlten wohl nur ein paar Millimeter bis zum Hirn. Ich würde mich gern bei dem Arzt bedanken. Haben Sie eventuell seine Kontaktdaten?»

«Ich werde mich danach erkundigen», sagte Jens. «Aber

wir werden ihn erst fragen müssen, ob er das überhaupt möchte. Datenschutz ist heikel heutzutage.»

«Ja, ist klar. Aber es ist mir wirklich wichtig.»

«Ich kümmere mich darum», versprach Jens, dann erreichten sie die kleine Kammer, und er führte Wolff hinein.

«Das ist ja wirklich wie im Film», sagte der.

«Manche Dinge stimmen tatsächlich.» Jens gab dem Kollegen per Handy ein Zeichen, und wieder führte er Maximilian Grafe durch den Vernehmungsraum. Diesmal war Grafe schon nicht mehr so kooperativ. Er stellte sich vor den Tisch, den Rücken zum Spiegel, und wollte nicht weitergehen. Dass er damit genau richtig stand, konnte er ja nicht wissen.

«Was sagen Sie?», fragte Jens.

«Größe und Statur passen», antwortete Lennart Wolff, ohne lange nachdenken zu müssen. «Wissen Sie was! Es wäre gut, wenn er einen Mund-Nasen-Schutz tragen würde. Am besten in Schwarz.»

«Okay, das lässt sich machen, warten Sie einen Moment.»

Jens verließ die Kammer und machte sich auf die Suche nach einer Corona-Maske. Es war noch gar nicht lange her, da lagen die Dinger überall herum, aber jetzt fand er auf die Schnelle keine. Er fragte in einigen Büros nach, bis ihm nach zehn Minuten endlich jemand mit einer schwarzen Maske aushelfen konnte.

«Könnte aber noch das Virus drinstecken», sagte der Kollege. «Hab das Ding nie gewaschen.»

Das war Jens egal. Er eilte damit zurück und betrat den Vernehmungsraum, in dem der Kollege mit Maximilian Grafe gewartet hatte. Jens ahnte, dass Grafe sich weigern würde, die Maske aufzusetzen, deshalb wollte er selbst dafür sorgen und dem Mann keinen Spielraum lassen.

Jens hielt ihm die Maske hin und sagte nur ein Wort: «Aufsetzen.» Er spürte selbst, dass all seine Wut und Verzweiflung in diesem Wort steckten, und Grafe spürte es auch. Ohne Widerspruch nahm er die Maske und setzte sie auf. «Zufrieden?», fragte er hinter dem Stoff.

«Zur Glasscheibe drehen», befahl Jens. Auch das tat Grafe. Aber nur für einen kurzen Moment, bevor er sich die Maske vom Gesicht riss und sie Jens vor die Füße warf. «So, und jetzt habe ich die Schnauze voll von dieser Scheiße. Entweder nehmen Sie mich fest und buchten mich ein, oder Sie lassen mich auf der Stelle gehen. Ich schwöre Ihnen, ich wende mich an die Presse und mache Sie wegen polizeilicher Willkür fertig.»

«Aufpassen», wies Jens den Kollegen an und verließ den Vernehmungsraum, ohne auf Grafe einzugehen.

In der kleinen Kammer wartete Lennart Wolff auf ihn. «Er ist es», sagte er. «Ich habe sein Gesicht ja nicht wirklich gesehen, aber ich bin mir sicher, es war dieser Mann, der mir das Messer ins Auge gestoßen hat.»

2

«Nein! Das können wir nicht machen!» Mareike Baumgärtner schüttelte vehement mit dem Kopf. Aus ihrem sonst streng nach hinten geknoteten Haar hatte sich eine Strähne gelöst, die ihr ins Gesicht fiel.

Vor Anspannung traten ihre Kieferknochen hervor, die

Finger ihrer rechten Hand trommelten auf ihrem linken Oberarm herum, beide Arme hielt sie vor der Brust verschränkt. In diesem Augenblick war sie nicht länger der auf Hochglanz polierte Kühlschrank, als den Jens sie einmal bezeichnet hatte. Seine Chefin war emotional genauso an diesem Fall beteiligt wie alle anderen.

«Wir haben die Aussage eines Augenzeugen», insistierte Jens.

«Das stimmt nicht, und das wissen Sie selbst. Wolff ist kein brauchbarer Augenzeuge, ebenso wenig der Obdachlose. Tut mir leid, aber das reicht nicht, damit brauche ich gar nicht zum Richter zu gehen, um einen Haftbefehl zu erwirken.»

Die Baumgärtner hatte recht. Jens wusste, dass sie nach wie vor keine Beweise gegen Grafe hatten. Ganz im Gegenteil entlastete ihn sein Alibizeuge auch noch. Er hatte trotzdem versuchen müssen, sie zu einem Haftbefehl zu überreden.

«Wir stehen jetzt unter Beobachtung und dürfen uns keinen Fehler erlauben», schob die Baumgärtner nach. «Die Presse sieht genau hin.»

«Also lassen wir Grafe abermals gehen?»

«Das müssen wir. Aber wir werden ihn rund um die Uhr überwachen. Ich ziehe die Kräfte von der Windmüller ab, dann haben wir genug Leute dafür.»

«Damit rechnet er sowieso und wird die Füße stillhalten.»

«Mag sein, aber dann geht wenigstens keine Gefahr in der Zeit von ihm aus, die Sie und das Team benötigen, um hieb- und stichfeste Beweise zu sammeln. Ich würde zum Beispiel vorschlagen, Frau Dr. Windmüller ein Foto von

Grafe zu zeigen. Möglicherweise hat sie den Mann schon einmal irgendwo gesehen. Im Umfeld von Eva Probst zum Beispiel. Wir brauchen die Verbindung, unbedingt.»

Jens nickte und wollte etwas sagen, als es an der Tür zum Büro der Baumgärtner klopfte.

Walter Knüfken kam herein.

«Mir ist da etwas aufgefallen, eine Kleinigkeit nur, aber sie scheint mir von Bedeutung zu sein», begann er. Walter wirkte aufgeregt. So kannte Jens ihn gar nicht. Die Baumgärtner bat ihn zu berichten.

«Eine unserer Mitarbeiterinnen hat sich um die Toilettensteine gekümmert, mit denen Gruber versucht hat, den Leichengeruch zu übertünchen. Toilettensteine dieser Art und in der Menge bekommt man schließlich nicht im Kaufladen um die Ecke. Diese stammen von einem Großhändler, der damit Restaurants, Schulen und Betriebe beliefert. Er beliefert aber auch das Mariannenkrankenhaus damit.»

Jens stieß sich von der Fensterbank ab, auf der er mit halber Backe gesessen hatte. «Das Krankenhaus, in dem Laura Windmüller arbeitet!», stieß er aus.

Walter Knüfken nickte. «Wie schon gesagt, der Großhändler beliefert viele Betriebe, auch mehrere Krankenhäuser im Stadtgebiet, aber diese Verbindung finde ich auffällig.»

«Absolut!», sagte Jens. «Das kann kein Zufall sein und ...» Jens hielt inne.

Er erinnerte sich an jenen Moment im Krankenhaus, als er vor dem OP auf Dr. Windmüller gewartet hatte und die OP-Reinigerin Carmen aufgetaucht war. Später war noch eine Aushilfe dazugestoßen. Ein Mann, der Jens einen merkwürdigen Blick zugeworfen hatte.

«Herr Kerner, was ist los?», fragte Mareike Baumgärtner.

Eine Stunde später betrat Jens das Mariannenkrankenhaus durch den Haupteingang und meldete sich am Empfang. Während die Empfangsdame telefonierte, lief Jens nervös in der Eingangshalle auf und ab. Nach wenigen Minuten trat Carmen, die OP-Reinigerin, aus dem Fahrstuhl.

«Das freut mich aber, dass wir uns wiedersehen», sagte sie freudestrahlend. «Und Sie haben extra nach mir gefragt?»

«Ja, ich bin dienstlich hier und habe ein paar Fragen an Sie. Können wir uns irgendwo ungestört unterhalten?»

«Im Patientencafé, da ist um diese Zeit nicht viel los, und ich kann sowieso einen Kaffee gebrauchen.»

«Ich lade Sie ein», sagte Jens.

In dem kleinen, gemütlich eingerichteten Café saß nur ein Pärchen, er im Bademantel, sie in Straßenkleidung. Mit zwei Bechern Kaffee verzogen Jens und Carmen sich in die hinterste Ecke.

«Das ist ja richtig spannend», flüsterte Carmen. «Bin ich jetzt in einen Kriminalfall involviert?»

«Kann schon sein», antwortete Jens. «Auf jeden Fall könnten Sie mir ein paar Fragen beantworten, wenn es Ihnen recht ist.»

«Aber sicher doch!»

«Als OP-Reinigerin haben Sie doch sicher Zugriff auf alle möglichen Reinigungsmittel, die man so braucht, richtig?»

Carmen nickte. «Und das ist eine Menge, kann ich Ihnen sagen.»

«Haben alle Reinigungskräfte Zugriff darauf?»

Carmen schüttelte den Kopf. «Seit einiger Zeit nicht mehr. Es kam immer mal wieder zu Diebstählen. Kleinigkeiten nur, aber in der Corona-Zeit verschwanden Unmengen Desinfektionsmittel. Deshalb haben jetzt nur noch vier Personen einen Schlüssel zum Magazin, und die müssen dafür sorgen, dass jeder bekommt, was er braucht.»

«Haben Sie einen Schlüssel?»

«Aber sicher doch! Ich bin schließlich am längsten hier. Bin sozusagen die Chef-Blutputze.» Sie lachte herzlich über ihren eigenen Scherz.

«Würden Sie mir dieses Magazin zeigen?», fragte Jens.

Er hatte sich entschieden, nicht mit der Tür ins Haus zu fallen und nach den Toilettensteinen sowie der männlichen Aushilfe zu fragen. Sollte sich diese Spur als falsch erweisen, würde er den Mann nur unnötig in Verruf bringen.

Sie tranken ihren Kaffee aus, dann führte Carmen Jens in die Katakomben unter dem Krankenhaus. Der Bau stammte aus den fünfziger Jahren, oben war alles modern renoviert, aber unter der Erde sah man ihm sein Alter an. Schmale, niedrige Gänge mit halbrunden Decken, die an einen bombensicheren Bunker erinnerten.

Carmen schloss eine Metalltür auf und machte Licht. Der Raum dahinter war schmal, aber lang. In dem Wirrwarr aus gefüllten Regalen konnte Jens das Ende nicht erkennen.

«Dies ist eines von zwei Magazinen», erklärte Carmen. «Aber das andere sieht genauso aus, und es sind auch die gleichen Sachen drin.» Es roch nach Chemie und Reinlichkeit. «Suchen Sie etwas Bestimmtes?», fragte Carmen.

Jens ahnte, dass er sich von ihr helfen lassen musste, sonst würde er ewig suchen. «Gibt es hier Toilettensteine?»

«Aber sicher doch ... hier hinten.» Carmen führte ihn durch die Reihen der Schwerlastregale in den mittleren Bereich des Magazins und zeigte nach unten. Dort standen sauber aufgereiht in Doppelreihe weiße Eimer mit Henkel und weißem Etikett mit blauer Schrift.

Jens holte sein Handy hervor und öffnete das Foto, das Walter Knüfken ihm geschickt hatte. Es zeigte den Eimer, den sie in der Wohnung von Wilhelm Gruber gefunden hatten. Die Eimer waren identisch. «Könnten Sie bitte einen der Eimer öffnen?»

Carmen bückte sich und zog einen Deckel mit einem kräftigen Ruck an. Dann faltete sie den durchsichtigen Plastikbeutel darin auseinander, in dem die Toilettensteine aufbewahrt waren. Es waren die gleichen blauen, radförmigen Steine wie bei Gruber in der Badewanne.

«Ist das ein Indiz in Ihrem neuen Fall?», fragte Carmen verschwörerisch.

«Ich darf Ihnen natürlich nicht zu viel verraten, aber ja, das könnte gut sein. Sagen Sie, wie überprüfen Sie, ob der Bestand vollständig ist?»

«Ganz altmodisch anhand einer Liste», sagte Carmen und nahm ein Klemmbrett von einem Haken am Regal. «Bis hier unten ist die Digitalisierung noch nicht vorgedrungen.» Sie kicherte, fuhr mit dem Finger über die Liste, zählte die Eimer im Regal durch und runzelte dann die Stirn.

«Das ist ja ...», sagte sie und wiederholte die Prozedur. «Na so was! Da fehlt ein Eimer. Das kann ich mir ja gar nicht erklären!»

«Wie häufig wird der Bestand denn abgeglichen?»

Carmen überlegte. «Ich glaube, nur zur üblichen Inventur einmal im Jahr.»

Jens machte Fotos vom Eimer und seinem Inhalt, als plötzlich ein Geräusch durch den Keller hallte. Carmen und er erstarrten.

«Was war das?», fragte Jens.

Die OP-Reinigerin blickte aus großen Augen Richtung Ausgang. «Klang wie die Tür – als hätte sie jemand bewegt», flüsterte sie.

Leise schlich Jens durch die Regalreihen auf die Eingangstür des Kellerraums zu. Schon aus einigen Metern Entfernung sah er, dass sie nur noch einen Spaltbreit geöffnet war, dabei war er sich sicher, dass sie vorhin weit aufgestanden hatte. So eine schwere, metallene Tür bewegte sich aber nicht von selbst, einen derart starken Windzug konnte es hier unten gar nicht geben.

Jens drückte die Tür auf und blickte in den gewölbten Gang hinaus. Am unteren Ende flackerte eine Glühbirne. Zu sehen war niemand, aber Jens glaubte, ein leises Geräusch zu hören. Es klang wie Schritte, die sich schnell entfernten.

«Und?», kam es von hinten, und Jens schrak zusammen. Carmen hatte sich angeschlichen.

«Nichts», sagte Jens. «Da ist niemand.»

«Ich komme nicht gern hierher ... kann ganz schön unheimlich sein hier unten», sagte Carmen. «Da hab ich doch gerade eine richtige Gänsehaut bekommen.»

«Wir sind hier ohnehin fertig, lassen Sie uns wieder raufgehen.»

Die OP-Reinigerin verriegelte den Raum. Auf dem Weg aus dem Keller befragte Jens sie weiter. «Nehmen wir an, Sie brauchen welche von diesen Toilettensteinen, haben aber keine Lust, allein in den Keller zu gehen, was ich verstehen kann, wen würden Sie schicken, um die Steine zu holen?»

«Also, ich gehe natürlich nicht immer selbst, dann hätte ich ja nur damit zu tun. Und wenn ich weiß, wer unten war, weiß ich auch, wer was genommen hat. Es muss ja auch jede Entnahme in die Liste eingetragen werden ... eigentlich. So einen Eintrag kann man aber auch schon mal vergessen, wenn man in Eile ist ... ist mir auch schon passiert.»

«Wenn es aber kein Versehen war ... Wer könnte den fehlenden Eimer genommen haben?»

Carmen dachte nach. «Da kämen so einige in Frage ...», sagte sie vage.

«Neulich, als wir vor dem OP miteinander sprachen, da kam doch später noch eine Aushilfe dazu», versuchte Jens, die OP-Reinigerin auf die richtige Spur zu führen. «Könnte zum Beispiel so eine Aushilfe einen Eimer geklaut haben?»

Carmen nickte. «Ist schon möglich. Ich kann mir zwar nicht vorstellen, wie jemand so einen Eimer ungesehen aus dem Gebäude schaffen sollte, aber möglich ist es wohl.»

«Sagen Sie, wie heißt eigentlich die Aushilfe, die ich da gesehen habe?»

«Ach, das war der Dennis ... der taugt nichts. Kann nicht richtig arbeiten, kommt dauernd zu spät und hat immer neue Ausreden. Eine richtige Heulsuse, immer krank, es sei denn, er kann am Wochenende feiern. Aber heutzutage müssen wir nehmen, wen wir kriegen, für so einen Job gibt es nicht viele Bewerber.»

«Dennis, und weiter?», hakte Jens nach.

«Fangmann. Dennis Fangmann.»

3

Nachdem Jens den Namen der OP-Reinigeraushilfe an Becca durchgegeben und sie darum gebeten hatte, alles über den Mann herauszufinden, machte Jens sich im Mariannenkrankenhaus auf die Suche nach Dr. Laura Windmüller.

Auch wenn der Eimer mit Toilettensteinen nicht von Maximilian Grafe aus dem Krankenhaus entwendet worden war, galt er Jens weiterhin als Hauptverdächtiger. Jens hatte gehofft, Grafe sei die Aushilfe gewesen, die er vor dem OP gesehen hatte, aber Carmen war sich sicher, dass es sich um besagten Dennis Fangmann gehandelt hatte. Zudem tauchte der Name Grafe in der Buchhaltung des Krankenhauses nicht auf, und schwarz wurde hier sicher niemand bezahlt.

Die Spur spreizte sich auf, das gefiel Jens nicht. Er hätte sich Eindeutigkeit gewünscht. Die Sache mit den Klosteinen, diese Kleinigkeit, auf die sonst niemand gekommen wäre, war eigentlich einer von diesen typischen Fehlern, der einem Täter gern einmal zum Verhängnis wurden. Jens spürte, dass er ihm ganz dicht auf den Fersen war, aber er begriff noch nicht, wie das alles zusammenhing.

Dr. Windmüller, das erfuhr Jens an der Anmeldung, hatte gerade ihre Visite beendet und ein paar Minuten Zeit, mit ihm zu sprechen. Jens hatte keine Lust mehr aufs Treppensteigen und fuhr mit dem Fahrstuhl in die vierte Etage hinauf.

Auf sein Klopfen hin öffnete ihm Laura Windmüller. Sie sah schlimm aus, fand Jens. Von der starken, selbstbewussten Karrierefrau war in diesem Moment nicht mehr viel zu sehen. Tiefe dunkle Ringe unter den Augen verrieten, wie wenig sie in den letzten Tagen geschlafen hatte, ihr Haar wirkte ein wenig stumpf, ihr Blick gehetzt. Sie bat ihn herein. Jens fiel eine lange Laufmasche an ihrem rechten Bein auf.

«Haben Sie ihn?», fragte sie statt einer Begrüßung. Sie bot ihm keinen Platz an und blieb auch selbst neben ihrem Schreibtisch stehen. Mit dem Licht des Fensters im Rücken sah sie noch schmaler aus, beinahe schon zerbrechlich.

«Ich bin hier, damit Sie sich ein Foto anschauen», wich Jens der Antwort aus und holte sein Handy hervor, auf dem er ein Bild von Maximilian Grafe abgespeichert hatte.

Laura Windmüller schüttelte den Kopf. «Kenne ich nicht.»

«Ganz sicher?»

«Absolut, ich habe diesen Mann nie gesehen.»

«Sagt Ihnen der Name Dennis Fangmann etwas? Oder Maximilian Grafe?»

Sie schüttelte den Kopf. «Wer sind diese Männer? Hat einer von ihnen meine Eva getötet?»

«Das wissen wir nicht.»

«Ich habe die Zeitung gelesen», sagte die Windmüller. «Es sind weitere Frauen beim Joggen getötet worden. Er macht weiter, oder? Es ging ihm gar nicht um Eva, sie war nur ein zufälliges Opfer.»

Da lag viel Hoffnung in der Stimme der Ärztin, das fiel Jens sofort auf. Während sie sprach, verschränkte und verkrampfte sie die Finger ineinander. Was auch immer die Frau quälte, es schien sie richtig fertigzumachen.

Jens zog einen Stuhl beiseite und setzte sich. Die Zeit saß ihm im Nacken, er hatte tausend Dinge zu erledigen und brannte darauf, zu erfahren, wie Dennis Fangmann und die Toilettensteine ins Bild passten, gleichzeitig wusste er aber auch, dass er sich ein paar Minuten für Laura Windmüller nehmen musste. Vielleicht vertraute sie ihm genug, um loszuwerden, was auf ihr lastete.

«Ich habe nicht viel Zeit», sagte Dr. Windmüller.

«Ich auch nicht, aber ich denke, wir zwei sollten mal in aller Ruhe unter vier Augen reden. Setzen Sie sich bitte.»

Die Ärztin starrte ihn an, rührte sich aber nicht. «Na los!», forderte Jens sie auf. «Vorher gehe ich nicht.»

Widerstrebend setzte sich Laura Windmüller hinter ihrem Schreibtisch auf den Drehstuhl, blieb aber angespannt auf der Kante sitzen, während Jens so tat, als machte er es sich gemütlich.

«Ich werde jetzt ganz ehrlich zu Ihnen sein und erwarte die gleiche Ehrlichkeit von Ihnen, Dr. Windmüller», begann Jens. «Der Vater der kleinen Carolina war es nicht. Lars Rodderik, unser zweiter Verdächtiger, hat sich in der Scheune seines Elternhauses an einem Balken erhängt, und das schon vor mehr als einer Woche.»

Die Windmüller zeigte keine Reaktion.

«Und dennoch muss der Mord an Ihrer Partnerin irgendetwas mit Methadon zu tun haben. Der Tod meines Freundes und Partners Rolf Hagenah beweist das. Unsere Kriminaltechniker haben herausgefunden, dass sich der Täter, nachdem er Rolf mit dem Messer schwer verletzt hatte, die Zeit nahm, ihm beim Sterben zuzusehen. Dabei haben die beiden sich wahrscheinlich unterhalten, und Rolf schrieb mit seinem eigenen Blut das Wort ‹Kind› an die Wand. Deshalb war es ja so plausibel, dass es etwas mit der kleinen Carolina zu tun hat … hat es aber nicht.»

Jens überlegte einen Moment, ob er der Ärztin von Hagenahs Plan, sich bei Renteneintritt mit seiner Tochter zu versöhnen, erzählen sollte. Eigentlich ging es die Frau nichts an, und Jens mochte sie auch nicht genug für so viel Offenheit, aber vielleicht würde es sie ja genau dazu bewegen – zu Offenheit. Also erzählte er es doch und spürte, wie schlimm es sich in seinem Inneren anfühlte.

Als er fertig war, saß die Windmüller einfach nur da, die Hände um die Armlehnen des Stuhls verkrampft, und starrte ihn an.

Jens hielt die Stille aus. Das konnte er gut. Er wusste, nur wenige Menschen kamen damit klar. Die meisten gaben dem Verlangen nach, die Stille mit ihren eigenen Worten zu füllen. Die Worte mussten nicht unbedingt wahr sein, oft genug waren es sogar Lügen, aber auch aus Lügen konnte man Informationen herausfiltern.

Laura Windmüller kämpfte mit sich. Was sie zu sagen hatte, krallte sich tief in ihrem Inneren ins Fleisch. «Kind», sagte sie schließlich, und ihre Stimme klang, als hätte sie seit Jahren kein Wort gesprochen. «Vielleicht bin ich … dieses Kind. Roland Lange war mein Vater.»

4

Das Mädchen schwitzte am ganzen Körper vor Anstrengung.

Sie wusste, ihr weiteres Leben hing davon ab, wie sie

diese Aufgabe meisterte – und es war eine gewaltige Aufgabe!

Die Küche im Hause ihres Vaters war ein einziger Saustall. In den Schränken befand sich überhaupt kein sauberes Geschirr, alles stand auf den Ablageflächen, dem Tisch und teilweise sogar auf dem Boden herum. Einige der Tassen und Gläser klebten in einem undefinierbaren Belag fest, in vielen fand das Mädchen tote Fliegen, in einigen sogar kleine Spinnen, die darin ihre Netze gesponnen hatten.

Unter der Spüle gab es ein Fach für einen Mülleimer.

Der Eimer war randvoll, üble Gerüche stiegen daraus empor. Neben dem Eimer lag der Müll, der nicht mehr hineingepasst hatte. Essensreste, volle Kaffeefilter, alles Mögliche. Das Mädchen hatte dort Spülmittel vermutet, denn bei ihrer Mutter standen alle Putzutensilien in dem Fach unter der Spüle, doch hier gab es keines. Nur den kleinen Rest in der Flasche auf der Fensterbank.

Das Mädchen hatte alles herausgepresst und auf einen kleinen Teller fließen lassen. Sorgsam teilte sie die grüne Flüssigkeit ein, denn sie musste ja für die ganze Küche und das Geschirr reichen.

Seit vielleicht einer Stunde putzte sie, was das Zeug hielt, und sie freute sich schon auf das Gesicht ihres Vaters, wenn er die Küche betrat. Schon jetzt war ein deutlicher Unterschied zu erkennen. Das Mädchen konnte gut putzen, sie hatte es von ihrer Mutter gelernt, und es fühlte sich ein klein wenig wie Rache an, diese Fertigkeit nun einzusetzen, um bei ihrem Papa bleiben zu dürfen.

Sie war sich sicher, wenn er erst sah, was für eine große Hilfe seine Tochter war, würde er sie auf keinen Fall fortschicken. Papa würde sie hierbehalten, und sie würden wie eine richtige Familie zusammenleben. Nie wieder würde sie sich eingesperrt fühlen, abgestreift die Ketten und Schlösser aus Worten und Drohungen.

Die Vorstellung von einem neuen Leben entfesselte ungeahnte Kräfte in dem Mädchen, und sie staunte selbst darüber, wie schnell sie in diesem Saustall vorankam.

Irgendwann hörte sie laute Stimmen. Das Mädchen verharrte in der Bewegung, die Hand mit dem feuchten Lappen an der Tür des Hängeschranks neben dem Fenster.

Im Flur sprach jemand. Sie glaubte, die Stimme ihres Papas zu erkennen. Und noch eine andere, aber das wollte sie auf keinen Fall glauben.

Der Schlüssel drehte sich im Schloss, im nächsten Moment sprang die Tür auf. Im Türrahmen stand Mutter, mit hochrotem Kopf und zu Fäusten geballten Händen.

«Was machst du hier!», schrie sie das Mädchen an. Es war genau wie an jenem Tag nach der Klassenfahrt, als Mutter einer Furie gleich am oberen Ende der Treppe gestanden hatte, die Hand zum Schlag erhoben. «Was zum Teufel machst du hier? Du putzt?» Das letzte Wort spie sie aus wie einen Schleimklumpen. Speichel spritzte von ihren Lippen.

Im Flur, hinter der Mutter, stand ihr Papa. Er wirkte klein und verloren und hilflos, hielt den Blick zu Boden gesenkt.

«Du kommst sofort mit!», befahl Mutter.

Das Mädchen schüttelte den Kopf. Sie wusste, wenn sie sich jetzt einschüchtern ließ, wäre alles vorbei. «Ich bleibe hier, bei Papa, er braucht mich.» Kaum hatte sie das ausgesprochen, machte sie damit weiter, den Hängeschrank abzuwischen. Die weiße Oberfläche war übersät mit Fliegenkacke.

Drei schnelle Schritte, und Mutter war bei ihr. Sie packte ihr Handgelenk, riss sie herum, drückte so fest zu, dass sie den Lappen fallen lassen musste.

«Du tust mir weh!», schrie das Mädchen und kämpfte gegen den harten Griff an.

«Nein, du tust dir selbst weh! Was muss ich denn noch tun, damit du endlich kapierst? Ich glaubte, du wärest auf einem guten Weg, aber das Erste, was du tust, ist, für einen Mann zu putzen. ZU PUTZEN! Wie kann man nur so dumm sein?» Mutter zog sie mit sich Richtung Tür.

Aber dort stand Papa. Hoch aufgerichtet, die Schulter gestrafft, füllte er den Rahmen aus, und das Mädchen glaubte, in seinen Augen einen festen Willen erkennen zu können. Innerlich jubelte das Mädchen vor Freude, denn sie wusste, hier und jetzt würde die finale Entscheidung fallen. Endlich würde Papa gegen Mutter bestehen und seinen Willen durchsetzen, nicht einfach nur abhauen. Er würde dafür sorgen, dass sie hierbleiben könnte. Genau diese Botschaft sah das Mädchen in seinen Augen.

«Lass mich durch», fuhr Mutter ihn mit dieser kalten, drohenden Stimme an.

Doch Papa schüttelte den Kopf. «Nein!»

Seele und Herz des Mädchens jubilierten.

«Am Telefon hatten wir zweihundert vereinbart.»

Das Mädchen verstand nicht, was ihr Papa da sagte. Immer noch im harten Griff ihrer Mutter gefangen, musste sie mit ansehen, wie diese den Kopf schüttelte und mit der freien Hand in ihre Hosentasche griff. «Du bist so ein armseliges Stück Dreck», sagte sie herablassend.

Dann hielt sie dem Mädchen Geldscheine vor die Augen. «Sieh genau hin. Zweihundert Mark. Er verkauft dich für zweihundert Mark, weil ihm seine Drogen tausendmal wichtiger sind als sein Kind.» Dann warf sie das Geld in den Flur, wo es zu Boden fiel.

Papa starrte das Mädchen an. Seine Lippen zitterten, er versuchte sich in einem Lächeln. Dann fiel er vor Mutter auf die Knie und klaubte hastig die Geldscheine vom Boden auf.

«Papa ...», sagte das Mädchen. Doch ihr Vater hatte nur noch Augen für das Geld.

5

Zurück an seiner Red Lady, war Jens noch immer ganz benommen von dem Geständnis der Ärztin.

Damals, als kleines Kind, hatte sich der Verrat ihres Vaters tief eingebrannt, und natürlich verband sie sein Verhalten mit seiner Drogensucht. Insofern war es nicht weiter verwunderlich, dass sie sich als Erwachsene am Kampf gegen die Drogen beteiligte.

Aber warum diese gnadenlose Härte gegen ihren Vater?

Oder war es ein letzter, verzweifelter Versuch, ihn von den Drogen loszubekommen?

Laura Windmüller hatte gesagt, ihr Vater habe sie nicht erkannt, als er bei ihr in der Substitutionstherapie war. Ihre Mutter hatte damals dafür gesorgt, dass sie und ihre Tochter ihren Mädchennamen annehmen konnten, daher gab es nicht einmal eine Namensgleichheit. Es war reiner Zufall gewesen, dass Lange ausgerechnet an sie geraten war, hatte Laura Windmüller behauptet. Sein Verstand war durch die Drogen und den Alkohol fast völlig zerstört gewesen, aber selbst wenn – es waren dreißig Jahre vergangen, seit er sie ihrer Mutter ausgeliefert hatte, wie hätte er sie erkennen sollen.

Dieser Hass auf Männer, den die Windmüller in sich trug – jetzt wusste Jens, woher er rührte. Ihre Mutter hatte ihn ihr über Jahre hinweg eingebläut, dazu kam die tiefe Enttäuschung durch den Verrat ihres Vaters. Darüber hatte die Windmüller in ihrer Beichte nicht viel gesprochen, aber gerade das, was sie verschwiegen hatte, was hinter den Worten zu hören war, war aufschlussreich für Jens.

Eine tragische Familiengeschichte hatte auf diese furchtbare Art ein Ende gefunden. Rolf Hagenah hatte sterben müssen, weil Laura Windmüller nicht verzeihen und vergessen konnte – das wurde Jens erst jetzt so richtig bewusst. Er spürte keine Wut für diese Frau, denn sie litt schon mehr als genug und hatte wahrscheinlich ihr ganzes Leben lang gelitten. Aber es bewies einmal mehr, wie das Schicksal eines Menschen das eines anderen beeinflussen konnte, auch wenn man sich nicht einmal kannte. Plötzlich kreuzten sich zwei Leben, nur für einen kurzen Moment – und eines davon blieb auf der Strecke. Jens musste sich zusammennehmen, um einen klaren Gedanken fassen zu können.

Eine Frage war jetzt besonders wichtig: Änderte die Beichte der Windmüller etwas? Mussten sie den Täter jetzt ganz woanders suchen? Oder hingen die beiden Fälle am Ende doch nur marginal zusammen?

Jens' Handy brummte. Rebecca war dran.

Jens berichtete ihr, was er gerade erfahren hatte. Es tat

gut, mit Becca darüber sprechen zu können, seine Gedanken klarten sich mit jedem Wort auf, das er ihr sagen konnte.

«Wie furchtbar», sagte Becca am Ende. «Eine Mutter meint, ihre Tochter vor Männern warnen und schützen zu müssen, und zerstört damit zuerst eine Kindheit und später so viele Leben. Kann es dieser Hass auf Männer sein, der unseren Täter motiviert?»

«Das habe ich mich auch gefragt», antwortete Jens. «Du hast angerufen, hast du etwas für mich?»

«Ja. Der Name Dennis Fangmann taucht in der Ermittlungsakte auf. Ein Beamter hat einen Dennis Fangmann als Zeugen befragt, und zwar in dem Gebäude, in dem Wilhelm Gruber lebte. Fangmann hat dort eine Wohnung, er ist Grubers Nachbar.»

«Irgendwie musste es doch so kommen», stieß Jens aus. «Hast du noch mehr über den Mann herausfinden können?»

«Nein, in den Polizeiakten kommt er nicht vor. Bei dem Kollegen hat er in der Befragung angegeben, in mehreren Jobs als Aushilfe zu arbeiten. Aber er hat nichts von einem Job als OP-Reiniger gesagt.»

«Okay, danke.»

«Fährst du jetzt zu ihm?»

«Klar. Was denn sonst.»

«Sei vorsichtig, hörst du. Ich bestehe nach wie vor auf unserem Urlaub.»

«Und ich freue mich schon drauf, mal rauszukommen. Nein, wirklich, ich habe die Schnauze voll und muss dringend mal was Schönes erleben.»

«Das wird es. Schön.»

«Ich melde mich, sobald ich Fangmann gesprochen habe.»

«Soll ich dir nicht lieber eine Streife hinschicken?»

«Ja, okay, mach das. Sicher ist sicher. Ach ja, und du kannst mir noch einen Gefallen tun. Ich habe diesem Lennart Wolff versprochen, ihm den Namen des Arztes zu besorgen, der vor Ort erste Hilfe geleistet hat. Wolff will sich bedanken. Der Name muss ja irgendwo in den Akten auftauchen.»

Becca versprach, sich darum zu kümmern, dann legte Jens auf und fuhr zu der Adresse, die er bereits kannte.

Auf dem Weg dorthin überkam Jens plötzlich eine tiefe Melancholie und der Wunsch, jetzt sofort mit Becca irgendwohin zu fahren, wo es schön war. Urlaub machen zu können, so wie andere Leute auch. Was er eben am Telefon gesagt hatte, stimmte. Jens hatte die Schnauze voll von Mord und Totschlag und davon, den Verrückten dieser Welt immer nur hinterherzulaufen, ihre Opfer einzusammeln und sich mit ihrem geistigen Verfall beschäftigen zu müssen. So ein Leben hinterließ Spuren.

Die Polizeistreife wartete schon vor dem Gebäude. Zwei männliche Beamte vom 33., die Jens ziemlich gut kannte, würden ihn begleiten. Es waren die beiden, die ihn schon in der Wohnung von Lars Rodderik unterstützt hatten – Mr. Heißsporn und sein bedächtigerer Partner. Jens wies sie kurz ein und machte darauf aufmerksam, dass es sich bei der Zielperson eventuell um Hagenahs Mörder handeln könnte. Vielleicht hatte Fangmann die Joggerinnen nicht getötet, aber bei Rolf hing er auf jeden Fall mit drin – möglicherweise war er der Dealer der beiden alten Männer. Wenn er durch seine Arbeit im Krankenhaus an

Putzmittel herankam, konnte er eventuell auch an Methadon herangekommen sein. Das musste natürlich überprüft werden, aber Jens ahnte, dass es ein langer, zäher Prozess werden würde, dem Krankenhaus in so einer Sache Nachlässigkeit nachzuweisen.

«Okay, gehen wir rein», sagte Jens und betrat das verwinkelte Haus als Erster.

6

Laura Windmüller war nicht mehr sie selbst.

Seit sie dem Polizisten Jens Kerner gestanden hatte, dass Roland Lange ihr Vater war, schien sich in ihr ein Abgrund geöffnet zu haben, der das Leben, das sie sich so mühsam aufgebaut hatte, mühelos verschlang. Gleichzeitig wurde ihr altes Ich wieder nach oben gespült, das des kleinen Mädchens, das von seiner Mutter misshandelt und vom Vater verraten worden war. Laura begriff: Es war nie weg gewesen, nur überdeckt durch ihren Hass und ihre Abscheu gegen Männer, und ja, auch von ihrer Angst vor ihnen. Alles war noch da, und es schmerzte und lähmte sie genauso wie damals.

An Arbeit war nicht mehr zu denken gewesen. Laura hatte sich eine Notfall-Vertretung gesucht, sich krank gemeldet und war aus dem Krankenhaus geflüchtet. Als sie zu Hause angekommen war, hatte sie nicht einmal mehr gewusst, wie sie die Autofahrt durch Hamburgs Straßen geschafft hatte – ihr fehlte jegliche Erinnerung daran.

Da stand sie nun im Eingangsbereich ihres Glaspalastes, dieses klinisch sauberen, leeren Hauses, das seiner Seele beraubt worden war, und wusste nicht mehr weiter. Wusste nicht, ob ihr Leben überhaupt noch einen Sinn hatte, spürte aber den intensiven Wunsch, es zu beenden. Und das machte ihr entsetzliche Angst.

Laura lief nach oben in den Schlafbereich, zog ihre Kleidung aus, bis sie vollkommen nackt war, und riss dann die Türen des Kleiderschranks auf. Der Blick auf Evas Kleidung war wie ein zusätzlicher Messerstich in eine Wunde, die durch all die anderen Stiche schon so groß und tief war, dass ein zusätzlicher kaum noch schmerzte.

Laura hatte ihre eigene Laufkleidung anziehen wollen, nahm nun aber die von Eva heraus, die ihr ebenfalls passte – eine lange schwarze Hose mit grünen Streifen an den Seiten, dazu ein schulterfreies blaues Top, das ihr eigentlich zu eng war. Sie vergaß die Unterwäsche und die Socken, stieg barfuß in ihre Laufschuhe, dachte gerade noch daran, den Haustürschlüssel einzustecken, und verließ dann fluchtartig das Haus.

Es war wie damals, als sie aus dem Haus ihrer Mutter geflohen war. Weg, nur weg. Sie war gelaufen, gerannt, ihr ganzes Leben lang war sie seit dem Moment damals auf der Flucht gewesen, und erst als Eva in ihr Leben getreten war, war Ruhe eingekehrt. Laura hatte geglaubt, angekommen zu sein, denn es hatte sich wie ankommen angefühlt. Sie hätte es besser wissen müssen. All die Dämonen, die ihr von Kindestagen an folgten, waren noch da, und Eva hatte nichtsahnend ihr eigenes Todesurteil unterschrieben, als sie sich in sie verliebt hatte.

Laura war eine Zerstörerin. Um sie herum gedieh kein Leben. Sie hatte das Leben ihrer Eltern zerstört, ihr eigenes, Evas. Nur dass sie noch lebte und ihr Dasein ertragen musste.

Laura rannte die Straße herunter, vorbei an der Ecke, an der ihr Nachbar Lennart Wolff niedergestochen worden war, dann weiter, immer weiter, dieselbe Strecke, die Eva an jenem Abend genommen hatte. Laura war gut trainiert und konnte lange Strecken laufen, aber jetzt wählte sie ein Tempo, das sie schon nach zehn Minuten an ihre Grenzen brachte. Seitenstechen und Kurzatmigkeit setzten ein, doch sie ignorierte beides, rannte immer weiter.

Nach und nach spürte sie, wie ihr Kopf immer leerer wurde, ihre Gefühle abstumpften und sie nur noch die echten, körperlichen Schmerzen spürte. Genau die wollte sie haben, daran klammerte sie sich fest und forderte sie noch weiter heraus.

Schließlich erreichte Laura die Treppen am Elbhang, die zum Hotel Hafen Hamburg hinaufführten. Die Fußgängerampel war rot, sie hätte stehen bleiben müssen, doch Laura lief einfach weiter, in den Verkehr hinein, es war ihr vollkommen egal. Bremsen quietschten, Hupen kreischten, sie spürte den Luftzug eines Motorrads dicht an ihrem Rücken, kam aber unbeschadet auf der anderen Straßenseite an, wo sie sich sofort daranmachte, die Treppen zu erklimmen.

Jede einzelne Stufe brachte sie der Panik näher. Brachte sie Eva näher. Als sie das Podest in der Mitte erreichte, ging plötzlich gar nichts mehr. Ihr Körper legte Protest ein, ihre Beine versagten den Dienst. Mit Blick auf die Stelle, an der Eva den Tod gefunden hatte, rutschte sie auf der letzten Stufe ab und stürzte hinunter.

Die Welt geriet ins Chaos, oben und unten wechselten

sich rasend schnell ab. Harte Kanten stießen in ihren Körper, quetschten ihre Muskeln, ihr Fleisch, brachten Knochen und Gelenke an ihre Grenzen.

Irgendwann endete der Sturz am Fuß der Treppe. Reglos blieb Laura liegen. Menschen eilten herbei, fragten, ob sie Hilfe brauche. Jemand sagte, ein Rettungswagen müsse her. In dem Moment schaffte Laura es, sich ein wenig aufzurichten und zu signalisieren, dass sie okay sei. Sie war es nicht, aber sie wollte auf keinen Fall in ein Krankenhaus. Also rappelte sie sich auf und kam auf die Beine. Ihr Körper war ein Minenfeld der Schmerzen, jede Belastung löste einen Zünder aus. Die besorgten Menschen um sie herum sahen erstaunt zu, wie sie sich humpelnd von den Treppen entfernte.

Laura blieb auf ihrer Straßenseite und schleppte sich mühsam den Hang hinauf zum Park. Dabei bemerkte sie eine blutende Wunde an ihrem Knie, eine an ihrem rechten Ellenbogen und eine Platzwunde an der rechten Augenbraue. Die Kontusionen zählte sie gar nicht.

Es begann zu regnen. Fielen zunächst nur einzelne Tropfen, steigerte sich die Intensität rasch, und schon bald darauf donnerte es. Das nächste Sommergewitter zog über die Stadt. Der warme Regen spülte das Blut von Lauras Körper. Sie hatte ihre Mutter und ihren Vater überlebt, die Straße und diese Treppe, fühlte sich aber wie tot. Alle Empfindungen waren plötzlich so stumpf, und Laura ahnte, dass es für immer und alle Zeiten so bleiben würde.

Ihr mühsamer Weg führte sie zurück nach Hause. Die Kunststoffkleidung klebte an ihrer Haut, als sie ihre Straße hinunterging. Der Regen war mittlerweile so stark, dass sich an den Gullys große Pfützen und Strudel bildeten. Die

Autos fuhren Schrittgeschwindigkeit, Scheibenwischer hetzten hin und her, Scheinwerfer fraßen sich durch das Zwielicht. Niemand achtete auf Laura, alle waren mit sich selbst beschäftigt.

An ihrem Haus strömte das Wasser herab und kam die leicht abfallende Zufahrt heruntergeschossen. Das Haus wirkte abweisend, wie eine graue Trutzburg an sturmumtoster Küste.

Mit letzter Kraft schleppte Laura sich auf den Eingang zu, rammte den Schlüssel ins Schloss, bemerkte, dass sie nicht verriegelt hatte, stieß die Tür auf und taumelte in den Hausflur. Sie schlug die Tür zu und fiel auf die Knie.

Schaute sich um, als wäre sie noch nie zuvor in diesem Haus gewesen, schlug schließlich die Hände vors Gesicht und brach weinend zusammen.

Gekrümmt wie ein Fötus im Mutterleib ließ sie den Anfall über sich ergehen und fiel sogar minutenlang in einen Tiefschlaf, der einer Ohnmacht glich. Ein stechender Schmerz irgendwo an ihrem Körper, der voller Wunden und Blessuren war, holte sie zurück – ausgekühlt in ihrer nassen Kleidung, begann sie unkontrolliert zu zittern. Erneut musste Laura all ihre Kraft zusammennehmen, um auf die Beine zu kommen.

Erst jetzt bemerkte sie die schmutzig feuchten Fußabdrücke, die von der Tür ins Innere des Hauses führten.

Sie stammten nicht von ihr.

7

Das Haus, in dem Dennis Fangmann lebte, war groß und verwinkelt. Der Flur im Erdgeschoss führte um mehrere Ecken, Fenster gab es keine, die Lampen an den Decken spendeten gerade genug Licht für eine gespenstische Szenerie. Aus den Wohnungen drangen leise Geräusche. Essensgerüche vermischten sich.

Jens führte die kleine Gruppe an. Noch steckte seine Dienstwaffe im Holster, und er hoffte, sie dort lassen zu können.

Am Ende verzweigte sich der Gang nach rechts und links. Rechts lag die von der Polizei versiegelte Wohnung von Wilhelm Gruber, links, nach einem weiteren Knick, die von Dennis Fangmann. Die beiden waren sich als Nachbarn so nahe, wie man es sich in diesem verwinkelten Gebäude nur sein konnte.

Neben Grubers Wohnung gab es einen Notausgang in den Hinterhof. Draußen war es mittlerweile dunkel geworden, ein Gewitter war heraufgezogen, die Bäume im Hinterhof bewegten sich ruckartig unter den launischen Windböen. Erste Blitze zuckten. Jens entdeckte Licht hinter einem Fenster, das zu Fangmanns Wohnung gehören musste. Er testete die Notausgangstür, sie ließ sich öffnen.

«Postieren Sie sich da draußen», wies er den Heißsporn an. Er hatte noch gut die Flucht von Christian Gerken aus Rodderiks Wohnung in Erinnerung, etwas Ähnliches wollte er hier verhindern. Der Kollege verschwand in den Innenhof, mit der Waffe in der Hand, wie Jens beobachten konnte.

Jens baute sich vor Tür zu Fangmanns Wohnung auf und suchte nach einer Klingel, fand aber keine, nur das Namensschild an der Tür. Also klopfte er laut und deutlich. Es dauerte einen Moment, bis hinter der Tür eine Stimme «Wer ist da?» fragte.

«Polizei, öffnen Sie bitte die Tür.»

Wieder dauerte es einen Moment, und Jens war sich sicher, dass der Mann versuchen würde, zu fliehen. Er wollte seinem Kollegen gerade das Zeichen geben, die Tür aufzubrechen, als er hörte, wie aufgeschlossen wurde.

Jens war überrascht, als Fangmann öffnete. Er hatte mit Gegenwehr gerechnet. Zuerst stellte Jens fest, dass es genau dieses Augenpaar war, das ihn vor dem OP im Mariannenkrankenhaus so erschrocken angeschaut hatte.

Fangmann war barfuß, trug eine kurze Hose und ein schlabberiges weißes Shirt. Er war unrasiert, sein Haar ungepflegt, und seine erweiterten Pupillen ließen darauf schließen, dass er unter Drogeneinfluss stand. Jens wusste, er musste auf der Hut sein.

«Wir müssen mit Ihnen reden, Herr Fangmann, dürfen wir hereinkommen?»

Fangmann schaute ihn an wie ein erschrockenes Reh, und Jens bekam erste Zweifel daran, dass dieser Mann ein kaltblütiger Mörder sein könnte.

«Meine Freundin ist da», sagte Fangmann, und aus seinem Mund strömte der intensive Geruch von Eukalyptus. Er hatte also versucht, einen anderen Geruch zu übertünchen, aber auch den nahm Jens noch wahr.

«Das stört uns nicht», antwortete Jens und schob sich an Fangmann vorbei in die Wohnung, ehe der es sich anders überlegen konnte.

Darin roch es ebenfalls nach Marihuana. Fangmann kiffte. Im Wohnzimmer lief im Fernseher irgendeine Doku. Auf der braunen Couch lümmelte sich ein Mädchen in Unterwäsche. Sie hatte raspelkurzes blondes Haar und war übersät mit Tattoos. Sie lächelte Jens an und schien sich überhaupt nicht daran zu stören, halbnackt zu sein.

Fangmann holte ihn ein und schob sich zwischen Jens und das Mädchen. «Lisa, zieh dir doch was an, die sind von der Polizei.»

Lisa hatte aber keine Lust, sich zu bewegen, also warf Fangmann eine Decke über sie. «Kann ich mein Fahrrad wiederhaben?», fragte sie mit schwerer Zunge.

«Bald», sagte Jens. Becca hatte ihm gesagt, wie alles zusammenhing – dass Fangmann mit Lisa Nietfeld in einer Wohnung lebte, und dass es ihr Fahrrad gewesen war, mit dem Onkel Willi Leichenteile transportiert hatte.

«Sie wissen, warum wir hier sind?», fragte Jens.

Fangmanns Gesicht war eine Maske aus Schuldbewusstsein und Verzweiflung. «Wir machen das wirklich nur zum Eigengebrauch», sagte er.

«Ist mir egal, deswegen bin ich nicht hier.»

Fangmann nickte. «Wegen dem Langen, oder?»

«Wenn Sie damit Roland Lange meinen, dann ja.»

«Ich hab ihn aber nicht umgebracht, der war schon tot, als Onkel Willi ihn mir gezeigt hat.»

Mit diesem Eingeständnis hatte Jens nicht gerechnet. Er versuchte, sich seine Verblüffung nicht anmerken zu lassen. «Wann war das?», fragte er.

Fangmann zuckte mit den Schultern. «Ich weiß nicht mehr so genau. Vielleicht eine Woche bevor Onkel Willi ins Krankenhaus kam.»

«Wie haben Sie von Roland Langes Tod erfahren?»

«Onkel Willi hat abends an meine Tür geklopft, er war vollkommen aufgelöst, hat herumgeheult und immer wieder gesagt, er will nicht in den Knast. Dann bin ich mit ihm rüber in seine Wohnung, und da lag der Lange ... auf'm Boden, tot, mit Schaum vorm Mund und so. Hat eine Überdosis von diesem Scheiß-Methadon genommen, das leere Fläschchen lag noch neben ihm ...»

«Woher hatte er das Methadon?»

«Keine Ahnung, von irgendeinem Dealer.»

Das klang für Jens wie eine Lüge, aber für den Moment wollte er nicht weiter darauf eingehen.

«Was haben Sie dann gemacht?»

«Da war voll die Panik, wir wussten überhaupt nicht, was wir tun sollen, also haben wir ihn erst mal in die Badewanne gepackt und Eiswürfel draufgelegt ... wegen der Hitze und so.»

«Und weiter?»

«Nix weiter. Ich bin dann ins Bett.»

«Sie haben desinfizierende Toilettensteine aus dem Krankenhaus gestohlen, in dem Sie als OP-Hilfe arbeiten», konfrontierte Jens ihn mit den Fakten. «Diese Steine haben wir in der Badewanne neben der Leiche gefunden. Erzählen Sie mir also nicht, Sie hätten nicht bei der Entsorgung der Leiche geholfen.»

Plötzlich brach Fangmann in Tränen aus und ließ sich auf die Couch fallen. Seine Freundin rutschte erschrocken zur Seite.

«Was sollte ich denn machen!», stieß Fangmann verzweifelt aus. «Onkel Willi war am Ende, er hat mich um Hilfe gebeten, der hat mir voll leidgetan ...»

«Sagen Sie bitte die Wahrheit», ermahnte Jens. «Wir bekommen sie mit oder ohne Ihre Hilfe heraus. Wenn Sie es uns aber schwermachen, erzähl ich das dem Richter.»

Fangmann heulte Rotz und Wasser. «So eine verdammte Scheiße, ich wusste gleich, dass das nicht gut ausgeht, warum hab ich mich da nur reinziehen lassen ...»

Jens ließ ihm den Moment des Selbstmitleids. Vor dem Wohnzimmerfenster sah er das Gesicht des Kollegen, der im Regen stand, und gab ihm ein Zeichen, dass er hereinkommen konnte.

«Im Krankenhaus ... im OP ... da machen die das dauernd, Arme und Beine abschneiden und so ... und dann liegen diese Knochensägen da noch rum, damit wir sie saubermachen ... ich hab eine mitgehen lassen, aber ich schwöre, ich hab den Langen nicht zerschnitten, das hat Onkel Willi selbst gemacht.»

«Sie wussten aber, was er mit der Leiche vorhatte.»

Fangmann nickte. «Wir haben ein paarmal beim Langen in der Laube gefeiert. Ich wusste von dieser Gefriertruhe dort. Den Tipp hatte Onkel Willi von mir.»

«Wie haben Sie das Methadon aus dem Krankenhaus geschafft?», schoss Jens die nächste Frage ab.

Fangmanns Kopf ruckte hoch. «Methadon? Nee, das war ich nicht, ehrlich, das müssen Sie mir glauben, da wäre ich auch gar nicht drangekommen. Das Zeug hatten die beiden von einem Dealer.»

«Wie heißt dieser Dealer?»

«Weiß ich nicht, ich hab den nie kennengelernt. Der Lange ging ja in diese Therapie, wo man das per Rezept bekommt, und eines Tages hat ihn jemand angesprochen, als er gerade von der Ärztin kam, und hat ihm angeboten, ihm das Zeug zu besorgen. Der Lange hat sowieso immer über die Ärztin geschimpft, weil die so streng war und ihn besonders genau getestet hat ... und dann hat sie ihn ja aus der Therapie geschmissen, weil er Drogen im Urin hatte ... da hat er das Zeug halt von dem Dealer genommen.»

«Wollte der Lange clean werden?»

Fangmann schüttelte den Kopf. «In dem Alter? Warum?»

Darauf wusste Jens auch keine Antwort. Er stand da, schaute die beiden Menschen an, die sich ihre Existenz mit Drogen vernebelten, und wusste plötzlich nicht mehr weiter. Jens hatte große Zweifel daran, dass Fangmann als Hagenahs Mörder oder gar als Täter im Fall der Joggerinnen in Frage kam. Vielleicht war er aber auch nur ein begnadeter Schauspieler, und Reue und Verzweiflung waren nicht echt.

«Herr Fangmann, ich nehme Sie fest. Sie stehen im Verdacht, einen Polizisten getötet zu haben», sagte Jens dennoch. Dann spulte er unter Fangmanns Tränen die übliche Litanei ab.

«Bringt die beiden aufs Revier», wies er schließlich seine Kollegen an. Lisa Nietfeld konnten sie nicht einfach unbeaufsichtigt dalassen, so weggetreten, wie sie war. Fangmann ergab sich in sein Schicksal, wurde aber nicht müde zu betonen, dass er niemanden getötet hatte.

Jens überließ es den Kollegen, Fangmann und seine Freundin abzutransportieren. Er ging hinüber zur Wohnung von Onkel Willi, brach das Polizeisiegel und das Türschloss auf und ging hinein. Noch immer roch es darin stark nach Verwesung und nach diesen Toilettensteinen – die Leiche befand sich natürlich nicht mehr in der

Badewanne, die Toilettensteine aber schon. Jens betrachtete sie.

Es war eine so gute Spur gewesen, er wollte einfach nicht glauben, dass sie nur zu einem harmlosen Kiffer geführt hatte, der dabei behilflich gewesen war, die Leiche eines Mannes zu entsorgen, der sich selbst aus dem Leben geschossen hatte. Wo zum Teufel versteckte sich der wahre Täter?

Jens' Hand vibrierte. Becca war dran.

«Du musst sofort herkommen und dir das ansehen», rief sie aufgeregt ins Telefon.

8

Auf dem weißen Fliesenboden war deutlich das feuchte, schmutzige Profil von Schuhabdrücken zu sehen. Sie kamen von der Haustür und verschwanden ins Wohnzimmer.

Es dauerte einen Moment, bis Laura Windmüller verstand, was das bedeutete. Plötzlich fiel ihr ein, dass die Polizei ihr nie den Haustürschlüssel übergeben hatte, den Eva bei ihrer letzten Joggingrunde dabeigehabt hatte. Wie sie jetzt wusste, lag das daran, dass die Beamten den Schlüssel nicht gefunden hatten – ein kleines Detail, das niemandem aufgefallen war.

Laura hockte auf dem Fußboden, hielt den Atem an und wartete darauf, dass irgendetwas passierte. Doch es blieb still im Haus, sie hörte lediglich den Regen gegen die Scheiben peitschen, dazwischen die Donnerschläge des Gewitters.

Sie schaute über ihre Schulter. Bis zur Haustür waren es höchstens vier Schritte. Wenn sie es schaffte, geräuschlos dorthin zu kriechen, könnte sie vielleicht entkommen. Während sie darüber nachdachte, fragte Laura sich, warum der Mann, der sich in ihrem Haus befand, sie nicht überwältigt hatte, als sie vollkommen weggetreten auf dem Boden gelegen hatte.

«Fragst du dich, warum das alles?»

Laura zuckte erschrocken zusammen. Die Stimme schien gottgleich von überall her zu kommen und hallte sogar noch im spärlich möblierten Untergeschoss des Hauses nach.

Ein greller Blitz erhellte für den Bruchteil einer Sekunde das Haus, und Laura glaubte, einen Schatten zu sehen, der sich schnell und geräuschlos durch die Räume bewegte. Der nachfolgende Donner war so laut und grollend, dass irgendwo leise eine Glasscheibe klirrte.

Er war im Haus, der Mann, der Eva getötet hatte. Und er war hier, um ihr dasselbe anzutun. Hatte sie eine Chance? Wenn überhaupt, dann nur jetzt.

«Oder hast du mich längst vergessen, Laura? War ich tatsächlich so unwichtig für dich?»

Laura ließ den Augenblick verstreichen, in dem sie hätte aufspringen und davonlaufen können.

«Ihnen läuft die Zeit davon ... erinnerst du dich wirklich nicht mehr an deine eigenen Worte, Laura?»

Der Sprecher schien sich durch das Haus zu bewegen, aber dann hätte Laura ihn doch sehen müssen. Hier unten gab es nicht viele Möglichkeiten, sich zu verbergen. Wenn es sein Ziel gewesen war, ihr Interesse zu wecken, dann hatte er es erreicht. Sie dachte nicht mehr an Flucht.

Sie wollte wissen, warum das hier passierte, warum Eva hatte sterben müssen – und nun auch sie. Wenn das alles allein ihre Schuld war, wenn sie selbst den Mörder auf Eva aufmerksam gemacht, seinen Hass geschürt hatte, dann war es besser, wenn sie ihrer großen Liebe in den Tod folgte.

Als Ärztin glaubte Laura nicht daran, dass sie Eva in irgendeiner wie auch immer gearteten Welt wiedersehen würde. Der Tod hinterließ keine Zukunft, nur Fleisch, das verweste, und nichts am menschlichen Geist, seiner Spiritualität, seiner Energie war nützlich genug, um es zu verwerten. Die Welt konnte darauf verzichten. Die Welt konnte auch auf Laura verzichten.

«Nein, ich erinnere mich nicht», sagte Laura. Ihre Stimme klang brüchig und leise, nicht so stark wie sonst. Sie hatte sich immer um eine klare Stimme bemüht, mit der sie sich in dieser von Männern dominierten Welt behaupten und klarstellen konnte, dass kein Mann sie unterdrücken, in die Ecke drängen oder sonst wie kleinmachen würde.

«Möchtest du hören, wie deiner Eva die Zeit davongelaufen ist?» Hohn und Spott schwangen bei diesem Satz in der Stimme des Mannes mit.

Laura streifte die Sportschuhe ab und schaffte es, auf die Beine zu kommen. Die vielen Prellungen und Wunden ihres Treppensturzes schmerzten noch immer, doch das spielte nun keine Rolle mehr. Sie taumelte auf den offenen Durchgang zum Wohnzimmer zu, stützte sich dort mit der Hand ab und hinterließ auf der weißen Wand einen schwachen blutigen Abdruck.

«Halt dein verdammtes Maul!», schrie sie ins Haus hinein und hörte jetzt ihre eigenen Worte widerhallen. Blitz und Donnerschlag folgten, und eine Sturmbö schleuderte Regen gegen die Fensterscheiben.

Laura schlich geräuschlos weiter und steuerte die offene Küche an. Ihr Ziel war es, an ein Messer zu gelangen. Zwar hatte sie eben noch gedacht, dass es nur gerecht wäre, wenn sie genauso sterben müsste wie Eva, und ihr lag auch wirklich nichts mehr daran weiterzuleben, doch dieser tief in ihr verwurzelte Hass auf Männer machte es ihr unmöglich, sich einfach so kampflos aufzugeben.

Wer auch immer das war, er sollte zu spüren bekommen, dass er sich mit der Falschen angelegt hatte. Eva hatte er überraschen können, bei ihr würde ihm das nicht gelingen. Geräuschlos setzte sie die Füße auf, Schritt für Schritt, kontrollierte ihren Atem und beobachtete ihre Umgebung. Noch immer konnte sie den Mann nicht sehen. Wo zum Teufel verbarg er sich?

«Wer bist du?», fragte Laura. Sie wollte seine Stimme hören, um herauszufinden, aus welcher Richtung sie mit einem Angriff rechnen musste. Und sie wollte erfahren, was hinter alledem steckte. Wen hatte sie so wütend gemacht, dass es ihm gerechtfertigt erschien, all diese Frauen zu töten – ihre Eva zu töten?

Der freistehende weiße Küchenblock mit der grauen Granitplatte war nur noch wenige Meter entfernt. Darauf stand ein Messerblock aus schwarzem Ebenholz, aus dem die schwarzen Klingen der teilweise noch ungebrauchten Messer herausragten. Eva und sie hatten nur selten zu Hause gegessen und waren beide keine Kochfans.

Die letzten vier Schritte lief Laura. Ihre nackten Fußsohlen patschten auf den Fliesen. Sie glaubte, warmen Atem in ihrem Nacken zu spüren, reckte sich vor, damit ihre Hände eher den Messerblock erreichten, stürzte mit dem Brustkorb gegen die harte Kante der Granitplatte, ignorierte den Schmerz, packte zu, riss im Fallen eines der Messer aus dem Block und rutschte an der Arbeitsplatte entlang zu Boden. Dort entglitt ihr das Messer und schlitterte über die Fliesen. Laura robbte hinterher, bekam es zu fassen, packte abermals fest zu, drehte sich auf den Rücken und hielt das Messer vor sich.

Da war niemand. Dabei hatte sie doch seinen Atem gespürt.

«Dir läuft schon jetzt die Zeit davon, Laura», sagte die Stimme. «Vielleicht noch eine Minute, dann bekomme ich dich kampflos und so, wie ich dich will.»

Laura begriff nicht, was er da sagte. Warum griff er sie nicht endlich an? Wieso glaubte er, sie kampflos bekommen zu können?

Sie schob sich auf dem Hintern aus der Küche und zog sich mit der freien Hand an der Anrichte hoch, die vor dem Fenster stand. Draußen tobte noch immer das Gewitter. Laura sah Licht in den Häusern der Nachbarschaft. Menschen, so nah und doch so weit entfernt.

Das merkwürdige Gefühl begann in den Fingerspitzen und den Zehen beider Füße. Von dort aus schien es sich mit dem Blut im ganzen Körper zu verteilen, und Laura spürte, wie sie binnen weniger Sekunden immer schwächer wurde.

Schon konnte sie das Messer nicht mehr halten. Klirrend fiel es zu Boden. Die Beine gaben unter ihr nach, sie sackte neben das Messer und begriff jetzt, was die Stimme gemeint hatte.

Was auch immer gerade mit ihr passierte, sie war ihm hilflos ausgeliefert.

9

Jens stellte seine Red Lady ab und lief hinüber ins 33. Kommissariat am Wiesendamm. Dort war es ruhig geworden, die meisten Kolleginnen und Kollegen waren längst im Feierabend.

Mit langen Schritten hetzte Jens die Stufen in die zweite Etage hinauf. Er fand Becca in ihrem Büro, wo sie mit müden Augen auf den Bildschirm ihres Computers starrte. «Da bist du ja endlich!», rief sie aufgeregt.

«Schneller ging es nicht.» Jens war außer Atem, sein Puls schlug viel zu heftig. «Was ist denn so dringend?»

«Du hast mich doch darum gebeten, den Namen des Arztes herauszufinden, der erste Hilfe bei Lennart Wolff geleistet hat», begann Becca.

Jens nickte und versuchte, seine Atmung und seinen Herzschlag unter Kontrolle zu bringen.

«Der Name steht in den Akten, einer der Streifenbeamten vor Ort hat ihn aufgenommen. Der Mann hatte keine Ausweispapiere bei sich, hat sich aber als Dr. Richard von Schaukal ausgegeben.»

«Das sagt mir was!»

«Richard von Schaukal ... RvS», erklärte Becca. «Ich hab dir schon von ihm erzählt. Ein österreichischer Dichter, der ein Gedicht über die Zeit geschrieben hat.»

«Nein!», stieß Jens hervor und spürte, wie sein Herz für

ein oder zwei Schläge aussetzte. «Er hat Lennart Wolff ein Auge ausgestochen und sich dann um ihn gekümmert?»

Die Frage galt nicht Becca, sie galt nicht einmal Jens selbst, diente stattdessen dazu, die Weigerung seines Verstandes zu durchbrechen, zu glauben, dass der Täter so abgebrüht war. Erst beobachtete er das Haus seines Opfers Eva Probst, wurde von Wolff aufgeschreckt, stach ihm ein Auge aus, leistete erste Hilfe, sprach sogar noch mit der Polizei und machte sich dann auf den Weg zur Treppe am Hotel Hafen Hamburg, um dort Eva Probst zu erdrosseln.

Darüber hinaus konnte Jens es nicht fassen, dass er dem Täter in den ersten Minuten dieses Falles bereits gegenübergestanden hatte, ohne es zu bemerken. Jens versuchte, ein Bild des Mannes heraufzubeschwören, doch es gelang ihm nicht. So viele Dinge waren an jenem Abend zugleich auf ihn eingestürzt, er konnte sich einfach nicht an den Mann erinnern. Haarfarbe, Bart, Größe, Kleidung … nichts.

Becca berührte Jens an der Hand. «Wie hättest du das wissen oder erkennen sollen?», sagte sie und bewies einmal mehr, wie mühelos sie seine Gedanken lesen konnte. «Ich habe das in der Zwischenzeit überprüft», fuhr sie fort. «Es gibt keinen niedergelassenen oder zugelassenen Arzt dieses Namens in Hamburg. Aber es gab einen österreichischen Dichter mit diesem Namen. Er hat ein Gedicht über die Zeit geschrieben. Möchtest du es hören?»

«Nein, nicht jetzt. Hat der Kollege eine Adresse aufgenommen?»

«Hat er. Der vermeintliche Arzt hat die Adresse der Laube in der Kleingartenkolonie am Bahngleis angegeben. Roland Langes Unterschlupf.»

«Ruf sofort den Kollegen an, er muss herkommen und eine Beschreibung des Mannes ...» Jens hielt inne.

«Was ist?», fragte Becca.

«Vergiss den Kollegen ... es gibt ein Foto des Täters.»

«Ein Foto?»

«Ist Hillmann-Tony noch im Haus?», fragte Jens.

«Ich weiß nicht ... warte, ich ruf an.»

Sie wählte Hillmanns Nummer und musste es lange klingeln lassen, bis jemand abnahm. Sie nickte Jens zu.

«Sag ihm, wir kommen.»

Becca hatte gerade noch genug Zeit, das Telefonat zu beenden, da packte Jens schon die Griffe ihres Rollstuhls und schob sie auf den Gang hinaus.

«An dem Abend hat einer der Gaffer Fotos von dem Verletzten geschossen», klärte Jens sie auf. «Der war derart penetrant, da habe ich das Handy beschlagnahmt, mit aufs Präsidium gebracht und Hillmann darum gebeten, dass er das Foto des verletzten Lennart Wolff löscht ... ich habe ihm aber auch gesagt, er soll sich Zeit lassen, damit dieser Gaffer seine Lektion auch lernt. Ich hoffe nur, das Handy ist noch hier.»

Hillmann-Tony wartete bereits vor der Tür seines Büros. Sein blondes Lockenhaar sah aus wie mit dem Ventilator gestylt, unter den Achseln hatte er dunkle Schweißflecken. «Was ist denn passiert?», fragte er und glotzte sie aus erschrockenen Rehaugen an.

«Erklär ich drinnen», sagte Jens und schob Becca an Hillmann-Tony vorbei in den nur von Bildschirmen beleuchteten Raum.

«Was machen Sie eigentlich um diese Zeit noch hier?», fragte Jens.

Hillmann zuckte mit den Schultern. «Ich suche nach neuen Initialen unseres Täters …»

Jens, der Hillmann am Anfang überhaupt nicht gemocht und in seiner Funktion als digitaler Forensiker auf dem Präsidium für völlig überflüssig gehalten hatte, hatte inzwischen echten Respekt vor ihm. Wenn Hillmann an einer Sache dran war, spielten Überstunden, Feierabend oder Privatleben anscheinend keine Rolle für ihn – da war er Jens sehr ähnlich.

Er erklärte Hillmann-Tony, worum es ging.

«Das Handy ist noch hier», sagte Hillmann sofort. «Der Besitzer hat schon x-mal angerufen deswegen, aber leider hatte ich so viel zu tun …» Dabei griente Hillmann übers ganze Gesicht wie ein kleiner Junge.

«Ich gebe Ihnen ein Essen und so viel Bier aus, wie Sie wollen», sagte Jens und schlug Hillmann kräftig auf die Schulter.

Hillmann wurde rot und griente noch breiter, während er zu einem Schrank an der rechten Seite des Raumes ging, kurz darin suchte und mit dem Handy zurückkam. Er ließ sich in seinen Drehstuhl fallen, stöpselte das Handy an ein Kabel, und schon flogen seine kurzen, dicken Finger über das Display.

«Keine Sperre?», fragte Jens.

«Doch, aber ich habe den Besitzer nach dem Kennwort gefragt, als er hier anrief. Hab ihm gesagt, dann würde es viel, viel schneller gehen …»

Und so dauerte es kaum eine Minute, bis das letzte Bild, das der Gaffer an jenem Abend aufgenommen hatte, auf dem großen Bildschirm auf dem Schreibtisch zu sehen war.

Und tatsächlich blickte der vermeintliche Arzt direkt in die Kamera, wurde aber zum Teil von Jens selbst verdeckt beziehungsweise von seiner Handfläche, die er in Richtung des Fotografen ausgestreckt hatte, um ihn am Fotografieren zu hindern.

Der Mann, der sich als Dr. Richard von Schaukal ausgegeben hatte, mochte vielleicht fünfundzwanzig bis dreißig Jahre alt sein, das war wegen seines Vollbartes schwer zu sagen. Auf dem Bild wirkten seine Augen dunkel, sie standen auffällig dicht beisammen, lagen tief in den Höhlen, und Jens meinte sogar, darin Sorge und Mitleid mit dem Opfer am Boden erkennen zu können.

«Drucken Sie das bitte aus», sagte Jens.

«Ich kann es Ihnen aufs Handy schicken», schlug Hillmann-Tony vor.

«Meinetwegen auch das.»

«Was hast du vor?», fragte Becca.

«Ich fahre jetzt sofort zu der Windmüller und zeige ihr das Foto. Vielleicht weiß sie, wer das ist.»

10

«O Zeit, du gehst dahin
und eilst mit solcher Macht
gradaus durch Tag und Nacht,
dass ich voll Grausen bin.

Ob ich vermein zu stehn,
du reißest mich hinweg:
Wo ich kaum war, den Fleck
kann ich schon nicht mehr sehn.

Und bist dabei so still:
Es wäre mir wahrhaft Not,
woran ich dich vom Tod
noch unterscheiden will.»

Er rezitierte das Gedicht von Richard von Schaukal, während er Laura Windmüller zu dem freistehenden Betonpfeiler zerrte, der im Untergeschoss des Hauses eine tragende Wand ersetzte. Dort fesselte er ihre Hände mit einem Kabelbinder an den Pfeiler.

Laura bekam das alles mit, war aber nicht in der Lage, sich zu wehren. Sie wusste, er hatte ihr irgendetwas gespritzt, das war der stechende Schmerz gewesen, durch den sie aus ihrem Erschöpfungsschlaf im Flur erwacht war.

Nachdem er sie gefesselt hatte, holte er aus einem kleinen Rucksack ein Halsband, das eigentlich für Hunde gedacht war, und legte es ihr um den Hals. Dabei kam er ihr ganz nahe. Laura konnte ihn riechen, seinen Atem und seine Wärme auf ihrem Gesicht spüren, und sie wusste, dieses Gesicht kannte sie von irgendwoher.

Es war ein schmales Gesicht mit geradezu klassischen Wangenknochen und dunkelbraunen Augen, die ein wenig zu nahe beieinanderstanden und zu tief in ihren Höhlen lagen. Er musste sich vor kurzem rasiert haben, die Haut war glatt wie bei einem kleinen Jungen, außerdem an manchen Stellen von der Rasur gerötet.

Ja, sie kannte ihn, wenn auch nur flüchtig. Irgendwo war er ihr über den Weg gelaufen, ohne einen bleibenden Eindruck hinterlassen zu haben – oder lag es an der Sedierung, die er ihr gespritzt hatte, dass sie keinen vollen Zugriff auf ihre Erinnerung hatte? Die Spritze brachte Laura zu der Erkenntnis, dass er Arzt sein könnte. Jemand aus dem Krankenhaus? Ein Mann, dem sie den Posten weggeschnappt hatte?

«Die Zeit ist nie auf unserer Seite, Laura, weißt du. Mal vergeht sie zu schnell, mal zu langsam, immer arbeitet sie gegen uns, treibt uns vor sich her und macht uns jeden Tag bewusst, was wirkliche Macht bedeutet. Denn auch die Mächtigsten unter uns sind ihr hilflos ausgeliefert. Viele von denen, die Macht haben, versuchen die Zeit als Waffe einzusetzen, und das ist das schlimmste, verabscheuungswürdigste Verbrechen, das ich mir vorstellen kann. Du, Laura, hast diese Waffe gegen mich gerichtet und mein Leben zerstört. Erinnerst du dich?»

Laura spürte, wie die Wirkung der Sedierung in ihrem Körper nachließ und sie wieder besseren Zugriff auf ihre Gedanken bekam. Dennoch fand sie keine Erinnerung zu diesem Gesicht, obwohl sie wusste, dass sie da sein musste.

Der Mann holte etwas aus seinem Rucksack und setzte sich im Schneidersitz ihr gegenüber auf den glänzenden Fliesenboden. In der Hand hielt er ein gebundenes Manuskript, vielleicht hundert Seiten stark. Er hielt ihr das Deckblatt so hin, dass sie es lesen konnte. «Eigentlich müsste es jetzt wieder gehen», sagte er. «Kommt dir das hier vielleicht bekannt vor?»

Laura fokussierte das mit schwarzer Tinte bedruckte Blatt Papier. Im ersten Moment sah sie nur Zeilen, dann kristallisierten sich einzelne Buchstaben daraus hervor, die miteinander zu tanzen schienen, und erst als sie endlich stillstanden, konnte sie lesen.

Tötung durch Erwürgen, Ersticken, Erdrosseln
– so lautete die Überschrift.

Darunter stand in kleinerer Schrift:

> **Dissertation zur Erlangung des doctor medicinae der Medizinischen Fakultät Hamburg.**

Und deutlich davon abgesetzt:

> Vorgelegt von Florian von Schlechtleitner aus Düsseldorf, 2015.

Der Mann blätterte weiter und zeigte ihr die zweite Seite.

> Dekan: Professor Dr. med. Eugen Weitbrecht

«Aber wir wissen ja beide, dass der gute alte Weitbrecht, wenn überhaupt, nur einen kurzen Blick in meine Dissertation geworfen hat, nicht wahr?», sagte der Mann. «Wir wissen ja beide, dass du es warst, die sie abgelehnt hat.»

Die Namen, der Titel, alles fügte sich in Lauras Kopf zu einem Ganzen zusammen, und sie begann zu begreifen, worum es hier ging. Sie wollte sprechen, doch es war wohl noch zu viel von dem Medikament in ihrem Blut. Ihre Zunge fühlte sich leblos an, aus ihrer Kehle kamen nur ein paar merkwürdige Laute.

«Falls dir immer noch die Erinnerung fehlt, was ich mir bei deiner Arroganz gut vorstellen kann, helfe ich dir gern auf die Sprünge», sagte der Mann und blätterte durch die Dissertation. «Ich habe zwei Jahre lang an meiner Doktorarbeit geschrieben. Wir Schlechtleitners sind alle Akademiker, alle promoviert. Und ich soll der Einzige sein, der keinen Doktorgrad hat? Dabei ist sie gut, meine Doktorarbeit, sogar ausgezeichnet ... aber du ... du musstest dich ja auf diese paar Sätze stürzen, die ich von anderen übernommen und nicht gekennzeichnet hatte ... all die Fakten und Erkenntnisse interessierten dich nicht, dir ging es nur darum, mich zu demütigen.»

Laura begriff – und sie erinnerte sich auch wieder an den Namen Florian von Schlechtleitner. Er hatte eine Arbeit voller Plagiate abgegeben, und auf ihre Empfehlung hin hatte Professor Weitbrecht ihn nicht zur Prüfung zugelassen.

«Ihnen läuft die Zeit davon ...», fuhr von Schlechtleitner weiter fort. «Das waren deine Worte, Laura, erinnerst du dich? Dabei hatte ich nie eine Chance, richtig? Du hast nur so getan, als würdest du sie mir einräumen, in Wirklichkeit war deine Entscheidung aber längst gefallen.»

Er hatte recht. Laura fiel alles wieder ein. Von Schlechtleitner war einer von diesen arroganten, herablassenden Medizinstudenten, ein Mann, der glaubte, sich aufgrund seines Geschlechts mehr erlauben und herausnehmen zu können als eine Frau. Ein Student, über den sich viele Kommilitoninnen wegen verbaler sexueller Belästigung beschwert hatten, ein unangenehmer Kerl, den man nicht auf Patienten loslassen durfte.

Und dann seine Doktorarbeit: abgeschrieben von vorn

bis hinten. Laura hatte sogar das Original finden können, von dem er abgeschrieben hatte, denn sie kannte Teile davon aus einer anderen Arbeit, in der korrekt darauf hingewiesen worden war: einer Doktorarbeit aus dem Institut für Rechtsmedizin des Universitätsklinikums Münster aus dem Jahre 2005.

Laura hatte von Schlechtleitner angeboten, seine Arbeit neu zu schreiben und ihm dafür drei Monate gegeben. Sie hatte gewusst, das konnte er niemals schaffen ...

Ihnen läuft die Zeit davon.

Ja, das hatte sie gesagt, wahrscheinlich sogar mehrmals, allein, um ihn zu demütigen, ihm zu zeigen, dass jeder, auch ein Mann, für seinen Erfolg hart arbeiten musste.

«Ich hatte sie fertig, weißt du», sagte von Schlechtleitner. «Die neue Arbeit, aber du wolltest sie nicht annehmen ...»

Er holte aus und schlug ihr mit dem Manuskript ins Gesicht, immer wieder, bis einzelne Blätter herausfielen, Lauras Wangen brannten und ihr Tränen aus den Augen liefen. «Du hast mein Leben zerstört!», schrie er sie an, kam auf sie zugekrochen, packte mit der rechten Hand ihr Gesicht und quetschte es schmerzhaft zusammen.

Er ließ sie wieder los, blieb aber in ihrer Nähe. «Von dem Moment an, als ich dich mit deiner großen Liebe an der Alster laufen sah, war ich dein Geist, Laura, aber du hast in deiner unendlichen Arroganz nichts davon bemerkt. Ich weiß alles über dich, über deine Mutter, deinen Vater, diesen armseligen Wicht, der bis zuletzt nicht einmal wusste, dass seine eigene Tochter ihm aus Hass das Leben zur Hölle macht ... ich habe es ihm gesagt, weißt du. Und da wusste dieser von Frauen gequälte Mann keine andere

Lösung mehr, als sich das Leben zu nehmen. Und das nur, weil du ihm nach all der Zeit seinen Verrat nicht verzeihen konntest. Übrigens ein gutes Beispiel dafür, wie die Zeit immer gegen uns arbeitet, nicht wahr! Auch gegen dich, Laura, du hast es nur nicht bemerkt ... Und jetzt, Laura, läuft auch dir die Zeit davon, und du hast von Anfang an nicht die geringste Chance. So wie deine Eva ...» Von Schlechtleitner schob sich hinter Laura und zog das Halsband enger.

«Nein ... nicht ... bitte ...» Nur diese Worte brachte Laura noch hervor, dann fehlte plötzlich die Luft zum Sprechen.

Von Schlechtleitner kehrte in ihr Sichtfeld zurück und richtete ein Handy auf Laura – es war ihr eigenes. «Darauf habe ich so lange gewartet, so hart darauf hingearbeitet, und diesen Erfolg wird mir niemand nehmen, niemand.» Er schaltete Kamera und Timer ein.

«Dir läuft die Zeit davon, Laura.»

11

Die Scheibenwischer der Red Lady mühten sich redlich, kamen gegen den Gewitterregen aber nicht an. Die Fahrt vom Präsidium bis zur Wohnadresse von Laura Windmüller war beinahe ein Blindflug, zusätzlich stand jede Menge Wasser auf den Straßen. Jens war gezwungen, langsam und konzentriert zu fahren. Dabei wäre er am liebsten gerast.

Er hatte das Foto desjenigen Mannes dabei, ausgedruckt und auf dem Handy, der vier Frauen und mutmaßlich auch

Rolf Hagenah getötet hatte, wusste aber nicht, um wen es sich dabei handelte. Dass er sich aber an jenem Abend als Arzt ausgegeben hatte, legte die Vermutung nahe, dass er in irgendeiner Verbindung zu Laura Windmüller stand. Die Ärztin musste einfach wissen, wer der Mann war. Darauf setzte Jens seine ganze Hoffnung.

Eine halbe Stunde nachdem er aufgebrochen war, erreichte Jens die Langenstraße. Durch die Lichtkegel der Straßenlaternen peitschte der Regen, in unregelmäßigen Abständen hellten Blitze den Nachthimmel auf. Die Abstände wurden größer, die Donnerschläge leiser, das Sommergewitter zog langsam ab.

Jens parkte seinen Pick-up am Straßenrand, weil die Einfahrt des Hauses vom Wagen der Ärztin blockiert war. Einen Regenschirm hatte Jens nicht dabei. Er steckte das ausgedruckte Foto in die Innentasche seiner Lederjacke und lief mit hochgezogenen Schultern über die Einfahrt auf die Haustür zu. Im Inneren des Hauses brannte kein Licht. War die Windmüller etwa noch im Krankenhaus? Vielleicht hätte Jens sich vorher besser informieren sollen. Er klingelte Sturm.

Dabei fiel sein Blick nach links in den Garten, und Jens sah, dass hinter der Hausecke der Reifen eines Fahrrads hervorschaute.

Er schenkte der Beobachtung zunächst keine Bedeutung und klingelte noch einmal, bekam aber keine Reaktion. Das Auto stand in der Einfahrt, die Windmüller musste eigentlich zu Hause sein. Jens machte sich auf den Weg zum nächsten Fenster, um ins Haus schauen zu können, und kam an dem Fahrrad vorbei.

Es war ein schwarzes Rennrad.

Irgendwie hatte Jens plötzlich ein ganz schlechtes Gefühl und stürzte auf das nächste Fenster zu. Da es im Haus dunkel war, konnte er zunächst rein gar nichts erkennen. Erst als ein weiterer Blitz die Nacht erhellte, gelang ihm ein kurzer Blick hinein.

Nur für den Bruchteil einer Sekunde offenbarte das fahle Licht eine Szenerie, die Jens den Schock in die Glieder trieb: Laura Windmüller saß an einen Pfeiler gefesselt da, ein Hundehalsband um den Hals.

Sofort zog Jens sein Handy hervor und rief Verstärkung. Dann zog er seine Waffe und schoss zweimal hintereinander auf die Glasscheibe des Panoramafensters, das in den Garten hinausging. Es zersplitterte in Tausende kleine Teile und regnete auf den Rasen hinab. Die Kugeln schlugen in die Küchenwand über dem Herd ein.

Mit der Waffe im Anschlag stieg Jens über den Rahmen hinweg ins Haus. Die Glassplitter, die in die Küche gefallen waren, knirschten unter seinen Schuhen.

«Polizei!», rief Jens laut und deutlich in die Dunkelheit hinein. Er erreichte den ersten Lichtschalter und schlug darauf. In der Küche flammten LED-Lampen in der Decke auf. Ihr Licht war hell genug, um Laura Windmüller im Übergang zum Wohnzimmer zu beleuchten.

Ihr Kinn ruhte auf der Brust, die Arme hingen schlaff herunter, die Fußspitzen waren nach außen gekippt. Zwei Schritte vor ihr lag ein Smartphone auf dem weißen Fliesenboden.

Jens bewegte sich auf sie zu, sicherte dabei in alle Richtungen. Neben ihr ging er auf die Knie, löste das Hundehalsband von ihrem Hals und fühlte an der Schlagader nach ihrem Puls.

Nichts. Sie war tot.

Ein Geräusch ließ Jens herumfahren, doch er war nicht schnell genug. Die Bratpfanne aus Gusseisen traf ihn seitlich am Hinterkopf und schleuderte ihn zu Boden. Jens verlor aber nicht das Bewusstsein und schaffte es, die Waffe hochzureißen und einen Schuss abzufeuern. Dem Geräusch nach zu urteilen, prallte er an der Stahlbetondecke ab.

Für einen kurzen Moment wurde es Jens schwarz vor Augen, und als er wieder klar sehen konnte, fuhr draußen jemand auf dem Rennrad am Fenster zur Hofeinfahrt vorbei.

Jens kämpfte sich auf die Beine, hastete zu dem zerschossenen Fenster hinüber, stieg hindurch, umrundete die Hausecke und wollte dem Fahrradfahrer folgen, als sich ihm ein kurioses Bild bot.

Der Mann auf dem Rennrad wechselte gerade von der Hofeinfahrt auf die Straße, als von rechts ein Wagen herangeschossen kam und ihn umfuhr. Der Wagen war nicht besonders schnell, trotzdem kippte der Mann vom Rad auf die Motorhaube und schaffte es irgendwie, sich dort festzuhalten.

Mit dem Fahrrad unter dem Kühler fuhr der Wagen mit aufdrehendem Motor einige Meter weiter. Die Metallteile des Rades schlugen Funken unter dem Wagen. Schließlich machte der Wagen eine Vollbremsung, und der Mann wurde vom Kühlergrill auf die Straße geschleudert. Dort blieb er liegen.

Jens war mittlerweile herangekommen. Die Fahrertür des Wagens sprang auf, heraus kam Lennart Wolff mit einer schwarzen Augenklappe über dem Gesicht.

«Ich habe gerade geübt … in der Auffahrt, und da habe ich die Schüsse gehört und …»

«Wieder einsteigen!», unterbrach Jens ihn und lief auf den auf der Straße liegenden Fahrradfahrer zu.

Der kam auf die Beine und begann zu laufen. Jens hastete hinterher. Auf keinen Fall würde er den Mann entkommen lassen. Doch der war schnell.

Jens dachte an seinen alten Kumpel Rolf Hagenah, an die bemitleidenswerten Frauen, die so qualvoll erstickt waren, an Laura Windmüller, die tot in ihrem Haus lag – und er holte alles aus sich heraus. Rannte, wie er noch nie zuvor in seinem Leben gerannt war, ignorierte Schmerzen und Grenzen und wuchs über sich selbst hinaus.

Vielleicht wäre der Mann ihm trotzdem entkommen, doch als sie die Ecke Langenstraße/Malerstraße erreichten, rutschte er mit seinen metallbeschlagenen Rennradschuhen auf dem nassen Asphalt aus.

Jens warf sich mit seinem gesamten Gewicht auf ihn und begrub ihn unter sich. Dann hämmerte er ihm den Griff der Pistole gegen die Schläfe und spürte, wie der Körper unter ihm schlaff wurde.

Jens drückte sich ein wenig hoch. Der Mann bewegte den Kopf, sah ihn an. Er war identisch mit dem Mann auf dem Foto, das er in seiner Jackentasche trug.

«Das ist für Rolf», sagte Jens, drückte ihm den Lauf der Dienstwaffe gegen die Stirn und krümmte den Finger am Abzug.

12

Eine Woche später

Zwei Stunden vor der Beerdigung von Rolf Hagenah traf sich Jens mit dessen Tochter Josefine, von allen nur Josi genannt.

Ihr Mann kümmerte sich um die gemeinsamen zwei Kinder, einen Jungen und ein Mädchen, sodass Jens und Josi einen Spaziergang auf dem riesigen Gelände des Friedhofs in Ohlsdorf machen konnten.

Josi und er waren sich früher häufig begegnet, bevor sich Rolf mit seinem Schwiegersohn und damit mit seiner Tochter zerstritten hatte. Doch das war lange her, und aus der süßen kleinen Josi war eine erwachsene Frau mit ersten Falten um Augen und Mund geworden. Noch immer sah sie ihrer Mutter zum Verwechseln ähnlich, aber die Augen hatte sie von Rolf. Gutmütige, freundliche Augen, die hart und unnachgiebig werden konnten, wenn man sie herausforderte. Heute blickten sie traurig. Nicht wütend oder verbittert oder enttäuscht, sondern einfach nur traurig.

«Wie lange ist es wohl her, seit wir uns zum letzten Mal gesehen haben?», fragte Jens.

Josi blickte geradeaus. «Ich weiß nicht genau … fünfzehn Jahre? Meine Kinder sind acht und elf, und du hast sie nie kennengelernt, oder?»

«Ja, stimmt. Tolle Kinder sind das, zumindest, was ich auf den ersten Blick sehen konnte.»

«Glaub mir, der zweite Blick offenbart Abgründe.» Josi war also in dem Alter angekommen, in dem der Humor ein wenig bitter wurde.

«Die haben wir alle», versetzte Jens nachdenklich. «Und wie lange hast du deinen Vater nicht gesprochen?», schob er nach.

«Ungefähr zehn Jahre. Als ich nach Frankfurt zog, war Schluss.»

«Er konnte ein echter Sturkopf sein», bemerkte Jens.

«Ja ... und ich auch. Und das kommt dann dabei heraus. Er hat seine Enkel nie wirklich kennengelernt ... und ich habe ihn nie wirklich kennengelernt. Nicht den Vater, den man begreift, wenn man selbst erwachsen ist ... das ist nämlich ein vollkommen anderer als der, den man als Kind kannte, weißt du!»

Jens nickte, als verstünde er, was aber nicht der Fall war. So hatte er das noch nie gesehen. Er räusperte sich, atmete tief durch und sagte: «Als dieser Fall losging, da hat er zu mir gesagt, das Erste, was er tut, sobald er in Rente geht, ist, sich mit dir zu versöhnen.»

Josi blieb stehen und sah Jens an. «Sagst du das nur, damit ich nicht so traurig bin?»

«Nein, es ist die Wahrheit. Er saß neben mir, im Krankenhaus, und sagte wortwörtlich: *‹Ich nehme mir Zeit und fahr runter nach Frankfurt, und dann werde ich das Schwierigste tun, was ich mir vorstellen kann. Ich werde mich mit meiner Tochter versöhnen, bevor ich so ein alter verwirrter Zausel werde wie der, den ich vorhin vom Fahrrad geholt habe.›* Es war ihm ernst, das kannst du mir glauben.»

«Tja ... aber es war zu spät.» Jetzt klang ihre Stimme verbittert. Josi ging weiter, den Blick nach vorn gerichtet.

«Aber es ist genauso meine Schuld wie seine ...», sagte sie. «Ich hatte Dutzende Male zu Weihnachten den Hörer in der Hand, um ihn anzurufen, und habe ihn wieder weggelegt, weil ich dachte, er will sowieso nicht mit mir sprechen.»

«Glaub mir, ich weiß, wie es ist, wenn man in seinen Gedanken festhängt», sagte Jens. «Wenn Gedanken Worte ersetzen, wird man einsam, jeder für sich, und das ist traurig, weil nur ein paar Worte ausreichen würden, diesen Kreislauf zu durchbrechen.»

Einen Moment gingen sie schweigend nebeneinanderher. Jens zögerte noch immer, er wusste nicht, ob es richtig war, es Josi zu sagen, oder ob es ihr vielleicht das Herz brechen würde.

Jens hatte den Abzug nicht durchgezogen, hatte von Schlechtleitner nicht erschossen. In jenem Moment war der Mann nichts weiter als eine wehr- und hilflose Person gewesen, und da war eine Sperre in Jens, die er nicht überwinden konnte, ganz gleich, was der Mann vorher getan hatte.

So hatte er von Schlechtleitner vernehmen können und wusste nun, was das Wort «Kind» bedeutete, das Hagenah mit seinem Blut geschrieben hatte – und das durfte er Josi nicht verschweigen. «Seine letzten Gedanken gehörten dir», sagte Jens schnell, bevor er den Mut dafür verlor.

«Woher willst du das wissen? Du sagtest doch, du warst nicht bei ihm, als er starb.»

«Ich weiß es, weil er mit letzter Kraft ein einziges Wort geschrieben hat. Kind. Und damit warst einzig und allein du gemeint.»

Josi musste nicht wissen, dass Rolf es mit Blut geschrieben hatte. Sie musste auch nicht wissen, dass Jens das Wort als Spur zu seinem Mörder begriffen hatte. Aber das stimmte nicht. Von Schlechtleitner hatte ausgesagt, dass er zwar einen Moment bei Hagenah gesessen hatte, um sicherzugehen, dass er auch sterben würde, aber gesprochen hatte er dabei nicht. Rolf konnte also nur sein Kind gemeint haben, denn er wusste nichts von dem Mädchen Carolina, das an einer Überdosis Methadon gestorben war. Von Schlechtleitner wusste sehr wohl davon, denn er hatte sich in das Leben von Roland Lange und Wilhelm Gruber geschlichen, hatte sich ihre Freundschaft und Zuneigung mit gelegentlichen kostenlosen Drogen erkauft, hatte dafür gesorgt, dass die beiden abhängig blieben und Roland Lange auf keinen Fall durch die Methadon-Therapie clean wurde. Von Schlechtleitners Rache an Laura Windmüller war allumfassend gewesen, er hatte ihr alles nehmen wollen, was ihr lieb und teuer war, damit sie am Ende einsam und allein starb.

Es war ihm nicht gelungen. Laura Windmüller war nicht tot.

«Danke», sagte Josi. «Dass du es mir erzählst. Ich weiß es noch nicht genau, denn dafür bin ich viel zu durcheinander, aber ich denke, es bedeutet mir etwas.»

Jens blieb stehen und sah Hagenahs Tochter an. «Ich hatte nie einen besseren Freund», sagte er. «Ich hatte sogar nur den einen, und ich hätte ihm alles verziehen ... verzeih du ihm bitte auch, später, am Grab. Und wenn es nur für dich selbst ist.»

Josi nickte und kämpfte gegen die Tränen an. «Ich habe ihm längst verziehen ... aber mir selbst nicht, und das ist eigentlich viel, viel schlimmer.»

13

Jens nahm die letzten Seiten aus dem Drucker, legte sie zu den anderen und ordnete den Stapel. Der Bericht zu diesem Fall war sehr umfangreich geworden, ihn zu verfassen war eine Herausforderung gewesen. Nicht, weil er viel Arbeit erfordert hatte, sondern weil er Jens psychisch an seine Grenzen gebracht hatte.

Jetzt fühlte er sich ausgelaugt und müde wie lange nicht mehr. Schon der gestrige Tag hatte unheimlich viel Kraft gekostet. Er war im Krankenhaus gewesen, um Laura Windmüller zu besuchen. Sie hatte den Angriff des Täters überlebt, aber einen furchtbaren Preis dafür bezahlt. Ihr Gehirn war mehrere Minuten ohne Sauerstoff gewesen, und nur weil der Rettungsarzt so schnell vor Ort gewesen war und sofort mit der Reanimation begonnen hatte, hatte sie überlebt – und lag nun im Koma.

Die Ärzte sagten, Laura Windmüller zeige keine zielgerichteten Reaktionen auf äußere Reize, keine Folgebewegungen der Augen, keinen Blickkontakt, was auf einen schweren Fall hypoxischer Hirnschädigung hinwies. Sollte sie aus dem Koma erwachen, stand ihr ein langer Genesungsweg bevor, viel Hoffnung hatten die behandelnden Ärzte aber nicht. Ein normales Leben würde Laura Windmüller nie wieder führen. Wahrscheinlich würde sie sich nicht einmal daran erinnern können, was passiert war.

Aus diesem Gespräch war Jens tief deprimiert herausgegangen. Einerseits, weil er das Schicksal der Ärztin furchtbar fand, so etwas hatte niemand verdient. Andererseits wurde Jens einen Satz des Arztes nicht wieder los. «Fünf Minuten früher, und sie wäre besser davongekommen», hatte er gesagt.

Statt den Täter zu verfolgen, hätte Jens sich um Laura kümmern sollen, hätte sofort mit Wiederbelebungsmaßnahmen beginnen müssen. Es waren genau diese fünf Minuten, die fehlten. Dann wäre ihm von Schlechtleitner entwischt, aber sie hätten ihn sicher später irgendwo geschnappt.

Ein Fehler in einer Reihe von Fehlern. Wäre er bei Eva Probst nachdrücklicher gewesen, würde sie noch leben. Hätte er Rolf Hagenah nicht allein losgeschickt, würde er noch leben.

Von Schlechtleitner hatte ausgesagt, dass er in der Gartenlaube von Roland Lange nach den Drogen gesucht habe, die er dem alten Mann größtenteils umsonst besorgt hatte. Außerdem nach anderen Hinweisen, die möglicherweise auf ihn hingedeutet hätten. Den Suizid von Roland Lange hatte er nicht kommen sehen und deshalb ungeplant und überstürzt handeln müssen. Rolf Hagenah war an jenem Tag einfach zur falschen Zeit am falschen Ort aufgetaucht. Zehn Minuten später wäre von Schlechtleitner längst weg gewesen.

Hätte, würde, wäre ...

Unter dem Eindruck von Laura Windmüllers Schicksal hatte Jens dann von einem Vorfall in der Jugend von Florian von Schlechtleitner erfahren. Es gab eine alte Akte zu dem Fall, und darin zu lesen, hatte ihm gestern vollends den Boden unter den Füßen weggezogen. Am Abend hatte sich Jens daraufhin mit Whisky betrunken und versucht, die Bilder wieder aus seinem Kopf zu bekommen.

Florian von Schlechtleitner hatte eine jüngere Schwester. Er war zwei Jahre alt, als sie zur Welt kam. Bei der Geburt war es zu Komplikationen gekommen, das Gehirn des Babys war nicht ausreichend mit Sauerstoff versorgt worden, es kam mit schweren Behinderungen zur Welt. Von Schlechtleitner selbst wollte nicht darüber sprechen, aber Jens konnte sich vorstellen, dass sich in der Folge alles um dieses Kind gedreht hatte. Wahrscheinlich bekam der kleine Florian nicht genug Aufmerksamkeit. Das Mädchen verbrachte sein Leben in einem Rollstuhl, und als Jens das las, musste er an einen weiteren Satz des Arztes denken: Falls Laura Windmüller aus dem Koma erwacht, droht ihr ein Leben im Rollstuhl oder Pflegebett. Diese Parallele hatte Bilder in Jens' Kopf erschaffen, die auch der Alkohol nicht gänzlich verscheuchen konnte.

Als Natascha von Schlechtleitner zwölf Jahre und Florian vierzehn war, kam es zu einem Vorfall, in dessen Folge das kleine Mädchen starb. Man ging davon aus, dass Florian den Schal zugezogen und das Mädchen stranguliert hatte ...

Jetzt schloss Jens die Augen und rieb sich mit den Fingerknöcheln in den Augenhöhlen, um den Druck loszuwerden, der sich über die letzten Stunden in seinem Kopf aufgebaut hatte. Als er die Augen öffnete, sah er zuerst Sterne, dann die Lichter der Straßenlaternen draußen am Wiesendamm und schließlich den Bericht auf dem Bildschirm des Computers.

Er schaltete den PC aus. Dann ordnete er den Stoß Papier, ließ ihn auf seinem Schreibtisch liegen, stemmte sich mühsam aus dem Stuhl hoch, schnappte sich seine Jacke und ging zur Tür.

Bevor er sie öffnete, warf er einen Blick ins Büro. Er würde es lange nicht mehr betreten.

Jens spürte, es war richtig, dieses Leben für eine Weile hinter sich zu lassen. In diesem Moment wusste er nicht einmal, ob er jemals zurückkehren wollte. Er löschte das Licht.

Im Vorzimmer wartete Becca auf ihn. «Fertig?», fragte sie und sah ihn besorgt an.

Jens nickte. «Lass uns Urlaub machen», sagte er.

Weitere Titel

Barrieren

Deathbook

Der Gesang des Blutes

Der Zwilling

Die Zucht

Housesitter

Killgame

Wassermanns Zorn

Wilder wird's nicht

Kerner und Oswald

Das Haus der Mädchen

Die Lieferung

Der Fahrer